Morgan Dark

SECRET ZERO

Morgan Dark

SECRET ZERO

DAS SPIEL BEGINNT ...

Roman

Aus dem Spanischen von
Kristin Lohmann

GULLIVER
von BELTZ & Gelberg

MIX
Papier aus verantwortungsvollen Quellen
FSC® C089473

Dieses Buch ist erhältlich als:
ISBN 978-3-407-74850-8 Print
ISBN 978-3-407-74875-1 E-Book (EPUB)

Die spanische Originalausgabe erschien unter dem Titel *Zero*
bei Rubiños 1860, Madrid

Übersetzung: Kristin Lohmann
Lektorat: Christian Walther
Neue Rechtschreibung
Einbandgestaltung: Cornelia Niere, München
Einbandbild: CHBD/gettyimages
Druck und Bindung: Beltz Grafische Betriebe, Bad Langensalza
Printed in Germany
1 2 3 4 5 24 23 22 21 20

Weitere Informationen zu unseren Autor_innen und Titeln
finden Sie unter: www.beltz.de

PROLOG

Die Polizei traf als Letztes ein. Fünf Streifenwagen. Die Beamten sprangen aus den Autos, manche mit der Hand an der Dienstwaffe, und fanden sich in Windeseile auf der Treppe zur Oper von Los Angeles zusammen.

Zu dem Zeitpunkt hatten sich schon zahlreiche Schaulustige auf den Stufen eingefunden, die meisten aus der High Society: das exklusive Publikum, das noch eine halbe Stunde zuvor der Weltpremiere von Macbeth beigewohnt hatte. Jetzt tuschelten sie miteinander und stellten Vermutungen an über den Zwischenfall, der sich gerade ereignet hatte.

Und natürlich war inzwischen auch die gesamte Presse da. Kaum war die Nachricht durchgesickert, waren die diensthabenden Redakteure auch schon losgestürmt und drängelten sich jetzt, bewaffnet mit ihren Kameras und Mikrofonen, vor dem Haupteingang. Unter ihnen war auch eine junge Journalistin, die frisch von der Uni kam und für das Lokalfernsehen berichtete.

»Wie es aussieht, gab es einen weiteren Diebstahl. Diesmal in der Oper von Los Angeles. Das Kaiserin-Diadem der Multimillionärin Marissa Grossman ist verschwunden. Zeugen gibt es bislang keine. Wer dafür verantwortlich ist, weiß man noch nicht, aber es wird vermutet ...«

»Da!«, rief jemand aus der Gruppe der Schaulustigen. Sein Finger zeigte auf die Dachterrasse der Oper.

Da war er. In einem eng anliegenden, schwarzen Anzug, den Kopf in eine Kapuze gehüllt und vor dem Gesicht eine silberne Maske mit eingefrorenem Lächeln. Er war zu einem Schatten geworden, der kaum von der Dunkelheit der Nacht zu unterscheiden war. Es gab niemanden, der nicht wusste, wer dort stand oder was der Unbekannte mit dem unverhüllten Blick in den vergangenen Monaten getan hatte. Und trotzdem weckte seine Anwesenheit eine seltsame Faszination und nahm sofort die Aufmerksamkeit und das Interesse aller für sich in Anspruch.

»Es ist er! Ja, er ist es!«

Es dauerte nicht lange, bis sich unruhiges Getuschel in der Menge breitmachte, und die Journalisten, die ein möglichst perfektes Bild der rätselhaften Gestalt festhalten wollten, richteten die Objektive ihrer Kameras auf das Operndach. Als Letztes reagierten die Polizisten, wobei sie zunächst nicht mehr zuwege brachten, als für etwas Ordnung in dem improvisierten Publikum zu sorgen.

Der gefürchtete Hundert-Millionen-Dieb. Der sich seit sechs Monaten Gegenstände von unschätzbarem Wert unter den Nagel riss. Ein nicht greifbarer Geist, der unerklärliche Diebstähle beging und jedes Mal verschwand, ohne auch nur die geringste Spur zu hinterlassen.

Niemand wusste, wie er wirklich hieß, denn seine wahre Identität war nicht bekannt. Die Medien hatten ihn »Zero« getauft, denn das war der Name, der dem am nächsten kam, was man von ihm wusste: zero. Nichts. In Ermangelung eines besseren Namens hatte die Polizei die Bezeichnung einfach übernommen und schließlich identifizierte alle Welt den Schatten als Zero.

»Wir brauchen mehr Einsatzkräfte! Alle Einheiten, die sich in der Nähe befinden, sollen augenblicklich hierherkommen. Na los!«, brüllte Lieutenant Brown. Er war heiser. Die Demütigung und die Wut hatten seine Stimme verkrampft. Wieder … Wieder hatte er sie zum Narren gehalten … Wie war das nur möglich?

Am Tag zuvor war eine Nachricht im Kommissariat eingegangen, in der Zero ankündigte, dass das Kaiserin-Diadem, eine funkelnde, mit Diamanten, Rubinen und Smaragden besetzte Tiara aus dem 16. Jahrhundert, sein nächstes Ziel sei. Wie immer gab er allerdings nicht an, wann und wo der Diebstahl stattfinden würde.

Der Lieutenant erhielt eine solche Nachricht nicht zum ersten Mal. Nur hatte er diesmal wirklich alles Menschenmögliche unternommen, um den Raub zu verhindern. Er hatte seine besten Männer losgeschickt, damit sie Marissa Grossman bis zur Bank geleiteten, wo sie das Diadem aufbewahrte, und von dort wieder zurück in ihre Villa. In jeder Ecke des Grossman'schen Heims hatte er Wachposten aufstellen und Alarmsensoren anbringen lassen. Er war sich ganz sicher gewesen, dass Zero den Diebstahl wenn, dann im Haus der Grossmans begehen würde, da er es dort, zumindest theoretisch, viel leichter hätte.

Aber er tauchte nicht auf. Zero kam nicht. Die Kaiserin blieb in sicherer Verwahrung und die Beamten kehrten triumphierend ins Kommissariat zurück. Zum ersten Mal hatten sie einen seiner Raubzüge verhindern können … Zumindest glaubten sie das, bis der Anruf des Operndirektors einging und ihnen mitgeteilt wurde, dass das Schmuckstück während des zweiten Aktes von Macbeth direkt vom Kopf seiner Besitzerin gestohlen worden sei. Unter dem Parkettsitz von Marissa Grossman fand man eine Silbermünze. Die unverwechselbare Signatur des Meisterdiebs.

Von der Dachterrasse aus verfolgte Zero inzwischen in aller Gelassenheit das Geschehen vor dem Eingang des Gebäudes. Er genoss die Verwirrung auf den Gesichtern der Polizeibeamten. Bestimmt fragten sie sich gerade, wie er es wohl angestellt hatte, welchen genialen Plan er sich diesmal ausgedacht hatte, um sich das wertvolle Erbstück der Familie Grossman unter den Nagel zu reißen, ohne dabei gesehen zu werden – und das an einem Ort, an dem es vor Menschen nur so wimmelte.

Sollten sie doch so viele Vermutungen anstellen, wie sie wollten. Sie würden es doch nie herausfinden.

Fünf Minuten, kalkulierte er. So lange würden die Beamten brauchen, bis sie zu ihm hochgestürmt waren, um ihn festzunehmen. Er hatte also ausreichend Zeit, um sich aus dem Staub zu machen, bevor sie ihn umzingelten. Später dann würden Lieutenant Brown und seine Männer wieder die ganze Stadt nach ihm durchkämmen, so wie sie es immer taten. Sie würden Häuser stürmen. Die wenigen Lokale durchsuchen, die noch geöffnet hatten. Ein komplettes Chaos anrichten, nur um ihn aufzuspüren. Und wenn sie ihre Suchaktion beendet hätten, wäre Zero längst über alle Berge. Vermutlich würde er friedlich schlafend in seinem Bett liegen, als hätte er nicht das Geringste mit der Schlagzeile des nächsten Tages zu tun.

Es war so einfach. So unglaublich einfach.

Schlicht und ergreifend nur ein weiterer astreiner Diebstahl. Der zehnte in weniger als sechs Monaten. Nicht schlecht. Wirklich nicht schlecht. Zero entfernte sich vom Rand der Dachterrasse und vergewisserte sich, dass das Kaiserin-Diadem sicher im Inneren seines Anzugs verstaut war.

Erst dann bemerkte er, dass er nicht allein war.

Eine Silhouette stellte sich zwischen ihn und seinen einzigen Fluchtweg.

»Endlich begegnen wir uns persönlich.«

Es war gar nicht nötig, näher heranzugehen. Und das Gesicht des anderen, der sich im skurrilen Halbdunkel der Nacht verbarg, musste auch nicht vom Mondschein beleuchtet werden. Zero wusste sehr gut, wer er war. Die raue Stimme hätte er unter einer Million Stimmen herausgehört. Sein Name? Dimitri Cooper. Der beste Detective von ganz Los Angeles, offiziell und ausdrücklich von der Regierung damit beauftragt, ihn, Zero, zu fassen.

»Wie schön, Sie endlich kennenzulernen, Detective«, gab der Dieb zurück, als wäre ihr Aufeinandertreffen kein herber Rückschlag, sondern vielmehr eine gute Gelegenheit für einen netten Plausch. Cooper erwiderte den Gruß nicht. Er zog seine Pistole und richtete sie auf Zero.

»Ich fürchte allerdings, das wird unser erstes und letztes Treffen sein. Hat mich ziemlich was gekostet, dich zu finden. Aber jetzt habe ich's ja geschafft.«

Zero blieb völlig gelassen.

»Ich verstehe mich eben einfach nicht so gut mit der Polizei.«

»Du bestiehlst seit einem halben Jahr unschuldige Leute und hast immer noch die Unverschämtheit, Witze zu machen?« Cooper winkte den Dieb zu sich und nahm die Pistole noch fester in die Hand. »Du darfst jetzt herkommen, damit ich dir die Handschellen anlegen kann. Und komm bloß nicht auf dumme Gedanken.«

»Auf was für dumme Gedanken sollte ich denn kommen?«

»Du nimmst jetzt sofort die Hände hoch!«

Zero gehorchte.

»Und jetzt Abmarsch, wenn du nicht willst, dass ich dich abknalle.«

Einen Sekundenbruchteil lang richtete Zero den Blick auf seine rechte Jackentasche. Ein kleiner, runder Gegenstand zeichnete sich darin ab ... Er machte keine Anstalten, ihn herauszunehmen. Er sah ihn nur an, als würde er über etwas nachdenken.

»Los jetzt«, knurrte Cooper.

Er wandte seine Aufmerksamkeit wieder auf den Detective und ging langsam auf ihn zu. Gelassen musterte er seinen Gegenspieler, der so anders war als er selbst: ein Gesicht wie in Stein gemeißelt, ohne jede Gefühlsregung, und dann diese metallisch grauen Augen, die ihn regelrecht zu durchbohren schienen. Er trug einen Regenmantel, der ihm bis zu den Knien reichte, und an der einen Seite seines Gürtels hingen die Polizeiplakette und das Holster seiner Dienstwaffe.

Als er nur noch wenige Meter von ihm entfernt war, blieb er stehen.

»Gut so. Dann hat die Sache jetzt endlich ein Ende.«

»Oder auch nicht.« Bevor Cooper realisierte, was los war, hatte Zero den Abstand zwischen ihnen überwunden und der Pistole einen Fußtritt verpasst. Die Waffe flog in hohem Bogen davon und verlor sich in der Dunkelheit. Blitzschnell sprang er hinter den Detective und packte ihn am Hals, damit er sich nicht mehr rühren konnte. Das Ganze ging so schnell, dass die Zeit stehen geblieben zu sein schien und Zero scheinbar der Einzige war, der sich noch bewegen konnte.

»Hatten Sie nicht irgendwas gesagt von wegen, Sie hätten mich gefasst?«

»Du bist schnell.«

»Sonst wär ich wohl auch nicht der Hundert-Millionen-Dollar-Dieb.«

»Stimmt. Aber trotzdem hast du eine Schwachstelle, und die wiegt mehr als deine Schnelligkeit.«

»Ach ja? Und die wäre?«

»Dein extremes Selbstvertrauen.« Cooper ballte die Hand zur Faust und rammte sie mit aller Kraft in den Magen seines Gegners. Zero presste vor Schmerz zischend Luft durch die Zähne. Völlig überrumpelt krümmte er sich zusammen und ließ den Polizisten instinktiv los. »Hast du wirklich gedacht, dass es so einfach wäre?«

Zeros Augen hatten einen unheilvollen Glanz angenommen. Cooper stellten sich die Nackenhaare auf und seine Füße bewegten sich unweigerlich rückwärts. So nah waren sie sich noch nie gewesen. Er bezweifelte sogar, dass es überhaupt schon einmal jemandem gelungen war, dem legendären Kriminellen so nahe zu kommen. Aber jetzt, wo nur wenige Meter zwischen ihnen lagen, wo er ihm genau gegenüberstand, wollte er nur noch losrennen, weg von diesem Ort.

Er war lange genug bei der Polizei, um sich von Verbrechern nicht einschüchtern zu lassen, schon gar nicht, wenn sie unbewaffnet waren. Und trotzdem ...

Irgendetwas war anders an ihm. Seine Präsenz. Seine pure Existenz. Dieser Dieb, wer auch immer er tatsächlich sein mochte, hatte eine irgendwie ... seltsame Ausstrahlung. Er hätte sie gar nicht richtig beschreiben können. Seine Art, sich zu bewegen, diese Kontrolle, die er über seine Umgebung ausübte, hatten etwas Beunruhigendes, etwas Angsteinflößendes. Und gleichzeitig war da auch etwas Anziehendes ... obschon es so dunkel war wie der Himmel, der sich in jener Nacht über Los Angeles spannte.

Während Cooper seinen Gedanken nachhing, nutzte Zero die Gelegenheit, sich von dem Schlag zu erholen und zum Gegenangriff überzugehen.

Genauso blitzschnell wie zuvor stürzte er sich auf den Gegner, packte ihn am Arm, wirbelte herum und warf ihn über seinen Rücken. Mit einem wuchtigen Aufprall landete der Agent auf der Seite und sah ein paar Sekunden lang nur eine Abfolge tanzender Sterne im Inneren seines Kopfes.

Seine Überlegungen waren ihn teuer zu stehen gekommen.

»Sie hätten sich mir eben nicht in den Weg stellen sollen.«

»Es ist aber nun mal meine Pflicht, dich aufzuhalten. Dich und all die anderen Verbrecher, die genauso sind wie du.« Cooper stöhnte. Der ganze Körper tat ihm weh. Außerdem hatte er sich bestimmt eine Rippe gebrochen. Oder zwei. Ja, ganz sicher.

»Ich bin aber nicht wie die anderen.«

»Ja, das habe ich heute auch gemerkt.«

»Sie geben die Verfolgung besser auf, Detective. Am Ende ziehen Sie ja doch den Kürzeren.«

»Ich wüsste eine einfache Lösung. Du hörst auf zu stehlen und ergibst dich; dann muss ich dich auch nicht weiter belästigen.«

»Ich fürchte, das wird leider nicht möglich sein. Ich ...«

Zeros Worte blieben in der Stille hängen. Etwas lenkte ihn ab. Ein kleiner, schwarzer Gegenstand, der dem Detective vor die Füße gefallen war. Seine behandschuhte Hand schoss wie der Blitz in seine rechte Jackentasche. Der runde Gegenstand, der zuvor darin gewesen war, war verschwunden. Stattdessen war da nur zerfetzter Stoff und ein Riss an der Seite. Unmerklich zogen sich seine Schultern zusammen.

»Was ist los? Kannst du nicht mehr?«, fragte der Detective zynisch. So stoisch wie möglich ertrug er den Schmerz und stand auf. Den Luxus, sich in eine Ecke zu verziehen und zu jammern, konnte er sich nicht erlauben. Es galt, den Verbrecher, den er seit Monaten verfolgte, jetzt endlich festzunageln. Er ging ein

Stück vor, und dabei näherte sich sein Absatz gefährlich diesem Ding, von dem Zero seinen Blick nicht abwenden konnte.

»Nein!«

Perplex blieb der Agent stehen. Dann senkte er den Blick auf den Gegenstand, der zu seinen Füßen lag. Er bückte sich und hob ihn neugierig auf.

»Was ist denn das?«

»Fassen Sie sie nicht an!« Jetzt war Zero längst nicht mehr so ruhig wie zuvor. Die Anspannung seines Körpers war fast greifbar. »Lassen Sie sie los!«

Wie eine Katze sprang er auf Cooper. Der Aufprall war heftig und der Gegenstand glitt aus der Hand des Detectives. Er beschrieb einen Bogen in der Luft und näherte sich dann wieder dem Boden.

Mit einem Knacken wie ein Peitschenknall schlug er auf der Dachterrasse auf. Fast gleichzeitig stieß Zero einen schneidenden Schrei aus. Ein metallischer Geschmack machte sich in seinem Mund breit und etwas Flüssiges lief sein Kinn hinunter. Blut. Er stöhnte und kniff die Augen zusammen, um den plötzlichen Schmerz aushalten zu können, der sich bis in den kleinsten Teil seines Seins ausbreitete.

»Warum muss sich die Polizei auch immer in alles einmischen?«, murmelte er. In seinem Kopf drehte es sich, er verlor die Kontrolle und schwankte.

Cooper stützte ihn, ohne dass er verstand, was eigentlich vor sich ging. Der Schmerz, den er wie ein Brandzeichen in Zeros Augen wahrnahm, war nicht gespielt. Er war wirklich verletzt – nur: wodurch eigentlich? Die beiden waren zwar zusammengestoßen, aber doch nicht so heftig, um ihn in einen solchen Zustand zu befördern.

Jedenfalls musste er etwas tun. Klar wollte er Zero immer noch festnehmen, darauf zielte er schließlich seit sechs Monaten ab. Aber seine Leiche wollte er auch nicht auf dem Gewissen haben. So konnte er ihn jedenfalls nicht liegen lassen. Er holte ein Funkgerät aus dem Regenmantel, ohne seine Beute auch nur eine Sekunde aus den Augen zu lassen, und gab Anweisungen durch.

»Achtung, hier spricht Detective Cooper. Ich brauche einen Rettungswagen. Ich wiederhole. Ich brauche einen Rettungswagen. Ich habe hier einen bewusstlosen Zivilisten auf der Dachterrasse der LA Opera.«

»Wer soll hier bewusstlos sein?«, murmelte Zero. Der Gegenstand, der ihm aus der Tasche gefallen war, lag ein paar wenige Meter von ihm entfernt. Er versuchte, ein paar Schritte auf ihn zuzugehen. Cooper hielt ihn zurück.

»Denk nicht mal dran, dich zu bewegen.« Er packte ihn fester. »Ich hab's dir doch gesagt: Das hier ist unser erstes und letztes Treffen.«

»Wie kommen Sie eigentlich darauf?«

»Du hast vermutlich keine Ahnung, wie du aussiehst. So jedenfalls wirst du wohl kaum fliehen können.« Cooper konnte sich nicht verkneifen, die Ironie der Situation wahrzunehmen. Früher war ihm Zero richtiggehend schauderhaft vorgekommen. Eine fast übernatürliche Präsenz. Jetzt dagegen wirkte er wie ein wehrloser, verletzlicher, kleiner Junge.

Sein Blick blieb an der silbernen Maske hängen. Sie verdeckte das Gesicht vom Haaransatz bis zum Kinn und passte sich den Zügen ihres Trägers perfekt an. So viele Wochen verfolgte er ihn jetzt, so viele schlaflose Nächte hatte er seinetwegen verbracht, und immer noch wusste er nicht, wer sich hinter der Verkleidung verbarg.

Cooper griff nach den Titanverschlüssen, mit denen die Maske an Zeros Kopf befestigt war. Als Zero merkte, was Cooper vorhatte, fuhr er herum.

»Rühren Sie mich nicht an!«

»Hast du Angst, dass ich die Wahrheit entdecke?«

Cooper öffnete die Verschlüsse, die Maske löste sich und gab die Identität des berüchtigten Diebs frei. Die beiden musterten sich in der Dunkelheit. Zwei Feinde, die sich nach unzähligen Episoden des Verfolgens und Entkommens endlich von Angesicht zu Angesicht gegenüberstanden. Keiner sagte etwas. Sie taxierten sich einfach nur. Der Detective konnte nicht glauben, was er sah. Und Zero spürte, wie eine Welle des Zorns in seiner Kehle aufstieg, den Schmerz mitriss und ihn in Wut umwandelte.

Sie hatten sein Geheimnis aufgedeckt ... Sie hatten aufgedeckt, wer er war ...

»Das kann nicht sein ...«, murmelte Cooper. »Ich kenne dich ...«

Zero zog die Pistole mit den Beruhigungspfeilen hervor, die er im Hosenbein versteckt hatte. Noch bevor der Detective seinen Namen aussprechen konnte, noch bevor er Gelegenheit hatte, auch nur eine einzige Silbe von sich zu geben, schoss er ihm in den Hals. Noch in derselben Sekunde sackte Cooper wie ein nasser Mehlsack ohnmächtig in sich zusammen.

Zero bückte sich und hob die Maske auf. Er befestigte sie wieder vor dem Gesicht. Und doch wusste er, dass es zu spät war.

Er weiß es ...

Sechs Polizisten stürmten auf die Dachterrasse. Einer von ihnen war Lieutenant Brown, der sich um jeden Preis dafür rächen wollte, dass Zero ihn in der Villa der Grossmans lächerlich gemacht hatte. Sie richteten ihre Waffen auf ihn.

»Die Hände dorthin, wo wir sie sehen können!«

Aber Zero ignorierte den Befehl und suchte stattdessen die Kugel, die er verloren hatte. Sie lag zu nahe an den Polizisten. Hätte er versucht, sie zu holen, hätte ihn ein Kugelhagel durchsiebt. Aber sie zurückzulassen ... Was, wenn jemand sie anfasste? Er schwankte. Wie sollte er sich entscheiden? Er wusste, dass er es bereuen würde, egal, wie er sich entschied. Und so setzte er auf das kleinere Übel.

Er holte eine der Rauchbomben hervor, die er nur im äußersten Notfall einsetzte, und warf sie auf den Boden. Eine gräuliche Wolke breitete sich auf der Dachterrasse aus und begrub alles unter dichtem Nebel.

Als er sich verflüchtigt hatte, lag der runde Gegenstand noch am selben Ort wie zuvor. Aber Zero war verschwunden.

ERSTER TEIL

KAPITEL 1

Meine Muskeln schrien vor Schmerzen. Meine Lunge brannte und mein Herz pumpte wie verrückt das Blut durch die Adern. Mein Gehirn war nur noch zu einem einzigen Gedanken fähig: Lauf! Du musst entkommen! Jetzt langsamer zu werden, war mit Sicherheit eine ganz schlechte Option, und so lief ich immer weiter und weiter, ohne Pause.

Hinter mir konnte ich ihre Schritte hören. Immer schneller kamen sie näher. Ich aktivierte meine letzten Kraftreserven und beschleunigte. Sie wollten mich fertigmachen, daran zweifelte ich keinen Augenblick. Das wusste ich so sicher wie meinen eigenen Namen. Aber obwohl sie mich fast schon hatten und meine letzten Stunden gezählt waren, hatte ich keine Angst. Ich fühlte mich einfach nur ohnmächtig.

»Haltet ihn!«

Ich achtete nicht weiter auf den todbringenden Befehl und konzentrierte mich auf meine Beine. Ein kleines Stück noch, nur ein kleines Stück. Es fehlte doch gar nicht mehr viel. Vielleicht ... vielleicht würde ich mit ein bisschen Glück ja doch noch mit dem Leben davonkommen.

Ruckartig bremste ich ab, als ich den markanten Abgrund sah, der sich vor mir auftat und mir den Weg abschnitt. Der Riss grub sich in die Eingeweide der Erde, mehr als fünfzehn Meter tief, und am Grunde der Schlucht hatte sich der Fluss seinen gewundenen Weg gebahnt. Jetzt hatten sie mich. Es gab keinen Ausweg mehr.

Ich wich zurück, aber das Geräusch der Schritte meiner Verfolger ließ mich innehalten.

Da waren sie, genau hinter mir; sie beobachteten mich. Sie beobachteten mich, weil sie genauso gut wie ich wussten, dass ich verloren war. Wenn ich springen würde, wäre ich ziemlich sicher tot. Würde ich umkehren, würde ich ihnen direkt in die Arme laufen. Mein Leben steuerte auf sein Ende hin, es war nur noch eine Frage der Zeit, so oder so. Ich kniff die Augen zusammen, um die Tränen zurückzuhalten.

Wie ungerecht – *sie* würden ungestraft davonkommen und ich musste sterben. Man würde meinen Körper bestimmt erst nach ein paar Tagen finden, und bis dahin wäre die Wahrheit längst zusammen mit mir in die ewigen Jagdgründe eingegangen.

Ich wollte nicht sterben ... jetzt doch noch nicht ... Ich *konnte* nicht sterben. Wenn ich es doch nur bis in die Stadt schaffen würde ... Ich trat an den Rand des Abgrunds.

»Nicht bewegen!«, rief jemand. »Bleib, wo du bist!«

Ich entspannte die Schultern. Hielt die Augen geschlossen. Nein, ich würde nicht zulassen, dass sie mich kriegten.

»Du sollst bleiben, wo du bist, hab ich gesagt!« Hinter mir wurde es unruhig; es hörte sich an, als würden meine Verfolger losstürmen, um mich doch noch zu fassen, bevor es zu spät wäre.

Dabei *war* es zu spät.

Ich streckte das rechte Bein vor, ins Nichts, holte Schwung

und sprang. Ich vernahm einen Schrei. *Was* geschrien wurde, konnte ich nicht verstehen. Nichts als den heulenden Wind hörte ich, der mir um die Ohren rauschte, während ich ins Nichts stürzte. Das Gefühl des freien Falls drehte mir den Magen um und ich verspürte einen Brechreiz in der Kehle. So fest ich konnte, presste ich die Zähne aufeinander, bis mir der Kiefer wehtat.

Dann empfing mich das eisige Flusswasser mit einer frostigen Umarmung und nahm mir den Atem.

KAPITEL 2

Mit einem Ruck schnellte ich im Bett hoch. Mein Brustkorb hob und senkte sich in rasender Geschwindigkeit – er verlangte nach Sauerstoff. Ich sah mich um. Keine Spur eines Abgrunds und auch nicht von irgendwelchen Mördern, die mir auf den Fersen waren. Ich war allein, in Sicherheit, wohlbehütet in der Geborgenheit meines Zimmers, und das Einzige, was mir Gesellschaft leistete, waren die Poster meiner Lieblingsbands. Mit einem Seufzer ließ ich mich zurück in die Kissen sinken.

Ich hatte einen Albtraum. Es war einfach nur ein Albtraum.

Meistens vergaß ich gleich nach dem Aufwachen, was ich geträumt hatte. Ich konnte mich einfach nicht mehr erinnern. In jener Nacht aber war es anders. Immer wieder war ich von seltsamen Träumen heimgesucht worden. Ich sah mich selbst wie in einem Film, bewegte mich, ohne kontrollieren zu können, was ich tat oder sprach, ohne abwägen zu können, was ich sagte, und fühlte dabei aber genau, was das Ich meiner Träume empfand, und sah so klar und deutlich, was dieses Ich sah, als würde ich es mit meinen eigenen

Augen sehen. Es war, als würde ich im Körper eines Fremden stecken und mich von einem Leben leiten lassen, das nicht meines war.

Absurd, ich weiß. Und trotzdem ... diese Träume waren so real, dass sie mir Angst machten.

Ich schüttelte den Kopf, um meine Gedanken zu verscheuchen, und schwang die Beine aus dem Bett. Als ich mich streckte, verspürte ich einen stechenden Schmerz im Nacken. Ich musste wohl irgendwie komisch gelegen haben. Na super, das hatte mir gerade noch gefehlt.

Ich war gerade aufgestanden, als meine Zimmertür mit einem Schlag aufflog und sich die mollige Gestalt meiner Tante Jane im Türrahmen abzeichnete. Aufgebracht fuchtelte sie mit einem ihrer heißgeliebten Klatschblätter in der Luft herum.

»Ist das zu fassen?! Eine Schande ist das!«, donnerte sie los. »Ich verstehe einfach nicht, warum die Regierung nicht ein für alle Mal etwas unternimmt!«

Ihre unpassenden Auftritte waren mir so vertraut, dass ich mir gar nicht erst die Mühe machte, so zu tun, als wäre ich überrascht. Egal, ob acht Uhr morgens oder zehn Uhr abends – wenn irgendetwas sie vor den Kopf stieß oder wütend machte, verspürte sie die unbedingte Notwendigkeit, sich bei mir abzureagieren, und meine geschlossene Zimmertür hielt sie nicht im Geringsten davon ab.

»Danke, dass du angeklopft hast. Und ja, du kannst reinkommen.«

»Die Sache wird langsam wirklich bedenklich, Kyle«, sagte Tante Jane und tat, als hätte sie mich überhaupt nicht gehört. Mit zwei langen Schritten war sie bei mir. Die Schnelligkeit, mit der sie sich trotz ihrer Körperfülle bewegte, erstaunte mich immer wieder. »Heute Vormittag noch werde ich mit dem Stabschef des Weißen Hauses sprechen! Wir können das einfach nicht länger hinnehmen!«

Um ihrer Empörung Ausdruck zu verleihen, wischte sie mit der wehrlosen Zeitschrift erneut durch die Luft; ihre Hiebe hinterließen allmählich Spuren, das Blatt war nur noch eine amorphe Sammlung zerknitterter Seiten. Aber so war sie eben. Eine Skandalnudel, die hoffnungslos zur Übertreibung neigte. Ich aber vergötterte sie. Es war mir egal, dass sie wie eine Furie in mein Zimmer fegte oder damit drohte, einen landesweiten Skandal vom Zaun zu brechen.

Ich mochte sie so sehr, dass ich ihr einfach alles verzieh.

Tante Jane war die einzige Verwandte, die ich noch hatte. Meine Eltern waren bei einem Verkehrsunfall ums Leben gekommen, als ich acht Jahre alt war, und sie, die beste Freundin meiner Mutter, hatte mich kurz nach dem Tod meiner Eltern adoptiert. Seitdem kümmerte sie sich um mich – und sie erzog und verhätschelte mich, als wäre ich ihr eigener Sohn.

Obschon sie die vierzig längst überschritten hatte, hatte sie die glatte und makellose Haut einer Zwanzigjährigen. Ihr Gefallen an schönen Kleidern hatte sie zur Muse der Modeschöpfer gemacht und auf zahlreiche Titelblätter internationaler Zeitschriften befördert, und ihr Urteil darüber, wer was zu welchem besonderen Anlass tragen sollte, war vielbeachtet. Abgesehen davon bestand ihre Hauptbeschäftigung darin, sich die Nägel zu maniküren, an exklusiven Kaffeekränzchen mit ihren ebenfalls exklusiven Freundinnen teilzunehmen und zu shoppen, bis ihre VISA Card PLATINUM anfing zu rauchen.

Das und natürlich noch viel mehr als das konnte sie sich auch erlauben. Die Bradfords waren schon im alten England eine wohlhabende Familie gewesen, und über die Generationen hin hatten sie ein Kapital angehäuft, das heute zu den ansehnlichsten der Vereinigten Staaten zählte. Und ich war nicht nur Tante Janes Augenstern, sondern zugleich der einzige Erbe ihres immensen Vermögens.

»Du kannst nicht ohne wirklich triftigen Grund beim Präsidenten anrufen. Bestimmt gibt es sogar ein Gesetz, das das verbietet«, schaltete ich mich ein. Ich hatte keine Ahnung, ob es ein solches Gesetz wirklich gab – aber wenn ich Präsident wäre und eine Tante hätte wie sie, dann würde ich jedenfalls keine Sekunde zögern, dem Kongress genau dieses Gesetz vorzulegen.

»Das hier *ist* ein triftiger Grund!«

Ich verdrehte die Augen.

»Ich meine einen wirklich triftigen Grund«, betonte ich. Tante Jane öffnete den Mund, um den nächsten Schwall an Beschwerden und Drohungen loszulassen, aber als ihr Blick an meinem Gesicht hängen blieb, war ihr morgendlicher Ärger plötzlich besänftigt.

»Herrje, Kyle, du siehst ja schrecklich aus!«

Beunruhigt ging ich auf den Spiegel im Eck meines Zimmers zu und betrachtete mein Gesicht. Meine Haut, normalerweise schimmernd und sonnengebräunt, schien von einer weißen Farbschicht überzogen, meine blauen Augen waren von dunkelvioletten Augenringen eingefasst und meine Lippen waren zu einem dünnen, farb- und leblosen Strich geworden. Hätte ein Geist neben mir gestanden, hätte sogar ich selbst nicht mit Sicherheit sagen können, wer von uns beiden tot und wer lebendig war. Ich entfernte mich vom Spiegel.

»Alles okay. Ich hab nur nicht besonders gut geschlafen.« Ich reckte den Hals. Eine Massage wäre jetzt nicht schlecht … Tante Jane nahm mein Gesicht in die Hände und sah mich an, als wäre ich eine vom Aussterben bedrohte Spezies.

»Das ist ganz bestimmt der Stress wegen deiner Rückkehr nach Drayton.«

»Kann schon sein.«

Ich strich liebevoll über die Uniform, die perfekt zusammengelegt auf dem Stuhl neben meinem Bett lag. An dem Wappen, das auf Brusthöhe des Jacketts angebracht war, blieb ich ein wenig länger hängen: ein Kaiseradler mit ausgebreiteten Schwingen und Heiligenschein, der von einer glamourösen goldenen Umrandung eingefasst war. Es gehörte fraglos zu der Sorte Abzeichen, die einem sofort ins Auge stechen. Und so wie ich Drayton kannte, war vermutlich genau das auch die Absicht gewesen, als man das grauenvolle Wappen entworfen hatte: Es *sollte* sofort ins Auge stechen.

Drayton war seit Jahrzehnten das angesehenste Internat der Welt. Zutritt zu den exklusiven Klassenräumen wurde nur solchen Schülern gewährt, die einen tadellosen Stammbaum vorzuweisen hatten, und die Lehrer standen im Ruf, die besten der besten zu sein. Kein Wunder, dass der Sinn des Wappens zum Teil auch darin bestand, die anderen Schulen vor Neid erblassen zu lassen – nur um *die* »Referenzinstitution« schlechthin zu sein, wie Direktor Lawrence nicht müde wurde zu betonen.

»Und?«, fragte ich und ließ von der makellosen Uniform ab. »Was hat dich denn jetzt eigentlich so aufgebracht?«

Kaum hatte ich die Sprache auf das Thema gelenkt, sprang Tante Jane auch schon wieder im Dreieck.

»Ach, Kyle, es ist entsetzlich. Und wir könnten jederzeit die Nächsten sein.«

Weil ich gerade erst aufgestanden war und mir die Erinnerung an den Albtraum noch im Nacken saß, verarbeitete mein Gehirn die Information nicht mit der üblichen Geschwindigkeit.

»Die Nächsten wobei?«

»Schau dir das an.« So gut es ging, strich sie die Zeitschrift glatt und hielt sie mir unter die Nase.

Kaum hatte ich das Foto gesehen, das dem Artikel auf der ersten Seite beigefügt war, wusste ich, was sie meinte. Auf dem Bild war eine Silhouette zu sehen, die sich in der Dunkelheit abzeichnete und fast in die Schwärze der Nacht überging. Die silberne Maske, die das Gesicht der Gestalt verdeckte, gab einen klaren Hinweis auf die Identität ihres Besitzers. Ich schnappte mir die Zeitschrift, jetzt mit deutlich größerem Interesse als zuvor, und las die Schlagzeile: »Polizei weiterhin erfolglos, Zero immer noch flüchtig, Kaiserin-Diadem bleibt verschwunden.«

»Sie haben es immer noch nicht gefunden?«, fragte ich ungläubig.

»Sieht so aus.«

Ich ignorierte Tante Janes wieder einsetzende Jammertiraden und konzentrierte mich auf den Text des Artikels:

»Der Diebstahl fand vor gut einem Monat während der Premiere von Macbeth in der Los Angeles Opera statt; zugegen war ausschließlich die High Society von Los Angeles. Man vermutet, dass die Tat zwischen 21:00 Uhr und 21:45 Uhr begangen wurde, kurz nach Beginn des zweiten Aktes. Genau wie in den vorangegangenen Fällen konnte die Polizei bislang keine Spur zu ...«

»Mir wird immer noch ganz schlecht, wenn ich daran denke, dass dieser Barbar das Kaiserin-Diadem gestohlen hat, während wir uns die Aufführung angesehen haben. Wir saßen doch direkt daneben!«, sagte Tante Jane. Sie stieß einen ihrer heißgeliebten theatralischen Seufzer aus und meinte dann: »Die ärmste Marissa Grossman hat sich immer noch nicht von der Sache erholt. Ist ja auch kein Wunder. Der Verlust des Kaiserin-Diadems ist einfach nicht wiedergutzumachen.«

Marissa Grossman war die Mutter meines besten Freundes, Mike. Kurz bevor das Schmuckstück verschwunden war, hatte ich den beiden noch Gesellschaft geleistet, und mir war immer noch völlig rätselhaft, wie Zero an das Diadem gekommen sein soll. Nach Beginn der Aufführung wurde niemand mehr in den Saal eingelassen. Und die Gänge wurden von Platzanweisern bewacht, damit auch ja kein Eindringling die erlauchten Gäste belästigte. Also? Wie alles, was mit dem mysteriösen Dieb zu tun hatte, war auch der Diebstahl des Diadems ein absolutes Rätsel, so viel war jedenfalls klar.

»Ich werde später Senator Stevens anrufen und verlangen, dass er alles tut, was in seiner Macht steht, damit dieser Zero, oder wie auch immer er heißt, endlich gefasst wird. Meinen Schmuck jedenfalls kann er sich abschminken. So weit kommt's noch! Nicht auszudenken, dass er sich die Ohrringe meiner Mutter unter den Nagel reißt oder das Collier, das mir meine Großmutter geschenkt hat! Ich könnte Jahre nicht mehr schlafen! Also bitte ... so ein lächerlicher, unbedeutender Kleinkrimineller. Ich begreife einfach nicht, warum sie so lange brauchen, um ihn zu schnappen.«

»Na ja, ich weiß nicht, ob man bei hundert Millionen gestohlenen Dollar von einem lächerlichen, unbedeutenden Kleinkriminellen sprechen kann ...«

»Das ist ja noch das Geringste, Kyle ...« Unvermittelt stieß sie einen leisen Schrei aus. War ihr plötzlich bewusst geworden, dass sie die Privatnummer des Senators gar nicht hatte und den ersehnten Anruf nicht machen konnte? Stattdessen hatte ich plötzlich ihre Armbanduhr vor der Nase. »Weißt du eigentlich, wie spät es ist?! Du machst dich jetzt so schnell wie möglich fertig, mein Freund. Wenn du nicht Gas gibst, kommst du noch am ersten Schultag zu spät. Jack hat ganz sicher schon den Wagen bereit gemacht und wartet unten.«

Ich versicherte ihr, dass ich mich blitzschnell anziehen und dann gleich hinunterkommen würde. Aber sobald sie aus dem Zimmer war, las ich erst noch einmal den Artikel über den Diebstahl in der Oper. Tante Jane hatte recht. Wie konnte es eigentlich sein, dass die Polizei Zero immer noch nicht geschnappt hatte?

KAPITEL 3

Die Fahrt nach Drayton verlief ruhig. Die Regenschauer der letzten Tage waren vorübergezogen und jetzt bahnte sich allmählich die Sonne wieder ihren Weg durch die grauen Wolken. Den Kopf an die Fensterscheibe gelehnt, verbrachte ich den Großteil der Fahrt im Halbschlaf. Als ich wieder zu mir kam, gab Jack, unser Chauffeur, gerade die vier Kennwörter auf dem Bedienfeld neben dem Eingangstor zum Internat ein, damit uns das Sicherheitssystem der Schule identifizieren konnte.

Sogar zwischen den Bäumen waren Alarmanlagen installiert, und aus der Ferne nahmen uniformierte Wachleute, die versuchten, sich möglichst unauffällig zu verhalten, jeden einzelnen Wagen unter die Lupe, der das Tor passierte.

Das Internat Drayton sei einer der bestbewachten Orte des Landes, hieß es. Immerhin studierten hinter seinen Mauern ja auch die Sprösslinge der vermögendsten Familien der Welt – und niemand wollte, dass den Jugendlichen, die bei Entführern und Kriminellen besonders hoch im Kurs standen, etwas zustieß. Als ich den Blick schweifen ließ, hatte ich allerdings den Eindruck, dass das Sicherheitssystem des Internats seit dem letzten Schuljahr noch engmaschiger geworden war. Waren da nicht noch mehr Überwachungskameras? Zusätzliche Sensoren?

Das eiserne Eingangstor öffnete sich und unser Wagen setzte sich wieder in Bewegung. Ein gepflasterter, leicht ansteigender und von dichtbelaubten Zypressen gesäumter Weg führte uns, vorbei an weitläufigen grünen Wiesen zu beiden Seiten, ins Innere des Geländes. Am Horizont zeichnete sich das Hauptgebäude von Drayton ab – ein gigantisches Herrenhaus im viktorianischen Stil mit dunkler Fassade, hoch aufragenden Türmen und spitz zulaufenden Fenstern.

Mir fiel ein, wie ich das Gebäude zum ersten Mal gesehen hatte. Damals war ich kurz davor gewesen, in Tränen auszubrechen. Fast ein Jahr lang in diesem Riesenkasten eingesperrt zu sein, weit entfernt von Tante Jane, war mir nicht gerade wie der beste Plan des Universums vorgekommen. Jetzt war das anders. Drayton war ein Teil von mir. Ein Ort, der mich kannte und den ich kannte. Den ich mochte und an dem ich mich wie zu Hause fühlte.

Wenn es die Prüfungen nicht gäbe, wäre es wohl mein absoluter Lieblingsort auf dieser Welt.

Jack umschiffte geschickt die anderen Fahrzeuge, die die Auffahrt blockierten, und hielt den Wagen direkt vor dem Haupteingang an. Es ging zu wie auf den Straßen von Los Angeles zur Hauptverkehrszeit. Nur dass man in der Stadt alle möglichen Autotypen zu Gesicht bekam. In Drayton dagegen fand man sich ausschließlich in Gesellschaft der teuersten und angeberischsten Modelle, die die Fabriken hergaben – darunter auch solche, von denen man nie gedacht hätte, dass es sie wirklich gab. Wer kam schon auf die Idee, mit einem roten Sportwagen vorzufahren, den man scheinbar direkt aus einem Formel-1-Rennen herausgepickt hatte? – Und hatte ich da gerade einen Wagen gesehen, der mit Swarowski-Kristallen überzogen war? Ich seufzte. Manche Leute wussten wirklich nicht, was sie noch alles tun sollten, um die Aufmerksamkeit auf sich zu ziehen. Es war absurd.

Ich erkannte Neals roten Mustang unter den Fahrzeugen. Wenigstens einer der etwas diskreteren Wagen. Allerdings war ich ziemlich überrascht, dass Neal seinen Führerschein noch hatte – nach dem Rennen, das wir uns vor dem Sommer geliefert hatten ... Mike und ich waren leider nicht so ohne weiteres davongekommen. Na ja, Neal hatte wohl einfach Glück gehabt.

»Ich hole Ihr Gepäck, Sir«, sagte Jack. Er öffnete die Fahrertür und schnellte in Richtung Kofferraum davon.

Ich zog mir die Jacke an, richtete meine Krawatte, um eine einigermaßen gute Figur zu machen, und stieg ebenfalls aus dem Wagen. Der Schmerz im Nacken hatte allmählich nachgelassen. Etwas unangenehm fühlte es sich noch an, aber es war auszuhalten. Zum Glück – schließlich wollte ich in perfekter Kondition in die neue Polo-Saison starten und unseren Meistertitel verteidigen.

Jack stellte die Koffer neben mir ab und sah mich an, wie er es immer tat, wenn wir in Drayton angekommen waren: traurig. Er musste gar nicht aussprechen, was er dachte.

»Ich werde dich auch vermissen.«

»Wenn Sie mich brauchen, ganz egal wann, dann komme ich. Sie müssen nur anrufen.« Ich umarmte ihn. Ich würde ihn bestimmt nicht wiedersehen, bevor er mich am Ende des Schuljahres abholte. »Passen Sie auf sich auf.«

»Und du, lass dich nicht so oft von Tante Jane zum Einkaufen schicken.«

Jack wusste, dass ich keine Abschiede mochte, und um den Moment nicht noch länger hinauszuzögern, klopfte er mir ein letztes Mal aufmunternd auf den Rücken und nahm dann wieder auf dem Fahrersitz Platz. Eine Minute später war der Wagen nur noch ein kleiner, schwarzer Punkt auf dem Weg zurück nach Los Angeles.

Mit meinen zwei Koffern in der Hand stieg ich die Treppe zum Internatsgebäude hinauf. Die Fassade glänzte. Bestimmt hatte Lawrence, der Schulleiter, sie extra aufpolieren lassen, um die Schüler nach den Sommerferien gebührend zu empfangen. Auch die Glasscheiben der Fenster waren makellos, nicht das kleinste Staubkorn war darauf zu sehen. Ich konnte mir gut vorstellen, wie viel Arbeit das die Leute gekostet hatte, die in Drayton beschäftigt waren.

Während ich alles genau inspizierte, weckte etwas meine Aufmerksamkeit. Im zweiten Stock stand ein Mann am Fenster und blickte hinaus. Unter anderen Umständen wäre das ja nicht weiter von Bedeutung gewesen. Nur fixierte er mich so eindringlich, als gäbe es nichts anderes zu sehen als mich allein, dass ich stehen blieb, bevor ich am Ende der Treppe angelangt war.

Zu den Schülern gehörte er nicht, so viel war schon mal sicher. Allein schon deshalb, weil er statt der Drayton-Uniform einen grauen Regenmantel trug und darunter einen hässlichen, völlig verwaschenen, abgenutzten Pullover. Vielleicht ein neuer Lehrer? Mir war zu Ohren gekommen, dass jemand als Ersatz für Mr. Jones eingestellt worden war, der uns in Zeitgeschichte Amerikas unterrichtete und sich beim Skifahren ein Bein gebrochen hatte.

Und trotzdem ...

Vielleicht hatte ich ja auch nur Halluzinationen. Aber irgendetwas war da im Ausdruck dieses Typen, das mir nicht gefiel. Er strahlte etwas Kaltes aus, war voller Hass und schien zu sagen: »Ich verabscheue dich, ich hasse dich, und das weißt du auch.« Warum dieser mörderische Blick?

»Ah, ich sehe, Sie sind zurück, Mr. Bradford.« Das stets liebenswürdige Gesicht von Lawrence schob sich zwischen das Augenpaar, das meinen Bewegungen vom Fenster aus folgte, und mich.

»Guten Tag, Herr Direktor.« Ich nahm die Hand, die er mir entgegenstreckte.

»Ich hoffe, Sie haben einen ruhigen und erholsamen Sommer verbracht.«

Ich ging in Gedanken meine Ferien durch. Dieses Jahr waren wir nicht in die Hamptons gefahren, wie sonst immer. Ich war in Los Angeles geblieben, weil sich Tante Jane nicht besonders gut gefühlt hatte und ihr nicht nach Reisen zumute gewesen war – einer ihrer Rheumaanfälle. Aber trotzdem waren die Ferien gar nicht so übel gewesen; zwei, drei langweilige Adelsfamilien, Einladungen zum Tee, ein paar Wohltätigkeitsdinner, das Übliche eben.

»Ja, ziemlich ruhig, gibt nicht viel zu erzählen.«

»Das freut mich«, sagte er lächelnd, genau wie ein liebenswerter alter Mann es tun würde. So war Lawrence immer. Jeden einzelnen Schüler von Drayton behandelte er mit unendlichem Wohlwollen. Als wäre er gar nicht in der Lage, irgendetwas Schlechtes in uns zu sehen. Nie habe ich ihn wütend erlebt oder wie er jemanden anschrie. Nicht mal, wenn Mike, Neal und ich ihm mal wieder eine unserer üblichen Faxen auftischten oder zum zweiten Mal durch eine Prüfung rasselten. Manche hielten ihn für zu großmütig. Ich dagegen war dankbar für seine väterliche Haltung.

»Ach, übrigens, ich habe gesehen, dass Sie einen neuen Lehrer als Vertretung für Mr. Jones eingestellt haben. Hat er sein Bein immer noch in Gips?«

»Ein Vertretungslehrer? Nein, da müssen Sie sich geirrt haben. Jones ist seit heute Morgen zurück. Er hat sich schnell erholt, zum Glück für uns. Ich habe übrigens gerade einen Kaffee mit ihm getrunken – es geht ihm bestens.«

»Ach so, ich dachte, der neue Lehrer sei für ihn da.«

»Ein neuer Lehrer?«

»Ja, der …« Ich streckte den Arm aus, um auf den Mann im grauen Regenmantel zu deuten. Aber mein Finger zeigte bloß auf ein großes, kahles Fenster, hinter dem absolute Leere herrschte. Da waren nur die weißen Vorhänge zu beiden Seiten der Glasscheibe. »Was …?«

»Wahrscheinlich eine unbedeutende Verwechslung. Jedenfalls wurde keine neue Lehrkraft für dieses Jahr eingestellt«, schloss Lawrence. Er entschädigte mich mit einem weiteren Lächeln, das so pappsüß war wie frisch gemachte Zuckerwatte. Und obschon ich noch unter dem Einfluss seines Lächelns stand, entging mir nicht der Schatten einer leichten Unruhe, die zuvor nicht da gewesen war. »Wenn Sie mich jetzt entschuldigen wollen, Mr. Bradford. Ich werde nun auch die anderen Schüler willkommen heißen.«

»J…ja, natürlich.«

Lawrence verbeugte sich zum Abschied und lief im Zickzack zwischen den Autos hindurch weiter. Ich verlor ihn schnell aus den Augen.

Erneut hob ich den Blick und ging die Fenster des zweiten Stocks durch, eines nach dem anderen. Aber die seltsame Gestalt mit dem übellaunigen Gesicht konnte ich nirgends mehr entdecken.

KAPITEL 4

Das Foyer war zum Bersten voll mit Schülern in Drayton-Uniform; geschäftig liefen sie von hier nach dort, um Freunde zu begrüßen oder jedem, der es wissen wollte, von ihren Ferien in den Hamptons, in Acapulco oder sonst wo zu berichten. Wo man hinsah, wimmelte es nur so vor sonnengebräunten Gesichtern, auf denen noch ein leiser Hauch von Sonnencreme lag, der den Schülern wie ein Andenken anhaftete, man umarmte sich und gab sich Küsschen auf die Wangen.

In den Trauben aus alten Hasen und Neulingen konnte ich das ein oder andere bekannte Gesicht ausmachen. Dominique Larsson, Sohn eines französischen Magnaten aus der hochpreisigen Kosmetikindustrie; Wladimir Lavrov, einer der wenigen noch lebenden Abkömmlinge der Romanov-Dynastie; Gabriella die Palma, Lieblingstochter des mächtigsten Mafioso Italiens ...

Bevor ich dazu kam, ein paar Leute zu begrüßen, tauchte Mike am anderen Ende des Foyers auf. Hinter ihm war Neal und strich sich das mit Festiger gestärkte Haar zurück. Meine zwei besten Freunde zu sehen, ließ mich das ungute Gefühl schnell vergessen, das mir der Mann hinter dem Fenster gemacht hatte.

»Hey, wie geht's, Alter? Hast dir ganz schön Zeit gelassen. Wir warten schon ewig auf dich.« Wir klatschten uns ab.

»Übertreib mal nicht, so spät bin ich auch wieder nicht dran. Seit ihr schon lange da?«

»Nee, halbe Stunde oder so. Obwohl Neal sich ja den ersten Ärger des Schuljahrs schon eingehandelt hat.«

»Tja, was soll ich tun? Ich nutze nun mal gerne meine Zeit mit produktiven Dingen.«

»Und was war's diesmal?«, fragte ich. Neal jonglierte ein Päckchen Zigaretten zwischen den Fingern und ließ es dann in meine Hand gleiten. »Poker?«

»Ja. Ich hab hundert Kröten gewonnen und Tabak für einen Monat.«

»Hoffentlich erwischt dich Lawrence. Du weißt ja, dass es für ihn nichts Schöneres gibt, als uns daran zu erinnern, dass das Rauchen in Drayton verboten ist. Wenn er deine schönen Vorräte entdeckt, wird er dir eine ordentliche Strafe aufbrummen.«

»Vergiss es. Der alte Dummkopf hat meine Verstecke noch nie entdeckt. Als er aufgetaucht ist und mir meine Glückssträhne vermasselt hat, war mein Gewinn längst sicher gebunkert.« Er wies auf das Päckchen, das er mir gegeben hatte. »Gib Bescheid, wenn du mehr brauchst.«

»Danke, Alter.« Mike, Neal und ich waren einfach immer zusammen. Wir waren in derselben Polo-Mannschaft, besuchten dieselben Kurse und gingen auf dieselben Partys. So lange wie diesen Sommer waren wir noch nie getrennt gewesen, und nach einem Monat ohne die beiden freute ich mich wie ein kleines Kind, sie wieder um mich zu haben. »Ich hab euch vermisst, Jungs.«

»Wir dich auch. War ganz schön langweilig in den Hamptons, Mike hat die ganze Zeit rumgejammert.«

»Was blieb mir denn übrig? Dich mit dem Jet-Ski zu jagen, war noch das Lustigste der ganzen Ferien.«

Während sie redeten, beobachtete ich sie. Die beiden waren total verschieden. Mike sah mit seinen honigfarbenen Augen und dem silbrig wirkenden blonden Haar aus wie ein Engelsknabe aus der Renaissance. Man hatte den Eindruck, er hätte keiner Fliege je etwas zuleide getan und sei der typische Musterknabe, der seinen Eltern, mal abgesehen von der Frage nach der Farbe der Krawatte, die er täglich zu tragen hatte, nicht die geringsten Probleme machte. Die Wirklichkeit sah allerdings anders aus. Er war es, der immer die besten schmutzigen Witze auf Lager hatte, der sich die verrücktesten Pläne ausdachte und der uns in die unglaublichsten verzwickten Situationen brachte.

Neal dagegen hatte kastanienbraunes Haar, dunkle Augen und einen olivfarbenen Teint. Jeder würde denken, dass er das ganze Jahr über nichts anderes zu tun hatte, als in der Sonne zu braten. Sogar im Winter bewahrte seine Haut ihren Kupferschimmer. Er hatte ungeheures Glück im Spiel. Wer sich traute, ihn zu einer Partie Poker oder Black Jack herauszufordern, den konnte man nur bemitleiden. Ich hatte es schon vor Jahren aufgegeben, gegen ihn gewinnen zu wollen.

»Ach übrigens, Kyle ...« Mike sah Neal aus den Augenwinkeln an und irgendwas an ihrem kurzen Blickwechsel ließ mich skeptisch werden. Inwiefern mich mein Gefühl nicht täuschte, sollte ich auch gleich erfahren. »Du weißt es wahrscheinlich noch nicht, aber ... wir sind dieses Jahr nicht im selben Zimmer.«

»Ist nicht wahr!«, rief ich. Seit unserem ersten Schuljahr in Drayton hatten Mike und ich ein Zimmer geteilt. Das war

Lawrence' ganz diskrete Art, meiner Tante Jane für ihre großzügigen Zuwendungen ans Internat zu danken. Und nach den mehreren tausend Dollar, die meine Adoptivmutter für die Renovierung der Bibliothek locker gemacht hatte, gab es ja wohl auch keinen Grund, daran etwas zu ändern. »Du hast bestimmt nicht richtig hingesehen.«

»Nein, Alter. Das ist kein Irrtum.«

Er hielt mir eine Kopie der Liste mit der Zimmeraufteilung hin, eine zweispaltige Tabelle. Rechts standen, nach Klassen geordnet, die Namen der Schüler, links waren die Zimmernummern aufgelistet. Ich suchte meinen Namen im Abschnitt »12. Klasse«. Es dauerte nicht lange, bis ich ihn fand; es war der sechste von oben. Ich warf einen Blick auf den Namen, der neben meinem stand ... und war so überrascht, dass mir der Mund offen stehen blieb.

»Eine bessere Gesellschaft hätte man ja wohl kaum für dich aussuchen können, Kyle.« Neal lachte laut los. »Ihr beiden werdet es herrlich miteinander haben!«

»Das ist nicht witzig«, murmelte ich.

»Vielleicht können wir ja noch irgendwas daran drehen«, meinte Mike.

»Du weißt doch genau, dass an der Zimmeraufteilung nichts mehr zu rütteln ist, wenn Lawrence sie erst mal abgesegnet hat«, fauchte ich. »Ich kann mein Glück echt nicht fassen. Was denkt sich Lawrence eigentlich dabei? Ich war ganz sicher, dass sie uns wieder zusammenstecken würden.«

»Ich auch. Sie haben uns doch noch nie getrennt.«

Neal kriegte sich überhaupt nicht mehr ein vor Lachen. Er hielt sich an einer der Säulen fest, die kreisförmig im Foyer angeordnet waren, und lachte sich halbtot auf meine Kosten.

»Hundert Kröten, dass Kyle eines Morgens auftaucht und einen Bleistift im Hals stecken hat. Oder gleich gevierteilt ist.

Mit so einem Typen im Zimmer kann dir einfach alles passieren!«

»Hey!«, beschwerte ich mich.

»Komm schon, Kyle. Wenn ich *den* Typen im Bett neben mir hätte, wär ich echt vorsichtig. Er ist einfach der schrägste Vogel von ganz Drayton.«

Die nächste Lachsalve. Jetzt hielt sich sogar Mike den Bauch vor Lachen. Na toll. Das gab mir echt den Rest.

»Hört schon auf jetzt!«, rief ich. So würdevoll, wie es mir eben möglich war, nahm ich meine beiden Koffer und ging zur Treppe, die in den ersten Stock führte.

Ich wollte es vor ihnen nicht zugeben, aber es stimmte schon: Mein neuer Zimmergenosse gehörte nicht gerade zur Crème de la Crème von Drayton. Aber so schlimm konnte er ja wohl auch wieder nicht sein ... oder?

KAPITEL 5

Vor der geschlossenen Tür zu meinem Zimmer blieb ich stehen. Es lag am Ende des Korridors, direkt neben dem Notausgang und völlig abseits der anderen Zimmer. Das Katzenzimmer. Das Zimmer, das niemand wollte. *Ein weiterer wunderbarer Grund, den katastrophalen Beginn meines neuen Schuljahres aus tiefstem Herzen zu hassen.* Ehrlich gesagt machte mir allerdings noch mehr Sorgen, was mich drinnen erwarten würde, oder besser gesagt, *wer*. Ich sah auf das Metallplättchen rechts neben der Tür, auf dem mein Name und der meines Zimmergenossen standen. *Na super, Kyle ...*

Ich drückte die Türklinke hinunter und trat ein.

Len Lu hob den Blick von seinem brandneuen Laptop, den er auf den Knien balancierte – seine ganz persönliche, frostige Art, mich willkommen zu heißen. Weder grüßte er mich, noch fragte er, wie mein Sommer gewesen war. Er sah mich einfach nur an und dann runzelte er die Stirn. Offenbar war ich nicht der Einzige, der mit der Wahl seines Zimmergenossen unzufrieden war.

Wenn ich Bilanz ziehe, komme ich zu dem Schluss, dass

die Haarfarbe wohl das Einzige war, das als Gemeinsamkeit zwischen Len und mir infrage kommen konnte. Und eigentlich nicht mal das. Sein Haar war von einem tieferen Schwarz als meines, ein Erbe seiner asiatischen Vorfahren. In allen anderen Dingen waren wir so unterschiedlich, wie es nur ging.

Die Firma seines Vaters, hieß es, sei einer der führenden multinationalen Computerhersteller, und die Neuheiten, die von dort lanciert wurden, weckten enorme Erwartungen bei den tonangebenden Kennern der Branche. Einmal war mir zu Ohren gekommen, dass die Labors der Lu Corporation absolut jedes elektronische Bauteil entwickeln und herstellen konnten, egal wie leistungsfähig. Keine Ahnung, ob das stimmte ...

Verrückt war nur, dass Len durch das Ansehen seiner Familie überhaupt nicht umgänglicher wurde. Er hatte mit niemandem Kontakt. Er aß alleine, und im Unterricht setzte er sich in die erste Reihe, wo sonst einfach niemand sitzen wollte. Er hatte keine Freunde. Hing nie auf Partys ab. Mit Mädchen ging er auch nicht aus. Er war wie ein Geist. Andererseits galt er als der beste und brillanteste Schüler von ganz Drayton. Asozial und dann noch ein Streber – die perfekte Kombination, um so ziemlich das genaue Gegenteil von mir zu sein.

»Hey, Len, wie geht's? Sieht ganz so aus, als würden wir uns das Zimmer bis Ende des Schuljahres teilen.« Er zog die Brauen hoch. Das war seine ganze Reaktion. Kein einziges Wort brachte er über die Lippen. Dann widmete er seine ungeteilte Aufmerksamkeit wieder dem Bildschirm seines Laptops, als wäre ich überhaupt nicht anwesend.

Ich quittierte seine Ablehnung im Stillen mit einer genervten Geste und nutzte das ungemütliche Schweigen zwischen uns, um mein neues Zimmer zu inspizieren.

Die Schlafräume in Drayton waren nicht besonders geräumig. Sie hatten eigentlich die perfekte Größe, um sich wohlzufühlen, ohne dass man das Gefühl hatte, in einem Fünf-Sterne-Hotel zu sein. Zwei Betten an der hinteren Wand, ein langer Schreibtisch, den man sich teilte, Schränke zu beiden Seiten des Zimmers und ein paar Regale neben der Tür für die Bücher, die man im laufenden Schuljahr so brauchte.

Das Beste war die Aussicht. Alle Zimmer gingen nach hinten raus, und von den Fenstern aus konnte man auf die Wiesen und Pinienhaine blicken, die das Internat umgaben. Wenn man so gute Augen hatte wie ich, konnte man sogar bis zum Polofeld sehen, das in einigen Kilometern Entfernung lag.

Deshalb suchte ich mir auch immer das Bett am Fenster aus. Ich hatte Drayton gerne im Blick beim Einschlafen. Das konnte ich dieses Jahr allerdings vergessen. Len hatte nämlich schon Besitz ergriffen von der Seite, die ich eigentlich wollte, und er war vermutlich kaum bereit, die Verhandlungen über sein frisch ergattertes Territorium aufzunehmen. Er hätte ja wenigstens etwas sagen können. Aber okay, ich würde jetzt nicht wieder anfangen zu jammern.

Ich setzte mich auf das freie Bett und testete, ob die Matratze weich und bequem war. Nicht schlecht. Auf meinem Nachttisch lag eine Mappe mit dem Siegel von Drayton. Ich wusste genau, was darin war. Die Internatsregeln (hm ... wenn mich nicht alles täuschte, hatte ich jede einzelne davon schon einmal gebrochen) und die Liste der Lehrer mitsamt den kursiv hervorgehobenen prestigeträchtigen Errungenschaften, die sie vorzuweisen hatten. Und dann natürlich der Stundenplan.

Rhetorik und öffentliche Ansprachen, Das Geschäft an der Börse, Etikette. So sehr man sich in Drayton auch bemühte, aus den Schülern die künftigen Herrscher des Universums zu machen – für mich waren die Unterrichtsfächer eine einzige Qual. Nur Reiten machte da eine Ausnahme. Wenigstens ein Fach, das mir dieses Jahr liegen würde in der ganzen Hölle hier. Ich streckte mich auf meinem Bett aus und ließ den Stundenplan auf den Boden fallen.

In dem Moment sah ich den schwarzen Umschlag auf meinem Kissen, mit meinem Namen in goldenen Buchstaben darauf.

KAPITEL 6

Neugierig nahm ich den Umschlag vom Kissen und untersuchte ihn von beiden Seiten. Es war weder ein Absender darauf noch Briefmarken oder die Adresse des Empfängers. Nur mein Vor- und Familienname, oben unter den Rand gekritzelt. Wie konnte der Umschlag in mein Zimmer gekommen sein, wenn nicht einmal die Postanschrift von Drayton darauf stand?

»Wann ist denn das hier angekommen?«, fragte ich Len. Er rührte sich nicht. Seine Finger hackten weiter auf die Tastatur ein. »Hallo?«

Wieder nur Schweigen. Meine anfängliche Geduld war jetzt allmählich aufgebraucht und langsam, aber sicher wurde ich wütend. Ich klopfte an den Bildschirm seines Computers.

»Bist du taub? Ich rede mit dir.«

Herausfordernd sahen wir uns an, als würden wir uns gleich duellieren. Wie daneben er mich fand, war innerhalb weniger Sekunden ziemlich klar.

»Ich hab dich sehr gut gehört«, stieß er hervor. Feindselig musterten mich seine Schlitzaugen.

»Könntest ja wenigstens antworten.«

»Warum sollte ich?«

»Wenn einer eine Frage stellt, antwortet der andere normalerweise – irgendwie logisch, oder?« Ich riss mich zusammen, um nicht die Kontrolle zu verlieren und ihm die Faust ins Gesicht zu zimmern. Ich hatte ihn ja nicht nach seinem Bankkonto oder so was gefragt.

»Soweit ich weiß, bin ich weder dein Kindermädchen noch dein Dienstbote. Wenn du wissen willst, wer dir den bescheuerten Umschlag gebracht hat, dann frag jemand anderen. Oder meinst du vielleicht, ich hab nichts Besseres zu tun, als mich um die kleinen Aufmerksamkeiten deiner Bewunderinnen zu kümmern?«

»Ich hab einfach nur gefragt. Hätte ja sein können, dass du es weißt.«

»Also gut. Nein, ich weiß es nicht. Und wenn's dir nichts ausmacht, hab ich jetzt Wichtigeres zu tun, als mit dir zu quatschen, Mister Ich-bin-ja-so-beliebt-und-ohne-mich-geht-gar-nichts.«

Und ohne ein weiteres Wort zu verlieren, wandte er sich wieder seiner absurden Beschäftigung zu. Aber immerhin – das war der längste verbale Austausch zwischen uns gewesen, seit wir uns kannten.

»Komischer Vogel«, grummelte ich.

»Hatte ich schon erwähnt, dass ich nicht taub bin?«

»Vergiss es, Len.«

Wieder warfen wir uns angriffslustige Blicke zu, dann sah jeder in die entgegengesetzte Richtung. Das Zusammenleben würde wohl einigermaßen kompliziert werden

Erneut inspizierte ich den Umschlag. Es war nicht gerade üblich, am ersten Schultag Post zu bekommen. Normalerweise kamen die wichtigen Briefe erst nach ein paar Wochen an, die meisten, die wir gleich zu Anfang bekamen, waren belanglose Schreiben, die sich im Laufe des Sommers in den Fächerschränken angesammelt hatten. Angebote über abgelaufene Abos oder veraltete Werbeschreiben, die sowieso gleich im Papierkorb landeten. Dieser schwarze Umschlag hier sah allerdings nicht so aus, als würde irgendein Wisch über brandneue Angebote darin stecken. Und wenn es eine dringende Nachricht von Tante Jane war, die Lawrence auf mein Bett gelegt hatte, während ich noch unten im Foyer war? Beunruhigt riss ich den Umschlag auf.

Drinnen lag eine Notiz. Ein winziges, rechteckiges Stück Papier mit ausgefransten Rändern, das irgendwo herausgerissen worden war, und zwei handgeschriebene Zeilen darauf. Keine Unterschrift, kein Datum. Mir fiel das Papier auf, auf dem die Nachricht geschrieben war. Es war feiner als die üblichen Bögen. Durchscheinend und leicht. Es fühlte sich zart an, ganz glatt, wie eine Glasscheibe.

Ich las die Notiz:

Jetzt gibt es kein Zurück mehr. Das Spiel hat begonnen ...

Ich knurrte. Unglaublich. Mike und Neal reichte es wohl nicht, sich über mich totzulachen – nein, sie mussten mir auch noch diese bescheuerte Nachricht schicken und sich noch tiefer in meinem Schicksal suhlen. Bestimmt standen sie vor der Tür, hielten sich die Hände vor den Mund und warteten nur darauf, mein Gesicht zu sehen, um loszuprusten.

Wütend sprang ich auf die Beine und riss die Tür auf.

»Das ist echt nicht ...«

Meine Stimme verhallte in dem verwaisten Korridor. Keine Menschenseele war da. Keine Spur von Mike und Neal. Man hörte auch kein unterdrücktes Lachen, das sie verraten würde, für den Fall, dass sie sich irgendwo versteckt hatten. Sie verschwendeten also nicht nur meine Zeit, sondern hatten sich auch noch verzogen, damit ich glaubte, sie seien es nicht gewesen.

Fantastisch ...

Ich knüllte den Papierfetzen zu einem kleinen Ball zusammen und warf ihn mit einem perfekten Korbwurf in den Mülleimer. Ich würde Mike und Neal schon noch daran erinnern, dass ich diese Art von Streichen hasste. Als ob sie das nicht längst wüssten!

An die Notiz verschwendete ich keinen Gedanken mehr.

Und das war mein erster großer Fehler.

KAPITEL 7

Als ich meine Koffer ausgepackt und die Zigaretten in der Manteltasche verstaut hatte, damit sie niemand zu sehen bekam, war es fast schon Zeit fürs Mittagessen. Len hatte kein Wort mehr mit mir gesprochen. Er hing behäbig in einer Ecke herum und interessierte sich weit mehr für seinen Rechner als dafür, mit mir Konversation zu betreiben. Ich konnte gar nicht anders, als Mike zu vermissen.

An unserem allerersten Tag in Drayton hatten wir eine CD eingelegt, die wir beide mochten, hatten die Lautstärke voll aufgedreht, mitgegrölt und dabei unsere Koffer ausgepackt. An so was war mit Len nicht zu denken.

Ich schnaubte.

Am besten ging ich rüber zu meinen Freunden und sah mir an, ob sie es besser getroffen hatten mit ihren Mitbewohnern.

Ich trat aus dem Zimmer und lief den langen Korridor hinunter, von dem die Jungszimmer abgingen. Die der Mädchen lagen im Ostflügel, der von unserem Bereich durch eine gewaltige, massive Tür getrennt war, die Abend für Abend zu Beginn der Sperrstunde abgeschlossen wurde. Selbstverständlich war uns der Zugang zu diesem Bereich des Internats untersagt, und zwar ohne Ausnahme – allerdings gab es auch immer irgendjemanden, wie zum Beispiel mich, der diese Regel missachtete ...

Ich dachte gerade an das letzte Mal, als ich mich heimlich in den Mädchenflügel geschlichen hatte, als mir ein Schauder über den Rücken lief. Ein seltsames Gefühl, ein Kribbeln, das noch am ehesten einer Art Vorahnung gleichkam.

Jemand beobachtete mich.

Ich drehte mich um. Ganz langsam, ein paar Mal um die eigene Achse. Ich spürte es doch. Ein paar Augen hatten den Blick auf meinen Nacken geheftet. Und dennoch sah ich um mich herum nichts als die verschlossenen Zimmertüren und die Bilder mit den Landschaftsmalereien an den Wänden.

Ich ging weiter, jetzt allerdings schneller als zuvor, und sah mich dabei andauernd um.

Es gab überhaupt keinen Zweifel ...

... irgendjemand hing an mir dran ...

... irgendwo dort in der Dunkelheit ...

Als ich die Tür zu Mikes Zimmer gefunden hatte, klopfte ich ungeduldig an. Ich mochte das Gefühl nicht, beobachtet zu werden – schon gar nicht, wenn ich denjenigen, der hinter diesem Gefühl steckte, nicht sehen konnte.

»Ist was, Kyle?«

Mikes Stimme ließ mich zusammenfahren. Er hatte einen Stapel Pullover in der Hand und über seiner Schulter hing eine Hose. Als er mich so im Türrahmen stehen sah, wie ich den Korridor auf- und absah, streckte er selbst den Kopf aus dem Zimmer, um auch zu sehen, was dort so spannend war.

»Nein, alles okay, Alter. Wollte dich nur kurz besuchen. Wie ist dein Zimmer?«

»Genial! Komm rein!«

Ich folgte Mike ins Zimmer. Aber bevor ich die Tür schloss, warf ich nochmals einen Blick nach draußen, und ein mulmiges Gefühl beschlich mich.

KAPITEL 8

Wir hatten den ganzen Nachmittag über auf dem Polofeld trainiert, und als wir ins Internat zurückkamen, war es schon dunkel. Ich verschlang mein Abendessen in Rekordzeit; in null Komma nichts waren das Entrecote und die grünen Bohnen von meinem Teller verschwunden. Meine Freunde ließen sich da schon mehr Zeit.

»Ach übrigens, habt ihr's schon gehört?«, fragte Neal. Immer noch hungrig, starrte ich auf seinen Pudding, den er gerade löffelte.

»Was denn?«, fragte Mike. »Meinst du, dass Ryan nicht mehr mit Charlotte geht – Schnee von gestern. War Dauerthema in den Hamptons.«

»Was, die beiden haben Schluss gemacht?«, fragte ich. Das war der Nachteil, wenn man die Ferien nicht am selben Ort wie alle anderen verbrachte. Man bekam überhaupt nichts mehr mit.

»Tja – Ryan ist jetzt mit Charlottes bester Freundin zusammen.«

»Echt?«

»Nee, das hab ich nicht gemeint«, schaltete sich Neal jetzt wieder ein. Er sah Gregory Melbourne an unserem Tisch vorbeilaufen und hielt ihn fest. »Hey, du Ratte. Du schuldest mir noch vierzig Kröten. Glaub bloß nicht, dass ich das vergessen habe.«

»J…ja, ich weiß. Es ist nur … Ich muss warten, bis meine Mutter mir mehr Geld schickt.«

»Ist auch besser so, Loser.« Sobald Gregory wieder frei war, machte er sich, so schnell er konnte, aus dem Staub. »Was ist er auch so blöd und schuldet mir Geld?«

»Noch 'ne Pokerrunde?«

»Ja, ich hab nach dem Mittagessen dreimal hintereinander gewonnen. Der Typ kriegt echt gar nichts auf die Reihe«, sagte Neal und verdrehte die Augen. Dann beugte er sich vor und erzählte weiter. »Nein, also, was ich sagen wollte: Lawrence hat dieses Schuljahr die Sicherheitsvorkehrungen im Internat hochgeschraubt. Er hat mehr Wachleute in der Umgebung eingesetzt und die Passwörter für die Eingangstüren geändert.«

Dann hatte ich mich also doch nicht getäuscht.

»Und woher weißt du das?«

Neal aalte sich in unserer Aufmerksamkeit. Es gefiel ihm, dass er etwas wusste, von dem wir keinen Schimmer hatten.

»Lawrence hat es einem Freund meines Vaters erzählt. Und der hat es meiner Mutter heute Morgen am Telefon gesagt. Soweit ich es mitbekommen habe, hat Lawrence das gesamte Internat aufgerüstet; es soll wohl so hermetisch abgeriegelt werden wie eine Festung. Sie haben den ganzen Sommer daran gearbeitet, damit alles fertig ist, wenn wir kommen. Schon komisch, oder?«

»Allerdings«, meinte Mike. »Drayton ist doch sowieso einer der sichersten Orte der Welt. Wofür sollten wir noch mehr Überwachung brauchen?«

»Ich verstehe gar nicht, warum ihr euch so wundert«, meinte ich. »Lawrence war doch immer schon irgendwie manisch. Ich bin eigentlich gar nicht so überrascht, dass ...«

Als hätte er gespürt, dass wir gerade von ihm sprachen, dröhnte plötzlich die Stimme des Direktors durch die Lautsprecher, die überall im Gebäude angebracht waren, schnitt meinen Satz ab und brachte auch die Gespräche der anderen zum Verstummen.

»Sehr geehrte Schüler, ich möchte Sie nur kurz willkommen heißen zu einem weiteren Jahr in unserem ehrenwerten Institut. Ich hoffe, Ihr Aufenthalt in Drayton wird so zufriedenstellend für Sie, wie es der meine für mich seit fünfzig Jahren ist, und dass Sie das Schuljahr nutzen, um zu lernen und um neue Freundschaften zu schließen.« Lawrence machte eine kurze Pause und räusperte sich. »Außerdem möchte ich noch eine wichtige Ansage machen. Sie alle wissen, dass zur Sperrstunde jeder in sein Zimmer zurückzukehren hat. In diesem Schuljahr wird dies eine Stunde früher der Fall sein als bisher. Und jeder, absolut jeder hat sich an die neu festgelegten Zeiten zu halten. Das bedeutet also, dass Sie bis acht Uhr abends in den Betten sind. Keine Minute später. Wer gegen diese Regel verstößt, wird unverzüglich und unwiderruflich von der Schule verwiesen.«

Wie es seine typische Art war, nahm er seiner Drohung mit einem süßlichen und wohlerzogenen »Gute Nacht« ihre Schärfe. Dennoch ließ die Reaktion auf seine Worte nicht lange auf sich warten. Erst ging ein missbilligendes Murmeln und Nörgeln durch den Raum. Einer hob sogar die Stimme und meinte: »Das ist unfair.« Dann aber klangen die Beschwerden allmählich ab und stattdessen machte sich Hektik breit, jeder verschlang, was von seinem Abendessen noch übrig war, um rechtzeitig vor acht Uhr im Zimmer zu sein und der Ansage des Direktors Folge zu leisten. Der Speisesaal leerte sich mit erstaunlicher Geschwindigkeit.

Mike zog pfeifend Luft zwischen den Zähnen ein.

»Hey, hey, sieht ganz so aus, als hätte Neal recht gehabt. Lawrence ist strenger als je zuvor.«

»Ich hab's euch doch gesagt.«

Meine Freunde aßen die spärlichen Reste ihres Abendessens auf und gemeinsam verließen auch wir den Saal und gingen in den ersten Stock hinauf. Es kam mir schon komisch vor, dass Mike und ich nicht in dasselbe Zimmer gehen würden, aber dann sagte ich mir, dass ich mich schon noch daran gewöhnen würde.

Ich verabschiedete mich von den beiden und ging dann alleine weiter den Korridor entlang. Kurz nachdem ich um die Ecke gebogen war, hinter der es zu meinem Zimmer ging, sah ich Len.

Barfuß, um kein Geräusch zu machen, und in kompletter Montur stand er vor dem Notausgang, der direkt an unser Zimmer grenzte. Was machte er da bloß? Es musste doch gleich der Gong zur Sperrstunde ertönen, den Lawrence neu etabliert hatte. Hatte Len vielleicht die Durchsage verpasst?

Nicht dass ich unbedingt das beste Beispiel dafür abgab, wie man sich an Regeln hielt. Und anderen Ratschläge zu geben, was sie besser nicht tun sollten, dafür war ich auch nicht besonders geeignet – schließlich hatte ich selbst so ungefähr alle Regeln gebrochen, die man sich nur vorstellen konnte. Aber es war doch etwas anderes, ob man mit einer Strafe auf Zeit zu rechnen hatte oder definitiv von der Schule geworfen wurde. Und von *dieser* Schule zu fliegen, war so etwas wie eine Schande für die ganze Familie. Keiner von uns wollte mit der gefürchteten Mitteilung über den Verweis von der Schule nach Hause kommen. Nicht mal ich.

Meinen Mitbewohner schien das allerdings nicht die Bohne zu interessieren.

Er drehte sich um und ließ den Blick kurz über den Korridor schweifen, um sicherzugehen, dass ihn auch niemand sah. Schnell huschte ich zurück und tauchte ab. Warum ich das tat, wusste ich selbst nicht. Ich hatte ja eigentlich gar keinen Grund, mich zu verstecken. Aber irgendetwas brachte mich dazu. Wahrscheinlich ein Reflex.

Erneut beugte ich mich vor, diesmal aber unauffälliger.

Len hatte den Notausgang geöffnet. Der Wind fuhr ihm durchs Haar und zerzauste seinen Pony. Das war das Letzte, was ich von ihm sah, während er die Leiter hinunterstieg, bevor die Tür zufiel.

KAPITEL 9

Len war noch nicht wieder zurück. Inzwischen war eine Stunde vergangen, seit ich ihn hinauswitschen gesehen hatte. Allmählich begann ich, mir Sorgen zu machen. Wir waren zwar nicht gerade die besten Freunde, aber dass ihm etwas zustieß und keiner Alarm schlug, wollte ich auch nicht.

Was er wohl so Wichtiges vorhatte? Vielleicht hatte er ja auch einfach ein Faible für die Nacht, von dem ich nichts wusste?

Möglich war alles.

Tatsache war, dass ich, obwohl wir schon ewig zusammen im Internat waren, eigentlich nichts von ihm wusste. Vielleicht ging er ja nachts gerne spazieren, während wir anderen schliefen. Oder er gab sich bei Einbruch der Nacht irgendwelchen Voodoo-Ritualen hin. Wer weiß? Len traute ich wirklich alles zu. Irgendwoher musste sein Spitzname ja gekommen sein, den er im ersten Schuljahr abgekriegt hatte: Crazy Len.

Okay, eine halbe Stunde würde ich ihm noch geben. Wenn er bis dahin nicht zurück wäre, würde ich Lawrence informieren.

Um mir die Zeit zu vertreiben, streckte ich mich auf dem

Bett aus. Die Decke war so kuschelig und die weiche Matratze gab so herrlich unter mir nach, dass meine Muskeln sich sofort entspannten. Die Lider wurden mir schwer. Ich kämpfte gegen den Schlaf an, aber am Ende gab ich völlig ermattet auf. Mein Zimmer in Drayton verschwamm und an seiner statt tauchte ein winziger Raum auf.

Es musste sich um einen Keller handeln oder zumindest irgendeinen unterirdisch gelegenen Ort, denn man sah fast nichts. Das einzige Fenster war ganz oben angebracht, dort, wo die Wand an die Decke stieß, ein vergittertes Rechteck, das gerade eben den schwachen Mondschein hereinließ. In einer Ecke konnte ich einen Stapel mit Kartons ausmachen und daneben war eine verrostete Metalltür.

Ich träume. Das ist nicht Drayton.

Ein glasklarer Gedanke in meinem Inneren. Ich wusste, dass nicht real war, was ich sah, genauso wenig wie die Leute, die mich in der Nacht zuvor verfolgt hatten. All das waren Teile eines Traums. Besser fühlte ich mich deshalb allerdings noch lange nicht.

Dann bewegte ich mich plötzlich.

Das war aber keine kontrollierte Bewegung, keine der Bewegungen, bei der du dir darüber bewusst bist, dass dein Gehirn gerade einen Befehl an deinen Arm weitergegeben hat. Ich sah einfach nur aus den Augenwinkeln, wie meine Hand ihre Position veränderte. Das war ich, der sich da bewegte. Und gleichzeitig war ich es aber auch nicht.

Bewusst langsam zog ich einen Gegenstand aus dem Innern meiner Jacke. Ich hielt ihn gerade hoch genug, damit das spärliche Licht von draußen ihn beleuchtete. Es war eine Kugel. Eine Kugel aus Glas. Schwarz. Makellos. Von der Größe eines Apfels. Kalt wie Eis. Hart wie ein Diamant. Von umwerfender Schönheit.

Ich hielt sie zwischen den Fingern, drehte sie hin und her und sah sie mir dabei genauer an.

Irgendetwas an ihr war seltsam. Das merkte man schon, wenn man sie nur ansah. Als wäre ihre Perfektion nicht von dieser Welt. Das Schwarz in ihrem Innern war so unergründlich, so unendlich und absolut, wie ein tiefer Brunnen aus reiner Dunkelheit. Unheimlich. Beunruhigend. Und dann dieser Glanz, der von ihr ausging ... ein übernatürlicher Schimmer, der einen irgendwie unangenehm aufwühlte.

Die Kugel vibrierte zwischen meinen Fingern. Ich spürte, wie ihre Oberfläche sich regte, wie sie erschüttert wurde. Sie veränderte sich. Irgendetwas passierte im Inneren der Kugel. Es erschienen ... Buchstaben? Um besser sehen zu können, kniff ich die Augen zusammen. Ja ... da waren goldene Buchstaben. Buchstaben von der Farbe puren Goldes.

Ich habe sehr lange gewartet.
Aber das Warten hat sich gelohnt.

Plötzlich verspürte ich einen eiskalten Hauch, der zugleich von überall und nirgends herzukommen schien. Ich war wie versteinert. Gefroren. Um mich herum zog sich die Dunkelheit zusammen und verschlang mich. Und die Kugel und der Raum verschwanden.

KAPITEL 10

Ich öffnete die Augen. Im ersten Moment wusste ich überhaupt nicht, wo ich war. Ich blinzelte und nach und nach konnte ich mich im Halbdunkel des Raumes wieder orientieren. *Drayton ... mein Zimmer ... wieder ein Albtraum ... Okay. Alles unter Kontrolle.* Ich richtete mich auf und betrachtete meine Hand. Leer. Und doch konnte ich aus irgendeinem Grund immer noch die Kälte dieser Kugel spüren, wie sie meine Haut durchdrang wie ein scharfes Messer.

Im Bett neben mir schlief Len. Wann er wohl von seinem nächtlichen Ausflug zurückgekehrt war? Ich hatte ihn jedenfalls nicht hereinkommen hören. Aber dass er hier war, bedeutete zumindest, dass Lawrence ihn nicht erwischt hatte. Nächstes Mal würde ich ihn fragen, wie er das machte, überlegte ich mir. Vielleicht konnte mir sein Trick ja irgendwann mal nützlich sein.

Ich sah auf die Uhr auf meinem Nachttisch. Es war früh, noch keine Spur von Morgendämmerung. Ich konnte mich nicht erinnern, in all den Jahren im Internat jemals so früh aufgewacht zu sein. Aber wieder einzuschlafen, kam nicht infrage.

Ich würde ganz bestimmt nicht noch mal die Augen zumachen und mich erneut dieser schauderhaften Kugel aussetzen.

Ich duschte, zog meine Drayton-Uniform an und ging dann hinunter, um zu frühstücken.

Im Speisesaal waren nur noch zwei andere Schüler, sie saßen an Tischen am anderen Ende des Raumes. Ich legte meine Sachen auf den nächstgelegenen freien Platz und schnappte mir ein Tablett. Gabriel gab einer Schülerin, die eben den Saal betreten hatte, das Frühstück aus. Ich stellte mich hinter sie, wartete, bis sie fertig war, und streckte dem Koch von Drayton dann mein leeres Tablett entgegen.

»Ah, Mister Bradford. Sie sind früh dran heute.« Ich mochte Gabriel. Er war ein gutmütiger Kerl. Ein Liebhaber alter Filme, der einem die Namen und Erfolge sämtlicher Stummfilmgrößen aufzählen konnte und immer ein Gesprächsthema auf Lager hatte, über das er mit einem auf den Gängen plauderte.

»Schadet nicht, ab und an mit den alten Gewohnheiten zu brechen.« Er stellte einen dampfenden Teller auf mein Tablett, den ich sogleich inspizierte.

»Sahnetörtchen mit einer hauchdünnen Schicht geschmolzener Schokolade überzogen, dazu eine Auswahl roter Früchte«, verkündete er feierlich. Mit anderen Worten: frisch gebackene Törtchen à la Drayton. Ich bedankte mich und ging an meinen Tisch.

Während ich mich meinem Frühstück widmete, ging es im Speisesaal immer lebhafter zu, und innerhalb einer halben Stunde waren die Tische voll besetzt. Mike tauchte erst kurz vor Unterrichtsbeginn auf. Er war eher nicht so der Morgentyp. Er setzte sich neben mich und stellte das Tablett mit seinem Frühstück ab.

»Ich bin so hundemüde, nicht mal eine Stunde werde ich durchstehen«, sagte er gähnend. »In den Ferien bin ich nie vor Mittag aufgestanden. Und heute hat mein Wecker um halb acht geklingelt – ist doch irgendwie nicht fair.«

»Ich sehe schon, du bist mit bester Laune aufgewacht.«

»Stimmt. Und du? Wie war die erste Nacht mit Crazy Len?«

Ich erzählte Mike nicht, was am Abend zuvor geschehen war. War doch egal. Wen interessierte es schon, was mein Zimmergenosse trieb?

»Genauso großartig, wie du es dir vorstellen kannst. Er hängt die ganze Zeit am Computer.« Ein paar Mädchen liefen betont vorsätzlich an mir vorbei und warfen mir dabei bedeutungsvolle Blicke zu. Ein paar Meter weiter drehten sie um und wiederholten ihren kleinen Spaziergang, diesmal von der anderen Seite kommend. Ich beobachtete sie eine Weile und grüßte dann, was sie mit einem Chor aus nervösem Gelächter quittierten.

»Na ja, sieh es mal von der positiven Seite. Ich habe Bryan Thompson im Zimmer.«

»Und? Bryan ist doch ein cooler Typ. Er versteht eine Menge von Musik.«

»Und genau das ist das Problem. Er hört die ganze Zeit Radio, ununterbrochen. Ich werde am Ende noch meine Lieblingsbands hassen.« Mike teilte sein Törtchen in der Mitte durch und schob sich die eine Hälfte in den Mund.

»Ach übrigens, ich hab dich noch gar nicht gefragt: Wie geht's eigentlich deiner Mutter, nach dem, was in der Oper passiert ist? Ich meine, wegen des Diebstahls und so. Wir haben ja kaum gesprochen seitdem.«

»Ganz mies. Das Diadem war ihr Lieblingsschmuckstück. Sie hatte es zum Geburtstag bekommen und extra von der Bank geholt für den Abend, und jetzt hört sie überhaupt nicht mehr auf zu weinen. Alles nur wegen dieses verfluchten Zero ... Wenn ich den in die Finger kriegen würde, ich schwör's dir, ich würde ihn doppelt und dreifach zahlen lassen für das, was er meiner Mutter angetan hat.«

Ich wusste überhaupt nicht, was ich sagen sollte. Ich hatte Mike noch nie zuvor so wütend gesehen.

»Ja, hoffentlich findet ihn die Polizei endlich«, sagte ich schließlich ins Blaue hinein.

»Das hoffe ich allerdings auch«, sagte er, während er seine Törtchen mit Sirup beträufelte. »Gestern war die Polizei noch mal bei uns zu Hause. Sie fragten meine Eltern so Routinesachen. Weißt schon, wo war das Diadem vor dem Diebstahl, was haben wir gemacht, bevor wir in die Oper gegangen sind ... solches Zeug.«

»Hör mal, vielleicht wissen sie ja schon was über Zero.«

»Hm, also ... Na ja, vielleicht haben sie auch nur geblufft. Aber jedenfalls meinten die Polizisten, dass sie inzwischen wüssten, wer er ist.«

Ich richtete mich auf.

»Ach ja?«

»Das haben sie zumindest gesagt. Obwohl – ich glaube es ja nicht. Überleg mal: Wenn sie wirklich wüssten, wer dahintersteckt – warum haben sie ihn dann nicht längst verhaftet und die Sachen, die er hat mitgehen lassen, zurückgeholt? Ist doch schon ganz schön viel Zeit vergangen seit dem Raub.«

»Da hast du recht. Und mehr haben sie deinen Eltern nicht gesagt?«

»Kein Sterbenswörtchen. Und dabei war mein Vater ganz schön überzeugend«, deutete er an, als wolle er eigentlich sagen, *mein Vater bekommt nämlich immer, was er will – koste es, was es wolle.* »Wahrscheinlich wollten sie meine Mutter einfach beruhigen. Die Ärmste ist nur noch auf Kräutertee.«

»Wenn ich das nächste Mal mit Tante Jane spreche, werde

ich sie bitten, mal ein paar Kontakte anzuhauen und etwas über den Stand der Ermittlungen herauszubekommen.«

»Das wäre genial! Meinen Eltern sag ich aber lieber nichts davon. Mein lieber Papi würde sonst mit Sicherheit sofort alles aus ihr herausquetschen wollen, sobald er ihr in ein paar Wochen in Drayton über den Weg läuft.«

»Wieso sollte er ihr denn über den Weg laufen?«

»Jetzt erzähl mir nicht, dass du das vergessen hast.«

»Was denn vergessen?«

Mike verpasste dem Tisch einen ungehaltenen Hieb.

»Hat es dir im Sommer eigentlich den kompletten Veranstaltungskalender aus dem Gedächtnis gelöscht? In zwei Monaten ist doch das Erntedank-Dinner. Weißt schon, das Essen, zu dem die Eltern kommen, um Lawrence Hallo zu sagen und zu checken, ob das Internat, in das sie ihre Kinder gesteckt haben, auch ja noch so exklusiv und vorbildlich ist, wie sie es gewohnt sind.«

»Verdammt!«, stieß ich hervor. Tante Jane ließ sich keine dieser Festivitäten entgehen und nutzte jede Sekunde solcher Abende, um mich ihrer ellenlangen Kontaktliste vorzustellen. »Dieses Jahr werde ich mich drücken, so viel ist sicher.«

»Was redest du da, Alter? Da kannst du mich doch nicht im Stich lassen! Außerdem hast du das letztes Jahr auch schon versucht, und nachdem Tante Jane dich überall in Drayton gesucht hat, hat sich dich am Ende dann ja auch aufgestöbert.«

Worüber Mike hinweggegangen war, war, dass ich mich gerade mit Alexandra Meyer aus dem Literaturkurs »angefreundet« hatte, als Tante Jane mich gefunden hatte.

»Das wird schrecklich«, murmelte ich.

»Die gute Nachricht ist, dass mein Vater dieses Jahr auch kommt. Dann kannst du ihn mal persönlich kennenlernen.«

Das allerdings fand ich interessant.

»Meinst du das im Ernst?«

»Absolut. Er hat versprochen zu kommen.«

Mike und ich waren zwar schon lange befreundet, aber viele Gelegenheiten, auf Adam Grossman zu stoßen, hatte ich nicht gehabt. Er war eigentlich immer auf Reisen, verbarrikadierte sich in seinem Büro oder hing auf irgendwelchen wichtigen Meetings herum.

»Dann werde ich ja zumindest *etwas* Interessantes zu tun haben: endlich deinen allmächtigen Herrn Vater kennenlernen.«

»Ist halb so wild, glaub mir.«

Aus den Lautsprechern ertönte eine liebliche Melodie, die aus einem Weihnachtsmärchen hätte stammen können. Mike und ich stöhnten gleichzeitig auf. So absurd das auch war – die Musik war das Zeichen, dass der Unterricht in Drayton jetzt begann.

»Oh nein«, murmelte ich. Hastig schlang ich den letzten Bissen meines Törtchens hinunter, der noch auf dem Teller lag. »Was haben wir jetzt?«

Mike zog eine Mappe aus seiner Schultasche und sah sich kauend die Papiere darin an.

»Hm ... Acht Uhr morgens. Chemieunterricht im Labor«, sagte er mit vollem Mund.

»Chemie in der ersten Stunde?«

»Mhm. Lawrence hat sich wohl vorgenommen, uns das Leben schwer zu machen, als er den Stundenplan zusammengestellt hat.«

Da wussten wir allerdings noch nicht, dass der Morgen nicht annähernd so langweilig werden würde, wie wir dachten.

KAPITEL 11

Amelia Brooks, unsere Chemielehrerin, war eine Mittsechzigerin mit ausdruckslosem Gesicht; jeden einzelnen Tag der Woche hatte sie die Haare zu immer demselben Pferdeschwanz zusammengebunden und dazu trug sie Röcke bis zu den Knöcheln und altmodische Kostüme. Aber am allerwenigsten mochte ich ihre Stimme. Dröge, langweilig und monoton. Man hatte den Eindruck, dass sie altindische Sutren vor der Klasse rezitierte; eine nach der anderen.

Nach einer qualvollen Stunde hatte sich mein nigelnagelneues Heft in eine Ansammlung sinnloser Kritzeleien verwandelt. Wenigstens war ich nicht der Einzige, der allmählich in die kritische Phase überging. Mike hatte das Kinn auf seinen Rucksack gestützt, die Lider halb geschlossen. Und Neal hatte seinen goldenen Füllfederhalter, den ihm seine Mutter zum letzten Geburtstag geschenkt hatte, zu Tode gelangweilt zum x-ten Mal auf Hochglanz poliert.

Ohne das absurde Gespräch am Tisch in der vorletzten Reihe – also direkt vor uns – wäre ich mit Sicherheit weggedämmert.

»Ihr werdet's ja wohl mitgekriegt haben, oder? Mahagoni ist doch seit Jahrhunderten nicht mehr angesagt. Was denkt die sich eigentlich dabei, diese schreckliche Farbe zu tragen?«

»Aber echt.«

»Das geht einfach gar nicht.«

»Du sagst es.«

»Ist bestimmt eine von den Neuen, die erst seit diesem Schuljahr hier sind. Mit solchen Leuten wird das Niveau von Drayton ganz schön den Bach runtergehen. Dagegen müsste Lawrence echt was unternehmen.«

»Find ich auch!«

»Da hast du den Nagel echt auf den Kopf getroffen.«

Tonangebend in der Schnatterrunde war Miranda Williams; sie bestimmte, wer für Drayton geeignet war und wer nicht. Wie konnte es auch anders sein.

Ihre grünen Augen und die eindrucksvolle Modelfigur à la Vogue hatten sie zur unbestrittenen Königin des Internats gemacht. Die gesamte Jungsfraktion träumte davon, mit ihr zu gehen, und wenn es nur für eine Nacht wäre, und die Mädchen lagen ihr zu Füßen.

Aber obschon sie die perfekte Inkarnation von Barbie Malibu war, waren wir beide noch nie auf derselben Wellenlänge gewesen. Warum das so war? Miranda war ganz einfach die zickigste, oberflächlichste und egoistischste Person, die ich kannte.

»Wenn mich nicht alles täuscht, war genau das doch auch deine Haarfarbe vor den Sommerferien«, sagte ich. Ihr Kontra zu geben, schien mir die bestmögliche Unterhaltung, die im Moment drin war. Pikiert drehte sie sich zu mir um und schenkte mir einen gönnerhaft verzerrten Gesichtsausdruck.

»Ja, Kyle. Aber jetzt ist Mahagoni nun mal passé. Dazu musst du nur einen Blick in die Modezeitschriften werfen«, antwortete sie. Um ihren Worten Nachdruck zu verleihen, fuhr sie sich durch die blonde Haarpracht. Am kommenden Wochenende würden die Friseure der Umgebung nicht mal annähernd genügend Termine für all die Schülerinnen von Drayton frei haben, für die Mahagoni Schnee von gestern war und die sich die Haare jetzt blond färben lassen wollten. »Und habt ihr ihre Schuhe gesehen? Nicht mal Markenschuhe sind das. Würde mir ja nicht im Traum einfallen, etwas zu tragen, das nicht von einem exklusiven Designer stammt, eh klar.«

»Eh klar«, wiederholte ich. Sie brachte mich echt aus der Fassung. Ihren Verzogene-Göre-Tonfall ertrug ich einfach nicht. Auch nicht, wie sie immer ihren Willen durchsetzte. Und ihre idiotischen Ansprüche schon gar nicht.

Wahrscheinlich erwartete sie jetzt irgendeine Bestätigung von mir, dass ihre Fünfhundert-Dollar-Schuhe einfach wundervoll wären. Aber die bekam sie nicht. Als sie checkte, dass ich ihr nicht wie neunundneunzig Prozent aller anderen Leute nach dem Mund redete, drehte sie sich verärgert wieder nach vorne.

»Bist du heute mit dem falschen Fuß aufgestanden, Kyle?«

»Ehrlich gesagt war ich bestens gelaunt bis vor ... Moment ...«, ich sah auf die Uhr», ... fünf Minuten.«

Mirandas in Bewunderung gefangene Anhängerschaft tötete mich mit Blicken – ich hatte es gewagt, mich ihrer Göttin zu widersetzen. Das war unverzeihlich. Nur Lauren, die unzertrennliche beste Freundin der Königin Malibu, beachtete meinen Kommentar nicht weiter.

Körperlich war sie eine exakte Kopie von Miranda. Ihr Haar war genauso platinblond, sie trug exakt dieselbe Frisur und auch dasselbe klebrige Lipgloss, das ich ziemlich eklig fand. Sogar der Rock ihrer Schuluniform hatte genau dieselbe

Länge: Er hörte ein gutes Stück über den Knien auf, damit die perfekten Beine der beiden auch ja gut zur Geltung kamen.

Aber sosehr sie sich auch bemühte, ihrer Freundin nachzueifern, blieb Lauren doch immer nur ein unauffälliger Schatten an ihrer Seite. Sie war schüchtern und zurückhaltend. So ein typischer Mensch, der, egal unter welchen Umständen und an welchem Ort, einfach nicht auffiel. Man konnte fast meinen, sie hätte Hemmungen, sich an einem Gespräch zu beteiligen, aus lauter Angst, etwas Falsches zu sagen und dass die Leute dann schlecht von ihr denken würden.

»Komisch, dass dir meine schlechte Laune überhaupt aufgefallen ist.« Ich war noch immer in Angriffslaune. »Ich dachte eigentlich, du wärst viel zu sehr damit beschäftigt, dir das Maul über die Leute zu zerreißen, die nicht zu deiner Clique gehören ...«

Lauren grinste und ihre Wangen färbten sich rosarot, als unsere Blicke sich trafen. Miranda war weniger taktvoll.

»Pah, was weißt *du* schon, Kyle. Du hast doch keine Ahnung von Mode, also ist deine Meinung einen feuchten Dreck wert.« Dabei wedelte sie mit der Hand, als wolle sie eine Fliege verscheuchen, und drehte mir dann den Rücken zu, um ihren Monolog über Haarfarben und Markenschuhe wieder aufzunehmen.

»Ein hoffnungsloser Fall«, wisperte Neal und ließ seinen Füller über den Tisch rollen.

»Das kannst du laut sagen«, sagte ich.

»Wenn sie sich weniger Gedanken darüber machen würde, welcher Lippenstift ihr am besten steht, wäre sie einfach perfekt«, murmelte Mike mit dünnem Stimmchen. Verblüfft sahen Neal und ich ihn aus den Augenwinkeln an. Wie er da saß mit diesem dümmlichen Gesichtsausdruck, war er überhaupt nicht wiederzuerkennen.

Ich wollte ihn gerade fragen, was es mit dem plötzlichen Interesse an Miranda auf sich hatte, als eine Nachricht auf dem Display meines Handys erschien und meine Aufmerksamkeit auf sich zog.

»Bist du so weit, Kyle Bradford?«

Äh … wie bitte? Ich nahm das Handy und las die Nachricht noch einmal. *Wer bitte kam auf die Idee, mir so früh am Morgen eine so absurde Frage zu stellen?* Ich checkte die Nummer, von der aus die SMS gesendet worden war. Es erschien ein einziges Wort: anonym. Weiter nichts. Vielleicht irgendeine Werbung. Aber ich sollte keine Zeit haben, das herauszufinden.

»Dies ist der Beginn unseres Spiels.«

Jetzt war ich endgültig sprachlos. *Was zum Teufel war hier eigentlich los?* Wenn sie mir irgendetwas verkaufen wollten, dann konnten sie das jedenfalls gleich vergessen. Ich wollte gerade das Handy zurück auf den Tisch legen, als mir etwas auffiel. Ich las das letzte Wort der Nachricht noch einmal: *Spiel.* In der Notiz, die ich am Tag zuvor in meinem Zimmer gefunden hatte, war doch auch von einem Spiel die Rede gewesen …

»Hey, Jungs, jetzt hört mal auf, mir so bescheuerte Nachrichten zu schicken. Ist doch nicht mein Problem, wenn ihr euch langweilt – macht halt Kreuzworträtsel, wenn ihr Unterhaltung braucht.«

»Was ist los?«

Ich hielt mein Handy hoch.

»Na, die Nachricht, die ihr mir gerade geschickt habt. Und der Umschlag, den ihr mir gestern ins Zimmer gelegt habt. Ist nicht witzig, wisst ihr.«

»Gar nichts haben wir in dein Zimmer gelegt«, sagte Neal.

»Und eine Nachricht haben wir auch nicht geschickt!«

»Jetzt kommt schon!«

»Nein, echt nicht.«

Mein Handy vibrierte erneut und ließ mich verstummen.

»Das wird ein interessantes Schuljahr, Kyle Bradford.«

Und dann gingen die Leuchtstoffröhren, die für Licht im Labor sorgten, mit einem lauten Knall aus und alles versank in Finsternis.

Der Stromausfall war so plötzlich gekommen, dass ich einen Satz auf meinem Stuhl machte. Ruck, zuck breitete sich Getuschel unter meinen Mitschülern aus, und jemand fing sogar an, nervös zu lachen wegen der rabenschwarzen Dunkelheit um uns herum. Ich glaubte, Miranda inmitten des Tumults zu hören, wie sie Lauren anwies, die Sicherungen zu checken, weil sie selbst keine Lust hatte, aufzustehen.

»Alles in Ordnung«, sagte Frau Brooks. »Wahrscheinlich ist der Strom abgestellt worden. Kein Grund zur Beunruhigung.«

Ich nahm mein Handy und leuchtete die Umgebung ab. Das Labor lag isoliert im Keller, es gab keine Fenster, durch die das Tageslicht hätte eindringen können, und so sah ich kaum weiter als eine Handbreit. Und dennoch merkte ich trotz der Dunkelheit, trotz der Stimmen meiner Mitschüler und trotz der Beteuerungen von Frau Brooks ganz genau, wie sich etwas oder jemand hinter mir bewegte.

Ich fuhr herum und nahm das Labor mit Hilfe des Handydisplays unter die Lupe. Die riesige Glasvitrine, in der die Reagenzgläser aufbewahrt wurden, warf mein Spiegelbild zurück, und das Modell, das uns den menschlichen Körper näherbringen sollte, trat wie ein grotesker Geist aus der Dunkelheit hervor. Abgesehen davon war nichts Ungewöhnliches zu erkennen.

Ich wollte mich eben wieder umdrehen, als ein Schatten zu meiner Rechten davonglitt.

»Neal – bist du das?«, murmelte ich.

»Was sagst du?«, fragte Neal.

»Komm schon, hör auf, die Mädchen erschrecken zu wollen.«

»Ich versuch doch gar nicht, die Mädchen zu erschrecken.«

»Ich hab dich doch gerade gesehen.«

»Aber ich habe mich nicht von der Stelle gerührt.«

Ich tastete den Tisch ab. Sein Füller lag neben meinem Heft und er selbst saß ein paar Zentimeter neben mir. Er hatte sich wirklich nicht vom Fleck bewegt. Das war nicht Neals Schatten gewesen. Aber wessen Schatten war es dann? Bevor ich weiter darüber nachdenken konnte, hörte ich, wie jemand kaum wahrnehmbar neben mir atmete.

Niemand zu sehen.

Dann packte mich eine Hand und riss an mir. Ich sah gerade noch ein silbriges Funkeln, bevor ich stürzte und mit der Schulter auf dem Boden des Labors aufschlug. Der Schatten glitt über mich hinweg. Er bewegte sich so unauffällig hinter Mike und Neal vorbei, dass ihn keiner der beiden bemerkte, und verlor sich dann, genauso schnell, wie er gekommen war, in der Dunkelheit.

Als die Lichter wieder angingen, lag ich immer noch am Boden, völlig platt wegen allem, was gerade geschehen war.

»Kyle! Was machst du da?« Mike sprang von seinem Stuhl auf und half mir hoch.

»Ich ... da war jemand. Genau hier.«

»Jemand?«

»Ja, er war hinter uns. Habt ihr ihn nicht gesehen?«

»Also, ich habe gar nichts gesehen.«

»He, Leute«, sagte Neal. Er richtete sich auf, steif wie ein Brett, und fing an, den Tisch abzusuchen, auf dem er den Inhalt seiner Schultasche ausgebreitet hatte.

»Was ist los?«, fragte Mike.

»Er ist weg.«

»Wer ist weg?«

»Einfach verschwunden.«

»Wovon redest du überhaupt?«

Neal breitete die Arme aus und ließ sie wieder fallen.

»Mein Füller ist nicht mehr da. Er ist verschwunden.«

»Kann doch gar nicht sein. Du hast ihn bestimmt übersehen. Vielleicht ist er dir runtergefallen.«

Sie bückten sich und suchten jeden Quadratzentimeter unter unserem Tisch ab.

»Er muss doch einfach irgendwo sein«, sagte Mike. »Wirst schon sehen, gleich taucht er auf.«

Plötzlich verstummten sie.

»Was ist los?«, fragte ich.

Keiner der beiden antwortete. Sie waren völlig gefangen genommen von einem kleinen Gegenstand, der zwischen den beiden auf dem Boden lag. Ich rückte näher heran, um zu sehen, was es war. Eine Silbermünze, mit einem eingravierten Satz auf dem Rand. »Die Geister der Vergangenheit kehren immer zurück.«

»Er war es«, flüsterte Neal.

»Was …?«

»Das ist seine Münze.«

»Ja, so eine hinterlässt er jedes Mal. Genau die gleiche lag auch unter dem Sitz meiner Mutter, als das Diadem verschwand.«

»Wovon redet ihr eigentlich?« Ich war offensichtlich der Einzige von uns, der nur Bahnhof verstand.

»Es war er«, wiederholte Neal. Er schlug mit der Faust auf den Boden und zum ersten Mal richteten sich alle Augen der Klasse auf uns.

»Zero war hier!«

KAPITEL 12

Den ganzen restlichen Tag über gab es in Drayton kein anderes Gesprächsthema als den Diebstahl von Neals Füllfederhalter. Auf den Gängen wie in den Klassenzimmern. Sogar im Speisesaal bildeten sich kleine Trauben, in denen man die neuesten Gerüchte austauschte – die meisten davon wurden auf die Schnelle erfunden. Keiner wollte die Gelegenheit verpassen, seine Meinung zum Besten zu geben und, egal gegenüber wem, einen Kommentar über die Sache loszulassen.

Lawrence beauftragte das Sicherheitsteam mit der Suche nach dem Füller und durchforstete höchstpersönlich zusammen mit ein paar Lehrern das Labor. Ohne Erfolg.

»Glaubt ihr wirklich, dass *er* es war?«, fragte Mike beim Abendessen. Mit der Gabel vor dem Mund sah er uns erwartungsvoll an.

»Na ja«, meinte ich skeptisch. »Hier kommt doch niemand rein. Nicht mal Zero. Die Sicherheitsvorkehrungen in Drayton sind die besten, die es momentan gibt. Erst recht nach den zusätzlichen Maßnahmen, die Lawrence vor Beginn des Schuljahrs getroffen hat.«

»Das Metropolitan Museum in New York ist genauso sicher und trotzdem hat Zero dort allein im letzten Monat schon zweimal eingebrochen und etwas mitgehen lassen.«

»Und dann erst das Manuskript der Nationalbibliothek«, sagte Neal. »Das Stückchen Papier ist hunderttausende von Dollar wert und er hat es mitgenommen wie nichts.«

»Was ich einfach nicht kapiere, ist das mit der Silbermünze.«

»Lässt er so eine nicht immer am Tatort zurück?«

»Doch, schon. Nur: Was bedeutet der eingeprägte Satz auf dem Rand der Münze? Weißt schon, ›Die Geister der Vergangenheit kehren immer zurück‹, das meine ich.« Ich musste zugeben, dass ich mir die Frage auch schon gestellt hatte, auch wenn ich mich sonst eher zurückhielt. Außerdem musste ich die ganze Zeit an die Botschaften denken, die ich vor dem Diebstahl bekommen hatte. Wenn Mike und Neal es nicht waren – wer dann?

»Vielleicht soll die Inschrift ja auch nur die Polizei auf eine falsche Fährte führen«, murmelte Neal. Er faltete seine Serviette zusammen und legte sie auf den Tisch. »Kann doch sein, dass er so eine Art Robin Hood ist, ihr wisst schon: von den Reichen nehmen und den Armen geben.«

»Zero nimmt von den Reichen und behält es ganz für sich allein. Bis jetzt wurde kein einziges Stück seiner Beute wieder verkauft.«

»Mir macht am meisten Sorgen, wie meine Mutter wohl reagiert, wenn sie erfährt, dass ich den Füller verloren habe, den sie mir geschenkt hat.« Neals Blick verlor sich in der Ferne, so als würde er sich jetzt schon ausmalen, was für eine Predigt ihn erwartete. Er seufzte, noch verzagter als zuvor. »Ich glaube, ich warte lieber noch ein paar Tage ab, bevor ich es ihr sage.«

»Und ich lege die Uhr, die ich von meinem Vater bekommen habe, mal für alle Fälle in den Safe in meinem Zimmer. Der Typ wird uns nicht noch mal bestehlen, echt nicht. Das Diadem meiner Mutter ist genug, das reicht.«

»Und ich sage immer noch, dass es gar nicht Zero gewesen sein *kann*, der Neals Füller gestohlen hat«, wiederholte ich.

Aber davon schienen weder Mike noch Neal überzeugt zu sein; stattdessen kreisten sie immer wieder um dasselbe Thema.

»Ah, Mister Bradford, da sind Sie ja.«

Gabriel schob einen kleinen Wagen mit sauberen Tellern vor sich her und kam auf uns zu. Schnaufend vor Anstrengung hielt er an unserem Tisch an.

»Direktor Lawrence hat mich gerade angerufen.«

»Ist was passiert?«, fragte ich.

»Ich weiß es nicht. Er meinte nur, dass er Sie in seinem Büro sehen möchte. Jetzt sofort.«

»Mich?«

»Ja, hat er gesagt.«

»Was hast du denn jetzt schon wieder angestellt?«, fragte Mike.

»Keine Ahnung.«

Und das stimmte auch. Ich ging kurz die paar Dinge durch, die ich in den zwei Tagen, die ich jetzt in Drayton war, gemacht hatte. Hatte ich irgendeine Vorschrift missachtet? Nein – jedenfalls nicht, wenn nicht Als-Erster-zum-Frühstück-Erscheinen inzwischen auch auf der Liste der »tadelnswerten Verhaltensweisen« stand.

Dabei ließ einen Lawrence eigentlich nur antanzen, wenn man irgendwas angestellt hatte und er einen mit einer netten Strafe auszeichnen wollte. Er war kein Typ, der ab und an ein freundschaftliches Schwätzchen mit einem halten wollte. Wenn er mich in seinem Büro sehen wollte, musste er schon einen guten Grund dafür haben. Auch wenn ich nicht den leisesten Schimmer hatte, welcher das sein sollte.

Es war nicht nötig, dass mich jemand zum Direktor brachte. Zweiter Stock, Ende des Korridors. Zu dem Zeitpunkt hatte ich mir schon genügend Standpauken anhören müssen, um ganz genau zu wissen, wo sich das Büro befand.

Die Tür war geschlossen.

Ich hob den Arm, um anzuklopfen. Aber dann hielt ich mitten in der Bewegung inne. Ich konnte Stimmen hinter der Tür hören. Lawrence war nicht allein. Ich überlegte kurz, wieder zu gehen und später zurückzukommen, wenn er nicht mehr beschäftigt wäre. Aber dann ließen mich die Gesprächsfetzen, die ich durch die Tür hörte, meine Meinung ändern.

»Haben Sie etwas gefunden?«, fragte der Direktor.

»Bisher nicht«, antwortete sein Gesprächspartner. Seine Stimme klang irgendwie seltsam, kehlig und rau, als käme er aus Texas oder von irgendwo anders aus den Südstaaten.

»In all den Jahren, in denen ich als Direktor dieser Einrichtung hier bin, gab es keinen ähnlichen Vorfall, wirklich nichts annähernd Vergleichbares. Ein echter Schandfleck ist das in Draytons makelloser Laufbahn.«

»Solange sich der Dieb noch hier aufhält, ist keiner Ihrer Schüler sicher – das ist das Problem.«

»Ich weiß, ich weiß. Und dass meine Schüler in Gefahr sein könnten, beunruhigt mich zutiefst, das können Sie mir glauben. Und alles nur wegen ... wegen ...« Er seufzte, als wäre er plötzlich sehr müde.

»Wir müssen ihn unbedingt fassen, bevor er sich dazu entschließt, aus Drayton zu verschwinden.«

Was? Der Dieb war immer noch in Drayton? Wie konnten sie da so sicher sein? Wer auch immer Neals Füllfederhalter gestohlen hatte, konnte doch längst über alle Berge sein. Aber

Lawrence schien offenbar keinen Zweifel daran zu haben, dass der Dieb sich immer noch hier aufhielt.

»Absolut, absolut. Den Dieb zu fassen, hat allererste Priorität. Ihn zu fassen und zu finden, was er gestohlen hat, natürlich.«

»Meine Leute durchsuchen jeden Winkel des Internats. Früher oder später finden sie diesen goldenen Füller.«

»Eher früher als später, hoffe ich. Mr. Morrisons Mutter ist nicht ganz ohne, auch wenn es nicht den Anschein hat. Ich würde einer Auseinandersetzung mit ihr lieber aus dem Weg gehen – wenn es irgendwie möglich ist.«

»Was die Münze betrifft ...«

»Ach ja, die Silbermünze, die im Labor gefunden wurde.«

»Genau die. Wenn Sie nichts dagegen haben, behalte ich sie vorerst bei mir.«

»Selbstverständlich. Denken Sie, sie könnte echt sein? Ich meine, könnte sie von ... *ihm* sein?«

»Sie kennen meine Antwort darauf, Herr Direktor. Wenn Sie mich jetzt bitte entschuldigen, ich werde mit der Suche fortfahren.«

»Natürlich.«

Das Gespräch verstummte, stattdessen vernahm ich das Geräusch näher kommender Schritte.

Kurz bevor die Tür aufging, wich ich schnell zurück – gerade noch rechtzeitig, um nicht den Verdacht zu erregen, ich hätte gelauscht. Aus dem Büro trat ein dürrer Typ, der etwas Wolfsähnliches an sich hatte. Ich hätte ihn auch ohne den hässlichen Regenmantel erkannt, der ihn überallhin zu begleiten schien.

Es war derselbe Typ, den ich am Tag zuvor am Fenster des zweiten Stocks gesehen hatte.

Als er mich wahrnahm, blähten sich seine Nasenflügel und die Mundwinkel gingen nach unten. Er murmelte etwas in sich hinein und ging weiter; als er auf meiner Höhe war, rempelte er mich absichtlich mit der Schulter an. Ein echter Sympathieträger, wie es aussah.

»Ah, Mister Bradford. Ich habe Sie schon erwartet. Kommen Sie doch herein«, rief Lawrence aus dem Büro. »Warten Sie schon lange hier draußen?«

Falls er mich damit indirekt fragen wollte, ob ich etwas von ihrem Gespräch gehört hatte, würde ich ganz bestimmt nicht in die Falle tappen.

»Nein, nein, bin gerade erst hochgekommen.«

Das Büro des Direktors hatte sich in all den Jahren, die ich in Drayton war, kein bisschen verändert. Derselbe Tisch aus dem 18. Jahrhundert mit den sphinxförmigen Beinen. Die Porträts der bisherigen Direktoren des Internats an den Wänden – einschließlich des aktuellen, versteht sich. Es gab weder einen Computer noch sonst irgendeine moderne Technologie. Nur eine alte Schreibmaschine in einer abgelegenen Ecke und Feder und Tinte für den täglichen Gebrauch.

An der rechten Wand gab es eine weitere Tür, in deren Rahmen das Wappen von Drayton eingearbeitet war. Das Archiv. Der Ort, an dem vertrauliche Dokumente und Informationen von allerhöchster Wichtigkeit über aktuelle oder ehemalige Schüler aufbewahrt wurden. Das Wenige, was es dort über mich gab, beschränkte sich vermutlich auf Beschwerden von Lehrern.

»Bitte entschuldigen Sie, dass ich Sie haben warten lassen, Mister Bradford«, sagte Lawrence. Sein Ärger von zuvor hatte sich vollständig verflüchtigt. Das fiel mir sofort auf – erstaunlich, wie schnell er sich von seiner schlechten Laune lösen konnte. »Gut, Sie fragen sich vermutlich, warum ich Sie rufen ließ.«

Tja – ehrlich gesagt schon.

»Ihnen ist ja bekannt, dass es den Schülern der höheren Klassen erlaubt ist, das Internat an den Wochenenden zu verlassen – solange sie rechtzeitig zur Sperrstunde zurück sind.«

Logisch wusste ich das. Alle in Drayton warteten nur darauf, endlich siebzehn zu werden, um ausgehen zu dürfen – und wenn es nur für einen Nachmittag war.

»Und vermutlich wissen Sie auch, dass dazu keine Erlaubnis von mir oder von einem anderen Lehrer nötig ist.«

»Ja, Sir, ich weiß.«

»Was Sie betrifft, möchte ich hier allerdings eine Ausnahme machen. Ab sofort verlassen Sie diese Mauern ausschließlich mit meiner ausdrücklichen und eigenhändig unterzeichneten Erlaubnis. Andernfalls werden Sie verwarnt und – sofern ich es für angebracht halte – von der Schule verwiesen.«

In seinem Tonfall lag etwas, das mich vorsichtig sein ließ. Seine Worte ließen keinen Spielraum für Beschwerden oder Verhandlungen, obwohl es sich um eine eindeutige Ungerechtigkeit handelte; wenn meine Kumpel keine Erlaubnis brauchten – warum sollte das dann für mich nicht gelten?

»Und was ist der Grund für diese Ausnahme, wenn man fragen darf?« Meine Frage klang schneidend. Diese neue Regel, die nur für mich galt, gefiel mir nicht.

»Ich habe diese Entscheidung aus Sicherheitsgründen getroffen. Das ist alles.«

»Aus Sicherheitsgründen?«, wiederholte ich. Es stand nicht unbedingt auf meiner Liste, aus Drayton abzuhauen, falls das Lawrence' Befürchtung war. Bereit zu weiteren Verhandlungen, richtete ich mich auf meinem Stuhl auf. »Ich verstehe nicht, warum ausgerechnet ich …«

Aber Lawrence ließ mich den Satz nicht beenden. Er erhob sich von seinem Ledersessel und betrachtete die Landschaft, die sich hinter seinem Bürofenster erstreckte. Geräuschvoll atmete er ein, als wollte er prüfen, ob die Luft in Drayton auch rein genug sei für seine Schüler.

»Haben Sie schon gesehen? Die Rosenstöcke, die ich letztes Jahr aus Frankreich mitgebracht habe, sind krank. Wirklich sehr schade – das waren meine Lieblingsrosen. Das warme Klima hier scheint ihnen nicht zu bekommen. Sie sind eher an feuchtere Böden gewöhnt, so wie man sie in Frankreich findet.«

»Direktor Lawrence«, setzte ich noch mal an. Wenn er meinte, ich würde mich geschlagen geben, nur weil er das Thema wechselte, hatte er sich getäuscht. »Ich bin mit dieser Regelung nicht einverstanden. Ich glaube, dass ...«

»Die Glocke zur Sperrstunde hat bereits geläutet. Ich schlage vor, Sie gehen auf Ihr Zimmer zurück und ruhen sich aus, damit Sie morgen im Unterricht erholt sind.«

»Vorher würde ich aber gerne noch mit Ihnen über das sprechen, was Sie vorhin gesagt haben, Herr Direktor.«

»Gute Nacht, Mister Bradford.«

Und er wies auf die Tür, um mir zu verstehen zu geben, dass das Gespräch damit beendet war.

KAPITEL 13

Auf dem Weg zu meinem Zimmer konnte ich überhaupt nicht mehr aufhören, Lawrence zu verfluchen. Was fiel ihm eigentlich ein? Ich hatte ihm nicht den geringsten Anlass dafür geliefert, mich wie einen Gefangenen in einen Käfig zu sperren. Im letzten Schuljahr war ich in weniger Fächern durchgefallen als in den Jahren davor und ich hatte auch sonst keinen Ärger gemacht.

Mit vor lauter Wut ziemlich ausladenden Schritten ging ich die Treppe in den ersten Stock hinunter und riss schwungvoll die Tür auf, die zu den Schlafräumen der Jungs führte. Es gab überhaupt keine Veranlassung, mir den Ausgang zu verbieten oder mich zu zwingen, ihn auf dem Laufenden darüber zu halten, wo ich mich gerade aufhielt. Und dann hatte er nicht einmal die Güte, mir eine Erklärung dafür zu geben. Ich würde noch mal mit ihm sprechen. Ich würde ihn zur Vernunft bringen und ...

Ich hörte Schritte hinter mir.

Ich grummelte. Bestimmt war das Lawrence. Bestimmt hatte er über das, was er mir gesagt hatte, nachgedacht und war mir dann nachgegangen, um mich wissen zu lassen, dass es ihm sehr leidtäte.

Ich machte mich bereit, ihm erneut die Stirn zu bieten, und drehte mich um.

Aber hinter mir war nicht der Direktor.

Halb durch die Windungen des Korridors verborgen, lehnte eine Gestalt an der Wand, größer und schlanker als Lawrence. Ihr Gesicht lag im Schatten, deshalb konnte ich die Züge nicht erkennen; aber es gab keinen Zweifel daran, dass sie mich über die Entfernung, die zwischen uns lag, beobachtete. Ich spürte es. Genau wie am Tag zuvor. Mich beschlich dieselbe Vorahnung wie auf dem Weg zu Mikes Zimmer.

Wer war das nur?

Mir fiel wieder ein, was im Labor passiert war. Der Schatten, der uns aufgelauert hatte ...

Ich drehte mich um und lief weiter, ziemlich nervös. Die Situation war mir ganz schön unheimlich, und als ich endlich bei meinem Zimmer angekommen war, huschte ich schnell hinein und machte die Tür hinter mir zu. Vielleicht täuschte ich mich ja auch ... Vielleicht hatte diese Silhouette ja gar nichts mit mir zu tun ...

Es klopfte.

Ich zuckte zusammen und konnte nur mit Mühe den Schrei unterdrücken, der mir in der Kehle saß. Ich hielt mir die Hand vor den Mund.

Wieder klopfte es.

Jemand stand vor der Tür und wollte zu mir.

Das Klopfen klang mechanisch und irgendwie gedämpft.

Und dann hörte ich es. Ein Lachen. So unheilvoll, dass mir das Blut in den Adern gefror. Hohl. Wie aus dem Jenseits.

»Mike! Neal! Wenn ihr das seid, dann werdet ihr das bereuen, das schwör ich euch!«, schrie ich. Als Antwort bekam ich eine weitere finstere Lachsalve.

»Ich bin keiner deiner Freunde. Deine Freunde liegen friedlich in ihren Betten.« Etwas in der Stimme ließ mich erschaudern. Sie war nicht greifbar, hart, eine Grabesstimme. Nicht einmal, ob es ein Mann oder eine Frau war, hätte ich sagen können. Nur dass sie weder Mike noch Neal gehörte, das war sicher. Ein Schweißtropfen rann mir von der Schläfe über die Wange.

»Wer bist du?«

»Das wirst du schon noch herausfinden. Sogar schon sehr bald … Und bis dahin genieße das Schauspiel, das ich ganz allein für dich inszeniert habe, Kyle Bradford.«

Dann wieder die Schritte. Diesmal entfernten sie sich. Verloren sich allmählich, bis ich sie nicht mehr hören konnte. Trotzdem bewegte ich mich nicht. Stocksteif blieb ich wie angewurzelt stehen. Darauf gefasst, dass die Schritte zurückkämen. Aber das taten sie nicht. Ich hörte sie nicht wieder.

Erst als ich ganz sicher war, dass niemand mehr auf der anderen Seite der Tür war, steckte ich den Kopf aus der Sicherheit meines Zimmers. Keine Spur des Schattens. Er war verschwunden, als hätte es ihn nie gegeben.

An der Zimmertür hing eine Notiz, geschrieben auf demselben feinen Papier, auf dem auch die Nachricht verfasst war, die ich am Tag zuvor in meinem Zimmer gefunden hatte.

Der Kreis schließt sich um dich. Jetzt haben sie dich im Verdacht.

Mit zitternden Beinen wich ich zurück.

Was … was zum Teufel ging hier vor?

KAPITEL 14

Schon wieder. Wieder ein Traum. Ich merkte fast nicht, wie ich in ihn hinüberglitt.

Weder war ich in der Lage, meinen zweiten Tag im Internat noch mal an mir vorbeiziehen zu lassen, noch, an diesen Schatten zu denken oder den Zettel, den er an die Tür gepinnt hatte. Kaum hatte ich das Laken berührt, driftete mein Körper auch schon davon.

Ich lag auf einem Bett. Einem anderen Bett als das in meinem Zimmer in Drayton. Es war hart, fast wie ein Holzbrett. Als ich versuchte, mich zu bewegen, durchfuhr ein jäher Schmerz meinen Körper wie ein Peitschenhieb. Ich stöhnte und merkte, wie mir die Tränen in die Augen schossen. Mein ganzer Körper tat mir weh, sehr weh sogar.

Als ich die Geräte neben mir sah und die Sauerstoffmaske über meinem Mund und meiner Nase bemerkte, erkannte ich, wo ich war. Ein anhaltendes Piepsen zeigte meinen Pulsschlag an. Zu schwach.

Ein Krankenhaus.

Ich vernahm flüsternde Stimmen. Sie hörten sich weit

entfernt an – nicht weit genug allerdings, als dass ich nicht verstanden hätte, was sie sagten.

»Es ist sehr ernst,« sagte eine männliche Stimme, rau und erschöpft. »Ich kann nicht sagen, ob er die Nacht übersteht.«

Das Seufzen einer Frau.

»Verstehe. So ein Unglück.«

»Sie sollten daran denken, die Sozialfürsorge zu benachrichtigen, falls er stirbt.«

»Ja, natürlich.«

»Er ist so jung ... Es ist ein Jammer. Er muss aus großer Höhe gestürzt sein.«

»Ja. Schrecklich, Sie machen sich keine Vorstellung. Er ist auf eine Leiter gestiegen, hat das Gleichgewicht verloren und dann ist er gefallen. Die anderen Kinder haben mich gleich geholt, aber ich konnte nichts mehr tun.«

Etwas vibrierte neben meinem rechten Arm. Ich sah an mir herab. Da war diese schwarze Kugel. Wieder tanzten goldene Buchstaben in ihrem Inneren.

Sie lügt ... sie lügt ... sie lügt ... Es war kein Unfall.

Das Krankenhaus wurde immer verschwommener und die Szene wechselte. Ich war jetzt woanders. In einem Raum. Einem langgezogenen Raum. Mit Fenstern auf der einen Seite und einer Reihe Stockbetten auf der anderen. Vor mir stand eine Gruppe Kinder. Eines von ihnen, seiner Statur und dem Flaum über seiner Oberlippe nach zu urteilen wohl der Älteste, hielt etwas in der Hand. Ich konzentrierte mich auf den Gegenstand: Es war die Kugel ...

»Hey, zerschlag sie doch damit«, sagte eines der Kinder. Es hielt ihm einen Stein hin.

»Gute Idee!«

»Nein«, wisperte ich mit hauchdünner Stimme, »bitte nicht …«

Der Stein schlug auf der gläsernen Kugel auf und ein lautes Krachen dröhnte durch den Raum und übertönte das Lachen der Kinder. Dann kam der Schmerz. Ein stechender Schmerz, der mich durchdrang, der meine Lungen auswrang und mich aufschreien ließ.

Schließlich sank ich ohnmächtig zu Boden und wieder legte sich Finsternis über mich.

KAPITEL 15

Ich schrie aus vollem Hals und trat um mich – so wachte ich auf. Ich schwitzte. Rang nach Atem. Und dann dieser stechende Schmerz ... Ich konnte ihn spüren, er war noch immer in mir. Auch das Gelächter der Kinder hörte ich noch und das Geräusch der Kugel, als sie zerbarst. Immer wieder drangen diese Bilder in mein Bewusstsein, ein ums andere Mal. Ich sah sie ganz deutlich vor mir, selbst wenn ich die Augen ganz fest geschlossen hielt und mit aller Kraft an etwas anderes dachte.

»Alles okay?« Sanft legte sich eine Hand auf meinen Rücken. Ich fokussierte das Gesicht neben meinem. Len. Er war fahl, leichenblass. »Du ... du hast geträumt. Ich ... ich habe versucht, dich zu wecken, aber ... es ging nicht. Du hast einfach nicht aufgehört zu schreien.«

»Ja, ich bin okay.« Ich schlang die Arme um meine Knie. Die Kugel ... die Kugel, wie sie brach. Ich erschauderte. »Das heißt, eigentlich weiß ich es nicht so genau ...«

Len zog die Decke von seinem Bett und breitete sie über mir aus.

»Was machst du da?«

»Du zitterst«, sagte er. Es stimmte. Mein Körper vibrierte. Ich hatte es nicht einmal bemerkt.

»Ich weiß auch nicht, was los war.« Ich kuschelte mich in Lens Decke. »Hm ... tut mir leid, wenn ich dich erschreckt habe.«

»Kein Problem. Wenigstens zitterst du jetzt nicht mehr.«

»Ja, stimmt. Danke.«

»Ist schon okay.« Ein Lächeln zeichnete sich auf seinem Gesicht ab. Nicht eine dieser erzwungenen Grimassen, mit denen er mich so oft bedachte, sondern ein aufrichtiges Lächeln.

Zum ersten Mal sprachen wir ganz normal miteinander, ohne uns anzuschreien oder Giftpfeile auf uns abzufeuern, und unsere plötzliche Redseligkeit überraschte uns beide. Wir sahen uns an und brachen in Lachen aus. Vielleicht war Len Lu am Ende ja doch kein so übler Typ.

»Hast du schon länger Albträume?«, fragte er. Er schien jetzt ruhiger als zuvor. Blass war er zwar immer noch, aber zumindest war wieder etwas Farbe in sein Gesicht zurückgekehrt. Er setzte sich auf sein Bett und stützte die Ellbogen auf den Oberschenkeln ab.

»Nein, gar nicht. Es hat erst vor ein paar Tagen angefangen. Ist schon seltsam, weißt du. Ich kann mich nicht erinnern, als Kind jemals schlecht geträumt zu haben, und jetzt ... Kaum mache ich die Augen zu, sehe ich komische Bilder vor mir.«

»Was denn für Bilder?«

»Leute, die mir auf den Fersen sind, ein Wald, der überhaupt kein Ende nimmt, eine Zelle in einem Keller, ein Krankenhaus ...« Das musste sich ziemlich dumm anhören. Aber Len folgte mir aufmerksam, ohne mich zu unterbrechen. Das gefiel mir. »Und dann ist da eine Kugel.«

»Eine ... Kugel?«

»Ja.« Ich hatte ihre übernatürliche Perfektion genau vor Augen, die tiefe Dunkelheit ihrer Oberfläche und die goldenen Buchstaben. »Sie ist ... wunderschön. Aber da ist auch etwas ...«

»Etwas Beunruhigendes.«

»Ja, genau. Beunruhigend ist genau das richtige Wort.«

Len räusperte sich und sah zur Seite, als würde er unbedingt unseren Blickkontakt unterbrechen wollen.

»Als ich klein war, hatte ich auch jede Nacht Albträume. Nur dass ich immer dasselbe geträumt habe. Ich war in einer Art Würfel gefangen, aus dem ich nicht mehr herauskam. Von außen sickerte Wasser in den Würfel, der Pegel stieg immer weiter und das Wasser bedeckte mich immer mehr. Dann tauchte jemand auf der anderen Seite des Gefäßes auf, und ich schrie total verzweifelt nach ihm, damit er mich rausholte. Er rührte nicht einen Finger, um mir zu helfen. Blieb völlig unbeteiligt stehen und sah zu, wie ich ertrank. Bis ich aus dem Waisenhaus kam, hatte ich diesen Traum immer wieder.«

»Waisenhaus? Ich dachte, deine Eltern leben noch.«

»Tun sie auch. Ich habe trotzdem fünf Jahre dort verbracht. Meine Eltern hatten nicht genug Geld, um für mich zu sorgen. Wir waren total pleite, deshalb kümmerte sich das Jugendamt um mich. Die Trennung von meinen Eltern war schon ziemlich hart, aber noch schlimmer war es dann da drinnen ... an diesem Ort.« Er wand sich, fühlte sich sichtlich unwohl. »Ein kleines Gefängnis war das, voller hoffnungsloser und hungriger Kinder, so wie ich.«

Niemals hätte ich gedacht, dass sich hinter Len Lu, Sohn eines Großindustriellen aus der Elektronikbranche, eine solche Geschichte verbarg. Vielleicht war er ja deshalb so seltsam.

»Was ist? Hast gedacht, ich war immer schon reich, hm?«

»Ja, so ungefähr.«

»Tja, da siehst du's mal ...« Er drehte die Handflächen nach oben, als wolle er sagen: »So sind die Dinge nun mal.«

»Und wie hast du es dann geschafft, die Zeit im Waisenhaus zu überstehen?«

Er biss sich auf die Lippe, wollte nicht antworten. Ich fürchtete schon, im falschen Moment die falsche Frage gestellt zu haben.

»Ein Freund«, murmelte er schließlich. »Mein bester und einziger Freund.« Sein Blick wanderte von seinem Schoß zu meinem Gesicht. Und dort verharrte er, eindringlich. »Er hat mir geholfen.«

Mehr wollte er nicht sagen. Ich hatte fast das Gefühl, dass sich hinter seiner Enthüllung eine Wahrheit verbarg, die er nicht preisgeben wollte. Ich ließ ihn in Ruhe. Stellte keine Fragen mehr und wechselte das Thema, um die plötzliche Stille zwischen uns zu durchbrechen.

»Muss ja ganz lustig sein, der Sohn des Besitzers der Lu Corporation zu sein. Ich wette, dein Haus steckt voller elektronischem Schnickschnack«, sagte ich und nutzte die Gelegenheit, um einen Blick auf Lens Laptop zu werfen, der offen auf seinem Nachttisch stand. Auf dem Bildschirm waren massenhaft mathematische Symbole und Befehle zu sehen. Das sah nicht nach einer einfachen Kalkulationstabelle aus, wie ich sie für die Wirtschafts-Hausaufgaben nutzte. Das hier war komplexer. Viel komplexer. »Du arbeitest mit ganz schön komplizierten Computercodes. Hat dein Vater dir das beigebracht?«

»Nein. Das war ich selbst.«

»Du selbst?«, wiederholte ich. »Du machst wohl Witze.«

»Überhaupt nicht. Ich hatte schon immer etwas für Informatik übrig, schon als ich klein war.«

Ich pfiff zwischen den Zähnen durch.

»Du musst echt ein schlauer Kopf sein, wenn du dir das ganz ohne Hilfe beigebracht hast«, sagte ich und meinte es ganz ernst. Ich konnte auch ganz gut mit Computern umgehen, aber das hier übertraf mein Können bei weitem. »Abgefahren – ich wusste gar nicht, dass du so auf Informatik stehst.«

»Tja. Jetzt weißt du es.«

»Und in was bist du noch gut?« Ich versuchte gar nicht, zwanghaft nett zu sein, ich war wirklich neugierig und wollte einfach mehr über Len wissen. »Ich habe gesehen, wie du nachts aus dem Internat abgehauen bist. Trainierst du für irgendwas oder so ...?«

Er sprang auf, als hätte ihn etwas gestochen.

»Was hast du gesagt?« Seine Frage fuhr schneidend durch die Luft, wie ein Schwert. »Was hast du da gerade gesagt?«

»Ich habe dich gefragt, ob du Sport machst.«

»Nein, du hast gesagt, dass du gesehen hast, wie ich nachts aus Drayton abgehauen bin.«

»Ja, das auch ...«

»Was genau hast du gesehen?«

»Ich habe gesehen, wie du aus dem Zimmer gegangen bist.«

»Hast du etwas gehört?«

»Was meinst du?«

»Hast du etwas gehört?!«, schrie Len.

»Nein!«, rief ich. Sein aufrichtiges Lächeln und sein besorgtes Gesicht waren wie weggeblasen. Stattdessen war er wieder derselbe Len wie immer. Barsch, unangenehm und unergründlich. Ich versetzte ihm einen Stoß, damit er ein Stück von mir abrückte. »Was ist denn los?«

Er hob das Kinn und ein flüchtiger Schatten huschte über seine Augen.

»Du mischst dich besser nicht in Dinge ein, die dich nichts angehen, Kyle.«

Mehr sagte er nicht. Er nahm seinen Laptop, verließ den Raum und ich blieb sprachlos zurück.

KAPITEL 16

Mit noch nassen Haaren vom Duschen zog ich meine Uniform an und schnappte mir die Schultasche. Len hatte ich nicht mehr gesehen. Er war nicht mehr zurückgekommen. Dabei hatte ich ihn doch einfach nur gefragt, ob er Sport machte. War das so schlimm? Vielleicht hatte er auch irgend so ein Gespaltene-Persönlichkeits-Syndrom, à la Dr. Jekyll und Mr. Hyde, von dem ich nichts wusste. Oder er war ein schwerer Fall von bipolarer Störung. Wie auch immer – jedenfalls teilte ich mir das Zimmer mit einem echt durchgeknallten Spinner.

In einer Sache war der Vorfall mit Len aber doch hilfreich für mich. Das Unbehagen, das ich nach dem Albtraum hatte, war fort und ich fühlte mich deutlich wohler in meiner Haut. Die innere Ruhe hielt an, bis ich vor der Zimmertür stand und mir wieder einfiel, was sich in der Nacht zuvor auf dem Korridor abgespielt hatte; wie diese Gestalt aufgetaucht war und mich verfolgt hatte. Mein Magen krampfte sich zusammen.

Argwöhnisch trat ich aus dem Zimmer. Der Zettel war verschwunden. Hing nicht mehr angepinnt, wo ich ihn zuletzt gesehen hatte. Dafür lehnte dieser Typ an der Wand. Der mit dem grauen Regenmantel.

»Kann ich Ihnen irgendwie behilflich sein?«, fragte ich.

Er antwortete nicht. Nach den Sympathiebekundungen, die er mir am Tag zuvor schon entgegengebracht hatte, hielt sich meine Erwartung allerdings auch in Grenzen. Ich schloss mein Zimmer ab und machte mich auf den Weg zum Statistik-Unterricht. Kaum hatte ich mich in Bewegung gesetzt, war mir der Mann auch schon auf den Fersen. Er folgte mir auf Schritt und Tritt. Kurz vor der Treppe blieb ich stehen.

»Ich werde nicht so gerne verfolgt, wissen Sie?«

»Ich verfolge dich nicht«, antwortete er mit seiner rauen Stimme. »Ich überwache dich.«

»Ach ja? Sagen Sie bloß, Mister James Bond!« Ich setzte mich wieder in Bewegung und er tat es mir gleich. Wieder blieb ich stehen. »Hören Sie mal, Sie nerven langsam.«

Wieder keine Antwort.

»Sie sollen verschwinden, hab ich gesagt! Lassen Sie mich in Ruhe!«

»Ich fürchte, das werde ich nicht tun.«

Ich war kurz davor, ihm zu sagen, dass er doch an einen wenig empfehlenswerten Ort fahren soll, als mir die Pistole an seiner Taille auffiel und die Marke, die an seinem Gürtel hing. Ich hatte schon zu viele unangenehme Begegnungen wegen gefährdenden Verhaltens im Straßenverkehr hinter mir, um das glänzende Metallding mit den blau eingravierten Wörtern »LA Police Department« nicht wiederzuerkennen. *Ein Cop? In Drayton?*

»Das ist jetzt eine Sache zwischen dir und mir, stimmt's, Bürschchen?«

Ich legte den Kopf zur Seite und hatte keinen Schimmer, was er mir damit sagen wollte.

»Wovon reden Sie eigentlich?«

»Jetzt spiel mal nicht den Unschuldigen. Das zieht bei mir nicht.«

»Gar nichts spiele ich. Ich weiß nicht mal, wer Sie sind, Mann!«

»Dann solltest du vielleicht mal dein Gedächtnis auffrischen. Ich bin Detective Dimitri Cooper. Kommt dir bekannt vor, mein Name, oder nicht?«

Hatte ich den Namen wirklich schon einmal gehört? Ehrlich gesagt: nein. Cooper tätschelte seine Marke. Was mir eher wie eine unausgesprochene Drohung als wie eine zärtliche Geste vorkam.

»Ich hätte nicht gedacht, dass du es wagen würdest, zu tun, was du gestern getan hast. Wo du doch genau gewusst hast, dass ich vom ersten Tag an hier bin. Du kannst wohl einfach nicht anders, als die Aufmerksamkeit auf dich zu ziehen.«

»Was ich gestern getan habe?«

»Die Sache im Labor meine ich. Der Diebstahl des Füllers«, antwortete er. »Wir können die Sache auch komplizierter machen, wenn es das ist, was du willst. Aber ich warne dich: Es wird genau dasselbe dabei herauskommen. Diesmal lasse ich dich nicht davonkommen.«

Für mich klang das wie der Text eines makabren Songs. Was sollte denn diese Böser-Cop-Szene jetzt? Die Liste meiner Vergehen hatte sich bisher auf den ein oder anderen nicht weiter bedeutenden Einzelfall beschränkt. Abgesehen davon war meine Akte sauber. Klar, ich war kein Engel – aber eine 24-Stunden-Überwachung brauchte ich mit Sicherheit nicht.

Und dennoch gelang es mir für den restlichen Tag nicht mehr, Dimitri Cooper loszuwerden.

Wohin ich auch ging, er war dabei. Ging ich die Treppe runter, tat er dasselbe. Ging ich den Korridor entlang, folgte er mir auf Schritt und Tritt. Jedes Mal, wenn ich das Klassenzimmer wechselte, war er an meiner Seite, wie eine lästige Schmeißfliege, die sich in den Kopf gesetzt hat, mir das Leben schwer zu machen.

Am späten Nachmittag war ich so erschöpft von seiner Gegenwart, dass ich fast durchdrehte.

»Wollen Sie vielleicht auch noch mit in den Umkleideraum?«, platzte ich heraus, als wir vom Polotraining zurückkamen.

Cooper zog eine Grimasse, als wäre es ihm völlig gleichgültig, in einem vor Schweiß und den heißen Duschen dampfenden Raum zu stehen, solange er mich nur nicht aus den Augen verlor. Seine Beharrlichkeit brachte mich auf hundertachtzig.

»Ist nicht witzig, wenn Sie hier auch noch mit reinkommen. Ich habe meine Rechte, wissen Sie? Ich könnte Sie anzeigen wegen Eingriff in die Privatsphäre.«

Seinem Gesichtsausdruck nach zu urteilen, hatte ich ins Schwarze getroffen.

»Ich habe nicht vor, mich hier wezubewegen, also komm nicht auf schräge Gedanken, Bradford«, warnte er mich.

»Ist schon gut«, raunzte ich widerwillig. Ich ging in den Umkleideraum und zog die Tür hinter mir zu. *Was für eine Nervensäge!*

»Ist der immer noch da?«, fragte Mike. Er zog sich das T-Shirt über den Kopf und legte es zu seinen anderen Sachen auf die Holzbank. Über den Sommer hatte er ganz schöne Bauchmuskeln bekommen. Ein paar Mädchen würden mit Sicherheit durchdrehen, wenn sie ihn ohne das Oberteil seiner Uniform sehen könnten.

»Ja, leider.« Ich knallte meine Sporttasche auf den Boden und bückte mich, um mein Handtuch herauszuholen. »Obwohl ich immer noch nicht weiß, warum er mir eigentlich folgt.«

»Vielleicht hat ja deine Tante etwas damit zu tun.«

Hm ... Tante Jane wäre durchaus imstande, mir Cooper auf den Hals zu hetzen. Ich konnte mir schon ausmalen, wie das gelaufen sein könnte. Sie hatte gehört, dass sich Zero im Internat aufhielt, wurde fuchsteufelswild und hat direkt einen ihrer Hypochonder-Anfälle bekommen. Und die Konsequenz daraus? Sie schickt mir einen Typen, der mir nicht mehr von der Seite weichen und mich beschützen soll. Wäre ja schon typisch für sie. Dazu kannte ich sie gut genug, und mir war bewusst, dass sie, wenn sie nur den Verdacht hatte, dass ich nur ein kleines, winziges bisschen in Gefahr sein könnte, zur überfürsorglichsten Person des gesamten Universums werden konnte.

Diesmal allerdings wäre sie wirklich zu weit gegangen.

Mir einen missmutigen Leibwächter auf den Hals zu hetzen nur wegen eines Diebstahls im Internat? Wenn Zero wirklich noch in Drayton war (was ich immer noch bezweifelte), dann war die einzige Gefahr, in der ich mich befand, die, dass mir irgendwas der wenigen Dinge geklaut werden könnte, die ich in meinem Koffer dabeihatte.

»Mike hat recht«, mischte sich Neal ein. Es war gerade einmal vierundzwanzig Stunden her, dass ihm der Füller gestohlen worden war, und der Verlust schien ihm umso bewusster zu sein. Zum Glück hatte er sich am Vormittag nur zweimal dazu hinreißen lassen, wegen des bevorstehenden Krachs mit seiner Mutter herumzujammern. Ein Rekord. »Bestimmt war sie es. Wer soll den Typen denn sonst angeheuert haben?«

»Viele Kandidaten kommen da wirklich nicht infrage, stimmt«, gab ich zu. Ich streifte die Hose ab, zog die Unterwäsche aus und stellte mich unter die Dusche, gleich neben der von Neal. Mike hatte keine Hemmungen, einen Albino-Typen, der als Ersatzmann in der Mannschaft spielte, eine Dusche weiter zu schicken.

»Du solltest Miranda fragen, ob sie was weiß.«

»Miranda?«, wiederholten Mike und ich.

»Klar, die hat ihre Ohren doch überall. Sie weiß alles von allen. Vielleicht hat sie ja mitgekriegt, was dieser Cooper will.«

»Sehr witzig.« Ich nahm meinen Schwamm und warf ihn Neal ins Gesicht, der sich halb totlachte.

»Hey, ich war schon abgetrocknet!«

Bis wir fertig waren mit Duschen und uns wieder die Uniformen angezogen hatten, war fast eine Stunde vergangen. Es wurde sogar schon allmählich dunkel draußen. Aber Cooper stand an genau derselben Stelle wie zuvor.

»Auf eins könnt ihr Gift nehmen: Ich rufe Tante Jane an und sage ihr, sie soll den Typen feuern.«

»Geh doch zur Hintertür raus«, meinte Mike. »Wir kümmern uns um ihn.«

»Danke, Leute.«

»Mach dir keine Sorgen, wir sind das ja gewohnt. Oder hast du vielleicht vergessen, wer dir den Rücken freihält, wenn du mit jemandem zusammen bist und ein inoffizielles Date mit einer ihrer Freundinnen hast?«

Ich schlüpfte aus dem Umkleideraum und entging so Coopers Überwachung. Mike und Neal fragten ihn sonst was über seine Marke und unterhielten ihn so lange. Ich war ihnen echt was schuldig. Über einen Umweg gelangte ich zum Hauptgebäude zurück. Kaum hatte ich den Eingang erreicht, zog ich mein Handy aus der Tasche und wählte Tante Janes Nummer.

»Kyle, Liebling! Ich vermisse dich ja so sehr! Das Haus ist so leer ohne dich ... Wie ist es in Drayton?«

»Gut«, antwortete ich trocken. Ich beschloss, direkt auf den

Punkt zu kommen. »Weißt du, ich finde es nicht besonders witzig, dass du jemanden herschickst, der mich überwachen soll, noch dazu ohne Vorwarnung.«

Sie schwieg.

»Was soll das denn jetzt, Kyle?«

»Bitte, Tantchen. Der Typ ist mir den ganzen Tag auf den Fersen. Ehrlich, ich bin hier total sicher. Du musst dir keine Sorgen machen.«

»Ich weiß, dass du in Drayton sicher bist! Sonst hätte ich das Internat nicht für dich ausgesucht.«

»Dann verstehe ich nicht, warum du diesen Typen hergeschickt hast. Cooper oder wie er heißt.«

»Ich habe niemanden beauftragt, Kyle.«

Warum stritt sie es eigentlich immer noch ab?

»Hör mal, wenn du das von Zero gehört hast – achte einfach nicht darauf. Okay? Ich bezweifle wirklich, dass er es war, der Neals Füller gestohlen hat.«

»Wie bitte? Welchen Füller denn?«

»Den Füller von Neal Morrison«, antwortete ich, als wäre die Sache völlig offensichtlich. »Das hast du doch mitbekommen, oder?«

»Was habe ich mitbekommen?«

»Das von dem Diebstahl, was denn sonst.«

»Was?! Schon wieder ein Diebstahl? Mein Lieber! Das ist ja unerträglich! Und das, nachdem ich noch am Tag deiner Abreise mit dem Senator gesprochen habe.«

Ich hielt das Handy ein paar Zentimeter von meinem Ohr weg. Sie wusste nichts von dem Diebstahl. Sie hatte absolut keine Ahnung.

»Sag mir wenigstens, dass du einen gewissen Dimitri Cooper kennst.«

»Kommt mir nicht bekannt vor. Ist das so ein Neureicher?

Wenn du willst, lade ich ihn zum Neujahrsfest ein und du stellst ihn mir vor. Ich liebe es, deine Freunde kennenzulernen!«

Meine Wut von eben wandelte sich mit erstaunlicher Geschwindigkeit in Besorgnis um. Wenn Cooper nicht im Auftrag meiner Tante in Drayton war – was hatte er dann hier zu suchen?

»Kyle? Ist was?«

Aber nein, nicht doch! Ich wurde nur von einem Wahnsinnigen verfolgt. Der noch dazu bewaffnet war. Ich musste einfach irgendjemanden einweihen ... Kurz spielte ich mit dem Gedanken, mich Tante Jane anzuvertrauen, aber dann änderte ich meine Meinung. Sie wäre imstande, mir die Nationalgarde auf den Hals zu hetzen, um mich zu beschützen. Plötzlich hatte ich das freundliche Gesicht von Lawrence vor Augen. Er trug die größte Verantwortung in Drayton und er verhielt sich gegenüber jedem von uns immer wie ein Vater. Er würde mir helfen. Jetzt wusste ich, was zu tun war.

Er war genau der Mensch, den ich jetzt brauchte.

KAPITEL 17

Ziemlich außer Atem erreichte ich das Büro des Direktors. Die Tür stand ein paar Zentimeter offen, weit genug, als dass das Licht aus dem Inneren des Büros durch einen Spalt hindurchscheinen konnte. Ich schob die Tür ein wenig weiter auf und steckte den Kopf durch den Spalt.

»Direktor Lawrence?«

Der Tisch, von dem aus Sebastian Lawrence das Internat leitete, war verlassen.

Ich sah mich um; ich traute der Lage nicht. Cooper konnte jeden Moment hier auftauchen. Mike und Neal konnten ihn ja nicht ewig aufhalten. Ich wollte hier lieber nicht herumlungern und von ihm entdeckt werden. Und außerdem, was machte es schon für einen Unterschied, ob ich drinnen wartete oder hier wie eine wachdiensthabende Statue auf der Türschwelle herumstand. Ich ging hinein. Ich zog die Tür hinter mir zu und ließ mich schnaubend in den Besuchersessel fallen. Mein Puls lief auf Hochtouren.

Die Erkenntnis, dass dieser Typ, der wie aus dem Nichts hier aufgetaucht war, den ganzen Tag hinter mir her war, noch dazu mit einer Pistole am Gürtel, hatte mich doch ziemlich nervös gemacht. Wenn er tatsächlich im Auftrag von Tante Jane hier gewesen wäre, wäre das eine Sache gewesen. Aber dass er mir ohne offensichtlichen Grund folgte, noch dazu mit dieser krankhaften Beharrlichkeit, war etwas ganz anderes. Wie hatte er überhaupt auf das Internatsgelände gelangen können? Wer war er wirklich? Was wollte er? Und warum verdammt noch mal kam Lawrence eigentlich so lange nicht zurück ins Büro?

Ich versuchte, mich zu beruhigen. Es brachte ja nichts, noch nervöser zu werden, als ich es sowieso schon war. Ich holte tief Luft und atmete wieder aus, ganz langsam. *Schon viel besser.*

Um mir die Zeit bis zu Lawrence' Rückkehr zu vertreiben, nahm ich seinen Schreibtisch unter die Lupe. Ich war immer wieder erstaunt darüber, wie ordentlich es darauf zuging. Die Papiere waren fein säuberlich zu makellosen, gleichförmigen Stapeln zusammengefasst, manche waren sogar in Metallablagen einsortiert.

Nur eine braune Mappe aus Karton schien nicht an ihrem Platz zu sein und durchbrach die vorherrschende strikte Ordnung der Dinge.

Es war nichts Besonderes an ihr. Wobei – es fehlte ihr an dem Anschein von Luxus, der sonst wirklich jeden Gegenstand innerhalb des Internats umgab, und wenn er noch so einfach war. Eine Schülerakte war es auch nicht, auch kein offizieller Bericht, sonst wäre das Wappen von Drayton darauf abgebildet gewesen; dieser Ordner hier aber war völlig blank. Nur auf den unteren Teil der Mappe waren ein paar Buchstaben in der erlesenen Handschrift des Direktors geschrieben worden. Ich beugte mich ein Stück vor, um sie lesen zu können.

Es waren mein Vorname und mein Familienname.

Kyle Bradford.

Völlig verblüfft runzelte ich die Stirn. Warum hatte Lawrence eine Mappe mit meinem Namen darauf auf seinem Schreibtisch liegen?

Mir war schon klar, dass man nicht in fremden Dingen wühlt, aber ich brannte einfach darauf, zu wissen, was die Mappe enthielt. Meine Noten? Irgendetwas über meine Familie? Ich war allein, es würde schon keine Probleme machen, wenn ich einen kurzen Blick hineinwarf. Nur um meine Neugierde zu befriedigen. Wer würde schon etwas davon mitbekommen? Ich sah über die Schulter, um sicherzugehen, dass die Tür nach wie vor geschlossen war, und schlug die Mappe auf.

Fotos.

Der Ordner war voller Fotos. Und was alle gemeinsam hatten, hatte ich schnell herausgefunden: mich. Auf jedem einzelnen Bild war mein Gesicht zu sehen. Die meisten Fotos waren nicht besonders hoch aufgelöst, so als hätte der Fotograf sie heimlich geschossen. Neben Tante Jane an dem Tag, an dem wir beim Empfang des Botschafters waren. Im Smoking auf einem Wohltätigkeitsdinner. Beim Sonnenbaden auf dem Deck einer Yacht. Eingefangen in Rechtecken von 10 mal 30 Zentimetern sah ich, was ich diesen Sommer alles unternommen hatte.

Was hat das zu bedeuten?

Die Mappe enthielt auch einen Schlüssel, er war mit Klebestreifen an die Innenseite des rückseitigen Umschlags geklebt. Vorsichtig löste ich ihn vom Karton und untersuchte ihn. Er durfte kaum mehr als drei Zentimeter messen. Am Kopf des Schlüssels war ein Schildchen befestigt. »Archiv«, ließ sich mühsam darauf entziffern.

Das Archiv von Drayton etwa?

Ich drehte den Kopf nach rechts zu der Tür hin. Das Schloss hatte in etwa dieselbe Größe wie der Schlüssel.

Aber was hatte das Archiv des Internats mit diesen Fotos zu tun?

KAPITEL 18

Das Schloss öffnete sich mit einem sanften Klick. Ich drückte die Türklinke herunter und tastete im Dunkeln nach dem Lichtschalter. Als die Deckenlampe anging und sich meine Augen an die plötzliche Helligkeit gewöhnt hatten, sah ich mich um.

Ich war erst ein einziges Mal hier gewesen. An einem Vormittag, an dem Lawrence mich dazu verdonnert hatte, uralte Papiere zu sortieren, die hier schon seit Jahren Staub ansetzten. Trotzdem erinnerte ich mich noch ganz genau daran, wie das Archiv damals ausgesehen hatte. Deshalb wusste ich auch, dass der Raum, den ich jetzt vor Augen hatte, nicht das Geringste damit zu tun hatte.

Der Raum selbst war zwar noch derselbe, mit seiner Rundung und all den Büchern und Dokumenten, die die vier Wände säumten, aber den Tisch, der jetzt mitten im Raum stand, hatte es damals nicht gegeben. Genauso wenig wie die Bildschirme und Computer. Und auch nicht die Karten, die mit bunten Reißzwecken an Staffeleien gepinnt waren. Oder die Maschine, die ab und an ein Pfeifen von sich gab, als würde sie eine Melodie aufnehmen.

Ich ging näher an die Bildschirme heran. Der rechte zeigte das Klassenzimmer, in dem ich Wirtschaft, Mathematik und Englisch hatte. Auf dem nächsten Bildschirm konnte ich eine Gesamtansicht der Turnhalle erkennen, in der wir Sport hatten. Links war das Labor zu sehen, auf einem anderen Bildschirm der Speisesaal.

Überwachungskameras. Das fiel mir als Erstes ein. Wobei – soweit ich wusste, war im Internat selbst nie etwas aufgezeichnet worden. Das sah Lawrence als »Angriff auf das brüderliche Vertrauen innerhalb der Einrichtung« an. Hatte er über den Sommer etwa seine Meinung geändert? Vielleicht hatte das Ganze ja auch mit der Sache zu tun, von der Neal gesprochen hatte: dass der Direktor vor Beginn des Schuljahres die Sicherheitsvorkehrungen verdoppeln ließ.

Das Ganze hatte jedenfalls etwas Befremdliches. Genau wie bei den Fotos, gab es auch bei den Bildschirmen irgendeine Gemeinsamkeit. Ich beugte mich zu dem Monitor, der den Raum zeigte, in dem wir Wirtschaft hatten und noch ein paar andere intellektuelle Schlafmittel. Komischerweise sah man gar nicht das ganze Klassenzimmer. Nur ein einziges Schreibpult am hinteren Ende des Raums. Ich kniff die Augen zusammen.

Das war mein Schreibpult.

Und genauso war es auch auf den anderen Bildschirmen: Die Kamera im Speisesaal war genau auf den Tisch neben dem Fenster gerichtet, an dem ich normalerweise mit Mike und Neal saß. Die im Labor zielte auf die Bank, auf der ich saß, wenn ich chemische Experimente durchführte. Und so weiter. Auf allen Bildschirmen war irgendein Ort zu sehen, an dem ich mich irgendwann im Laufe des Tages aufhielt. Kann sein, dass dieses Detail jemand anderem gar nicht aufgefallen wäre. Für mich aber war es so überdeutlich, dass es kaum zu übersehen war.

Am anderen Ende des Archivs standen drei weitere Bildschirme, etwas abseits der anderen. Ob sie auch etwas mit irgendeinem Ort zu tun hatten, den ich kannte? Was ich darauf sah, ließ mich zu Stein erstarren.

Mein Zimmer.

Aus unterschiedlichen Blickwinkeln gefilmt, aber doch immer *mein Zimmer*. Mein Bett, die Zimmertür und sogar mein Schreibtisch neben dem Fenster. Was hatte das alles zu bedeuten? Entweder hatten die Leute, die die Kameras installiert hatten, zufällig überraschend ähnlich agiert, oder aber hier ging wirklich irgendwas Bestimmtes vor sich.

Der Widerhall von Stimmen im Korridor vor Lawrence' Büro riss mich aus meiner Benommenheit. Den bedächtigen Tonfall des Direktors erkannte ich sofort, aber die Person, mit der er sich unterhielt, konnte ich nicht einordnen. Das war allerdings längst nicht das Beunruhigendste an der Sache. Sie kamen näher; ich konnte immer deutlicher hören, was sie sagten.

Oh. Verdammt.

Jetzt saß ich wirklich in der Klemme.

KAPITEL 19

Ich hatte gerade noch Zeit, die Tür zum Archiv zu schließen, bevor Lawrence ins Büro kam und mich an einem Ort sehen würde, an dem ich absolut nichts zu suchen hatte. Allerdings reichte es nicht mehr, um den Schlüssel aus dem Schloss zu ziehen und ihn wieder an seinem Platz zu deponieren. Auch nicht, um die Mappe wieder dort auf dem Tisch zu platzieren, wo ich sie gefunden hatte. Und wenn der Direktor auf sie aufmerksam wurde und ihm plötzlich klar wurde, dass ich hier war?

» ... ich glaube Ihnen ja, mein Freund. Diese jungen Leute überraschen einen manchmal gerade dann, wenn man es am allerwenigsten erwartet.«

Es folgte eine kurze Pause. Ich hielt den Atem an vor lauter Angst, man könnte mich hören. Wie ein Krimineller, der sich vor den Guten versteckt, um nicht gefasst zu werden, so kam ich mir vor. Aber was blieb mir schon übrig? Alle anderen Optionen waren deutlich schlechter. Lawrence durfte mich allein schon deshalb nicht im Archiv erwischen, weil das meinen endgültigen Verweis von der Schule bedeutet hätte.

Also fand ich mich mit der Situation ab.

Jetzt lief jemand ziemlich hektisch durchs Büro, der Holzboden knarzte unter seinen Schritten.

»Ich kann einfach nicht glauben, dass er mir so einfach entwischt ist!«, entfuhr es dem Gesprächspartner des Direktors. »Er war genau vor mir und dann, mit einem Mal, löst er sich in Luft auf.«

Dieser texanische Akzent ... Plötzlich hatte ich Cooper vor Augen, als hätte mein Gehirn automatisch die Verbindung zum Besitzer der Stimme hergestellt. Er war es! Da war ich ganz sicher.

»Machen Sie sich keine Gedanken. Wenn man erst einmal mit den gekrümmten Gängen und den Räumen vertraut ist, versteckt sich keiner so leicht in Drayton.«

»Das weiß ich. Aber es ärgert mich, dass Bradford mich im Regen hat stehenlassen wie einen Anfänger. Als ich in den Umkleideraum kam, war er längst über alle Berge. Er hat seine Freunde benutzt, um mich abzulenken.«

»Geduld ist immer noch die beste Waffe bei der lückenlosen Überwachung von Mr. Bradford. Er ist ein etwas ... spezieller Schüler.«

Moment mal! Lawrence wusste, dass dieser Cop mir auf den Fersen war!?

»Bestimmt ist er mit irgendeinem Mädchen zusammen. Wäre ja nicht das erste Mal. Er hat eine besondere Schwäche für ... das weibliche Geschlecht.«

»Mich beschäftigt eher seine Schwäche für Dinge, die ihm nicht gehören.«

»Aus diesem Grund sind wir beide ja auch hier.«

»So ist es.«

Wie bitte?

»Und was haben Sie gemacht, bevor Mr. Bradford Ihnen

entkommen ist? Ich dachte, Sie wären hier gewesen, im Archiv.«

»Ich hielt es für besser, die Strategie zu ändern, um ihn besser unter Kontrolle zu haben. Wie Sie wissen, habe ich über die Kameras jede einzelne seiner Bewegungen verfolgt, seit seiner Ankunft hier am ersten Schultag. Nicht eine Sekunde habe ich ihn aus den Augen gelassen, das kann ich Ihnen versichern. Nur hat das nichts gebracht. Dieses Miststück weiß sich gut zu tarnen. Jeder würde denken, dass er ein ganz normaler Junge ist. Und deshalb habe ich beschlossen, ihm zu folgen – so lange, bis ich seinen Schwachpunkt gefunden habe.«

»Sie wollen ihm den ganzen Tag über folgen?«, fragte Lawrence ungläubig.

»Keine Sorge, ich habe eine richterliche Anordnung, wenn Sie das meinen.«

»Nein, nein, das ist es nicht. Mir kommen die Überwachungsvorrichtungen, die Sie um Kyle herum aufgebaut haben, nur ein wenig übertrieben vor. Erst die Kameras, dann die Karten, um sein Verhalten zu analysieren, die Mikrofone … und jetzt das. Das alles scheint mir eher für einen Gefangenen der höchsten Sicherheitsstufe angemessen als für einen einfachen Jugendlichen.«

»Kyle Bradford *ist* kein einfacher Jugendlicher«, korrigierte ihn Cooper, wobei er das Wörtchen »ist« besonders betonte. »Er ist gefährlicher, als wir alle es uns vorstellen können.«

»Ich sehe nur einen schlecht erzogenen, jungen Burschen, dem ein paar Allüren weniger guttäten und eine harte Hand dazu.«

»Da irren Sie sich. Hinter diesem Jungen verbirgt sich mehr als nur ein wenig Koketterie. Das hat er doch auch gestern erst wieder unter Beweis gestellt, wie Sie ja sicher noch wissen.«

»Oh ja, der unglückliche Vorfall im Labor.«

»Genau der.«

»Schon gut, mein Freund, wenn der beste Detective der Vereinigten Staaten davon überzeugt ist, dass es sich bei einem meiner miserabelsten Schüler um ein gefährliches Subjekt handelt, werde ich ihm nicht widersprechen. Hätten Sie mir keinen guten Grund dafür geliefert, hätte ich weder Ihre Anwesenheit auf dem Gelände noch die Kameras und Mikrofone geduldet.«

»Und ich danke Ihnen für Ihr Vertrauen, Herr Direktor. Sie werden es nicht bereuen, das versichere ich Ihnen.«

»Das hoffe ich. Ich vertraue darauf, dass Sie Erfolg haben werden, zum Wohle Draytons.«

Ich hörte Lawrence atmen, ganz in der Nähe der Tür, hinter der ich stand. Instinktiv wich ich zurück.

»Nichts ist, was es zu sein scheint, nicht wahr?«, sagte er. Er entfernte sich wieder von der Tür und ich ließ die angehaltene Luft aus meinen Lungen entweichen.

»Was meinen Sie damit?«

»Es ist nur – mich überrascht die ganze Situation. Wer hätte schon gedacht, dass der schlechteste Schüler von ganz Drayton in Wirklichkeit der gefürchtete Zero ist?«

KAPITEL 20

Ich war so perplex, dass ich in eine Art vorübergehenden Schockzustand verfiel. Als ich wieder an die Realität andockte, verschluckte ich mich vor lauter Verblüffung. Was??? Sie dachten, ich wäre Zero??? Wem fiel denn so ein Schwachsinn ein!? Falscher konnten sie ja wohl kaum liegen. Noch nie in meinem Leben hatte ich etwas gestohlen, wirklich noch nie.

»Ich versichere Ihnen: Kyle Bradford *ist* Zero«, sagte Cooper inzwischen. »Ich selbst habe ihm die silberne Maske vom Gesicht gezogen, als er versucht hat, aus der LA Opera zu entkommen, nachdem er das Kaiserin-Diadem gestohlen hat. Und ich habe sein Gesicht gesehen. Das Gesicht von diesem Rotzlöffel Bradford.«

»Ja, ja. Es ist nur ... Ich weiß auch nicht. Ich war überzeugt davon, dass der meistgesuchte Dieb der Welt etwas – wie soll ich sagen? – intelligenter wäre. Verstehen Sie mich nicht falsch – man muss sich nur einmal die Noten von Mr. Bradford ansehen. Seit er in Drayton ist, verfehlt er eine Prüfung nach der anderen; man kann nicht gerade sagen, dass er in irgendetwas gut ist. In keinem einzigen Fach tut er sich hervor, und das Einzige, was er wirklich meisterhaft beherrscht, ist, das Vermögen seiner Mutter durchzubringen und mit der Hälfte der Mädchen hier im Internat auszugehen, während er sich gleichzeitig mit der anderen Hälfte heimlich trifft.«

»Ich war ja selbst überrascht, dass er es ist. Aber auch wenn es noch so schwer zu glauben ist: Dieser Rotzbengel hat einige der kostbarsten und wertvollsten Gegenstände gestohlen, die überhaupt existieren. Wir müssen ihn einsperren, koste es, was es wolle.«

Hatte er einsperren gesagt? Ins Gefängnis? Was???

»Warum tut er das, was denken Sie?«, fragte Lawrence. »Die Diebstähle meine ich. Kyle wird schließlich eines Tages so reich sein, dass er bis ans Ende seiner Tage keine finanziellen Schwierigkeiten haben wird. Selbst wenn er seine kostspieligen Marotten nicht ad acta legen sollte.«

Zufrieden pflichtete ich ihm bei. Zumindest der Direktor hatte sich noch ein Fünkchen gesunden Menschenverstand bewahrt.

»Wer weiß. Diese reichen Bengel haben doch von Kindesbeinen an alles bekommen, was sie wollten. Vielleicht will er sich einfach nur amüsieren.«

»Sie meinen, als Zeitvertreib?«

»Genau. Eine Art Suche nach dem Adrenalinkick, der Abwechslung in sein eintöniges Bonzenleben bringt. Es muss schwierig sein, etwas zu finden, das einem Spaß macht und das man noch nicht ausprobiert hat, wenn man sowieso schon alles hat.«

»Vielleicht haben Sie recht.«

Cooper sagte etwas, das ich nicht verstand. Ich presste mein Ohr noch fester an die Tür, um auch ja nicht das kleinste Fitzelchen des Gesprächs zu verpassen.

»Was meinen Sie mit seltsam?«, fragte Lawrence.

»Nachdem ich entdeckt hatte, dass Kyle Bradford Ze
habe ich mir seine Vergangenheit etwas genauer angeseh
ich dachte, vielleicht gibt es irgendeine Verbindung zwischen
seiner Kindheit und dem, wie er heute ist. Und wissen Sie, was ich gefunden habe?«

Schweigen.

»Nichts«, sagte Cooper schließlich.

»Was meinen Sie mit Nichts?«

»Genau das, was Sie gehört haben. Über Kyles Vergangenheit ist absolut nichts in den Akten zu finden. Nicht einmal über die Identität seiner Eltern. Alles verschwunden. Die ältesten Einträge, die ich finden konnte, sind aus dem Jahr, in dem Kyle zehn Jahre alt war.«

Das sollte wohl ein Scherz sein. Wie konnte es denn sein, dass nichts, absolut gar nichts über mich zu finden war, bis ich zehn Jahre alt war? Was war denn mit meinem Leben davor geschehen? Tante Jane hatte nie etwas davon erzählt. Nie hatte sie mich auf einen Stuhl gesetzt und gesagt: »Kyle, Schatz, deine Geburtsurkunde und die deiner Eltern sind verschwunden.« Die Möglichkeit, dass sie mich belogen hatte, durchfuhr mein Hirn wie ein Blitz. Aber den Gedanken verbannte ich schnell wieder aus meinem Kopf. Nie würde sie das tun. Niemals.

»Finden Sie das nicht auch seltsam?«, fragte Cooper.

»Doch, das ist es wirklich. Es kann sich aber auch um einen Computerfehler handeln; vielleicht sind die Akten verlorengegangen.«

»Das glaube ich kaum. Das System ist durch Sicherheitscodes geschützt, zu denen ausschließlich die dazu befugten Personen Zugang haben. Die Wahrscheinlichkeit, dass Akten durch einen Fehler gelöscht werden, ist verschwindend gering.«

gibt es noch, die ich nicht verstehe. Wenn Sie
zeugt davon sind, dass Kyle Zero ist – warum
ann nicht längst verhaftet? Es ist über einen
das Kaiserin-Diadem verschwunden ist.«
zte mit der Zunge.

»Denken Sie, das hätte ich nicht versucht? Nur reicht meine Zeugenaussage nicht aus, um einen Bradford hinter Gitter zu bringen. Ich brauche mehr Beweise. Deshalb überwachen wir ihn ja auch. Wenn wir nur einen einzigen kleinen Beweis finden, der gegen ihn spricht, nur einen, dann wird kein Gericht abstreiten, dass er schuldig ist, da kann ihn seine Familie noch so sehr schützen. Es ist nur eine Frage der Zeit, bis er einen Fehler macht. Und wenn es so weit ist, werde ich da sein und ihn festnageln. Und das wird Zeros Ende sein.«

»Was, wenn er keinen Fehler macht? Bis jetzt hat er sich nicht den kleinsten Fehltritt erlaubt.«

»Das wird er aber, da können Sie sicher sein. Niemand kann sich einer solchen Überwachung entziehen. Bis vor kurzem wussten wir nicht, wer er wirklich ist, und das hat uns blind gemacht für seine Fehltritte. Aber jetzt hat er kein so leichtes Spiel mehr. Er ist genauso menschlich wie wir auch. Diesem Druck wird er nicht standhalten, und wenn er der beste Dieb aller Zeiten ist.«

Ich lehnte mich mit der Schulter gegen die Wand. Jetzt war mir klar, warum sie die Sicherheitsvorkehrungen des Internats verstärkt hatten. Es ging gar nicht darum, uns zu schützen. Es ging nur darum, dass ich nicht abhauen konnte. Sie hatten aus Drayton ein Gefängnis für mich gemacht. Und genau dasselbe galt für das, was Lawrence mir gesagt hatte. Ich musste Bescheid geben, wenn ich ausgehen wollte, damit sie mich auch ja keine Sekunde aus den Augen verloren.

Cooper lachte auf. Es war das erste Mal, dass ich ihn lachen hörte, und sein Lachen kam mir genauso mürrisch vor wie seine Stimme.

»Außerdem habe ich noch ein Ass im Ärmel, und das werde ich auch ausspielen, sollte mein Plan scheitern.«

»Ah ja?«

»Sehen Sie, als ich Zero die Maske vom Gesicht gerissen habe, kam nicht nur seine wahre Identität zum Vorschein. Er hat etwas verloren in jener Nacht, das scheinbar sehr kostbar für ihn ist. Worum genau es sich handelt, kann ich nicht sagen, aber eines weiß ich mit Sicherheit: Er hätte alles dafür getan, um es wiederzubekommen. Sollte ich also aus irgendeinem unwahrscheinlichen Grund doch keinen unwiderlegbaren Beweis gegen ihn auftreiben können, dann werde ich diesen Gegenstand ins Spiel bringen und ihm damit ein Geständnis abringen. Nur wenn er unter Eid aussagt, bekommt er ihn zurück. Sie sehen also, der Diebstahl des Kaiserin-Diadems ist weniger optimal gelaufen, als er es sich ausgemalt hatte. Das kostbare Juwel der Grossmans hat er zwar mitgehen lassen, aber dafür hat er uns etwas viel Bedeutenderes dagelassen.«

»Ein Schnitzer, den er bitter bereuen wird, wenn er erst im Gefängnis sitzt.«

»Allerdings.«

»Und was ist mit dem Diebstahl von gestern? Denken Sie, Kyle, ich meine Zero, steckt hinter dem verschwundenen Füllfederhalter von Mr. Morrison?«

»Daran habe ich nicht den geringsten Zweifel. Die Silbermünze, die ganze Vorgehensweise – alles deutet darauf hin, dass Zero es war, der ihn hat mitgehen lassen. Und Kyle Bradford war dort, als es geschah. Ein bisschen viel Zufall, finden Sie nicht?«

»Ich werde jedenfalls keine weitere Straftat im Internat dulden! Die Eltern meiner Schüler sind wichtige, einflussreiche Persönlichkeiten, und wenn das Ganze erst an die Presse gerät …«

»Bevor das geschieht, sitzt Kyle Bradford längst im Gefängnis, da können Sie ganz beruhigt sein. Die Presse wird von der Sache nichts mitbekommen, darum kümmere ich mich höchstpersönlich. Das Ganze wird erst ans Licht kommen, wenn ich genügend belastendes Material gegen ihn in der Hand habe.«

Die Uhr von Drayton schlug sechs Uhr, ihre Glockenschläge hallten durch das ganze Gebäude. Ich war so durcheinander, so angsterfüllt, so sprachlos, dass ich überhaupt nicht darauf reagierte.

»Na gut, Lawrence, was halten Sie davon, wenn wir uns die Kameras vornehmen und nachsehen, wo dieser Gauner sich herumtreibt?«, schlug Cooper vor. »Er kann sich ja wohl kaum in Luft aufgelöst haben.«

»Einverstanden«, sagte Lawrence. »Wir dürfen Kyle jetzt nicht mehr aus den Augen lassen.«

Das allerdings rüttelte mich dann doch auf. Wenn sie sich die Überwachungskameras vorknöpfen wollten, bedeutete das, dass sie ins Archiv kommen würden, in dem ich mich versteckt hielt, und dann …

KAPITEL 21

Ich wich von der Tür zurück und drehte mich um die eigene Achse, auf der verzweifelten Suche nach einem Versteck. Hinter einer der Regalwände? Da würden sie mich durch die Bücher hindurch sehen. Unter dem Tisch? Zu offensichtlich. *Mach schon!* Wo konnte ich mich nur verstecken? Wenn sie mich hier finden würden, ausgerechnet an diesem Ort, dann würde Cooper das als definitiven Beweis dafür ansehen, dass ich Zero war, und mich sofort ins Gefängnis stecken – und er würde keine Ausrede von mir gelten lassen.

Oh nein! Nicht mit mir! Ich würde ganz bestimmt nicht Jahrzehnte hinter Gittern sitzen wegen etwas, das ich gar nicht getan hatte.

Ich musste abhauen. Ich musste mich jetzt richtig konzentrieren und einen Fluchtweg finden.

Okay, Kyle, lass mal sehen ...

Durch die Tür zu fliehen war idiotisch – ich würde Lawrence und Cooper direkt in die Arme laufen. Das fiel also aus. Mich zu verstecken, brachte auch nichts, das hatte sich ja eben gezeigt. Fiel also auch aus. Zu warten, bis sie hereingekommen waren, und mich dann auf Zehenspitzen hinauszuschleichen, schien mir auch keine besonders brillante Idee ...

Das Ticken meiner Uhr erinnerte mich an die Trommelschläge, die vor öffentlichen Hinrichtungen zu hören sind. Schnell jetzt! Ein Ausweg ... Wo verdammt war hier ein Ausweg ...

Mein Blick blieb am Fenster neben dem Eingang zum Archiv hängen, gleich neben den Bildschirmen, auf denen man mitverfolgen konnte, was sich in meinem Zimmer abspielte. Es war nicht besonders groß, maximal einen Quadratmeter. Ich spähte durch die Glasscheibe. Das Büro lag im zweiten und obersten Stock; es ging also nicht haarsträubend weit nach unten. Trotzdem war mir klar, dass ein Sprung aus der Höhe ziemlich übel enden konnte, und ich hatte überhaupt keine Lust darauf, erst einmal auf unbestimmte Zeit ins Krankenhaus zu wandern. Leider beschränkten sich meine Möglichkeiten aber nun mal darauf, aus diesem Fenster zu klettern oder ... aus diesem Fenster zu klettern.

Die Stimmen von Lawrence und Cooper waren jetzt immer deutlicher zu hören.

»Oh, ich habe wohl den Schlüssel stecken lassen«, sagte der Direktor. »Ich kann mich zwar nicht erinnern, wann das gewesen sein soll ...«

Oh nein! Jetzt würden sie jeden Moment hereinkommen!

Ohne einen weiteren Gedanken zu verschwenden, öffnete ich das Fenster und zog mich auf die Fensterbank hoch. Ich schwang die Beine hinaus und klammerte mich an den Fensterrahmen, wobei ich mir Mühe gab, nicht nach unten zu sehen. Ich schluckte und überzeugte mich noch einmal davon, dass, wenn ich hier rauskommen wollte, es einfach keinen anderen Weg gab.

Über mir ragte das Dach des Internatsgebäudes hervor. Ich

streckte den Arm danach aus, um den Abstand besser einschätzen zu können. Mühelos reichten meine Finger bis zur ersten Ziegelreihe. Das Dach war weniger weit entfernt, als ich angenommen hatte, und es war deutlich näher als der Boden, von dem mich immerhin zwei Stockwerke trennten. Plötzlich schien es mir weniger gefährlich, aufs Dach zu klettern, als nach unten abzusteigen. Und schneller noch dazu.

Okay ... also los.

Ich setzte den rechten Fuß auf einen Ziegel der Fassade; mit dem linken blieb ich auf dem Fenstersims stehen, um nicht das Gleichgewicht zu verlieren. In diesem Moment öffnete sich die Tür zum Archiv. Ins Gespräch vertieft, betraten Lawrence und Cooper den Raum. Mein Körper hatte eine ziemlich komplizierte Haltung eingenommen und füllte das halbe Fenster aus. Wenn sie sich jetzt umdrehten, würden sie mich sofort entdecken, und dann würde mir auch mein genialer Lügenkatalog nicht dabei helfen, die Wahrheit zu verschleiern, und wenn ich mir noch so viel Mühe gab.

Cooper machte Anstalten, den Kopf zu mir zu drehen, und eine tausendstel Sekunde lang blieb alles stehen. Ich war wie versteinert und völlig überfordert mit der Frage, was ich tun sollte. Mein Gehirn reagierte im letzten Moment. Ich aktivierte jeden einzelnen Muskel meines Körpers und zog mich hoch.

Als sich meine Taille über der ersten Ziegelreihe befand, schwang ich die Beine über die linke Seite nach oben und umklammerte den nächstgelegenen Wasserspeier, um nicht abzustürzen. Ich verspürte einen stechenden Schmerz in den Fingern, aber ich biss die Zähne zusammen und verbat mir jeden Anflug eines Jammerns. Die Figur, die mir als Halt diente, verfolgte jede meiner Bewegungen, als würde sie meinen armseligen Versuch, mich als Fassadenkletterer auszugeben, missbilligend zur Kenntnis nehmen.

Als ich es endlich heil auf den Dachfirst geschafft hatte, konnte ich es kaum glauben.

»Überprüfen Sie die Kameras in seinem Zimmer«, sagte Cooper. »Ich nehme mir die anderen vor.«

»In Ordnung«, sagte der Direktor. »Haben Sie etwas dagegen, wenn ich das Fenster schließe? Das ist ja wie im Kühlschrank hier drin.«

Ich hörte, wie der Direktor das Fenster zumachte. Das Gespräch verstummte und ich blieb allein zurück mit meinem Wasserspeiergefährten. Sie hatten mich nicht bemerkt. Ich war in Sicherheit. Jedenfalls im Moment ... Keuchend vor Anstrengung streckte ich mich der Länge nach aus. Es hatte nur wenig gefehlt. Zu wenig.

Dabei hatte ich das Schlimmste noch lange nicht hinter mir.

Ich merkte, wie sich mir allein beim Gedanken an das, was ich gerade gehört hatte, der Magen zusammenzog. Sie glaubten, ich sei Zero. Die Polizei war in Drayton, um mich zu überführen. Sie hatten Überwachungskameras installiert. Ich würde im Gefängnis landen ... Wie hatte ich nur in eine so vertrackte Lage geraten können? Ich war nicht der Hundert-Millionen-Dieb! Das konnte ich vor jedem Gericht schwören oder vor wem auch immer es nötig wäre.

Ich verstand auch überhaupt nicht, warum Cooper mein Gesicht gesehen haben soll, als er Zero in der Oper die Maske heruntergerissen hatte. Ich war an jenem Abend die ganze Zeit bei Tante Jane gewesen, bis das Diadem gestohlen wurde und Ms. Grossman angefangen hatte zu kreischen. Keinen Meter hatte ich mich von meinem Sitz wegbewegt. Danach war ich nach Hause gegangen, ohne noch einmal irgendwo Halt zu machen. Und dann war da noch die Sache mit den Papieren. Was war das für eine Geschichte, dass es keine Informationen über mich in den Akten gab?

Mir war völlig schleierhaft, was hier eigentlich vor sich ging.

Andererseits, mal ernsthaft überlegt, war es aber auch gar nicht so schwierig, aus der Falle wieder herauszukommen. Das Ganze war schließlich ein Missverständnis. Ich hatte nichts zu verbergen, da konnten sie mich überwachen, so lange sie wollten. Sie würden keinen Beweis finden, der belegen konnte, dass ich Zero war, weil ich nun mal nicht Zero *war*. Ganz einfach.

Das hoffte ich jedenfalls. Genau – ich würde einfach ganz normal weitermachen. Einfach ich selbst sein. Cooper würde schließlich einsehen, dass er einem gewaltigen Irrtum aufgesessen war, und ich wäre von allen Anschuldigungen freigesprochen, mit denen mich dieser eingebildete Detective überschüttet hatte.

Ich hatte nichts zu befürchten.

Rein gar nichts.

ZWEITER TEIL

KAPITEL 22

Westlake Village war eine Kleinstadt vor Los Angeles, die kaum neuntausend Einwohner zählte und keinerlei touristische Sehenswürdigkeiten zu bieten hatte. Aber von Drayton aus gesehen war sie der nahegelegenste zivilisierte Flecken und das machte sie für die Internatsschüler zum perfekten Ausflugsziel.

Keiner der Schüler aus der letzten und vorletzten Klasse, denen es erlaubt war, das Internatsgelände zu verlassen, ließ sich die Gelegenheit entgehen, an den Wochenenden aus Drayton zu verschwinden (wenn es nicht gerade etwas extrem Wichtiges zu tun gab), und die meisten Ausflüge endeten in Westlake. Das kleine Örtchen bekam dann ein völlig neues Gesicht. Die Läden hatten bis Mitternacht geöffnet und die Bars und Kneipen schlossen ihre Türen nicht vor dem Morgengrauen. Die Diskotheken erwachten zu neuem Leben, und die Bewohner der Stadt legten sich ins Zeug, um uns einen gebührenden Empfang zu bereiten.

An jenem Wochenende Mitte Oktober ging es in Westlake sogar noch lebhafter zu als sonst. In der Hauptstraße wimmelte es nur so von ausgehfreudigen Leuten, und wir mussten mehrmals hupen, um uns einen Weg durch das Gedränge zu bahnen. Einen Parkplatz für Neals Mustang zu finden, war die Hölle. Ganz zu schweigen davon, dass es in den Restaurants über Stunden keinen freien Tisch geben würde.

Nachdem wir inzwischen vier Mal die Stadt umkreist hatten und unsere Mägen wie ein ganzes Orchester knurrten, riss Neal plötzlich das Steuer herum und stürzte sich wie ein Raubtier auf den freien Platz, aus dem eben ein gelbes Cabrio herausgefahren war. Die Lücke war nicht gerade groß und wir bekamen kaum die Türen auf, aber immerhin konnten wir endlich den Wagen abstellen. Und das war ja schon mal ein Anfang.

Ich stieg aus und konnte unser Glück kaum fassen.

»Hey, Kyle, das da drüben ist aber nicht der Typ, der sonst auch immer hinter dir her ist, oder?«, fragte Mike. Er zeigte auf den schwarzen Wagen, der direkt neben dem Mustang in zweiter Reihe angehalten hatte. Ich erkannte den Fahrer. Cooper.

Zwei Monate waren vergangen, seit ich das Gespräch in Lawrence' Büro mitgehört hatte. Nichts hatte sich seitdem geändert. Es hatte zwar keine Diebstähle mehr gegeben. Ich hatte auch keine dieser kryptischen Botschaften mehr bekommen. Den Schatten, der mir aufgelauert hatte, hatte ich auch nicht mehr gesehen. Und trotzdem wurde ich weiterhin überwacht – mein unerträglicher Verfolger klebte fast vierundzwanzig Stunden am Tag an meinen Fersen. Wartete er etwa darauf, dass ich mich Superman-mäßig in Zero verwandelte, um mich endlich festnehmen zu können? Es gab wohl sonst auch kaum etwas, das er mir hätte vorwerfen können, ich meine etwas, das über den üblichen Kram hinausging.

»Oh Mann. Bist du den schlechtlaunigen Cop immer noch nicht losgeworden?«

»Vergesst ihn einfach«, sagte ich, in schärferem Tonfall als üblich. Ich hatte keine Lust, mit Cooper zu reden. Unter anderem auch deshalb, weil meine Freunde gar nicht wussten, warum der Detective mich eigentlich so hartnäckig verfolgte. Ich hatte beschlossen, es ihnen lieber nicht zu erzählen. Ihnen nicht und auch niemand anderem. Ich wollte lieber so tun, als wäre ich nie im Archiv gewesen, als hätte ich nie gehört, wie sie mich beschuldigten, Zero zu sein. Das war für mich einfach der beste Weg, mit dieser krankhaften Kontrolle klarzukommen. Einfach so zu tun, als wäre das alles gar nicht geschehen. Also überhörte ich die Frage, damit sich unsere Unterhaltung nicht weiter um Cooper drehte. »Ganz schön was los heute, oder? Wird sicher ein super Abend.«

»Okay, wo gehen wir hin?«, fragte Mike. »Ist immerhin unser erster Ausgeh-Abend – lasst uns was draus machen.«

»Wie könnten zu *Ninos*. Was meint ihr? Die Leute von der Polomannschaft sind auch da.«

Das *Ninos* war eine kleine, heruntergekommene, hässliche Diskothek, die im Ruf stand, einer der wenigen Orte in Westlake zu sein, an dem man gute Musik hören konnte. Sogar für die Neuen war es ein Kinderspiel, die Kneipe zu finden – man musste einfach nur nach einer baufälligen Spelunke Ausschau halten, vor der mindestens fünfzig Leute Schlange standen.

An diesem Abend hatten sich allerdings locker siebzig Leute vor der Tür angesammelt.

»Alter, wollt ihr euch jetzt wirklich hier anstellen?«

»Was faselst du da? Du bist doch nicht zum ersten Mal hier, oder?«, fuhr ihn Mike an. Er ging auf den Türsteher zu, vor dem ein rotes Seil gespannt war. Es sollte verhindern, dass irgendwelche Schlaumeier sich einschmuggelten. »Wie geht's, Johnny? Ist ja ganz schön was los heute.«

»Kannst du laut sagen. Der Chef ist total aus dem Häuschen. Wobei …« Er sah uns an. »Ich weiß nicht, ob ich euch reinlassen kann. Es warten eine Menge Leute …«

»Ach, komm, für uns gibt es doch sicher noch ein Plätzchen.« Mike nahm Johnnys Hand, als wollte er sie schütteln, und ließ einen Hundert-Dollar-Schein hineingleiten, bevor er seine Hand wieder zurückzog. Ziemlich geschickt schob Johnny den Schein ein, solche Geschäfte schienen nichts Besonderes für ihn zu sein.

»Ach, so ein Zufall! Gerade sind drei Leute rausgegangen.« Ich hielt mich nicht weiter damit auf, zu überprüfen, ob das auch stimmte. Ich wusste, dass es eine billige Lüge war. Er hängte das Seil aus und trat zur Seite, um uns durchzulassen. »Amüsiert euch, Jungs.«

»Danke.«

Es war so einfach. Hundert Dollar und du warst drin. Kein Schlangestehen. Das war eine Lösung ganz nach Mikes Geschmack. Als ich über die Türschwelle des *Ninos* ging, hörte ich Coopers Stimme hinter uns.

»Ich muss hier rein«, sagte er zu Johnny.

»Tut mir leid, Opa. Wir sind voll. Wenn Sie reinwollen, stellen Sie sich hinten an.«

Opa!? Ich lachte laut auf und verschwand in der Menge, während Cooper mit dem Türsteher diskutierte.

KAPITEL 23

Das *Ninos* war ein einziges Feuerwerk aus Menschen und Neonlichtern. Die Musik war voll aufgedreht, und die Wände bebten in dem markanten Rhythmus, der aus den Lautsprechern dröhnte. In diese Atmosphäre einzutauchen und ein paar flüchtige Blickwechsel mit dem ein oder anderen Mädchen ließen mich meine Sorgen vergessen. Ich fühlte mich vor Kraft nur so strotzend.

»Ich hol was zu trinken«, rief ich Mike durch die Musik zu. Neal hatte schon die Mitte der Tanzfläche in Beschlag genommen und sprang wie ein Irrer herum.

»Bring mir was mit.«

Hinter der Bar stand Patrick Neville, wie jeden Abend machte er die Schnäpse für die Gäste klar.

»Hey, Patrick!«

»K-kyle. W-w-wie läuft's?«

»Perfekt, Mann. Im *Ninos* tobt der Bär, das macht mir immer gute Laune.«

»W-w-willst du w-w-was trinken?«, fragte er mich.

»Gib mir zwei von denen.« Ich wies mit dem Kopf auf ein

Schnapsglas mit etwas Grünem darin, das ein Paar neben mir vor sich stehen hatte. Ich hatte keine Ahnung, was es war, aber mir gefiel die Farbe.

»G-g-geht klar.« Er nahm ein sauberes Glas aus der Spüle. Dabei stellte er sich so ungeschickt an, dass ihm das Glas aus der Hand rutschte und auf dem Boden zersprang.

»Patrick!«, rief der Besitzer des *Ninos* aufgebracht von der anderen Seite der Bar herüber. »Das ist jetzt das vierte Glas, das du heute kaputtmachst. Wann hörst du endlich auf, mein Geschirr zu zerdeppern? Ich kann mir nicht noch mehr Ausgaben wegen dir aufhalsen.«

»T-t-tut mir leid ...«

»Ich will keine Tut-mir-Leids mehr von dir hören! Sieh zu, dass dir nichts mehr passiert!«

Patrick nickte mit gesenktem und vor Scham hochrotem Kopf. Er wiederholte denselben Ablauf, nur dass das Glas diesmal unversehrt an seinem Bestimmungsort ankam.

»Wir kann man nur so ungeschickt sein! Ich weiß echt nicht, warum ich den Typen eingestellt habe«, hörte ich den Besitzer des *Ninos* murmeln.

Die meisten Schüler in Drayton mussten sich wegen des Schulgelds keine Sorgen machen. Ein paar gab es jedoch, bei denen das Geld nicht ganz so locker saß. Für sie war es keineswegs selbstverständlich, auf das beste Internat der Welt gehen zu dürfen. Zu ihnen gehörte Patrick. Manche behaupteten, sein Onkel, der berühmte Architekt Charles Neville, würde Monat für Monat für einen Teil seines Beitrags aufkommen, weil Nevilles Eltern sich das Internat eigentlich nicht leisten konnten.

Mir war nur rätselhaft, warum er sich von allen möglichen Orten in Westlake ausgerechnet das *Ninos* ausgesucht hatte, um sich die Extrakröten, die er brauchte, dazuzuverdienen.

Patrick war zwar kein übler Typ. Aber zum Barmann in einer Disko taugte er wirklich nicht. Der Begriff schüchtern reichte als Beschreibung für seine Wesensart hinten und vorne nicht aus, da musste man schon in anderen Kategorien denken. Sich nur schon an einem Gespräch zu beteiligen, kostete ihn eine ungeheure Überwindung, und jedes Mal, wenn er ein Referat vor der Klasse halten musste, landete er am Ende auf der Toilette und kotzte sein ganzes Frühstück wieder aus oder was auch immer er gegessen hatte. Und wenn er nervös war, kam er aus dem Stottern nicht mehr heraus.

»Ich ... T-t-tut mir l-l-leid, Kyle.« Seine Hände zitterten, als er mir die Schnäpse hinschob und dabei die Hälfte verschüttete.

»Ist schon okay. Thomas ist ein alter Stinkstiefel, mach dir nichts draus.«

»J-ja, okay ... Ich, also, i-ich bin nicht so g-g-gut in solchen S-sachen. Vielleicht sollte ich m-m-mir einen anderen Job suchen.«

Ich wollte ihn nicht entmutigen.

»Kann schon sein, dass dir ein Tapetenwechsel guttäte.«

»G-g-glaubst du?«

»Ja.«

Ein Mädchen mit braunen Haaren und Minirock bahnte sich einen Weg durch die Menge und versuchte, einen Platz an der Bar zu ergattern. Ich sah sie mir an. Sie war hübsch.

»Bei so vielen Leuten dauert es heute bestimmt 'ne ganze Weile, bis Patrick Zeit für dich hat«, sagte ich, als sie auf meiner Höhe angekommen war.

Sie runzelte die Stirn und versuchte vergeblich, Patricks Aufmerksamkeit auf sich zu lenken, um ihre Bestellung aufzugeben. Ich schob ihr eines der beiden Gläser hin. Eigentlich war es ja für Mike gedacht, aber er hätte sicher Verständnis für die Situation. Ich würde einfach später noch einmal eines für ihn bestellen. »Du bist eingeladen.«

»Danke.« Sie warf mir einen auffordernden Blick zu. Ich erwiderte ihn und zwinkerte ihr vielsagend zu.

Alles lief bestens. Ich hatte ein Glas mit einem grünen Getränk vor mir stehen, von dessen Inhalt ich keinen Schimmer hatte, und flirtete mit einem Mädchen, das zu den hübschesten der ganzen Disko zählen dürfte. Da konnte man sich wirklich nicht beschweren. Zumindest nicht, bis Robert Griffith auftauchte. Ab dem Moment wurde die Nacht zur Vollkatastrophe.

KAPITEL 24

Jemand rempelte mich aggressiv an der Schulter an. Der Schlag ließ mich nach vorne taumeln und ich traf mit den Rippen auf den Rand des Tresens auf. Ich drehte mich um und sah mich der letzten Person des Universums gegenüber, der ich in jener Nacht begegnen wollte.

»Wie geht's dir, Bradford?«

Ich verschluckte mich an meinem Getränk.

»Gut, Griffith. Und dir?«

Robert Griffith war fast so groß wie ich, hatte aber ungefähr doppelt so viele Muskeln. Seine Arme waren Baumstämme im Vergleich zu meinen. Er hatte die Haare fast komplett abrasiert, und seine markanten germanischen Gesichtszüge verliehen ihm etwas Einschüchterndes, das einem wenig Lust auf eine friedliche Unterhaltung mit ihm machte. Er hatte die Ausstrahlung eines pampigen Rowdys, der sogar noch in einem Oma-Café Streit sucht.

Wir beide hatten uns nie besonders gut verstanden, obwohl ich gar nicht genau sagen konnte, wann unsere Feindschaft eigentlich begonnen hatte. Klar, er war Schüler in Rockland und ich in Drayton. Und dass das Verhältnis zwischen den beiden Internaten noch nie besonders gut war, wusste jeder. Es hieß, dass man in Rockland landete, wenn man die Aufnahmeprüfung für Drayton nicht geschafft hatte, Rockland war die zweite Wahl und die Rivalität zwischen den beiden Schulen war legendär.

Für unser wenig ertragreiches Verhältnis spielte auch die Tatsache eine Rolle, dass Griffith und ich schon seit jeher einen gnadenlosen Wettstreit darüber ausfochten, wer von uns beiden nun der beste Spieler bei der nationalen Polomeisterschaft war. Und dass ich ihm vor zwei Jahren auf einer Party bei mir zu Hause die Freundin ausgespannt hatte. Ganz zu schweigen von meinem Auto, das Robert daraufhin zu Schrott gefahren hatte …

»Was für ein Zufall, dass wir uns hier begegnen, nicht wahr? Wir haben in Rockland auch das Wochenende frei bekommen, und da dachte ich mir, verbringe ich den Abend doch in Westlake. Und jetzt habe ich dich gerade hier beim Tanzen entdeckt.« Er machte eine Pause, als wollte er sich das letzte Wort auf der Zunge zergehen lassen. »Allein.«

Es war kein Zufall, und das wussten wir beide. Er hatte auf mich gewartet.

»Ja, wirklich eine wunderbare Fügung. Fast sogar ein bisschen *zu* zufällig, würde ich sagen.«

Griffith kniff die Augen zusammen. Er hatte sich vor seine Freunde gestellt, um klarzumachen, dass er das Alpha-Männchen der Herde war. Seine Kumpel, Roberts übliche Begleitung, respektierten die dummdreiste Bekundung seiner Führungsrolle und blieben hinter ihm.

»Weißt du, es gibt eine Sache, bei der ich einfach die Beherrschung verliere. Hast du irgendeine Vorstellung davon, was ich meine?«

Ich nahm einen Schluck aus meinem Glas.

»Keine Ahnung, Griffith«, antwortete ich ohne großes Interesse.

»Okay. Zu deiner Information: Ich mag es nicht, wenn meiner Familie wehgetan wird. Und zwar ganz und gar nicht.«

»Okay«, begnügte ich mich zu sagen. Und was hatte das bitte mit mir zu tun? Mir war sein Leben so was von egal.

»Du hast meiner Schwester wehgetan«, platzte er heraus.

»Hm?«

»Oder hast du vergessen, was vor dem Sommer passiert ist?«

Ach ja ...

Vor den Ferien hatte ich das Pech, mit dem falschen Mädchen zu flirten, auf dem Abschlussfest. Eines der beliebteren Mädchen aus Rockland, die zu meinem Leidwesen außerdem die Schwester von Robert Griffith war. Ein kleiner Fehltritt meinerseits, zugegeben. Als ich ihr klarmachte, dass ich nicht mit ihr gehen würde, ist sie in ein so hochtrabendes Geschluchze ausgebrochen, dass ich einen Lachkrampf bekam. Ja, auch das war ein Fehler. Als das Geflenne vorbei war, hat sie mir versprochen, dass sie es ihrem Bruder sagen würde. Und wie es aussah, hatte sie Wort gehalten.

»Ich wusste gar nicht, dass du dich jetzt als Schläger anheuern lässt. Steht dir aber ganz gut, die Rolle ...«

»Ja, ich glaub's auch. Vor allem wenn du die Person bist, mit der ich eine Rechnung zu begleichen habe, Bradford.« Er sprach meinen Namen aus, als wäre er mit einer Giftschicht überzogen. »Ich habe meiner Schwester gleich gesagt, dass sie die Finger von dir lassen soll. Aber sie hat ja nicht auf mich gehört. Hat gesagt, du seist der tollste Typ, den sie je kennengelernt hat. Der tollste!« Robert spuckte auf den Boden, direkt neben meinen Schuh. »Dabei hast du gar nichts anderes drauf, als Herzen zu brechen. Du hast überhaupt keine Gefühle, für nichts und niemanden.«

»Ach, aber du schon?«, sagte ich lachend. »Hältst du dich vielleicht für besser als mich? Werde *ich* hier vielleicht gleich jemanden grün und blau schlagen?«

»Ich schlage mich nur deshalb nicht gerne mit Leuten aus Drayton, weil ihr ein Haufen Babys seid.«

»Dafür seid ihr Rocklands immer nur die Zweiten. Oder wer, glaubst du, hat letztes Jahr die Polomeisterschaft verloren?«

Das gab Robert den Rest. Er presste den Kiefer zusammen und sein Gesicht wurde noch quadratischer, als es sowieso schon war.

»Dieses Jahr werdet ihr nicht mehr so viel Glück haben.«

»Das werden wir ja sehen. Und ich sage dir noch was. Ich wusste nicht, dass sie deine Schwester ist. Aber auch wenn ich es gewusst hätte, wäre es mir egal gewesen.«

»Du ...«

Robert riss den Arm zurück, um auszuholen und mir eine zu verpassen. Ich erfasste seine Bewegung sofort, so als wüsste ich einfach haargenau, was als Nächstes kam.

Und dann geschah etwas sehr Seltsames.

Ich packte seine Faust, als er sie in Richtung meiner Wange vorschnellen ließ, und stoppte sie. Ich zog ihn zu mir, drehte mich um die eigene Achse und warf Griffith über meinen Rücken, sodass er auf dem Boden aufschlug. Ich bewegte mich in Sekundenschnelle. Packen. Drehen. Auf den Boden schleudern. Alles in einer einzigen fließenden Bewegung.

So eine Bruce-Lee-mäßige Aktion wäre für Kampfsportprofis oder jemanden, der täglich ins Fitnessstudio geht, vielleicht normal. Für einen Schwarzer-Gürtel-Träger, der genau weiß, wie er sich bewegen muss und was zu tun ist. Nur war ich zufällig weder das eine noch das andere. Nie in meinem Leben hatte ich gelernt, wie man sich prügelt, und das Wenige, das ich wusste, beschränkte sich auf ein paar Veilchen und wenige misslungene Versuche.

Also ...

Wie um alles in der Welt hatte ich es geschafft, einen solchen Griff anzuwenden und den größten Knochenbrecher von Rockland zu zerlegen, als wäre er ein blutiger Anfänger?

KAPITEL 25

Den Rocklands, ihren Anführer inbegriffen, stand genauso der Mund offen wie mir, und ein paar Augenblicke lang rührte sich niemand vom Fleck. Robert bewegte sich als Erstes. Er stand auf und brüllte herum wie ein Bekloppter.

»Was machst du da?!? Schnappt ihn euch und verpasst ihm, was er verdient hat!«

Gesagt, getan. Seine vier Begleiter interpretierten die Order als »Freifahrtschein, um Kyle zu zermalmen« und kamen wie eine Meute auf mich zu. Einer zog sich sogar noch seinen gelben Rockland-Pullover aus und warf ihn auf den Boden, um ihn nicht mit meinem Blut zu versauen.

Wie aufmerksam von ihm … Ich bezweifelte allerdings, dass ihre offensichtliche Lust darauf, mir in den Hintern zu treten, von dem Schlag kam, den ich gerade ihrem Anführer verpasst hatte. Eher hatte ich den Eindruck, dass sie schon lange scharf darauf waren, mich zu vermöbeln, und dass der Vorfall von eben ein guter Vorwand war, ihre Absichten unter einem etwas würdevolleren Deckmäntelchen zu verbergen.

Die Leute wichen ein Stück zurück, um uns Platz zu machen, und bildeten einen improvisierten Ring. Die »Schlagt euch, schlagt euch«-Rufe hatten das Gelächter und die Gespräche abgelöst und übertönten sogar die Musik aus den Lautsprechern.

Der erste Angriff ließ nicht lange auf sich warten. Der Typ, der sich den Pullover ausgezogen hatte, kam mit erhobenen Fäusten auf mich zu. Er wusste genau, wie man sich prügelte, so selbstbewusst, wie er mir entgegentrat.

Jetzt bin ich erledigt. Ich habe keine Chance.

Ich dachte an die aufgeplatzte Lippe, mit der ich am nächsten Tag herumlaufen würde, als es wieder geschah. Mein Körper reagierte ganz automatisch. Ich wich nach rechts aus und meine Hand schloss sich wie eine Kralle um das Handgelenk meines Gegners. Ich bewegte mich sogar noch schneller als zuvor. Mit absoluter Präzision. Und ohne dass mein Gehirn irgendetwas planen musste. Es war, als hätte ich den Autopiloten eingeschaltet.

Ich packte den Kerl, der gerade noch gute Karten gehabt hatte, mich für ein paar Wochen außer Gefecht zu setzen, am Hals und warf ihn mit einem dumpfen Schlag zu Boden. Dort nagelte ich ihn fest, indem ich meinen Fuß auf seinen Bauch stellte, sodass er nicht mehr aufstehen konnte.

Was ...?

Um mich herum sahen mich alle mit offenen Mündern an. Patrick war so sprachlos, dass er sogar aufgehört hatte zu blinzeln. Das bisschen Alkohol, das ich getrunken hatte, stieg mir die Kehle hoch und blockierte meine Luftröhre.

Wann hatte ich gelernt, mich so zu schlagen?

Erschrocken wich ich zurück.

Wie hatte ich das gemacht?

Jetzt begann sich das *Ninos* zu drehen. Ich bekam ein komisches Gefühl in der Magengrube und ein spitzes Stechen durchbohrte meine Schädelbasis. Es fiel mir immer schwerer, das Gleichgewicht zu halten. Ich klammerte mich an den Tresen, auf der Suche nach Halt, aber meine Beine sackten weg.

Dann ging ich bewusstlos zu Boden.

KAPITEL 26

Farbenfrohe Verkaufsstände, Weihnachtsschmuck, lautes Getöse und dann vor allem der Geruch nach kandierten Äpfeln. Ich kannte nur einen Ort, an dem es so roch. Nach einer Mischung aus süßlichen Düften und Sand, der von hunderten von Füßen aufgewühlt wird. Den Weihnachtsmarkt in Westlake, der immer am 24. Dezember stattfand.

Was mache ich hier?

»Hey, Kyle. Kannst du Neal irgendwo sehen? Ich glaube, wir haben ihn verloren.«

Ich drehte mich um. Mike. Und hinter uns lief die restliche Polomannschaft, laut lachend über irgendeinen Witz, den gerade einer gerissen hatte.

»Du weißt ja, wie er ist«, sagte ich. »Wahrscheinlich hat er jemanden getroffen.«

»Echt unglaublich«, beschwerte sich Mike. »Und nachher sagt er dann wieder, dass wir nie auf ihn warten, wenn wir Riesenhammer fahren wollen. Wie denn auch, wenn er immer genau dann verschwindet, wenn man am wenigsten damit rechnet?«

»Ich geh ihn suchen.«

»Okay. Aber beeil dich. Ich möchte schon noch ein paar Sachen fahren.«

Ich träume schon wieder.

Ich ging den Weg zurück, den ich gekommen war, und betrachtete im Laufen die Buden zu beiden Seiten der ungeteerten Straße. Die meisten waren Schießstände, in anderen wurden Süßigkeiten und riesige Zuckerwatten verkauft. Ein paar Fahrgeschäfte gab es auch. Nichts Spektakuläres, und ein paar Jahre hatten sie offensichtlich auch schon auf dem Buckel. Ich grüßte im Vorbeigehen ein paar Kumpel aus Drayton und erspähte Miranda und ihre Freundinnen in der Schlange vor dem Riesenrad, perfekt herausgeputzt wie immer. Nur Neal konnte ich nirgends entdecken, sosehr ich mich auch umsah.

Ich wollte gerade umkehren, als mir das winzige Zelt am Ende des Jahrmarkts auffiel. Es war nicht wie die anderen Buden bunt geschmückt und es hingen auch keine Santa-Claus-Figuren daran. Es war komplett schwarz. Drinnen gab es auch keine Spiele, mit denen man sich die Zeit vertreiben konnte, oder etwas in der Art. Nur eine Frau war dort, sie saß auf einem hohen Hocker und hatte ein rundes Tischchen neben sich stehen.

Sie hob den Kopf, als wüsste sie, dass ich sie beobachtete. Ihr Hals war so faltig, dass sie mich an diese chinesische Hunderasse erinnerte, Shar-Pei. Die weinrote Tunika reichte ihr bis an die Füße, und die bestickte Schärpe, die sie um die Taille trug, betonte den abgezehrten, kränklichen Körper unter dem Stoff.

»Soll ich für dich in die Zukunft sehen, Jungchen?«, fragte sie. Sie sprach zu mir wie eine liebevolle Großmutter zu ihrem Enkel. Sie lächelte und entblößte dabei eine Reihe schwarzer, unregelmäßiger Zähne. »Ich habe alles hier, was ich brauche, um zu sehen, was dir das Morgen bringt.«

Sie zeigte auf den Tisch. Darauf lagen Karten für die Handlesekunst und ein paar Knochen von wer weiß was für einem Tier. Ich schlug ihr Angebot mit einem Kopfschütteln aus. Lieber wollte ich Neal auftreiben und zu Mike und den anderen zurückgehen. Einer alten Frau zuzuhören, die sich mal eben etwas zusammenreimte, um sich ein paar Dollar dazuzuverdienen, darauf hatte ich echt keine Lust.

»Tut mir leid, Madam«, sagte ich so höflich wie möglich, »ich denke, ich werde ...«

Plötzlich veränderte sich etwas an der Wahrsagerin. Ihr Kiefer klappte ein paar Zentimeter nach unten, und ihre Augenlieder waren weiter aufgerissen, als ich es für möglich gehalten hätte. Sie richtete sich auf, als würde sie jeden Moment einen Peitschenhieb erwarten, und fixierte mich mit einem Ausdruck blanken Entsetzens.

Ich folgte ihrem Blick. Ich trug eine Lederjacke und das T-Shirt, das Mike und Neal mir geschenkt hatten, als ich zum Mannschaftskapitän ernannt worden war. Aber das war es nicht, was die Frau anstarrte. In der Innentasche der Jacke lag die schwarze Kugel. Ihre kristalline Oberfläche ragte ein kleines Stück aus ihrem Versteck hervor – weit genug, um sie von außen sehen zu können.

»Du ...«, wisperte sie, »du bist einer der Träger.«

Der bebende Tonfall ihrer Stimme stellte mir die Nackenhaare auf.

Die Alte stand so abrupt von ihrem Hocker auf, dass sie über ihre eigenen Füße stolperte. Sie zitterte und ihr ganzer Körper zuckte wie ein Blatt im Wind. Sie war völlig panisch. Meine Gegenwart hatte sie in Angst und Schrecken versetzt.

Ich ging auf sie zu, um sie zu beruhigen. Wollte ihr klarmachen, dass ich ihr nichts tun würde. Aber als sie mich näher kommen sah, stieß sie einen spitzen Schrei aus.

»Fass mich nicht an! Fass mich nicht an!« Ich spürte die Kugel im Innern meiner Jacke vibrieren und wie sich die Kälte, die von ihr ausging, an meine Rippen heftete. Jetzt schrie die Frau wieder, noch lauter als zuvor. »Weg! Nimm sie weg von mir!«

Sie war völlig außer sich und ihre Augen hatten sich zu kleinen, blutunterlaufenen Murmeln zusammengezogen.

»Menschen können ihre Macht nicht kontrollieren. Sie wird dich verderben. Und dann endest du in der Dunkelheit, genau wie die anderen, die dasselbe schon vor dir getan haben. Denke an meine Worte, mein Sohn. Sehr bald schon wirst du der Dunkelheit nicht mehr entkommen.«

Meine Finger krampften sich um die Kugel. Begleitet von einem höhnischen Echo hallten die Worte der Wahrsagerin in meinem Inneren wider.

Sie wird dich verderben ... Sie wird dich verderben ... Dann endest du in der Dunkelheit.

KAPITEL 27

Ich schlug die Augen auf. Die Decke über mir war nicht die des *Ninos.* Statt mit Scheinwerfern und blinkenden Lichtern war sie mit Blumenmotiven verziert, und grobe Dachbalken verliefen von der einen zur anderen Wand. Träumte ich immer noch?

Um mich herum sah ich nur einen weißen Vorhang, der mich von allen vier Seiten umgab, einen Tisch mit drei Glasflakons und einen Stuhl. Über der Lehne hingen mein Mantel und das T-Shirt, das ich in Westlake getragen hatte. Ich senkte den Blick. Von der Taille an aufwärts war ich nackt und auf meiner Brust klebten blaue Saugnäpfe. Man hatte mich auf eine faltbare Krankentrage gelegt, meine Arme lagen ausgestreckt zu beiden Seiten des Körpers.

»Was ist los?« Ich richtete mich auf. »Wo bin ich?«

Ich versuchte, mich zu erinnern. Das *Ninos,* das Mädchen mit dem Minirock, das grüne Getränk, der Streit. Und dann die Schlägerei ...

»Mr. Bradford, Sie sind ja wach!«

Ich fokussierte das Gesicht der Frau, die neben dem Kopfende meines Bettes stand. Natalie, die Krankenschwester von Drayton, mit ihren Locken, die von einer weißen Haube gebändigt wurden, und einem Tablett mit Medikamenten in der Hand. Sie beugte sich zu mir.

»Sie hätten sich nicht so schnell aufrichten dürfen.« Sanft drückte sie mich in die Kissen zurück. »Sie brauchen Ruhe.«

»Ich bin in der Krankenstation des Internats«, sagte ich, eher als Information für mich selbst denn als Frage.

»So ist es. Sie sind wohl ohnmächtig geworden in Westlake, Ihre Freunde haben Sie hergebracht«, sagte Natalie. Ihre Stimme war wohlwollend, man merkte ihr an, dass sie es gewohnt war, mit wehleidigen Kindern umzugehen, die sich alle möglichen Ausreden einfallen ließen, um nicht in den Unterricht zu müssen.

»Ich bin ohnmächtig geworden?«, wiederholte ich.

»Wir haben eine ganze Reihe Tests mit Ihnen gemacht – es ist alles in Ordnung. Bestimmt ein schwacher Blutdruck oder zu wenig Schlaf. Kein Grund jedenfalls, sich Sorgen zu machen. Sie haben einen kräftigen Körper.« Sie nahm mir die Saugnäpfe ab. »Bis gerade eben waren Mr. Grossman und Mr. Morrison noch bei Ihnen. Sie sind eben in den Speisesaal gegangen, um einen Kaffee zu trinken. Soll ich ihnen Bescheid sagen, dass Sie wach sind?«

»Bitte.«

Natalie schob den weißen Vorhang zur Seite und verließ die Krankenstation. Zehn Minuten später ging die Tür wieder auf.

»Hey, Kumpel!« Mike setzte sich auf den Bettrand und wir klatschten uns ab. »Darf man mal erfahren, was Patrick dir zu trinken gegeben hat? Du hast uns einen ganz schönen Schrecken eingejagt.«

»Ich weiß auch nicht mehr genau. Irgendwas Grünes?«

»Okay, dann ist es wohl besser, wenn du in Zukunft nichts

Grünes mehr trinkst, Alter. Das Zeug ist dir nicht besonders gut bekommen«, sagte Neal. »Wir waren beim Tanzen und plötzlich haben alle geschrien. Dann haben wir gesehen, wie du auf dem Boden lagst. Patrick war bei dir, aber du warst so kreidebleich, dass wir schon dachten, du hast die Biege gemacht.«

»Robert Griffith hat die ganze Zeit behauptet, du seist nur ohnmächtig geworden, weil er dir eine verpasst hat«, sagte Mike. »Stimmt das?«

»Robert hat mich nicht mal berührt. Er lügt.« Ich wusste ja nicht, wie ich selbst aussah, aber Mike und Neal machten jedenfalls keinen besonders frischen Eindruck. Sie waren blass und wirkten so ausgezehrt, als wären sie unter einen Lastwagen geraten. Meine kleine Szene im *Ninos* hatte ihnen ganz schön zugesetzt. »Hört mal, legt euch ruhig ein bisschen hin. Ihr seid doch sicher todmüde.«

»Kommt nicht infrage, wir bleiben bei dir.«

»Natalie hat gesagt, dass alles okay ist.« Bevor sie wieder Einspruch erheben konnten, hob ich den Finger und schnitt ihnen das Wort ab. »Ich bin okay. Wirklich. Haut ab und schlaft ein paar Stunden. Mir geht es echt schon viel besser.«

Und das stimmte auch. Ich fühlte mich so kräftig, dass ich den New York Marathon hätte mitlaufen können und als Erster im Ziel angekommen wäre, und zwar mit Abstand. Trotzdem dauerte es bestimmt noch eine halbe Stunde, bis ich sie überzeugt hatte. Als ich endlich erreicht hatte, dass sie auf ihre Zimmer gingen, blieb ich mit Natalie allein zurück und half ihr, Medikamente in die Regale zu räumen.

Kurze Zeit später erschien Lawrence in der Krankenstation. Obwohl es ziemlich spät war, kam er daher wie ein Dandy. Nicht einmal das Seidentuch um den Hals hatte er ausgelassen. Hinter ihm betrat Cooper die Station. Seine Erscheinung ließ im Vergleich zu der des Direktors ziemlich zu wünschen übrig. Warum zog er eigentlich nie diesen grauen Regenmantel aus?

»Man hat mich über Ihre Auseinandersetzung unterrichtet, Mr. Bradford«, sagte Lawrence, kaum, dass er mich erblickt hatte.

»Mhm.«

»Ich muss sagen, Sie haben mich enttäuscht.«

»Ach was.«

»Ich hätte ein adäquateres Verhalten von Ihnen erwartet.«

Adäquater. Vielleicht wäre es ihm ja lieber gewesen, ich hätte etwas gestohlen ...

»Rockland unterhält seit vielen Jahren ein ausgezeichnetes Verhältnis zu Drayton, verstehen Sie, und es missfällt mir außerordentlich, wenn es zu Streitigkeiten zwischen Schülern der beiden Internate kommt.«

Ehrlich gesagt fiel es mir ziemlich schwer, das Verhältnis zwischen Drayton und Rockland als »ausgezeichnet« zu bezeichnen, wo die beiden Schulen doch seit Jahren darum wetteiferten, wer nun die elitärere Einrichtung sei.

»Ich hoffe, Sie zeigen das nächste Mal mehr Verantwortung und erweisen dem Namen unserer Schule gegenüber mehr Respekt, als Sie es heute Nacht getan haben. Und für den Fall, dass Sie sich nicht mehr entsinnen: Sie haben mich nicht darüber informiert, dass Sie ausgehen würden, worum ich Sie gebeten hatte.«

Ich schielte aus den Augenwinkeln zu ihm hinüber. Er hatte recht. Das hatte ich total vergessen. Hieß das jetzt, dass ich von der Schule flog? Lawrence antwortete, ohne dass ich die Frage aussprechen musste.

»Das wird diesmal keine Konsequenzen haben. Aber von nun an gibt es keine zweite Chance mehr. Haben Sie das verstanden? Ich erwarte, dass Sie den Rest der Nacht nutzen, um über Ihr Verhalten in Westlake nachzudenken. Sie können mir Ihre schriftliche Entschuldigung im Laufe der Woche ins Büro bringen.« Er ging in Richtung Tür. »Ach, Mr. Bradford.«

»Ja?«

»Ich möchte Sie morgen pünktlich zur ersten Stunde im Unterricht sehen. Ich werde keine Entschuldigung für Ihr Fernbleiben unterschreiben.«

Dann ging er, ohne ein weiteres Wort zu verlieren, und ließ den dümmlich lachenden Cooper zurück.

»Hau doch ab, Lawrence!«, rief ich. Und zwar so laut, dass ich nicht den kleinsten Zweifel dran hatte, dass der Direktor mich gehört hatte. Aber das war mir egal. Jetzt, wo ich wusste, was er wirklich von mir dachte, konnte er auch wissen, was ich von ihm dachte.

Der Detective nahm auf dem Stuhl neben der Tür Platz. Irgendwie machte er einen zufriedenen Eindruck. Warum auch immer.

»Hast du gut geschlafen? Oder warst du so voll, dass du dich nicht mehr auf den Beinen halten konntest?«

»Ich hatte schon üblere Räusche. Und Sie? Haben Sie mich vermisst?«

»Das kannst du glauben«, sagte er bissig. »Deine Freunde scheinen dich wirklich zu mögen. Ich wüsste nur zu gerne, ob sie immer noch eine so hohe Meinung von dir hätten, wenn sie die Wahrheit über dich herausfinden würden ... Nach deinem Auftritt in Westlake hat sich mein Verdacht nämlich nochmals erhärtet.«

»Wie das?«

»Ich war im *Ninos*, als es losging. Ich hatte dem Typen an der Tür meine Marke gezeigt und er hat mich reingelassen, ich war direkt hinter euch. Davon hast du natürlich nichts mitgekriegt. Warst ja viel zu sehr damit beschäftigt, mit dem Mädchen im Minirock zu flirten.« Was war das für ein Ausdruck in seinem Gesicht? Sarkasmus? »Aber als dieser Robert Griffith dann auftauchte und ich gesehen habe, wie du seinem Schlag ausgewichen bist und ihn durch die Luft geschleudert hast, da sind mir die Augen aufgegangen. Mit genau derselben Bewegung hat mich nämlich Zero entwaffnet, an dem Abend, als wir uns in der LA Opera begegneten. Ein merkwürdiger Zufall, findest du nicht?«

Dass es einen Zusammenhang geben sollte zwischen dem, was im *Ninos* passiert war, und Zero, ließ mich ganz schön schlucken. Wieder sah es so aus, als spräche alles gegen mich. Was war nur los, verdammt!? Aber zumindest wusste ich jetzt, warum Cooper so zufrieden war.

»War wohl einfach nur Zufall.«

»Spiel du nur weiter den angeblich Unschuldigen, wenn dich das glücklich macht. Ich glaube kaum, dass du mit deinen billigen Ausreden noch lange durchkommst.«

»Entschuldigen Sie, Mr. Bradford.« Natalie kam zögernd auf uns zu. Sie sah mich an und warf dann einen schnellen Blick zu Cooper, sichtlich unangenehm berührt von der feindschaftlichen Atmosphäre zwischen uns. »Das lag für Sie vor der Tür.«

Sie reichte mir ein Päckchen. Es war in grobes Einwickelpapier geschlagen und ein Umschlag lag darauf. Ein schwarzer Umschlag. Mit meinem Namen darauf. In goldenen Buchstaben. Ich riss ihn an mich.

Entweder täuschte ich mich gewaltig, oder dieser Umschlag war genau derselbe wie der, der in meinem Zimmer lag, als ich in Drayton angekommen war. Dieselbe Farbe. Sogar dieselbe Größe. Doch. Es gab keinen Zweifel. Die beiden Umschläge waren identisch. Oder zumindest so ähnlich, dass sie genau gleich aussahen. Ich riss den Umschlag auf und nahm die Notiz heraus:

Nichts verschwindet, ohne Spuren zu hinterlassen.

Sollte das vielleicht ein Rätsel oder so etwas sein? Ich griff mir das Päckchen. Vielleicht hatte die Botschaft ja etwas mit seinem Inhalt zu tun ...

»Wow, du bekommst sogar noch in der Krankenstation Geschenke von deinen Bewunderern. Hübsch ...«, bemerkte Cooper. Ich warf ihm einen eisigen Blick zu, den er genauso eisig erwiderte. Natalie machte sich aus dem Staub, bevor sich das Gezanke zwischen dem Detective und mir noch verschlimmerte. »Und, was hast du bekommen? Vielleicht eine silberne Maske?«

»Falls Sie es noch nicht wissen: Ich reagiere allergisch auf Masken, Detective.«

Ich kehrte ihm den Rücken zu und entfernte mich ein Stück. Cooper lehnte sich murrend in seinem Stuhl zurück, ohne seine grauen Augen von mir abzuwenden.

Ich legte den Umschlag auf einer Fensterbank ab und zerriss das Einwickelpapier, das um das Päckchen geschlagen war. Eine Schachtel. Schwarz, lackiert, völlig schmucklos und durch eine einfache Klammer verschlossen. Ich öffnete den Verschluss und klappte den Deckel auf.

Drinnen lag, so glänzend und makellos wie am Tag, an dem ich ihn zum ersten Mal gesehen hatte, Neals goldener Füllfederhalter.

KAPITEL 28

Zuerst dachte ich, die Mischung aus Medikamenten und grünen Getränken hätte meinem Organismus nicht gutgetan und ich hätte Halluzinationen. Aber als ich dann den Füller aus der Schachtel genommen und mich vergewissert hatte, dass er echt war, trat mir der Schweiß auf die Stirn. Wie war er in die Schachtel gekommen, so völlig aus dem Nichts?

Als der erste Schock nachließ, wurde ich unruhig. Ich sah zum Stuhl neben der Tür zur Krankenstation. Cooper. Er hatte sich eine Zeitung besorgt und war in den Politikteil vertieft. Ab und an hob er den Blick und sah zu mir herüber ...

Ich spürte, wie meine Kehle trocken wurde. Wenn er jetzt auf die Idee kam, zu fragen, was in der Schachtel war ... Wenn er entdecken würde, dass ich den Füller hatte ... Dann konnte ich gleich das Handtuch werfen. Das Diebesgut in den Händen des Hauptverdächtigen. Das wäre der endgültige Beweis. Mein Ende. Ich hatte wirklich nicht die geringste Lust, mir auszumalen, wie mir wohl der Häftlingsanzug stehen würde.

Ich musste fliehen. Nein! Wenn ich floh, dachten sie erst recht, ich sei es gewesen. Aber was konnte ich sonst tun? Mit

Lawrence reden und ihm alles erzählen. Ja, das war es. Ich würde ihm sagen, dass mir jemand ein Päckchen mit dem Füller darin geschickt hat. Ich könnte ihn sogar bitten, dass er ihn Neal zurückgäbe, und dann wäre alles wieder gut. Ja, das würde ich tun! Obwohl ... als ich ihn das letzte Mal um Hilfe bitten wollte, hatte er mir ja keinen besonders warmen Empfang bereitet.

Bevor ich völlig in Panik geriet, unterbrach das Klingeln meines Handys das Schweigen auf der Krankenstation. In der Stille des Raums klang es wie durch Lautsprecher verstärkt. Ich tastete meine Hosentasche ab. Den Füller hielt ich dabei fest umklammert, ich wollte ihn auf keinen Fall aus der Hand geben.

Endlich hatte ich das Gerät gefunden.

»Guten Abend, Kyle Bradford. Gefällt dir mein Geschenk?« Diese Stimme ... irgendetwas klingelte in meinem Gehirn. »Du hast es doch bestimmt schon geöffnet. Die schwarze lackierte Schachtel liegt darin, mit dem goldenen Füller von deinem Freund Neal.«

Ich schwieg. Die Person am Telefon war also dieselbe, die mir die schwarze Schachtel geschickt hatte? Dieselbe, die meine ohnehin schon heikle Lage als Hauptverdächtiger in ein Minenfeld verwandelt hatte?

»Scheint dir ja ganz ausgezeichnet zu gefallen, nachdem du nicht antwortest.«

Ich zwang mich zu reagieren.

»Du bist ...«

»Ganz genau, ich bin der, der das Päckchen in der Krankenstation deponiert hat, damit Natalie es findet und dir gibt.«

»Du hast ja keine Ahnung, was du getan hast!« Ich sah verstohlen zu Cooper. Er war zwar nicht nah genug, um das Gespräch hören zu können. Trotzdem senkte ich meine Stimme und flüsterte jetzt nur noch. »Wenn du Neal seinen Füller zurückgeben willst, hättest du ihn ihm schon direkt geben müssen. Aber doch nicht mir! Wegen dir stecke ich jetzt ganz schön in der Klemme.«

»Die Sache ist aber die: Ich will Mr. Morrison gar nichts zurückgeben. Dir ist doch die Polizei auf den Fersen. Sie überwachen dich. Was meinst du, was passiert, wenn sie den Füller bei dir entdecken?«

»Sie werden denken, dass ich ihn gestohlen habe«, sagte ich automatisch.

»Stimmt. Und genau das will ich erreichen.« Und als würde er sich über mich lustig machen wollen, brach er in ein Gelächter aus, das in meinem Ohr explodierte. Moment mal ... Ich kannte dieses Lachen. Das hörte ich nicht zum ersten Mal. Ich hatte es zwar das letzte Mal durch meine Zimmertür hindurch vernommen, aber durch das Telefon klang es mindestens genauso unheimlich.

»Du bist das ...«, raunte ich. »Du bist der, der mich bis an mein Zimmer verfolgt hat.«

»Ich sehe, du erinnerst dich noch an unsere erste Begegnung. Das ist eine gute Nachricht. Geh doch mal zum Fenster, dann können wir uns einander vorstellen.«

Ich tat, was er sagte. Ich ging zu dem Fenstersims, auf dem ich den Umschlag abgelegt hatte, und hielt das Gesicht ganz nah an die Scheibe.

Ich sah ihn sofort.

Er war auf einen Baum geklettert, genau gegenüber der Krankenstation. Er war ganz in Schwarz, eine Kapuze verdeckte den Kopf, und er hielt sich das Handy ans Ohr, durch das er mit mir sprach. Sein Gesicht war durch eine Maske verdeckt. Nicht irgendeine Maske. Sie war silbern. Ich hatte sie schon oft gesehen. Im Fernsehen, in der Zeitung, in der

Zeitschrift mit dem Bericht über den Diebstahl des Kaiserin-Diadems, die mir Tante Jane unter die Nase gehalten hatte.

Das konnte doch nicht wirklich sein ...

Ich umklammerte das Handy.

Die Person, mit der ich sprach ... der dieses gemeine Lachen gehörte ...

War Zero.

Wir sahen uns an. Ich mit zitterndem Kinn und bis zum Hals pochendem Puls. Er mit leicht geneigtem Kopf, als würde er mich genau beobachten.

»Deinem verblüfften Gesichtsausdruck entnehme ich, dass du nicht vermutet hast, dass *ich* dir den Füller habe zukommen lassen. Komm schon! Das war doch nicht so schwierig. Ich habe dir sogar eine Willkommensbotschaft auf dein Bett gelegt, am ersten Unterrichtstag. Warum sollte ich dir dann nicht auch eine kleine Aufmerksamkeit schicken, um dir eine schnelle Genesung zu wünschen?«

»Bist du wirklich der echte Zero?«, fragte ich verunsichert.

»Aber natürlich! Ich bezweifle, dass es vielen Menschen gelingen würde, die Sicherheitsvorkehrungen von Drayton zu umgehen und unbemerkt hier hereinzukommen.«

»Was ... was willst du?«

»Ich erklär's dir. Dimitri Cooper hat mir in letzter Zeit die Arbeit ziemlich schwer gemacht. Er hat mich immer mehr in die Enge getrieben, und wenn ich nicht aufpasse, erwischt er mich am Ende noch, und mein Ruf ist ruiniert. Um das zu vermeiden, habe ich beschlossen, seine Aufmerksamkeit von mir abzulenken und dafür jemand anderen als Lockvogel zu benutzen.«

Ich spürte, wie der Boden unter meinen Füßen gefährlich ins Wanken geriet.

»Dieser Lockvogel bist natürlich du.« Ich brachte kein Wort

heraus. Nicht einmal den Mund konnte ich aufmachen, so vor den Kopf gestoßen war ich. »Ich musste Cooper schon den ein oder anderen falschen Beweis vor die Füße legen, damit er anbiss, wobei das einfacher war, als ich gedacht hätte ... Jetzt ist er felsenfest davon überzeugt, dass du es warst. Mit anderen Worten: Du bist nicht einfach mehr irgendein Jugendlicher – du bist zu seinem Hauptziel geworden. Nicht schlecht, oder? Und während er davon ausgeht, dass du Zero bist, kann ich in Ruhe meiner Arbeit nachgehen. Er klebt dermaßen an dir dran, dass er nicht mal merkt, dass es mich überhaupt gibt.«

So war das also. Die Beweise sprachen gegen mich, weil Zero es genau darauf anlegte.

»Es kann natürlich immer noch sein, dass er seine Zweifel bekommt; deshalb werde ich auch schön alle Dinge, die ich noch stehlen werde, in deinem Umfeld platzieren. Damit seine feste Überzeugung auch nicht ins Wanken gerät. Das wird ihn endgültig davon überzeugen, das du Zero bist, meinst du nicht auch?« Wieder lachte er.

»Und was ist mit mir? Wo ist mein Platz in deinem großartigen Plan? Oder hast du vielleicht gar nicht daran gedacht, was mit mir geschehen soll?«

»Auf diese Frage gibt es eine sehr einfache Antwort. Höchstwahrscheinlich wirst du dafür angeklagt werden, Zero zu sein, und im Gefängnis landen für die nächsten ... hm ... sagen wir fünfzig Jahre. Sieh es doch mal positiv. Vielleicht ist die Lebenserwartung der Menschen bis dahin ja gestiegen und du kommst noch mal zurück in die Zivilisation, bevor du stirbst.«

Das alles konnte doch einfach nicht wahr sein. Ich träumte. Ja, klar. So wie in den anderen Nächten auch. Ich zwickte mich in den Arm, aber das Einzige, das ich spürte, war ein heftiger Schmerz. Ich war wach. Ich war wach!

»Warum ich?«

»Jemand musste es ja sein. Außerdem scheinst du ein ganz interessanter Typ zu sein. Es wird lustig, dir dabei zuzusehen, wie du versuchen wirst, meine Geschenke loszuwerden und gleichzeitig der Polizei aus dem Weg zu gehen ... Ich kenne Drayton besser als du. Es wird nicht einfach sein, mir zu entkommen.«

»Ich werde ganz bestimmt nicht derjenige von uns beiden sein, der im Gefängnis landet!«

»Ach nein?«, sagte Zero. »Das werden wir ja dann sehen.«

»Du bist ein ...« Ich beendete den Satz mit einem klangvollen Schimpfwort. »Damit wirst du nicht durchkommen!«

»Und wie willst du mich daran hindern? Bis jetzt hat mich noch keiner aufgehalten. Und du wirst wohl kaum der Erste sein, fürchte ich. Diese Partie wird an mich gehen und du wirst im Gefängnis enden. So sieht deine Zukunft aus und daran wirst du nichts ändern können. Mach dich bereit, Kyle Bradford, das Beste kommt erst noch. Das ist mein Spiel und du wirst schon bald der Verlierer sein.«

Er legte auf, sprang wie eine durchtrainierte Katze von dem Ast herunter und landete mühelos auf dem Boden. Ein letztes Mal wandte er mir sein maskiertes Gesicht zu. Ich konnte nicht sehen, was für ein Ausdruck sich hinter der Maske verbarg. Aber das war auch gar nicht nötig. Ich wusste, dass sein Mund zu einer hämischen Grimasse verzogen war.

KAPITEL 29

Ein Spiegel. Vor mir war ein großer Spiegel. Mein Abbild nahm seine ganze polierte Oberfläche ein und führte mir mich selbst vor Augen. Ich wirkte angespannt, verkrampft. Ich war wütend. Sehr wütend. Ich schlug meine Faust gegen die Scheibe. Risse liefen über den Spiegel und mein Bild zersprang auf groteske Art in unzählige Einzelteile.

»Nur eine kleine Planänderung. Nichts weiter«, murmelte ich. »Ich bekomme die Kugel zurück. Egal wie. Ich hole sie mir. Ich mache den Fehler wieder gut, der mir in der Oper unterlaufen ist. Cooper wird mich nicht noch einmal in die Enge treiben, das werde ich nicht zulassen.«

Meine Arme hoben sich und ich hielt mir einen metallenen Gegenstand vors Gesicht. Eine Maske. Eine silberne Maske mit einmodelliertem Grinsen und zwei kleinen Öffnungen, durch die man nichts als meine blauen Augen sah. Sie passte sich perfekt meinen Gesichtszügen an. Wie angegossen. Makellos.

Ich wollte schreien, der Vision entfliehen. Fliehen vor meinem eigenen Bild, das mich aus dem zerstörten Spiegel heraus ansah. Mit Zeros silberner Maske vor dem Gesicht.

KAPITEL 30

Als ich aufwachte, fuhr ich mit den Fingern über meine Wangen und meine Stirn. Sie war nicht da. Die Maske war nicht da. Ich hatte es nicht an, dieses teuflische Stück Metall. Auch den Spiegel konnte ich nirgends sehen. *Wieder ein Albtraum.* Gott sei Dank. Für einen Moment hatte ich gedacht, dass ... Ich seufzte erleichtert und ließ meinen Blick durch das Zimmer schweifen.

Von draußen drang ziemlich viel Licht in den Raum. Wie spät es wohl war? Len lag nicht in seinem Bett. Seine Uniform war auch nicht da. Seine Schultasche auch nicht. Ich sah auf die Uhr. 12:30. 12:30 Uhr?! Na toll ... Ich hatte verschlafen. Hatte den Unterricht verpasst. Nicht einmal den Wecker hatte ich gehört.

War ja auch kein Wunder.

Ich hatte fast 72 Stunden kein Auge zugetan und war völlig fertig, die Müdigkeit hatte mir alle Kraft geraubt. Ich bekam Zero einfach nicht aus dem Kopf. Seine Drohungen. Die schwarze Schachtel. Cooper. Den Großteil des Tages verbrachte ich in der Erwartung, dass jeden Moment die Polizei hereinkäme und mich verhaftete. Nachts lag ich wach und ging wieder und wieder durch, in was für eine verzwickte Lage ich da ungewollt geraten war.

Den Füller hatte ich, von Cooper unbemerkt, im Spülkasten der Toilette auf der Krankenstation versteckt. Zeros »Geschenk« sollte sich in möglichst großer Entfernung von mir befinden, sicher verwahrt vor indiskreten Blicken, die mich als Dieb beschuldigen könnten. Und trotzdem ...

Du bist nicht einfach mehr irgendein Jugendlicher – du bist zu seinem Hauptziel geworden.

... Er klebt dermaßen an dir dran, dass er nicht mal merkt, dass es mich überhaupt gibt ...

Du wirst im Gefängnis landen für die nächsten fünfzig Jahre ...

Jetzt, wo ich wusste, das Zero ganz genau beobachtete, wie ich immer weiter im Schlamm versank, fühlte ich mich verwundbarer als je zuvor. Sogar Drayton kann mir unheimlich vor. Die düsteren Gänge. Die seltsamen Geräusche überall. Auch bei Lens nächtlichen Ausflügen hatte ich ein mulmiges Gefühl, und jedes Mal, wenn er sich hinausschlich, spähte ich ihm durch unser Zimmerfenster nach.

Ich wollte nicht zu Zeros Marionette werden. Er durfte einfach nicht damit durchkommen. Nur: Was konnte ich dagegen tun?

Mit Tante Jane zu sprechen, ging auf keinen Fall. Sie würde mir zwar helfen, klar, nur würde Cooper alles, was sie unternahm, gegen mich verwenden. Er würde glauben, dass ich meine Beziehungen ausnutzte, um mich als Opfer darzustellen und so dem Gefängnis zu entgehen. Das würde ihm nur noch mehr Gründe liefern, um mich für einen Verbrecher erster Klasse zu halten.

Die zweite Möglichkeit wäre, Cooper selbst um Hilfe zu bitten. Ich hatte ja noch Zeros Botschaften als Beweismaterial. Blieb nur die Frage, wie ich beweisen konnte, dass sie von ihm stammten. Er war schlau genug gewesen, eine unterdrückte Nummer zu benutzen, deshalb ließ sich die SMS nicht mit ihm in Verbindung bringen. Und mit den Briefumschlägen war es dasselbe. Ohne Absender waren sie völlig wertlos.

Und das führte mich zur dritten Möglichkeit meines spärlichen Repertoires: meine Freunde ins Vertrauen zu ziehen. Wobei das sicherlich die schlechteste aller Optionen wäre. Zero beschuldigte mich der Diebstähle, die er begangen hatte, um selbst der Strafe zu entgehen. Zu was alles war er wohl noch fähig? Vielleicht würde er ja noch viel weiter gehen. Wenn Mike und Neal erst mit drinhingen, benutzte er sie vielleicht auf dieselbe Art, wie er es mit mir tat ... Das würde ich nicht zulassen. Wenn ich schon mich selbst nicht schützen konnte, würde ich wenigstens die beiden schützen.

Es blieben also nur zwei Optionen: Entweder scheiterte Zeros Plan oder ich würde mich von Cooper einsperren lassen müssen. Und den Rest meines Lebens im Gefängnis zu verbringen wegen eines Verbrechens, das ich gar nicht begangen hatte, schien mir logischerweise eine ziemlich miese Aussicht für die Zukunft.

Also musste ich den Dieb fassen, bevor er mich fertigmachte.

So leicht würde ich mich nicht unterkriegen lassen.

Nur wo ich anfangen sollte, das hatte ich nicht so klar auf dem Schirm ...

Ich öffnete die unterste Schublade meines Nachttischs. Darin lag die zerknitterte Nachricht, die Zero dem Füller beigefügt hatte. Für den Moment die einzige Spur, die ich hatte – nachdem ich die erste Nachricht weggeworfen hatte und die zweite von meiner Tür verschwunden war.

Nichts verschwindet, ohne Spuren zu hinterlassen.

Für den Fall, dass sich hinter dem Satz irgendeine Doppeldeutigkeit verbarg, konnte ich sie jedenfalls nicht erkennen. Besonders bedeutungsvoll kam mir die Aussage auch nicht vor. Und sosehr ich auch die Wörter umstellte, um auszuprobieren, ob sich dadurch irgendein neuer Inhalt ergab, kam doch nichts Sinnvolles dabei heraus.

Das Interessanteste daran war etwas, das mir schon beim ersten Anblick aufgefallen war: nämlich das Papier selbst, auf dem die Nachricht geschrieben war.

Ich hielt es gegen das Licht. Es war nicht eines dieser ganz normalen, weißen Blätter, auf das man mal eben im Stress schnell hinkritzelt, dass der andere noch Cornflakes fürs Frühstück mitbringen soll. Es hätte tatsächlich nicht unterschiedlicher sein können.

Und das gab mir zu denken.

Wenn dieses Papier hier wirklich so ungewöhnlich war, dann war es vermutlich auch nicht so einfach zu bekommen. Mal überlegen. Wie viele Läden hatten es wohl im Sortiment? Nicht viele wahrscheinlich. Zumindest nicht unüberschaubar viele. Wenn ich in dieser Richtung weiterforschte, konnte ich vielleicht etwas über Zero herausfinden.

Und das Beste an der Sache war, dass ich ganz genau wusste, wo ich es zuerst versuchen würde.

KAPITEL 31

In Drayton wurde einem nie langweilig, auch wenn man ganze neun Monate am Stück da war. Einen Nachteil gab es aber doch: Man hatte eigentlich keine Einkaufsmöglichkeiten. Was, wenn man nach der Ankunft bemerkte, dass man seine Zahnbürste daheim vergessen hat? Oder dringend etwas besorgen musste?

Wenn man nach Lawrence' Regeln noch nicht alt genug war, konnte man nicht einfach nach Westlake gehen und sich im erstbesten Laden holen, was man brauchte. Und Tag für Tag mit einer Knoblauchfahne herumzulaufen, nur weil die Zahnbürste neben dem ganzen anderen Kram nicht mehr in den Koffer gepasst hat, war ja auch keine Lösung.

Aber in der weltbesten Schule war ja zum Glück für alles gesorgt.

Im Hauptgebäude gab es nämlich einen schuleigenen Laden, der jeden einzelnen Artikel verkaufte, den die pingeligen Internatsschüler eventuell einmal haben wollen könnten. Und zwar zu Preisen, die sich auch nur die Privilegiertesten leisten konnten.

Das neueste Modell einer Musikanlage kam auf 3.000 Dollar, ein Markenlippenstift war nicht unter 280 Dollar zu haben, einen amerikanischen Fußball aus in hochkomplexen, ultramodernen Verfahren behandeltem Leder gab es für schlappe 900 Dollar. Selbst die Zeitschriften – *Welt der Yachten, Hinreißende Villen, Mode exklusiv* – ließen schon ahnen, über welche Kaufkraft man verfügen musste, um sich eines der Produkte aus den Regalen leisten zu können.

Selbstverständlich wurde auch auf Sonderwünsche eingegangen, wenn die gesuchte Ware nicht vorrätig war. Durfte es vielleicht eine mit Goldperlen besetzte Seife für 600 Dollar sein? Kein Problem. In weniger als einem Tag wurde das Stück aus einem der exklusiven Geschäfte von L. A. besorgt.

Aber ich ging nicht in den Laden, um mir einen Fußball zu kaufen oder irgendeine Extrabestellung aufzugeben.

»Du schwänzt den Unterricht, um shoppen zu gehen?«, fragte Cooper. Er trat ans Schaufenster des Ladens heran und besah sich die Dinge in den Auslagen. Ein Preis, den er dort sah, passte offenbar nicht ganz zu seinen Wertvorstellungen, jedenfalls machte er ein so erschrockenes Gesicht, dass man es eigentlich auf einem Foto hätte verewigen sollen.

»Ja.«

»Kein Wunder, dass Lawrence dich für einen miserablen Schüler hält.«

»Hey, das hab ich gehört.«

»Ist mir klar, Rotzlöffel. Ich hätte es auch nicht gesagt, wenn ich nicht ganz sicher gewesen wäre, dass du mich klar und deutlich verstehst.« Er lehnte sich gegen die Wand und zündete sich eine Zigarette an. Welchen Teil von »Rauchen auf dem Schulgelände verboten« hatte er eigentlich nicht verstanden? »Ich warte hier auf dich, während du da drin deine Zeit verplemperst.«

»Super«, entgegnete ich und betrat den Laden, während Cooper mehrmals an seiner Zigarette zog.

Ich war überrascht, wie anders es drinnen aussah. Es gab mehr Regale, als ich in Erinnerung hatte, und in den Auslagen stapelten sich die Produkte wie in einer Ausstellung, in der möglichst unterschiedliche Dinge gezeigt werden sollten. Auch das Mobiliar hatten sie erneuert, und dort, wo einmal ein antiker Holztisch mit der Kasse darauf gestanden hatte, glänzte jetzt eine spiegelglatte Theke im Minimalismus-Stil.

Das Einzige, was sich nicht geändert hatte, war Sally.

»Mister Bradford!«

Sie durfte um die dreißig sein, aber mit ihrem kindlichen, sommersprossigen Gesicht sah sie jünger aus. Deshalb hielten viele Neue sie auch oft erst für eine Schülerin und wunderten sich dann, wenn sie plötzlich neben ihnen auftauchte, um bei der Suche nach dem gewünschten Produkt behilflich zu sein.

Es gab wohl niemanden, der sich mit all den raren, exzentrischen Dingen, die es auf dem Markt so gab, besser auskannte als sie. Und das machte sie zur idealen Kandidatin, um mir dabei zu helfen, etwas über das Papier herauszufinden, auf das Zero seine Botschaften geschrieben hatte.

»Kann ich Ihnen behilflich sein?«, fragte sie. Dann sah sie sich um und senkte die Stimme. Keine Ahnung, warum sie das tat. Außer uns beiden war ja niemand im Laden. »Ich kann Ihnen alles aus L.A. besorgen, was Sie möchten, vor den anderen. Vielleicht irgendetwas Besonderes für Halloween?«

»Wie nett von dir. Aber ich bin gut versorgt mit unnützem, teurem Kram.«

Sally schien enttäuscht.

»Allerdings bräuchte ich bei einer anderen Sache deine Hilfe.«

»Selbstverständlich, Mister Bradford!«

»Kyle. Du brauchst nicht so förmlich zu mir zu sein.« Sally ließ ein dämliches Kichern hören. Ich nahm die Notiz aus dem Umschlag und hielt sie ihr hin. »Kannst du mir sagen, wo man so ein Papier kaufen kann?«

Sally nahm den Zettel und strich fachmännisch mit dem Finger über die Oberfläche. Sie ließ sich Zeit mit der Analyse und befühlte das Papier sehr sorgfältig. Als sie fertig war, nickte sie, als hätte sich eine schon zuvor aufgestellte Hypothese bestätigt.

»Velinpapier ist das«, sagte sie. *Ach!* Ich verzog keine Miene. »Ist nicht so leicht zu bekommen und sehr teuer in der Herstellung. Im Mittelalter benutzte man es für die Bücher der Oberschicht, aber dann wurde es fast gar nicht mehr verwendet, bis es schließlich fast völlig verschwand. Jetzt scheint es ja wieder mehr in Mode zu kommen, wenn man sich so anschaut, was in den letzten Monaten passiert ist ...«

»Was meinst du damit?«

Sally schob die Hornbrille auf ihrem Nasenrücken hoch.

»Davon weißt du nichts? Zero kündigt seine Diebstähle auf Velinpapier an. Jedes Mal schickt er der Polizei eine Notiz, auf der er ihnen mitteilt, welchen Gegenstand er als Nächstes stehlen wird. Aber wann das sein wird, darüber sagt er nichts, deshalb meinen manche ja auch, dass er sich nur lustig machen will über die Behörden.«

Nein, das hatte ich nicht gewusst. Wobei, eigentlich war es ja nur logisch. Die Botschaft, die ich bekommen hatte, war ja schließlich auch von Zero.

»Bist du sicher, dass das Velinpapier ist?«

»Absolut. Und ... ähm ...«

»Was?«

»Vielleicht ist es ja auch nur Zufall, aber ich bin fast sicher, dass ich dieses Papier verkauft habe.«

Das haute mich doch ganz schön um. Hatte sie wirklich gerade gesagt, dass *sie* dieses Velinpapier oder wie es hieß verkauft hatte? Ich bat sie, die Notiz noch einmal unter die Lupe zu nehmen. Vielleicht hatte sie sich ja auch geirrt. Voller Ungeduld wartete ich, bis sie fertig war. Sie kam zur selben Schlussfolgerung wie zuvor.

»Ja, kein Zweifel. Genau dieses Papier habe ich verkauft, gleich nach den Sommerferien.«

»Wie kannst du da so sicher sein?«

»Der Hersteller, bei dem ich es gekauft habe, lässt jeden Bogen von Hand anfertigen, und deshalb sind Farbe und Textur ganz anders als bei industriell hergestellten Papieren. Sein Velin ist unverwechselbar. Teurer ist es natürlich auch.«

»Ja«, murmelte ich.

»Es ist ziemlich ungewöhnlich, dass jemand so etwas in Drayton bestellt. Heutzutage verwendet ja kaum noch jemand so ein Papier zum Schreiben. Obwohl hier ehrlich gesagt schon sehr seltsame Bestellungen aufgegeben werden.«

Während Sally redete, wurde mir bewusst, wie wichtig es war, was sie da gerade gesagt hatte. Wenn sie das Papier verkauft hatte – dann wusste sie doch auch, an wen ... oder nicht?

»Wer war es?«, platzte ich heraus, so überstürzt, dass sich die Wörter überschlugen. »Wer hat das Velinpapier gekauft?«

Überrascht von meinem plötzlich so drängenden Interesse, sah mich Sally an und blinzelte hinter ihren Brillengläsern.

»Ich muss wissen, wer diese Bestellung aufgegeben hat«, sagte ich jetzt mit mehr Nachdruck.

»Das darf ich dir nicht sagen, Kyle. Das ist eine ganz strikte Regel des Internats. Wir dürfen die Identität unserer Kunden nicht preisgeben und auch nicht weitersagen, was sie kaufen.«

Ich hasste es, wenn sie so auf mütterlich-neunmalklug

machte. Nicht nur, dass es die Sache verkomplizierte – ich verlor dadurch auch extrem wertvolle Zeit. Ich musste die Information einfach aus ihr herausbekommen, koste es, was es wolle.

Und ich wusste auch schon, wie.

Sally war nämlich schon seit Jahren heimlich in mich verliebt – oder aber sie war eine Psychopathin, die ein Foto von mir unter dem Ladentisch aufbewahrte, das sie schnell wegzustecken versuchte, wenn ich in der Nähe war. Und jetzt war der Moment gekommen, diesen kleinen Pluspunkt zu meinem Vorteil zu nutzen.

»Ach, liebe Sally, ich denke, wir können hier eine Ausnahme machen«, raunte ich. Und dabei betonte ich jedes einzelne Wort in einem sehr speziellen Tonfall, der irgendwo zwischen Verführung und Überzeugung angesiedelt war.

»O...okay, aber ich ... ich kann diese Regel nicht ... brechen«, stotterte sie. Ihr Gesicht war so feuerrot, dass man nicht einmal mehr ihre Sommersprossen sah, und ihre Augen hingen an meinen Lippen.

»Es gibt für alles ein erstes Mal«, sagte ich in unschuldigem Tonfall. »Meinst du nicht?«

»Doch ... Ich ...«

Ihre strikte Verweigerungshaltung begann zu bröckeln.

KAPITEL 32

Ich hatte sie fast überzeugt. Nur ein kleines bisschen ... Überredungskunst musste ich noch aufwenden. Ich setzte den Blick auf, von dem Tante Jane immer sagte, damit würde ich jede dazu bringen, sich in mich zu verlieben, und strich Sally mit den Fingerspitzen über die Wange. Sie erschauerte und beugte sich sehnsuchtsvoll zu mir hinüber.

»Es bleibt doch ein Geheimnis, nur zwischen uns beiden. Kannst du ein Geheimnis mit mir teilen?«

»J...ja.«

»Gut«, raunte ich. Wieder strich ich ihr zärtlich über die Wange. »Also. Wer hat das Papier gekauft?«

»Also ... eigentlich ...«, stammelte sie. Ich rückte noch ein Stück näher, um ihre Bedenken ein für alle Mal aus dem Weg zu räumen.

»Ja?«

»Also, äh ... es war irgendwie seltsam«, sagte sie endlich. Wieder sah sie sich um. Wann würde sie sich wohl endlich davon überzeugt haben, dass wir alleine waren? »Also normalerweise, wenn jemand etwas kaufen will, dann kommt er persönlich oder er schickt jemanden vom Personal. Aber in dem Fall war es anders. Der Auftrag wurde anonym per Telefon durchgegeben. Am ersten Schultag rief jemand an und bestellte drei Bögen Velinpapier. Das war's. Mehr hat er nicht gesagt. Er hat sehr früh angerufen, deshalb dachte ich, es wäre eilig. Ich gab die Bestellung so schnell wie möglich weiter und das Päckchen kam mit der ersten Lieferung aus L.A. Das Seltsame war dann nur, dass die Schachtel mit den Papieren kurz darauf aus dem Laden verschwand.«

Ich erstarrte.

»Sie verschwand?«

»Ja, deshalb meinte ich ja, dass es irgendwie komisch war. Ich hatte die Schachtel genau da abgestellt«, Sallys Finger zeigte auf die Ecke des Ladentischs, »um noch ein paar Zeitschriften einzuräumen, und als ich zurückkam, war sie nicht mehr da. Dafür lag an derselben Stelle der exakte Betrag, den das Papier gekostet hat, bis auf den Cent genau.«

Ich drehte mich um und sah mir den Laden genauer an. Es gab nur eine Tür und kein einziges Fenster. Wer auch immer die Schachtel mitgenommen hatte, musste unbemerkt an derselben Stelle hinein- und wieder hinausgegangen sein. Das erforderte schon ein ziemliches Geschick. Jemand, der es gewohnt war, an allen möglichen Orten und unter den widrigsten Bedingungen unauffällig aufzutauchen ...

»Um wie viel Uhr kam das Päckchen an?«

»Die erste Lieferung geht in L.A. um zehn Uhr morgens raus. Es müsste also gegen elf Uhr hier gewesen sein.« Die Uhrzeit passte. Zero konnte in aller Ruhe das Velinpapier holen, seine Nachricht daraufschreiben und auf meinem Bett deponieren, sogar noch bevor ich einen Fuß durch das Haupttor von Drayton gesetzt hatte.

»Und du hast wirklich nicht gesehen, wer es war? Irgendetwas? Seine Haarfarbe, ob es ein Junge war oder ein Mädchen …«

»I…ich konnte ihn nicht richtig erkennen.«

»Bist du sicher? Bitte! Du musst mir helfen. Ich muss einfach wissen, wer die Schachtel genommen hat.«

»Aber ich sage die Wahrheit, Kyle. Ich habe nichts gesehen.«

»Nicht mal, was er anhatte?«

»Nein …«

Ich ließ die Schultern hängen. Sally wusste ganz offensichtlich nicht mehr, als sie gesagt hatte. Es würde nicht viel bringen, sie weiter unter Druck zu setzen. Aber wenn sie, die dem rätselhaften Kunden doch am nächsten gekommen war, mir nicht helfen konnte, dann würde ich ja nie herausfinden, wer das Velin bestellt hatte. Die einzige Spur, die mich zu Zero führen konnte, würde sich gleich wieder verwischen. Und ich würde mich nie von den Anschuldigungen befreien können, die mir zur Last gelegt wurden.

Ich seufzte.

Und spürte, wie mir die Chance, meine Unschuld zu beweisen, zwischen den Fingern zerrann.

KAPITEL 33

Als ich mich von Sally verabschiedete und den Laden verließ, war es fast schon Zeit fürs Mittagessen. Ich war so niedergeschlagen, dass ich mich nicht einmal über Coopers abfällige Geste ärgerte. Eine von denen, die ohne Worte so etwas wie »Tolle Art, die Schule zu schwänzen« zum Ausdruck bringen sollen.

Im Foyer stieß ich auf ein paar Leute, die gerade aus dem Unterricht kamen. Mike und Neal sah ich nirgends. Vielleicht waren sie aufs Polofeld gegangen, um mit der restlichen Mannschaft zu trainieren.

»Mister Bradford.«

Ich drehte mich um.

»Ah, guten Tag, Mister Napier«, sagte ich, sobald ich erkannte, wer da fröhlich winkend auf mich zukam.

Mister Napier war schon seit Generationen der Bibliothekar in Drayton. Viel länger schon, als Gabriel in der Küche war und Lawrence auf dem Posten des Direktors saß. Wie eine Mumie, die wieder zum Leben erwacht war, sah das kleine Männchen aus, das wohl kaum einen Meter fünfzig maß und sich mit der Geschwindigkeit einer Schildkröte fortbewegte. Wie alt er tatsächlich war, wusste ich nicht, aber ich schätzte ihn jedes Mal wieder auf mindestens hundert. Andererseits sah er immer genau gleich aus. In all den Jahren, die ich jetzt schon in Drayton war, hatten sich sein pergamentartiges Gesicht und der gekrümmte Körper kein bisschen verändert.

»Der junge Bradford! Welche Freude, Sie zu sehen! Wie haben Sie den Sommer verbracht? Ihre Tante war in diesem Jahr wirklich sehr großzügig mit ihrer jährlichen Spende. Dank ihr konnten wir ein wunderbares Exemplar aus dem 19. und ein weiteres von Anfang des 20. Jahrhunderts für unsere Privatsammlung erwerben. Zweifellos zwei einzigartige Werke. Möchten Sie sie sehen?«

»Vielleicht ein andermal, Mister Napier.« Ich war in so hundsmiserabler Stimmung, dass es vermutlich kaum einen schlechteren Moment geben konnte. Ich wies auf den Stapel Bücher, den der Greis mit sich schleppte. »Brauchen Sie Hilfe?«

»Machen Sie sich keine Gedanken, die wiegen so gut wie nichts.« Ach, wirklich? »Übrigens, Mister Bradford, Ihre Nachricht von heute Morgen habe ich erhalten.«

»Nachricht? Was für eine Nachricht?«

»Die Sie mir an der Tür zur Bibliothek hinterlassen haben.«

»Ich habe keine Nachricht hinterlassen.«

»Doch, natürlich, Ihre Unterschrift war ja darauf und alles«, erwiderte Napier. »Es war gar nicht so einfach, das Buch aufzutreiben, um das Sie mich baten. Wir führen es nämlich eigentlich nicht mehr im Programm, aber dann habe ich den Gauner doch noch gefunden. Ich glaube, es ist sogar hier in diesem Stapel dabei ...«

Wovon redete der Alte eigentlich? Entweder war er verrückt

geworden oder aber *ich* war nicht mehr ganz zurechnungsfähig und konnte dem Gespräch deshalb nicht folgen.

»Warten Sie kurz, ich sagte doch eben …«

Aber Napier war nicht davon abzubringen.

»Keine Aufregung, Jungchen, lassen Sie mich nur suchen. Dann kann ich Ihnen das Buch gleich aushändigen und Sie müssen nicht mehr extra in der Bibliothek vorbeikommen.« Er stellte den Bücherturm auf dem Boden ab und ging die Titel durch. Wie konnte ich ihm nur verständlich machen, dass ich gar nichts bestellt hatte? »Ah, da ist es ja!«

Er hielt mir ein Buch mit rotem Einband und abgewetztem Buchrücken hin. Auf dem Cover war mit Klebstreifen ein Umschlag befestigt worden. Schwarz … mit goldenen Buchstaben.

Bevor Mister Napier noch irgendetwas sagen konnte, hatte ich den Umschlag abgenommen und die Nachricht herausgezogen. Sie war auf Velinpapier geschrieben – worauf auch sonst.

Die ersten zwei Zeilen enthielten die simple, an Mister Napier gerichtete Bitte, das Buch mit dem Titel *Die Wahrheit über eine Lüge* herauszusuchen, und die Versicherung, dass »ich gleich nach Unterrichtsschluss vorbeikomme, um es abzuholen«.

Direkt darunter war meine Unterschrift gesetzt. Nicht irgendein Gekrakel. Nein. *Meine* Unterschrift. Eine perfekte Nachbildung.

Ganz unten stand ein weiterer Satz. »Weißt du, dass Bücher Geheimnisse bergen?«

»Ehrlich gesagt wusste ich gar nicht, dass wir dieses Exemplar im Lager hatten«, sagte der Bibliothekar unterdessen. »Seltsam – ich kenne nämlich eigentlich jeden einzelnen Titel, den wir hier in Drayton in den Regalen stehen haben, das können Sie mir glauben.«

Ich nahm das Buch an mich. Komisch, wie leicht es war. *Zu* leicht. Und dabei war es nicht gerade dünn. 800 Seiten hatte es bestimmt und dabei wog es kaum mehr als eine Feder. Ich schlug es auf, und dann wurde mir klar, was hier nicht stimmte.

Es war hohl.

Und mit hohl meine ich, dass jemand eine quadratische Aushöhlung mitten in die Seiten geschnitten hatte. Und in diesem Hohlraum lag eine schwarz lackierte Schachtel.

Meine Hand zitterte.

»Geht es Ihnen gut, Mister Bradford?«

Ich achtete nicht auf den Alten. All meine Sinne waren auf die Schachtel gerichtet. Sie war klein, ein perfekter Würfel. Zweifellos war sie von derselben Sorte wie die, die ich auf der Krankenstation bekommen hatte. Beim letzten Mal war ich mit Neals gestohlenem Füller konfrontiert worden. Was würde mich dieses Mal erwarten? Ich zögerte. Zweifelte, ob ich das wirklich herausfinden wollte.

Dann fasste ich Mut und klappte den Deckel auf. Eine Halskette lag darin. Sie ruhte auf einem kobaltblauen Futteral, das ihren Glanz besonders hervorhob.

KAPITEL 34

Soweit ich wusste, hatte es seit dem Verschwinden des Füllers keinen weiteren Diebstahl mehr gegeben. Deshalb verstand ich auch nicht, warum Zero mir diese Halskette schickte – wo doch sein Plan darin bestand, mich seiner Verbrechen zu beschuldigen. Wollte er mich in die Irre führen?

Ich legte mich aufs Bett und öffnete die Schachtel noch einmal. Die Kette war nichts Besonderes. Nur eine Perlmuttrose hing an ihr, mit einem funkelnden Stein in der Mitte. Ein Diamant vielleicht. Ich sah mir die Rückseite an. Nichts. Keine Inschrift oder dergleichen.

Trotzdem hatte ich irgendwie den Eindruck, dass mir etwas entging. Zero gehörte nicht zu der Sorte Mensch, die einfach irgendetwas taten, ohne bestimmten Grund.

Er hatte immerhin die Mühe auf sich genommen, eine Nachricht in der Bibliothek zu hinterlassen, und dafür gesorgt, dass Mister Napier mir dieses Buch aushändigte … und all das nur, um mich zu unterhalten?

Len kam ins Zimmer, den Laptop unterm Arm. Ich versteckte die Schachtel mit der Kette in meiner Hosentasche und tat so, als würde ich die Wanddekoration bewundern. Dass er die Schachtel entdeckte, würde mir gerade noch fehlen an diesem großartigen Tag. Len, der freundschaftliche, soziale Len, wie er mich beschuldigte, im Besitz eines verdächtigen Schmuckstücks zu sein – nein, danke. In dem Versuch, möglichst natürlich zu wirken, machte ich mich lang und stützte mich mit dem Ellbogen auf dem Kissen ab.

»Hast du den Unterricht sausen lassen, nur um auf dem Bett rumzugammeln?«, grummelte er und legte den Rechner auf seinem Schreibtisch ab. Sein Tonfall nervte mich. Spitz und bösartig.

»Darf man mal erfahren, warum du eigentlich so zu mir bist? Mal behandelst du mich wie einen Fußabstreifer, und mal bist du der netteste Typ, den ich kenne.«

»Ist nichts Besonderes dahinter.«

»Ach so, klar. Es gibt gar keinen Grund. Logisch.« Ich drehte mich um, um ihn nicht länger ansehen zu müssen. »Du bist echt der seltsamste Typ, den ich kenne, Alter ...«

»Sehr geehrte Schülerinnen, sehr geehrte Schüler.« Laut und deutlich drang die Stimme des Direktors aus den Lautsprechern. Die Unterbrechung verhinderte, dass unser Gespräch auf die nächste Stufe gelangte und wir uns ernsthaft stritten. »Wie Sie wissen, liegt eine meiner vorrangigsten Aufgaben darin, für Ihr Wohlergehen zu sorgen. Es ist eine Ehre für mich, dass Ihre Eltern Sie mir anvertrauen, damit ich Sie durch diesen wichtigen Lebensabschnitt leite. Deshalb ist es auch meine Pflicht, jeglichen Vergehen, die innerhalb dieser Mauern begangen werden, Einhalt zu gebieten.«

Ich richtete mich auf. *Worauf willst du hinaus, Lawrence?*

»Schwere Vergehen, Missachtungen und Diebstähle kann ich nicht akzeptieren. Daher möchte ich zunächst einmal meine Missbilligung der jüngsten Vorfälle ausdrücken. Es bekümmert mich, dass das Prinzip der Kameradschaftlichkeit zwischen Ihnen hintergangen und unsere Werte angegriffen werden.«

»Was will er denn?«

Len zog die Augenbrauen hoch.

»Du willst doch nicht etwa sagen, dass du nicht mitbekommen hast, was passiert ist?«

»Nein, hab ich nicht. Ich war ... beschäftigt heute Morgen und konnte nicht in den Unterricht.«

»Dann musst du aber schon sehr beschäftigt gewesen sein. Die Leute reden doch über nichts anderes. Ich wundere mich, dass dir deine Freunde nichts erzählt haben.«

»Ich hab doch schon gesagt, dass ich beschäftigt war.« Und Mike und Neal hatte ich außerdem gar nicht gesehen.

»Also dann, zu deiner Information: Es hat wieder einen Diebstahl gegeben.« Als ich das Wort »Diebstahl« hörte, sackte ich zusammen.

»Ach ... ja?«

»Ja, im Literaturunterricht. Es war genau wie beim letzten Mal. Das Licht ging aus, alles war dunkel, und als der Strom wieder da war, hatte sich der Dieb längst aus dem Staub gemacht. Es heißt, *er* sei es wieder gewesen. Man hat wieder eine Silbermünze gefunden.«

Es kostete mich einige Mühe, die Frage auszusprechen, die mir auf der Zunge lag.

»Und was ... wurde gestohlen?«, fragte ich schließlich.

»Laurens Halskette«, antwortete Len.

KAPITEL 35

Jetzt wurde mir einiges klar. Es hatte wirklich einen weiteren Diebstahl gegeben – und zwar ziemlich sicher genau zu der Zeit, als ich in Sallys Laden war. Deshalb hatte ich auch nichts davon mitbekommen. Und genau wie bei Neals Füller, hatte Zero mir auch diesmal wieder die Beute zugespielt. Er wollte mich echt in die Mangel nehmen.

Verdammt! Ich hatte doch geahnt, dass sich etwas hinter der Kette verbarg!

»Um die Unversehrtheit und Sicherheit der Schüler von Drayton gewährleisten zu können«, fuhr Lawrence fort, »sehe ich mich zu einer Entscheidung gezwungen, die ich in meiner gesamten Amtszeit noch kein einziges Mal umsetzen musste.«

»Wo gehst du hin?«, fragte Len, als ich vom Bett aufstand.

Laurens Halskette loswerden, und zwar so schnell wie möglich. Wenn ich sie noch länger bei mir behielt, würde ich Cooper meinen Kopf auf dem Silbertablett servieren.

»Mittagessen«, log ich. Ich öffnete meinen Schrank, nahm Mantel und Schal heraus und zog beides an. Es war zwar nicht kalt, aber seit ich wusste, woher die Halskette stammte, mit der ich gerade noch völlig unbedarft herumgespielt hatte, fühlte ich mich irgendwie geschwächt. »Was ist? Willst du mitkommen, Crazy Len? Mike und Neal wären sicher entzückt, wenn du uns Gesellschaft leistest.«

»Daran hab ich nicht den geringsten Zweifel«, meinte Len ironisch. »Allerdings fürchte ich, dein liebenswertes Angebot ausschlagen zu müssen. Ich habe einfach unheimlich viel Besseres zu tun.«

»Wunderbar.« Ich ging um ihn herum auf die Tür zu.

»Eine Entscheidung, die ich bedaure, aber für notwendig erachte, um die Person zu entlarven, die Drayton und seine Schüler in Gefahr bringt«, erklärte Lawrence im Hintergrund. »In fünf Minuten werde ich die Zimmer durchsuchen lassen.«

Ich erstarrte, die Hand auf der Türklinke.

Eine Durchsuchung? Hatte er gerade *Durchsuchung* gesagt!? Ich war kurz davor, zu schreien. Keine Ahnung, ob aus Angst oder Verzweiflung. Ich riss mich zusammen. *Nur nicht in Panik geraten jetzt.* So schlimm war es auch wieder nicht. Ich konnte die Kette ja immer noch loswerden, bevor der Direktor kam.

Mein Zimmer war das letzte im Korridor. Ich konnte also, während sie die Zimmer der anderen durchsuchten, durch den Notausgang entwischen und das Schmuckstück an irgendeiner verborgenen Stelle vergraben. Dann würde ich zurückkommen und ... Moment mal ... Sie würden ja wohl am Anfang des Korridors beginnen, oder?

»Als Entgegenkommen gegenüber den Damen beginnen wir im Flügel der Herren.« Plötzlich merkte ich, dass ich mir die ganze Zeit schon das Innere meiner Wange zerbiss, während ich angespannt zuhörte. Nicht einmal, als ich Blut schmeckte, hörte ich damit auf. »Und zwar mit dem Zimmer von Mister Bradford und Mister Lu.«

Mein persönlicher Alarmanzeiger schnellte in die Höhe und in meinem Unterbewusstsein begann ein penetrantes Warnsignal zu blinken. *Ich bin erledigt. Jetzt bin ich wirklich komplett erledigt.* Ich würde keine Zeit mehr haben, die Kette in Sicherheit zu bringen. Lawrence würde in meinem Zimmer stehen, bevor ich auch nur einen einzigen Finger krumm machen konnte. Und wenn ich direkt vor seiner Nase völlig panisch aus dem Zimmer stürmte, konnte ich mir gleich eine fette Zielscheibe mit dem Wort »schuldig« in der Mitte auf die Stirn malen.

Ich saß in der Klemme.

Eine Bilderflut stürmte mein Gehirn. Lawrence, der in mein Zimmer kam. Lawrence, der meine Sachen durchwühlte. Lawrence, der die Halskette fand ... Lawrence, der mich mit Genugtuung musterte ... Ab dem Punkt sah ich dann nicht mehr ihn, sondern mich selbst – eingebuchtet im Gefängnis.

Ich umklammerte die Lackschachtel.

Ob sie wussten, dass ich die Kette hatte? Wohl kaum ... Ich war sehr vorsichtig gewesen. Nachdem ich mich von Mister Napier verabschiedet hatte, war ich direkt in mein Zimmer gegangen, ohne dass Cooper gesehen haben konnte, was sich in dem Buch verbarg. Und sobald ich drin war, hatte ich die Kette nicht mehr aus der Schachtel genommen, wegen der Kameras.

Lawrence brannte darauf, den Dieb ausfindig zu machen und den guten Ruf Draytons nicht in Gefahr zu bringen. Und die Zimmer zu durchsuchen, war der beste Weg, den Schuldigen ausfindig zu machen. Das hätte er früher oder später sowieso getan. Dass der Füller verschwunden war, konnte noch Zufall gewesen sein. Mit dem zweiten Diebstahl aber hatte sich die Situation geändert. Und dass mein Zimmer das erste auf der Liste war, war ja auch nur logisch – schließlich war ich längst Kandidat Nummer eins, der im Verdacht stand, Zero zu sein.

Und trotzdem ... Ich hatte die Kette nicht gestohlen. Ich hatte doch überhaupt nichts damit zu tun! Aber das hätte dem Detective sonst wer erklären können, es hätte nichts gebracht, so scharf, wie er darauf war, mich einzubuchten.

Hätte ich die Kette doch nur längst schon verschwinden lassen ...

Ich musste irgendetwas unternehmen, sonst würde mich die Durchsuchung Kopf und Kragen kosten. Ein paar Minuten hatte ich noch, um mir etwas auszudenken. Irgendetwas!

Denk nach, Kyle, denk nach ...

Was, wenn ich die Kette einfach in den Garten warf? Wenigstens wäre sie dann ziemlich weit weg von mir. In zwei großen Schritten durchquerte ich das Zimmer und riss die Gardinen zur Seite. Ich bereute es sofort. Zwei Polizisten hatten sich zwischen den Bäumen verborgen, mein Fenster fest im Visier. Sobald ich irgendetwas hinauswarf, hätte ich sie im Handumdrehen am Hals.

Ich wich zurück.

Auf der anderen Seite der Tür war das Hin- und Herwuseln der anderen Schüler zu hören, die hastig ihre Zimmer aufräumten, und über all dem Durcheinander Lawrence' Stimme, die sich unserem Zimmer gefährlich näherte. *Oh nein. Oh nein!* Ich kam vom Regen in die Traufe. Oder besser gesagt: Von der Traufe in die Hölle.

Ich war so aufgeregt, dass ich bis dahin überhaupt nicht bemerkt hatte, dass Len hektisch seinen Rechner unter das Bett geschoben hatte und dass seine Gesichtszüge dabei genauso entgleist waren wie meine. Ein ziemlich seltsamer Ort für einen so harmlosen Gegenstand ... Was sollte das denn jetzt?

Vergiss ihn, Kyle!

Es gab wirklich Wichtigeres zu tun, um das ich mich kümmern musste. Ich wandte mich von Len ab und überlegte, wie viele Kameras es in meinem Zimmer gab. Außer der neben dem Fenster war eine zweite auf die Tür gerichtet und eine weitere auf mein Bett. Alle anderen hatten sie außerhalb meiner vier Wände angebracht. Okay. Zumindest wusste ich, wo die Schwachpunkte des Zimmers lagen.

Verzweifelt hastete ich von einem Ende des Raums zum anderen. Und währenddessen tauchte wie ein Geistesblitz eine Idee in meinem Kopf auf ... Es war verrückt, aber ... Konnte es nicht vielleicht doch klappen?

Um das herauszufinden, hatte ich nur eine Chance: Ich musste es versuchen.

KAPITEL 36

Lawrence klopfte an die Tür. Ich holte tief Luft und atmete wieder aus. Der Moment der Wahrheit war gekommen. Len stand auf, um zu öffnen, aber ich drängte mich vor.

»Guten Abend, Direktor Lawrence!«, begrüßte ich ihn. *Lächeln nicht vergessen, Kyle!,* ermahnte ich mich. Und schon formten sich meine Lippen zu einem Lächeln.

»Oh, Mister Bradford, ich hoffe, ich komme nicht ungelegen«, sagte er. Mir war schon klar, dass er das ironisch meinte, und ich biss mir auf die Zunge, um nicht etwas zu erwidern, das ich später bereuen würde. Na also – so langsam lernte ich schon noch, mich zu beherrschen.

»Aber nein, keinesfalls. Sie sind doch immer willkommen«, antwortete ich. Cooper hatte sich neben dem Direktor in Stellung gebracht und ließ mich nicht aus den Augen.

»Du bist warm angezogen, Bradford. Wolltest du irgendwohin gehen?«

»Es ist Zeit fürs Mittagessen. Ich wollte mich gerade auf den Weg in den Speisesaal machen, als ich die Durchsage gehört habe. Ich hoffe, es ist alles in Ordnung.«

»Sobald ich fertig bin, können Sie essen gehen«, schaltete Lawrence sich ein. »Ich bin sicher, es wird nicht lange dauern.«

»Nein, bestimmt nicht.« Mit vorgespielter Unbekümmertheit trat ich zur Seite, um den beiden Platz zu machen.

»Macht es Ihnen etwas aus, wenn *ich* die Durchsuchung in diesem Zimmer durchführe?«, fragte Cooper.

»Aber nein. Selbstverständlich.«

Len hörte auf, Ordnung in seinen Teil des Zimmers zu bringen, und stellte sich pflichtbewusst neben mich. Es sah ganz so aus, als wäre ihm Lawrence' und Coopers Anwesenheit genauso gleichgültig wie der Rest der Welt um ihn herum. Aber die Art, wie er das Gewicht von einem Fuß auf den anderen verlagerte, machte mich skeptisch. Ich verstand auch überhaupt nicht, warum er den Blick nicht von der Stelle abwandte, an der er seinen Laptop versteckt hatte ...

Cooper fing an, meine Seite des Zimmers zu durchsuchen. Sehr gründlich. Unter dem Bett, auf den Fensterbrettern, auf denen meine Bücher standen, zwischen den Laken. Jedes einzelne Papier auf meinem Schreibtisch drehte er um. Alles, was ihm unterkam, wurde hin- und herbewegt. Ein paar Mal hielt er inne und klopfte auf der Suche nach Geheimfächern mit der Schuhspitze den Boden ab. Er fand einfach nicht, wonach er so sehr lechzte, und auf seinem Gesicht machte sich eine Mischung aus Enttäuschung und Verwirrung breit.

»Wenn Sie möchten, mache ich weiter mit der Durchsuchung«, schlug Lawrence vor.

»Nein. Ich mache das. Man weiß nie, wo ein Dieb seine Beute versteckt.«

Wenn er dachte, dass ich etwas zwischen Lens Sachen versteckt hatte, kannte er mich wirklich nicht besonders gut. So schäbig wäre nicht mal ich. Ich stand mindestens einen Meter entfernt von Lens Zimmerhälfte. Gelassen verschränkte ich die Arme vor der Brust. Von mir aus konnte er Lens Plunder so lange durchsuchen, wie er wollte.

Aber mein Zimmergenosse schien komischerweise überhaupt nicht damit einverstanden zu sein, dass Cooper sich jetzt seine Sachen vorknöpfte. Sein Körper spannte sich an wie ein Bogen, als der Detective begann, seinen Schreibtisch zu durchwühlen, und sein Blick wanderte immer wieder zum Versteck seines Laptops. Eigentlich sollte ich der viel Nervösere von uns beiden sein, aber tatsächlich war es Len, der am Rande eines Herzinfarkts zu stehen schien.

Schließlich beendete Cooper seine Suche. Den Laptop hatte er nicht gefunden und das ließ Len ein wenig ruhiger werden.

»Gut, es scheint alles in Ordnung zu sein«, sagte Lawrence und drehte sich um, um zu gehen. Cooper blieb stehen.

»Dürfte ich mir eine letzte Sache ansehen, Bradford?«

»Ja«, sagte ich argwöhnisch. *Was wollte er denn jetzt noch?*

»Ihren Mantel.«

»Bitte?«

»Ich würde mir gerne Ihren Mantel ansehen.«

Ich fing an zu schwitzen.

War er draufgekommen?

Wusste er, wo die Kette versteckt war?

Cooper bog seine Finger durch – das sollte wohl eine Aufforderung sein, seinem Befehl nachzukommen. Ohne eine Miene zu verziehen, verfolgte Lawrence die Szene von der Türschwelle aus.

»Mach schon, Bradford. Ich habe nicht den ganzen Tag Zeit.«

Ich gehorchte.

Sobald er meinen Mantel in den Fängen hatte, schlüpften

Coopers Hände auf direktem Weg erst in die Innen- und dann in die Außentaschen. Jeden einzelnen Zentimeter des Stoffs tastete er ab … bis sich seine Gesichtszüge auf einmal entspannten. Er hatte etwas gefunden. Ich erkannte es am plötzlichen Glanz seiner Augen.

»Sieh mal einer an«, sagte er. »Was haben wir denn hier?«

Ich antwortete nicht. Mein Gesicht blieb reglos. Den Luxus irgendeiner Dummheit, die mich verraten könnte, konnte ich mir nicht erlauben. Aber in meinem Inneren schlug mein Herz so heftig, dass ich glaubte, es würde mir aus der Brust springen. Ich zählte meine Atemzüge, um mich zu beruhigen. Cleave, unser Trainer, sagte immer, das wäre das Beste, was man vor einem Spiel tun konnte. Aber nicht einmal das half.

Cooper zog aus der Tasche, was er soeben darin gefunden hatte, und hielt es in die Höhe. Ein Päckchen Zigaretten. Das Päckchen, das mir Neal nach seiner illegalen Pokerrunde gegeben hatte. In der ganzen Hektik, die Kette zu verstecken, hatte ich es völlig vergessen.

»Zigaretten?«, fragte Cooper konsterniert.

»Mister Bradford!« Ärgerlich riss Lawrence Cooper das Päckchen aus der Hand. »Sie enttäuschen mich. Ich hätte nie gedacht, dass Sie Zigaretten mit in die Schule bringen. Sie wissen, wie streng ich in dieser Angelegenheit bin.«

»Ich weiß. Ich …« Ich war so aufgewühlt wegen Laurens Kette, dass ich überhaupt nicht wusste, was ich sagen sollte. Na ja, solange sie sich mit dieser idiotischen Zigarettenschachtel abgaben und mich ansonsten in Ruhe ließen, war ja alles in Ordnung. Wenn Cooper nur nicht auf die Idee kam, weiterzusuchen …

»Ich muss Sie wegen dieser Sache ernsthaft bestrafen.«

»Äh, klar. Natürlich.«

Cooper packte mich. Er drückte so fest zu, dass sich seine Finger in meine Haut bohrten.

»Schluss jetzt mit dem Unsinn! Wo ist die Kette, die du heute Morgen gestohlen hast?«

»Ich habe nichts gestohlen«, antwortete ich.

»Glaubst du wirklich, dass ich das schlucke?«

Er feuerte meinen Mantel auf den Boden und fing an, ohne Lawrence' Einverständnis abzuwarten, mich von oben bis unten abzutasten. Er inspizierte meine Uniform und ließ mich sogar den Schal ablegen, um ihn gründlich untersuchen zu können und sicherzugehen, dass ich nichts darin verborgen hatte. Regungslos ließ ich alles über mich ergehen und hatte nur Angst dabei, dass er bemerken könnte, wie nervös ich war. *Bitte nicht weitersuchen ... Bitte. Nicht weitersuchen ...*

Schließlich gab sich Cooper geschlagen. Das Wenige, das er fand, waren mein Handy und eine halbe Packung Kaugummis, die ich in der Tasche hatte, um sie mit Mike und Neal nach dem Nachmittagstraining zu teilen.

»Ich finde den Beweis schon noch, den ich brauche, Bradford«, raunte er mir ins Ohr. Hasserfüllter hätte seine Drohung nicht klingen können.

»Viel Glück«, flüsterte ich zurück.

Wutschnaubend verließ er das Zimmer, und Lawrence, der zu seinem treuen Hündchen geworden war, folgte ihm.

KAPITEL 37

Nur mit Mühe konnte ich mich von der Stelle wegbewegen, an der mich Cooper hatte stehen lassen. Ich war so starr geworden durch die Anspannung, dass ich meine Muskeln gar nicht mehr richtig wach bekam. Len rührte sich auch nicht. Noch steifer als ich stand er neben mir. Seine Beine schienen eine Art Eigenleben zu führen und hörten gar nicht mehr auf zu zucken. Beide sahen wir im Gesicht des anderen das eigene Gefühl widergespiegelt: Angst.

Er rückte ein Stück von mir ab, sichtlich unbehaglich, als fürchtete er, ich könne seine Geheimnisse allein dadurch erraten, dass ich ihn ansah. Er holte seinen Rechner aus dem Versteck und drückte ihn fest an sich. Dass er sein begehrtes Besitztum wieder bei sich hatte, entspannte ihn etwas.

Ich blieb nicht länger, um zu sehen, ob er seinen Laptop weiter anhimmelte oder nicht. Schließlich hatte ich noch etwas zu erledigen. Len hatte das Schlimmste hinter sich. Ich nicht. Ich musste endlich Laurens Halskette loswerden, bevor der Detective seine Meinung änderte und zurückkam.

Ich nahm meinen Mantel und verließ das Zimmer. Cooper

und Lawrence standen in einer Ecke neben dem Notausgang und tuschelten miteinander. Ich huschte durch den Korridor, um nicht gesehen zu werden, und stieg die Treppe zum Foyer hinunter.

Am Ende des Foyers sah ich die Tür zur Krankenstation. Sie war angelehnt und am Rahmen hing ein Schild. »Komme gleich wieder.« Natalie war nicht da. Und hatte nicht abgesperrt. Endlich mal eine Wendung zu meinen Gunsten ... Ich hatte schon gedacht, meine Pechsträhne würde überhaupt nicht mehr abreißen.

Verstohlen huschte ich in die Station.

Ich konnte mich noch sehr gut an das letzte Mal erinnern, als ich hier war. Und an die Unterhaltung mit Zero. Ich ging zum Fenster, von dem aus ich ihn auf dem Baum hatte sitzen sehen. Wie er mich beobachtet hatte. Wie er über mich gelacht hatte ... Ich schüttelte den Kopf. Das war jetzt wirklich nicht der richtige Moment, um Depressionen zu bekommen. Ich würde seinen Schwachpunkt schon noch finden. Den hatte schließlich jeder. Sogar er.

Ich schloss mich auf der Toilette der Krankenstation ein. Dort hatte ich ja schon Neals Füller versteckt, nachdem Zero ihn für mich vor der Tür deponiert hatte. Und dort würde ich auch Laurens Kette verstecken. Das war der einzige sichere Ort, der mir einfiel.

Ich lehnte mich an die Wand und zog den Schuh vom rechten Fuß. Ich kippte ihn, hielt ihn senkrecht, und aus dem oberen Ende rutschte ein silbernes Knäuel herunter. Das, was Cooper unbedingt hatte finden wollen und was ich so verzweifelt zu verbergen versucht hatte.

Laurens Halskette.

Ich hatte sie in der Schuhspitze unter den Zehen platziert, damit sie mich nicht beim Gehen störte und unbemerkt blieb.

Allerdings hatte sich, während Cooper seine verdammte Untersuchung durchführte, die Perlmuttblume die ganze Zeit in meinen großen Zeh gebohrt. Aber wenigstens war ich so cool geblieben, dass er nichts davon mitbekommen hatte.

Es war nicht besonders kompliziert gewesen, die Kette in den Schuh zu befördern. Ich hatte sie hineingleiten lassen, während ich so tat, als würde ich mir die Schnürsenkel binden. Die lackierte Schachtel hatte ich ganz unten in meinen Papierkorb gelegt. Cooper hatte sie auch gesehen, ihr aber, zu meinem Glück, keine Bedeutung beigemessen.

Ich nahm den Deckel des Spülkastens ab und legte ihn auf den Boden. Im Inneren des Kastens lag, genau wie ich ihn hinterlassen hatte, Neals Füller. Ich legte die Kette dazu und brachte den Deckel wieder an Ort und Stelle.

Die beiden meistgesuchten Dinge von Drayton, Gold und Diamanten, bestens verstaut auf der Toilette ...

Was für ein Hohn. Aber zumindest war ich Zeros zweitem Angriff entkommen.

KAPITEL 38

Dass ich Laurens Kette losgeworden war, war natürlich längst nicht die Lösung meiner Probleme. Ganz und gar nicht sogar. Ich musste mich immer noch mit der Sackgasse auseinandersetzen, in die mich das Velinpapier geführt hatte. Egal, ob mit oder ohne Kette – ich hatte keine Ahnung, was ich als Nächstes tun sollte. Dadurch, dass mir meine erste und einzige Spur abhandengekommen war, hatte ich auch die leise Fährte des Diebs verloren. Wie sollte es jetzt weitergehen?

Immer wieder grübelte ich darüber nach, während ich alleine im Speisesaal zu Mittag aß (Mike und Neal waren in ihren Zimmern und ließen Lawrence' Durchsuchung über sich ergehen, und so musste ich mich damit abfinden, meine Tagliatelle mit ihren beiden leeren Stühlen als einziger Gesellschaft zu mir zu nehmen) und auch noch während der beiden ersten Unterrichtsstunden am Nachmittag. Hätte mich jemand gefragt, wovon Professor Bracken in Etikette sprach, ich hätte keine Ahnung gehabt.

Ich war so in Gedanken versunken, dass ich auf dem Weg in die nächste Unterrichtsstunde gar nicht merkte, dass ich gleich mit jemandem zusammenstoßen würde, bis ich auf einen fremden Rücken prallte und mich an der Wand festhalten musste, um nicht hinzufallen.

»Sag mal, bist du blind?« Es war Miranda. Durch den Zusammenprall war sie gegen das Treppengeländer gestoßen, hatte das Gleichgewicht verloren und war mit einem dumpfen Schlag auf dem Boden aufgekommen.

»Tut mir leid. Ich war in Gedanken.«

»Na, typisch.«

Lauren eilte ihr zu Hilfe. Sie war ungeschminkt, was ziemlich ungewöhnlich war, und ihre Augen sahen aus wie zwei rote, verweinte Ballons.

»Geht's dir gut, Lauren?«, fragte ich. Miranda richtete sich würdevoll auf und strich ihren Rock glatt, damit er nach dem geräuschvollen Sturz wieder perfekt saß.

»Es ist wegen der Kette. Seit sie weg ist, hat sie überhaupt nicht mehr aufgehört zu weinen.«

»Sie hat mir so viel bedeutet«, schluchzte Lauren. »Mein Vater hat sie mir geschenkt, ich hab sie sehr gemocht.«

Ich spürte den stechenden Anflug eines Schuldgefühls. Wenn sie ahnen würde, dass ich haargenau wusste, wo sich ihre heißgeliebte Kette befand ...

»Mach dir keine Sorgen«, sagte ich versöhnlich. »Sie werden sie bestimmt finden.«

»Das glaube ich kaum«, schaltete Miranda sich ein. »Schließlich hat Zero sie gestohlen, und dass seine Beute nicht mehr auftaucht, ist ja wohl allgemein bekannt.«

Lauren unterdrückte einen Schluchzer. Es ging doch nichts über den Trost einer Freundin.

»Aber trotzdem«, vermittelte ich, »kann es doch sein, dass es diesmal anders ist.« Ich wollte Miranda Kontra geben.

»Wenn du meinst ...«

»Ich verstehe einfach nicht, wie er sie mir abnehmen konnte«, wimmerte Lauren. Der Verlust ihrer Kette schien sie deutlich mehr mitzunehmen, als Neal unter dem Verschwinden seines Füllers litt. »Du warst doch bei mir, Mir, du hast es doch auch gesehen. Niemand ist ins Klassenzimmer gekommen oder hinausgegangen. Ich habe nur bemerkt, dass jemand meinen Hals berührt hat, und das war alles. Wie hat er das nur gemacht? Zero kann unmöglich die Tür auf- und zugemacht haben, ohne dass wir es bemerkt hätten.«

»Jetzt lass doch gut sein. Es bringt doch nichts, die Sache immer wieder durchzugehen«, sagte Miranda gelangweilt. Lauren hörte auf zu weinen.

»Wie kann ich es denn gut sein lassen, Mir? Das war meine Lieblingskette! Warum hat er sich nicht einfach irgendein anderes meiner Schmuckstücke ausgesucht?«

Die Frage hallte in meinem Inneren wider. *Irgendein anderes meiner Schmuckstücke ... irgendein anderes meiner Schmuckstücke* ... Stimmt! ... Warum hatte Zero eigentlich ausgerechnet Neals Füller und Laurens Halskette gestohlen? Drayton strotzte nur so vor superreichen Kindern, die in ihren Zimmern noch viel wertvollere Dinge aufbewahrten. Warum also genau diese beiden Stücke?

Irgendetwas Wichtiges musste mir entgangen sein ...

Soweit ich das beurteilen konnte, hatten Neals Füller und Laurens Halskette absolut nichts gemeinsam. Weder gehörten sie derselben Person noch hatten sie irgendeine Ähnlichkeit noch dienten sie demselben Zweck. Zwei Gegenstände ohne ersichtliche Verbindung. Wobei ... Eine Sache gab es doch, die sie gemeinsam hatten.

Als Zero den Füller gestohlen hat, hatten wir gerade Chemie. Und ein paar Wochen später hat er sich Laurens Kette geschnappt, während sie im Literaturunterricht war. Beide

Diebstähle waren also an einem ähnlichen Schauplatz über die Bühne gegangen: in einem Klassenzimmer in Drayton. Dabei war das Internat wirklich weiträumig – Zero hätte die Sachen genauso gut irgendwo anders stehlen können. Im Speisesaal, in den Korridoren, in den Zimmern selbst ... Aber nein: Beide Male hatte er ein Klassenzimmer gewählt. Warum nur?

Dazu kam, dass Lauren meinte, dass niemand das Klassenzimmer während Mister Tuckers Unterricht betreten oder verlassen hatte, und ich selbst war mir sicher, dass es im Labor genauso gewesen war. Das konnte doch nur bedeuten, dass Zero bereits im Raum war, als es zu dem Diebstahl kam, gleichzeitig aber niemand seine Anwesenheit bemerkte. Ziemlich seltsam, wo er ja nicht gerade unauffällig war ... und besonders viele Verstecke gab es zwischen Reagenzgläsern und Glasvitrinen ja auch wieder nicht.

Wie hatte er es also angestellt? Das ergab einfach alles keinen Sinn. Außer ... außer Zero zog deshalb keine Aufmerksamkeit auf sich, weil er eben *nicht* verkleidet war. Weil er keinen schwarzen Anzug trug und auch nicht die Maske. Er war integriert, war einer unter vielen anderen Schülern. Deshalb merkte niemand, dass er da war, und deshalb konnte er seine Raubzüge auch so einfach durchführen.

Aber wenn das wirklich so war, wenn es Zero wirklich geschafft hatte, uns alle auf diese Art und Weise zu täuschen, dann war zumindest eines gewiss:

Der Hundert-Millionen-Dieb war einer aus Drayton.

KAPITEL 39

Diese Möglichkeit war alles andere als Unsinn. Wenn man die Sache mal gründlich durchdachte, passte alles perfekt zusammen. Die erste Frage war: Warum hatte Zero gerade mich für die Rolle des Sündenbocks ausgewählt? Natürlich konnte das auch purer Zufall sein, aber das glaubte ich nicht. Er hatte mich gewählt, weil er mich kannte, wenigstens ein bisschen. Vielleicht hatten wir mal irgendwann miteinander zu tun gehabt? In irgendeinem Unterrichtsfach? Konnte schon sein.

Und sich in Drayton zu verstecken, war ja auch keine völlig wahnwitzige Idee. Schließlich gehörte ein Elite-Internat wohl kaum zu den ersten Orten, an denen man nach einem Dieb suchen würde ... Mal ehrlich: Für viele Leute war doch total klar, dass du als Teil der High Society viel eher ein Snob warst als der Rest der Menschheit und dass du deshalb auch viel weniger anfällig warst, dich auf irgendwelche Dummheiten einzulassen. Gab es eine bessere Tarnung als die Vorurteile der Gesellschaft, um völlig unbemerkt zu bleiben?

Und dann war da noch diese Sache, die Zero bei unserem Gespräch auf der Krankenstation gesagt hatte. *Ich kenne Dray-*

ton besser als du. Er war nicht zum ersten Mal im Internat. Das war offensichtlich – er bewegte sich genauso selbstverständlich auf dem Gelände wie ich. Außerdem wusste er, dass Mister Napier der Bibliothekar war und dass er mir das Buch mit der Kette aushändigen würde, sobald er mich erspähte. Er war also auf dem Laufenden über das Who's who der Schule.

Wenn man das alles analysierte, fügten sich die einzelnen Teile perfekt zusammen, ohne Lücken dazwischen.

Die Sache hatte nur eine kleine Schwachstelle: Bei den Diebstählen waren unterschiedliche Lehrer anwesend gewesen, und soweit ich wusste, war weder Tucker bei Amelia Brooks im Raum gewesen noch umgekehrt.

Das hieß also ... das hieß ...

Es war ein Schüler. Zero war ein Schüler von Drayton.

Er hatte sich also nicht nur im Internat versteckt, sondern gab auch noch vor, dort Schüler zu sein.

Jeder meiner Klassenkameraden konnte der Dieb sein. Vielleicht der Typ, der sich immer in eine Ecke setzte? Oder vielleicht dieses Mädchen, an das ich mich nur noch dunkel erinnerte, weil ich sie in der neunten oder zehnten Klasse mal geküsst hatte? Wer war es?

Und da war noch etwas.

Zero nahm sowohl am Chemie- als auch am Literaturunterricht teil.

In Drayton hatten aber nicht alle Schüler eines Jahrgangs dieselben Fächer. Jeder wählte vor den Sommerferien, welche Fächer er im kommenden Schuljahr belegen würde. Deshalb gab es bestimmt nicht viele Leute, die beide Fächer besuchten – sicher weniger als zehn.

Mit anderen Worten: Wenn ich die Klassenlisten miteinander verglich und die Überschneidungen heraussuchte, konnte ich den Kreis um den Dieb enger ziehen.

KAPITEL 40

Weinberge und die Sicherheit der Schüler – das waren zwei der Dinge, von denen Lawrence regelrecht besessen war. Das dritte war die Anwesenheit im Unterricht. »Mir geht's nicht gut« und »Ich kann nicht an der Prüfung in Angewandter Mathematik teilnehmen« gingen schon lange nicht mehr als Ausreden durch. »Meine Mutter hat mir eine Entschuldigung geschrieben, damit ich nicht in Sport gehen muss« funktionierte auch nicht.

Und dann waren da natürlich noch die Kontrollen. Um sicherzugehen, dass niemand blau machte, waren die Lehrer verpflichtet, vor Unterrichtsbeginn eine Anwesenheitsliste herumgehen zu lassen. Wer sich nicht im Klassenzimmer blicken ließ, bekam einen hübschen Vermerk in seine Schülerakte. Zehn Fehleinträge innerhalb eines Monats bedeuteten den Verweis von der Schule (ja, ja, ich weiß schon. Ich war dieser Grenze in den letzten Tagen gefährlich nahegekommen.) Durch dieses System war es ein Kinderspiel, herauszufinden, wer im Unterricht gewesen war und wer nicht.

Und genau das musste ich jetzt tun, wenn ich Zero auf die Spur kommen wollte.

Ich musste einfach nur die Liste des Chemieunterrichts bei Miss Brooks mit der des Literaturunterrichts von Professor Tucker abgleichen, um herauszufinden, wer an den Diebstahl-Tagen jeweils am Unterricht teilgenommen hatte. Und vor allem: wer in beiden Fächern gewesen war.

Ich ließ Miranda und Lauren mitten im Satz stehen und rannte die Treppe hinunter. Ich lief an der Tür zum Ostflügel vorbei, in dem die Mädchen schliefen, und hastete die Treppe in den zweiten Stock hinauf. Lawrence' Büro lag am Ende des Korridors. Ich blieb schon vorher stehen. Vor der Glastür zu meiner Rechten.

Das Lehrerzimmer.

Darin wurden die Listen aufbewahrt, nach denen ich suchte.

Nur hineinzukommen würde nicht ganz einfach werden.

Ich beschloss, mein Glück zu versuchen, und drückte die Klinke hinunter. Abgesperrt. Der Unterricht war noch nicht zu Ende, deshalb waren die Lehrer noch unten, in den Klassenzimmern. Ich musste einen anderen Weg finden. Vielleicht gab es ja ein Fenster und es klappte wie damals im Archiv. Wobei, wenn ich es mir recht überlegte, hatte die Akrobatikeinlage damals doch eher an ein Wunder gegrenzt. Wer weiß, ob ich noch einmal so viel Glück hätte. Lieber das Schicksal kein zweites Mal herausfordern. Nur für alle Fälle ...

Während ich mir noch den Kopf darüber zerbrach, wie ich in das Zimmer gelangen könnte, hörte ich plötzlich Schritte näher kommen. Meine Miene erhellte sich. Ein Lehrer! Perfekt. Ich müsste mir nur irgendeine Ausrede einfallen lassen, um mit ihm ins Lehrerzimmer zu witschen, und mir dann die Listen schnappen.

Als ich Gabriel am anderen Ende des Korridors erkannte, bröckelte mein kleines bisschen Hoffnung dahin.

»Mister Bradford. Sie haben mich aber erschreckt.« Er trug wie immer seine weiße Uniform und die Kochmütze. In den Händen hielt er ein Tablett mit einem roten Tuch darauf. Ich wusste zwar nicht, was sich darunter verbarg, aber dem Geruch nach musste es etwas Essbares sein. Mein Magen knurrte. »Ich bin überrascht, dass Sie um diese Zeit nicht im Unterricht sind. Warten Sie auf einen der Lehrer?«

»Was? Nein ...« Dann überlegte ich es mir anders. Wenn ich nicht auf einen Lehrer wartete – was sollte ich dann sonst hier zu suchen haben? »Ich meine: ja. Ich bin schon wieder durch eine Prüfung gerasselt und wollte fragen, für wann die Wiederholungsklausur angesetzt ist. Und du, Gabriel? Willst du auch zu jemand Bestimmtem?«

»Eigentlich nicht. Ich komme jeden Tag nach dem Mittagessen hier hoch.«

»Ach ja?«

Er hielt das Tablett ein wenig höher, damit ich einen besseren Blick darauf hatte. Dabei hatte ich es sowieso schon ziemlich genau in Augenschein genommen. Und auch den herrlichen Duft bemerkt, der von ihm ausging.

»Ich bringe dem Direktor immer gerne ein paar frisch gebackene Kekse zum Tee. Ein alter Brauch, wissen Sie? Noch aus meiner eigenen Schulzeit. ›Ein zufriedener Magen macht einen guten Direktor.‹ Na ja, das hat man zumindest zu meiner Zeit gesagt.«

An dem Spruch war ja wohl nicht viel dran. Lawrence war ein Heuchler, mit oder ohne Kekse zum Tee.

»Jetzt bringe ich aber besser das Tablett ins Direktorat und gehe zurück in die Küche – ich muss noch das Abendessen vorbereiten.«

Ich trat zur Seite, um Gabriel vorbeizulassen. Aber zu meiner Überraschung blieb er vor der Glastür stehen, die ich so mutlos angestarrt hatte. Er hatte wohl bemerkt, wie verdutzt ich war, und beeilte sich deshalb, eine Erklärung abzugeben.

»Ach ja – hatte ich das nicht erwähnt? Ein paar Kekse bringe ich immer auch ins Lehrerzimmer«, vertraute er mir an. Stolz reckte er die Brust. »Die Lehrer haben mir schon oft gesagt, dass meine Kekse ausgezeichnet sind, also versuche ich immer, eine kleine Menge für sie abzuzwacken.«

Ich hörte gar nicht richtig zu. Viel interessanter fand ich den Schlüssel, den Gabriel jetzt aus seiner Jacke geholt hatte und den er, noch während er sprach, ins Schlüsselloch steckte.

»Warte, ich helfe dir«, sagte ich schnell. Wie der Blitz war ich bei ihm. Ich drückte die Klinke hinunter, nahm den Schlüssel in die Hand und öffnete die Tür. Statt ihm Platz zu machen, blieb ich mitten auf der Türschwelle stehen. »Wenn du willst, stelle ich die Kekse für die Lehrer auf den Tisch, dann kannst du inzwischen in Lawrence' Büro gehen.«

»Ich will Sie aber nicht aufhalten, Mister Bradford!«

»Nein, nein, kein Problem. Ich habe sowieso nichts Besseres zu tun, bis der Unterricht vorbei ist.«

»Eigentlich sollten sich die Schüler ja nicht mit solchen Aufgaben abgeben.«

»Aber das bekommt doch niemand mit, Gabriel.« Ich breitete die Arme aus, als wollte ich den kompletten vereinsamten Korridor umarmen. »Ist doch niemand hier außer uns beiden.«

Denselben Schachzug hatte ich auch bei Sally angewendet. Nur dass er bei Gabriel weniger Wirkung zeigte.

»Nein, nein, ist schon in Ordnung. Ich mache das selbst.« Und er ging hinein und ließ mich stehen.

Dummkopf!

Ich durfte nicht zulassen, dass die Sache damit erledigt war. Nicht, nachdem ich erfahren hatte, dass ich in diesem Raum die Lösung meiner Probleme finden würde. Ich suchte meine Hosentaschen nach irgendetwas Brauchbarem ab. Das Kaugummipäckchen, das Cooper bei seiner Durchsuchung gefunden hatte, war alles, was ich in die Finger bekam ... und es brachte mich auf eine Idee.

Ich vergewisserte mich, dass Gabriel mich nicht sehen konnte, zog die Kaugummis aus der Packung, riss die leere Packung in der Mitte durch, rollte sie zu einer kleinen Kugel und steckte sie in die Aussparung der Türzarge, in die der Schließmechanismus einschnappen sollte.

»So, das hätten wir«, sagte Gabriel, als er die Kekse auf dem Tisch platziert hatte. Er trat mit dem nun spärlicher gefüllten Tablett aus dem Raum und zog die Tür hinter sich zu. »Jetzt bringe ich mal besser das hier zu Lawrence. Wir sehen uns beim Abendessen, Mister Bradford.«

»Bis später, Gabriel.«

Sobald Gabriel sich auf den Weg gemacht hatte, machte ich einen Satz in Richtung des Lehrerzimmers.

KAPITEL 41

Die Kaugummipäckchenkugel hatte ihre Aufgabe als Puffer perfekt erfüllt und dafür gesorgt, dass sich die Tür nicht richtig geschlossen hatte: Man musste nur leicht dagegen drücken und schon gab sie nach.

Und genau das tat ich.

Viel Zeit hatte ich allerdings nicht.

Ich wusste nicht, wie lange der Unterricht noch dauern würde oder ob nicht Cooper von einem Moment auf den anderen auftauchen würde, um seinen erhabenen Überwachungsjob wieder aufzunehmen. Auf Gabriel konnte ich auch nicht wirklich bauen. Wenn er bemerken würde, dass ich nicht mehr dort stand, wo er mich zuletzt gesehen hatte, würde er vielleicht Verdacht schöpfen.

Eine nach der anderen zog ich die Schubladen auf, an denen ich vorbeikam. In welcher lagen nur die Listen? Es blieb mir nichts anderes übrig, als alle durchzuprobieren, bis ich auf die richtige stieß. Die erste, die zweite, die dritte ... erst in der sechsten fand ich endlich, wonach ich suchte. Eine Reihe bunter Mappen, jede mit dem schreibmaschinengeschriebenen Namen eines Lehrers auf der Seite versehen. In diesen Mappen wurden die Anwesenheitslisten aufbewahrt.

Die von Professor Brooks lag etwa in der Mitte. Ich zog sie heraus und ließ eine Lücke frei, wo sie gelegen hatte, um später zu wissen, wo sie hingehörte. Dann ging ich die restlichen Namen durch, bis ich die Mappe von Tucker fand. Da war sie! Ich ging genauso vor wie bei Brooks' Mappe und schob die Schublade wieder zu.

Brooks' Mappe schlug ich zuerst auf. Die Blätter waren nach Datum geordnet. Ganz oben lagen die neuesten, unten die älteren. Das Blatt des Tages zu finden, an dem Neals Füller gestohlen wurde, war keine große Sache. Ich zog es heraus und legte es mir auf den Schoß. Dann nahm ich mir Tuckers Mappe vor. Zu meiner Enttäuschung war der Literaturlehrer längst nicht so ordentlich wie Amelia Brooks. Seine Listen lagen völlig ungeordnet in der Mappe.

Hastig blätterte ich die Papiere durch und scannte im Eiltempo die Daten ab. 16. Oktober. 8. September. 4. November. 20. Oktober. Wo verdammt noch mal war das Blatt von heute? Komm schon ... Ich war kurz davor, die Nerven zu verlieren, als ich es endlich fand. Es war unter den letzten.

Da ist es ja. Jetzt muss ich nur noch hier rauskommen.

Ich legte die zwei Mappen an ihren Platz zurück und faltete die beiden Listen mehrfach zusammen. Dann holte ich das Kartonkügelchen aus der Aussparung und verließ das Büro, gerade noch rechtzeitig, bevor Gabriel am anderen Ende des Korridors auftauchte.

»Oh, Mister Bradford. Immer noch hier?«

»Ja, es ist noch kein Lehrer gekommen. Kein Problem, ich warte einfach noch.«

Und um meine Worte zu unterstreichen, setzte ich eine engelsgleiche Miene auf.

KAPITEL 42

Auf dem Weg nach unten strich ich die Listen glatt, so gut es ging. In der Hektik hatte ich sie so oft zusammengefaltet, dass sie völlig zerknittert waren. Dann nahm ich jede in eine Hand, um beide gleichzeitig vor mir zu haben. Dass ich sie wirklich gefunden hatte – ich konnte es noch gar nicht fassen.

Ich sah sie an, als wären sie der Schlüssel zum Paradies. Wenn ich richtig lag mit meinen Vermutungen, dann war einer dieser Namen auf den Listen der von Zero. Seine wahre Identität war zum Greifen nah. Ich kam im Erdgeschoss an, schwenkte nach rechts in einen verlassenen Korridor und schlüpfte in das erste leere Klassenzimmer, das ich fand. Lawrence und Cooper mussten immer noch mit der Zimmerdurchsuchung beschäftigt sein, zumindest hatte ich sie nicht mehr gesehen. Und meine Schulkameraden saßen in der letzten Nachmittagsstunde. Umso besser. So war ich ungestört.

Ich ließ mich im Schneidersitz auf dem Boden nieder und legte mir die beiden Blätter in den Schoß. Durch die Fenster kam noch etwas Tageslicht herein, deshalb machte ich mir gar nicht erst die Mühe, die Leuchtstoffröhren an der Decke anzuschalten.

Der Moment war gekommen, Zero zu entlarven.

Den Listen zufolge nahmen am Chemieunterricht nur zehn Schüler teil, mich eingeschlossen. In Literatur gingen sechzehn. Das war schon einmal nicht schlecht. Ich selbst tauchte erwartungsgemäß nur auf einem der Blätter auf. Dasselbe galt für Sawyer Payne und Abdel Maalouf, die an dem Tag Angina hatten und deshalb in Literatur fehlten, und für Dominique Lombard, der wegen einer Darmgrippe nicht in Chemie gewesen war. Fielen also drei weitere Namen weg, neben meinem eigenen.

Blieben noch zweiundzwanzig.

Dazu kam, dass nicht alle, die Chemie hatten, auch am Literaturunterricht teilnahmen. Ich konnte also alle Namen streichen, die nicht auf beiden Listen auftauchten. Ricardo Morales, gestrichen. Nathaniel Gibson, gestrichen. Marlene Friedman, gestrichen. Insgesamt fünfzehn Leute. Fünfzehn! Das bedeutete ...

Meine Liste der Kandidaten, die sich hinter Zero verbergen konnten, hatte sich auf gerade mal sieben Namen reduziert.

Der erste war Graham Taylor. *Zu klein.* Ich hatte den Dieb ja von der Krankenstation aus gesehen und wusste, dass er ungefähr meine Größe hatte. Und Graham war höchstens einssechzig. *Gestrichen.*

Der zweite Kandidat war Dominique Lefebvre, Sohn eines renommierten Restaurantkritikers; er war pummelig, hatte rosige Wangen und einen gemächlichen Gang. *Ausgeschlossen. Er kann unmöglich Zero sein.* Allein schon deshalb, weil Zero schlank und athletisch war. *Ebenfalls gestrichen.*

Bevor ich zum dritten Namen kam, durchbrach ein metallisches Quietschen die Stille. Ich spitzte die Ohren. Was war das? Ich reckte den Hals und sah mich um. Die Sonne war längst untergegangen und die Nacht hatte das Klassenzimmer in Dunkelheit gehüllt. Um besser sehen zu können, kniff ich die Augen zusammen, und dann sah ich durch das schummrige Licht, woher das Geräusch kam.

Ich hatte die Tür hinter mir zugezogen, nachdem ich in den Raum getreten war. Sie war auch immer noch geschlossen. Aber die Klinke bewegte sich und gab dabei ein jämmerliches, metallisches Wehklagen von sich.

KAPITEL 43

Ganz langsam schob sich die Tür auf, Zentimeter um Zentimeter, und eine Silhouette zeichnete sich auf der Schwelle ab. Ich stand auf, um besser sehen zu können, wer es war. Lawrence? Cooper? Aber es war weder der eine noch der andere. Ich wusste es in dem Moment, in dem ich den metallischen Schimmer sah, der von seinem Gesicht ausging. Diesen silbrigen Glanz ...

»Zero«, murmelte ich.

Sein Körper steckte in einem eng anliegenden Anzug und füllte einen Teil des Türrahmens aus, seine Fingerspitzen lagen noch auf der Klinke. Ihn vom Fenster aus zu sehen, war etwas völlig anderes gewesen, als fast direkt neben ihm zu stehen. Er strahlte etwas Mächtiges aus. Ganz in Schwarz, in dieser herausfordernden Pose, die ihn unbesiegbar wirken ließ, und mit der silbernen Maske vor dem Gesicht. Die Kapuze warf einen Schatten über seine Augen, was ihn noch furchterregender aussehen ließ.

Er hatte etwas an sich, das mir kalte Schauer über den Rücken laufen ließ.

Ich wollte nicht, dass er merkte, welche Wirkung er auf mich hatte, und richtete mich auf, um Selbstbewusstsein vorzutäuschen, auch wenn mir genau das in dem Augenblick vollkommen fehlte.

»Ist es dir zu langweilig geworden, mir Päckchen zu schicken? Tauchst du jetzt lieber persönlich auf? Oder reicht es dir vielleicht nicht, mir das Leben schwer zu machen? Willst du, dass ich einen Herzinfarkt bekomme?«

»Ich habe nicht vor, dein Leben zu beenden.« Auch seine Stimme war noch schrecklicher als am Telefon. Aber obschon sie so schauderhaft klang, als käme sie aus der tiefsten Finsternis heraus, hatte sie auch etwas Uneindeutiges. Er versetzte der Tür einen leichten Stoß und mit einem leisen Schlag fiel sie ins Schloss. »So sind wir ungestörter, meinst du nicht?«

Er ging auf mich zu. Seine Regungen hatten etwas Raubkatzenhaftes. Er wog jede einzelne seiner Bewegungen ganz genau ab, wie auf der Lauer. Die Beine leicht gebeugt und die Schultern ganz aufrecht. Bereit zum Angriff. Aber hinter diesem Zurschaustellen seiner Selbstbeherrschung ließ sich noch etwas anderes erahnen. Er war irgendwie unruhig. Das wurde mir bewusst, als ich wahrnahm, wie steif sein Körper war.

Zero richtete seine Aufmerksamkeit auf meine Hand und seine Augen blieben an einer bestimmten Stelle hängen. Was sah er denn so durchdringend an? Dann kam ich darauf: die Listen.

»Du bist ganz schön lästig«, raunte er.

»Ach ja? Dann habe ich ja erreicht, was ich wollte.« Was für ein Bluff. Mir stand das Wasser bis zum Hals und das wussten wir beide. Aber das wollte ich vor ihm nicht zugeben. Zero ignorierte meine Provokation. Er vergaß die Papiere für einen Augenblick und sah mich wieder an. Wir waren uns so nah, dass ich seinen Atem hören konnte. Sogar seinen Geruch nahm ich wahr. Eine Mischung, die mich irgendwie an etwas Fruchtiges erinnerte. Ich kannte diesen Geruch ...

»Gib mir die Listen, die du gestohlen hast.«

»Vergiss es.« Ich stemmte die Arme in die Seiten. »Hast du vielleicht Angst, dass ich herausfinde, wer du bist, und es Cooper sage? Ich weiß nämlich, dass dein echter Name hier draufsteht.«

Wieder Schweigen, diesmal länger und angespannter als zuvor. *Jetzt hast du was zu schlucken. Das war ein Volltreffer, stimmt's? Glaubst du immer noch, du kannst mit mir umspringen, wie es dir gerade gefällt?*

»Ich sag's nicht noch einmal. Gib mir die Listen.«

»Und ich sagte nein.« Die Luft, die wir atmeten, war verpestet, vergiftet von Zeros Nervosität und meiner eigenen. Es war, als würde die Atmosphäre um uns mit jeder Sekunde bleierner werden.

»Hast du Angst?«, fragte ich.

»Und du?«

Bevor ich den Mund aufmachen konnte, stürzte er sich auf mich. Er wollte die Listen, um jeden Preis.

KAPITEL 44

Zeros Stoß setzte eine Welle von Schmerz in meinem Brustkorb frei. Mein Kopf wurde nach hinten geschleudert und federte dann zurück, als hätte man mich auf einer Raketenabschussrampe gezündet. Als Nächstes merkte ich, wie mir die Finger aufgebogen wurden, sich meine Faust öffnete und wie die Listen zwischen meinen Fingern hindurchglitten. Zero entriss mir die einzige Spur, die mich zu seiner Identität hätte führen können. Er nahm mir das Wenige, das ich hatte auftreiben können, um seinen Plan zu durchkreuzen.

Wenn ich ihm die Listen überließ, wäre alles aus.

Kommt nicht infrage. Er hat schon genug auf meine Kosten gelacht.

Ich knickte mein Bein ab und verpasste ihm einen Tritt mit dem Knie. Das musste ihn unerwartet getroffen haben, jedenfalls taumelte er zurück. Die Papiere glitten ihm aus der Hand und segelten auf den Boden zwischen uns.

»Jammerschade, dass Cooper das jetzt nicht sehen kann. Hätte ihm gefallen, da bin ich sicher.«

»Dieser aufdringliche Schwachkopf«, murmelte Zero. Er

massierte sich den Oberschenkel. So übel war mein Tritt wohl nicht gewesen. Wenn auch leider nicht so effektiv wie *sein* Angriff. Mein Brustbein tat mir so weh, als hätte mich eine Zementkugel getroffen.

»Und du bist ein ganz fieser Egoist. Aber das weißt du ja vermutlich selbst, oder?«

»Ich scheitere nicht. Nie. Mein Plan wird aufgehen. Ob du herumschnüffelst oder nicht – das tut nichts zur Sache.«

»Ach, wirklich? Komisch … Ich habe eher den Eindruck, dass du vor lauter Nervosität deinen eigenen Worten nicht mehr glaubst.«

Dann stürmte ich los wie besessen. Keine Ahnung, woher ich die Kraft nahm. Ich weiß nur noch, dass ich den Schmerz hinunterschluckte und auf die Listen zuschoss. Als Zero meine Bewegung realisierte, versuchte er, mich aufzuhalten. Aber obwohl er blitzschnell war, war ich trotzdem als Erster bei der Trophäe angelangt. Ich streckte den Arm nach den Papieren aus … und dann kickte Zero sie weg. Sie flogen davon und landeten weit außerhalb meiner Reichweite.

Er stieß mich zurück, ich geriet ins Straucheln und fiel auf den Boden. Zero war jetzt über mir, und er war bereit, zu beenden, was er angefangen hatte.

»Nicht so schnell.«

Ich packte ihn an den Knöcheln und dann landete auch Zero auf dem Boden.

»Es reicht, Kyle!«, schrie er, außer sich vor Wut.

Überrascht kniff ich die Augen zusammen.

Kyle? Hatte er mich eben Kyle genannt? Okay, das war mein Name. Schon klar. Nur hatte er mich bisher noch nie so genannt. Immer war ich »Bradford« gewesen oder »Kyle Bradford«, als wollte er eine gewisse Distanz zwischen uns wahren. Warum nannte er mich dann jetzt nur beim Vornamen? Zero schien es auch bemerkt zu haben, jedenfalls stieß er einen Fluch aus.

Sein Zaudern hielt allerdings nicht lange an.

Er versetzte mir einen Fußtritt, der mich Sterne sehen ließ, stieß mich von sich und stand auf. Ich versuchte noch einmal, ihn zu fassen zu bekommen, aber diesmal war ich weniger effizient als zuvor. Er machte einen Bogen um mich, sammelte die beiden Listen auf und eilte zum Fenster. Mit dem Ellbogen zerschlug er die Fensterscheibe, die in tausend Stücke zerbrach.

Einmal drehte er sich noch kurz zu mir um, dann sprang er.

KAPITEL 45

Ich stürzte zum Fenster und lehnte mich hinaus. Zero entfernte sich im Laufschritt, er nahm die Abkürzung über den Vorplatz des Gartens und hielt auf den Pinienwald zu, der das Internat umgab. Er lief davon. Er floh. Konnte das sein? Jedenfalls sah es ganz danach aus.

Ich schwang das rechte Bein aufs Fensterbrett und sprang – und zwar so, wie ich alle Dinge anging: ohne groß nachzudenken. Mit beiden Beinen landete ich in den Rosenstöcken unter dem Fenster. Nicht besonders elegant, aber immerhin hatte ich festen Boden unter den Füßen und konnte das Gleichgewicht halten. Allerdings hatte ich im Flug mindestens sechs von Lawrence' kostbaren Blumen ruiniert.

Ich hielt mich nicht lange damit auf, die Schäden zu begutachten. Zero war nur noch ein kleiner Punkt in der Ferne und gerade dabei, sich im Meer der Bäume zu verlieren; ich musste mich beeilen, wenn ich ihn noch einholen wollte.

Ich lief um die Büsche herum, die Draytons Wiesen begrenzten, und drang in den Wald ein. Einen Moment lang dachte ich, ich hätte ihn verloren. Er war nirgends zu sehen.

Ein paar unendliche Minuten brauchte ich, um ihn endlich zu orten. Wie er sich in der Vegetation bewegte. Wie er von hier nach dort sprang, als wäre er im Wald geboren.

Ich lief ihm nach.

Mit jedem Schritt wurde der Wald dichter. Die Bäume waren so stark ineinander verflochten, dass sie ein natürliches Gewölbe bildeten, und nicht einmal das Mondlicht drang noch hindurch. Meine Füße bewegten sich rasch über die feuchte Erde hinweg, zermalmten, was unter sie geriet, und umgingen Steine und heruntergefallene Äste, die im Weg waren.

Im Laufen versuchte ich, mich zu orientieren. Wenn ich mich nicht täuschte, bewegten wir uns parallel zum Hauptgebäude, gleich hinter dem Polofeld.

Was wollte Zero?

Ich war so davon abgelenkt, herauszufinden, was er vorhatte, dass ich es nicht mehr rechtzeitig schaffte, dem Ast vor mir auszuweichen. Er traf mich mit voller Wucht und verpasste mir eine Schramme vom Ende des Nasenrückens bis zur äußeren Augenbraue. Eine weitere Kriegsverletzung, die sich in die ansehnliche Sammlung jener Nacht einreihen würde.

Unvermittelt änderte Zero die Richtung. Ich passte meine Laufrichtung rechtzeitig an und folgte ihm. Vor uns konnte ich jetzt den Waldrand ausmachen und neben dem Getrappel unserer Schritte hörte ich das Wiehern eines Pferdes. Wir näherten uns den Stallungen. Falls er wirklich vorhatte, sich eines der Pferde zu schnappen und damit aus Drayton zu fliehen, bevor ich ihn einholte, dann konnte er sich das abschminken.

Ich legte einen Gang zu.

Meine Beine bewegten sich jetzt schneller und ich war auf gleicher Höhe wie Zero. Ich nutzte die Gelegenheit und zeigte ihm den Mittelfinger. Ich hätte die Geste gerne wiederholt – nur fiel ich etwas zurück. Aber zumindest einigermaßen konnte ich mit seinem Tempo mithalten, das Polotraining hatte sich gelohnt.

Einer nach dem anderen traten wir aus dem Wald. Ich war überzeugt davon, dass er auf die Stallungen zusteuerte, aber bevor er dort ankam, entschied er sich erneut um und lief in die entgegengesetzte Richtung. Wollte er mich eigentlich verrückt machen? Wo ging es denn jetzt wieder hin? Aber vielleicht hatte ich mich ja auch getäuscht, und er wollte zu Fuß den Zaun erreichen, der das Internatsgelände begrenzte.

Erst als ich den Hügel sah und das alleinstehende Gebäude auf seiner Kuppe, wurde mir klar, wo er hinwollte.

Die verlassene Kapelle.

Von meinem Standort aus waren die Außenmauern kaum zu erkennen. Die Vegetation hatte sie völlig in Beschlag genommen, Wurzeln und Zweige hatten die Mauern überwuchert. Der Kirchturm war windschief und rissig, die Glocke, die er einmal beherbergt haben musste, gab es nicht mehr. Das Dach schien kurz davor, wie ein Kartenhaus in sich zusammenzufallen.

Seit ich in Drayton war, hatte ich alle möglichen Gerüchte über die Kapelle gehört. Manche meinten, dass vor vielen Jahren ein Schüler dort zu Tode gekommen sei und dass der Ort seither durch den Unfall verflucht sei. Andere wiederum sprachen von einem Lehrer, der sich in den Gemäuern das Leben genommen habe, nachdem seine unerwiderte Liebe zu einer Schülerin aufgeflogen sei und seine akademische Laufbahn beendet habe.

Eigentlich war es ganz egal, welche Version man sich anhörte. Die meisten Leute glaubten jedenfalls, dass sich hinter den Mauern dieser Kirche, die sich wie eine einsame, auf einer Anhöhe gehisste Fahne vor uns auftat, irgendetwas Finsteres verbarg. Und dass sie deshalb seit vielen Jahren niemand mehr betrat.

Ich hatte ja immer gedacht, dass diese Geschichte so ein typisches Horrormärchen war, das die älteren Schüler den Neuankömmlingen am ersten Schultag erzählten, um ihnen Angst zu machen. Aber dann erzählte mir Neal einmal, dass er, kurz nachdem wir ganz neu in Drayton waren, komische Geräusche in dem Gebäude gehört hatte.

Jedenfalls konnte wohl niemand leugnen, dass dieser Ort etwas hatte, das ... Ich weiß nicht, wie ich es beschreiben soll. Vielleicht war düster das passende Wort. Oder unheimlich, das passte eigentlich noch besser zur Atmosphäre, die dort herrschte. Irgendwie hatte man das Gefühl, dass um die Kapelle herum eine seltsame Aura lag, fast wie vergiftet.

Warum wollte Zero dorthin? Ich dachte, er wollte fliehen, statt sich in irgendwelchen Ruinen zu verstecken, in denen man ihn ganz leicht aufspüren konnte.

Außer natürlich, er hatte noch einen ganz anderen Plan vor Augen, von dem ich nichts ahnte.

KAPITEL 46

Er schlüpfte in die Kirche und für ein paar Augenblicke verlor ich ihn aus den Augen. Die Mauern um die Kapelle schluckten seine Schritte, und alles, was jetzt noch in der Stille der Nacht zu hören war, waren mein Keuchen und meine Schritte im Gras. Ich wurde langsamer und blieb schließlich vor dem Eingang stehen.

Ich wusste nicht, was mich auf der anderen Seite erwartete oder ob Zero mir eine Falle gestellt hatte. Also blieb ich, wo ich war, mit angehaltenem Atem, den Rücken an die Außenmauer gepresst.

Nichts. Nicht das kleinste Geräusch war zu hören. Ich beschloss, auf Risiko zu setzen, und spähte durch die angelehnte Tür. Von außen sah die Kirche größer aus. Tatsächlich konnte man den gesamten Innenraum mit einem einzigen Blick erfassen. Das Mittelschiff endete an einem alten Altar und wurde von einem kleineren Schiff durchquert, sodass ein Grundriss in Form eines Kreuzes entstand. Nur die Enden des Seitenschiffes lagen außerhalb meines Blickfelds.

Zero war nirgends zu sehen.

Den Blick abwechselnd nach rechts und links gerichtet, schlich ich den Hauptgang entlang. Die Holzbänke waren herausgerissen und zwei davon waren auf der Rückenlehne mit Krakeleien beschmiert. Dem Glasfenster an der Stirnseite der Kirche fehlten mehrere Scheiben, und der Wind, der durch die Löcher hindurchpfiff, hörte sich verzerrt an, als würde ein Geist durch das Fenster pusten. Die Malereien, die den Altaraufsatz früher einmal geschmückt hatten, waren unter der Feuchtigkeit zu unförmigen großen Flecken mutiert.

Dennoch war das Tragwerk mehr oder weniger intakt. Es gab kaum Risse in den Wänden, und das Loch, das sich in einer der Wände gebildet hatte, war wieder zugegipst worden. Auch die Dachbalken waren erst kürzlich erneuert worden. *Komisch* ... Warum nahm Lawrence die Mühe auf sich, das Gebälk instand zu setzen, kümmerte sich aber nicht darum, den Innenraum in Ordnung zu bringen – zumindest ein wenig?

Aus den Augenwinkeln sah ich eine Silhouette, die sich bewegte. Blitzschnell drehte ich mich um. Ein Schatten mit silbrigem Gesicht glitt hinter einer Statue hervor und bog dann nach links in Richtung eines der Seitenschiff-Enden – wie ein Geist war er verschwunden, bevor ich mich auf ihn stürzen konnte.

In Alarmbereitschaft versetzt, ging ich bis ans Ende des Mittelgangs. Es gab keinen Grund zur Eile. Ich wusste ja jetzt, wohin Zero gegangen war, und die Kapelle war klein. Man konnte sich nirgends verstecken und schon gar nicht fliehen. Es würde ein Leichtes sein, ihn zu kriegen.

Ich richtete den Blick genau auf die Stelle, zu der ich ihn hatte schleichen sehen. Der Gang endete an einer Ziegelwand und hatte keinen Ausgang. Früher einmal musste er mit religiösen Bildern geschmückt gewesen sein. Heute war eine sich in den Ecken tummelnde Spinnenpopulation die einzige Bewohnerschaft. An den Seiten hingen zwei abgenutzte, verblichene Wandteppiche. Der eine zeigte einen Engel mit einem Schwert in der Hand, der andere den Teufel zu Pferd.

Was mich allerdings sprachlos machte und mich an Ort und Stelle festnagelte, waren nicht die Teppiche, sondern Zero. Oder besser gesagt: kein Zero. Denn vor mir war keine Menschenseele. Nur diese nackte Wand. Keine Spur des Meisterdiebs.

Wie ...?

Ich drehte mich mehrmals um die eigene Achse. Wie war das möglich? Wie verdammt noch mal war das möglich? Ich hatte doch genau gesehen, wie er abgebogen und in diese Ecke gehuscht war. Und jetzt war er einfach weg.

Beruhige dich, Kyle.

Niemand konnte einfach so verschwinden. Nicht einmal Zero. Er musste sich irgendwo versteckt haben. Er musste noch in der Kirche sein, auch wenn ich ihn nirgends sah.

Vielleicht war ja irgendwo eine Falltür in den Boden eingelassen. Ich bückte mich und klopfte den getäfelten Boden ab, um eine Stelle ausfindig zu machen, an der es sich hohl anhörte. Aber soviel ich auch klopfte – der Boden klang so fest wie Stein. Ich stand auf.

Okay, keine Falltüren also.

Die Wandteppiche reichten bis zum Boden und waren mehrere Meter breit. Dahinter konnte sich perfekt eine Tür verbergen. Ich blickte hinter den Stoff, auf der Suche nach einer Türangel, einer Öffnung – irgendetwas! Aber alles, was ich fand, waren eine tote Fledermaus und ein paar andere Viecher.

Ich klopfte die Wände ab. Nahm das Dach unter die Lupe. Untersuchte die restliche Kapelle. Jeden Zentimeter. Hinter dem Altar. Unter den zerstörten Bänken. Die Pfeiler, die die Dachkonstruktion abstützten.

Ich fand nichts.

Zero war verschwunden.

KAPITEL 47

Lawrence schlug die Beine übereinander. Er saß mir gegenüber, zwischen uns sein Schreibtisch. Was in ihm vorging, konnte ich seiner unergründlichen Miene nicht entnehmen.

»Sie sagen am besten einfach die Wahrheit, Bradford.«

Schon wieder. Den Satz hörte ich jetzt zum fünften Mal. Etwas Abwechslung könnte er mir schon bieten.

Die Zeiger meiner Uhr standen auf zwanzig nach acht abends. Acht Uhr schon! Als ich ins Internat zurückkam, nachdem mich Cooper in der verlassenen Kapelle aufgegabelt hatte, war es noch nicht einmal sieben gewesen.

Er war es auch, der mich auf den Stuhl geschleift hatte, auf dem ich jetzt saß – im wahrsten Sinne des Wortes. Während ich im Wald hinter Zero her war, hatte er wohl auf der Suche nach mir ganz Drayton auf den Kopf gestellt. Seinen »Hauptverdächtigen« aus den Augen zu verlieren, hatte ihn in höchste Alarmbereitschaft versetzt, und er hatte einen Riesenaufruhr verursacht, um mich aufzustöbern. Eine Dreiviertelstunde später, während ich gerade zum fünften Mal Boden und Wände abklopfte, war er dann in der Kapelle fündig geworden. Er war so wütend, dass er mich regelrecht aus der Kirche gezerrt hatte.

Vielleicht hatte er ja auch deshalb nichts einzuwenden gehabt, als Lawrence anbot, dass *er* mich einer gründlichen Befragung unterziehen könnte, um herauszufinden, worauf genau ich während der unbewachten Stunden meine Zeit verwendet hatte.

»Ich habe es Ihnen doch schon gesagt«, antwortete ich gelangweilt. »Es war Zero.«

»Sehen Sie, Mister Bradford. Ich möchte einfach nur wissen, was heute Nachmittag vorgefallen ist. Nichts weiter. Sie bekommen auch keine Verwarnung.«

»Es ist mir egal, ob ich eine Verwarnung bekomme oder nicht. Ich habe Ihnen von Anfang bis Ende erzählt, was passiert ist. Was soll ich denn noch tun?« Lawrence massierte sich den Nasenrücken.

»Denken Sie ernsthaft, ich glaube, dass Zero Sie angegriffen hat und dann geflohen ist?«

»Aber genau so war es!«

»Hm ... «, murmelte er wenig überzeugt, »und dass Sie ihn dann durch den Wald bis in die verlassene Kapelle verfolgt haben?«

»Ja! Genau!«

»Der Zufall will es, Mister Bradford, dass wir nach Ihrem kleinen ... Zwischenfall die Umgebung abgesucht haben und nicht auf den kleinsten Beweis für die Richtigkeit Ihrer Aussage gestoßen sind. Nichts spricht dafür, dass Zero tatsächlich mit Ihnen dort war.«

Ich schnaubte. Klar gab es keine Beweise. Wir redeten hier immerhin von diesem unsäglichen Zero! Wenn er Spuren hinterlassen würde, wäre er wohl kaum der beste Dieb der Welt.

»Ich kenne Sie seit vielen Jahren, Mister Bradford. Ich kenne Sie. Ich weiß, wozu Sie fähig sind und wozu Sie nicht fähig sind. Und lügen gehörte noch nie zu Ihren Stärken. Warum beharren Sie jetzt auf irgendwelchen ausgedachten Geschichten, die man unmöglich glauben kann und durch die Sie Ihren Ruf und den Ihrer Familie beschmutzen?«

Wie konnte er nur die Frechheit besitzen, mir zu erzählen, dass er mich kannte!? Wenn er mich kennen würde, dann wüsste er, dass ich mit Zero nichts zu tun hatte. Wenn er mich wirklich kennen würde, dann würde er nicht alles tun, was Cooper verlangte, und dann hätte er auch nicht überall in meinem Zimmer Kameras anbringen lassen. Ich schlug mit der Faust auf den Tisch und das Tintenfass mit der Feder des Direktors darin kippte um.

»Sie wissen gar nichts über mich!«, warf ich ihm an den Kopf. Betroffen wich Lawrence ruckartig zurück.

»Mister Bradford ...«

»Nein!«, rief ich. »Ich sage die Wahrheit, und Sie glauben mir nicht. Aber anderen Leuten, die Lügengeschichten über mich erzählen, denen glauben Sie schon!«

Lawrence' Gesicht zog sich zusammen.

»Ich fürchte, ich verstehe nicht ganz ... «

»Ach nein?« Das machte mich noch wütender. »Dann lassen Sie mich doch einmal Ihr Gedächtnis auffrischen. Sagt Ihnen der Name Dimitri Cooper etwas? Ja genau: Der Detective, der mich verfolgt, seit ich in Drayton angekommen bin. Und was haben Sie zu den Monitoren zu sagen, die Sie hier versteckt halten?«, fragte ich und wies auf die Tür, hinter der das Archiv lag.

»Woher wissen Sie das?«

Ich gab ihm keine Antwort auf seine Frage, denn dadurch hätte ich ein paar Dinge aufgedeckt, die ich lieber dort lassen wollte, wo sie waren. Es hatte auch gar keinen Sinn, weiter mit Lawrence zu diskutieren. Das würde nichts bringen. Meine Priorität lag woanders. Ich würde schon noch Gelegenheit dazu haben, mit ihm abzurechnen.

Ich stand von meinem Sessel auf und wandte mich dem Ausgang zu.

»Wo wollen Sie hin?«

»Irgendwohin, wo ich Ihre Unwahrheiten nicht mehr ertragen muss, Herr Direktor.«

KAPITEL 48

Cooper wartete draußen auf mich. Er musterte mich von oben bis unten, als ich aus dem Büro kam, und sein Blick blieb an meinem zerfetzten Hemd und dem Kratzer hängen, der mir quer über das Gesicht lief. Ja, sicher. Ich habe schon besser ausgesehen ... Aber so offensichtlich musste er sich auch wieder nicht an meinem Anblick erfreuen.

»Scheint ganz so, als könnte ich dich nicht eine Sekunde aus den Augen lassen – jedes Mal versuchst du wieder abzuhauen. Hast du vielleicht Angst?«

Es war keine besonders gute Idee, mir mit Ironie zu kommen, wenn ich schlechte Laune hatte. Ich blieb abrupt stehen und meine ganze Wut braute sich in meinem Inneren zusammen.

»Warum sollte ich? Soweit ich weiß, ist es nicht verboten, das Internat zu verlassen. Oder soll ich jetzt vielleicht Zero sein, nur weil ich ein bisschen durch den Garten schlendere?«

»Ich bin es langsam leid, Bürschchen«, sagte Cooper. Seine grauen Augen hatten einen gefährlichen Schimmer angenommen. »Ich habe deine Unverschämtheiten und deine Launen satt. Wenn es nach mir ginge und wenn du nicht unter dem Schutz der Familie Bradford stehen würdest, hätte ich dich längst eingebuchtet. Aber ich warne dich. Ich werde dich fertigmachen. Ich werde diesen Fall zu Ende bringen. Und dann besuche ich dich im Knast und lache dich aus.« Ein Schwall seines Atems schlug mir entgegen, eine Mischung aus ranzigem Tabak und herber Lakritze. Er zog die Nase hoch. »Du bist doch einfach nur ein Feigling, der gleich wegläuft, sobald er sich in die Enge getrieben fühlt.«

»Ich bin nicht weggelaufen! Ich habe Zero verfolgt. Sie sind so besessen davon, dass ich der Schuldige bin, dass Sie überhaupt nichts anderes mehr wahrnehmen.«

»Komm mir nicht so, Bradford!« Er ging einen Schritt auf mich zu und ich wich instinktiv zurück. »Ich habe dich gesehen, das wissen wir beide. Du warst gerade mal eine Handbreit von mir entfernt. Ich habe dich erkannt. Das verhätschelte Bürschchen aus Los Angeles, Liebling der Klatschzeitschriften, mit all seinen Exzessen und extravaganten Marotten. Du bist der Hundert-Millionen-Dieb!«

»Zero spielt mit Ihnen.«

»Ach, wirklich?«, antwortete Cooper spöttisch. »Mach dir nichts vor, Bradford. Du bist nicht der Held in dieser Geschichte. Du bist der Böse. Also hör endlich auf, das Opfer zu spielen.«

»Nein. Das ist doch nur die Version, die Sie alle glauben machen wollen. Lawrence, die Polizei, die Regierung. Einfach alle! Aber ich bin unschuldig. Und ich werde es beweisen.«

»Okay. Wie du willst. Aber am Ende erwische ich dich doch.«

Was bedeutete, dass ich noch so ein Abenteuer wie das von heute Nachmittag gleich vergessen konnte.

KAPITEL 49

Auf dem Weg zurück in mein Zimmer – Cooper, der wieder seine Rolle als mein Schatten angenommen hatte, immer hinter mir – und mit immer noch latenter Wut im Bauch suchte ich weiter nach einer Erklärung für das, was in der Kapelle geschehen war. Ich kapierte es einfach nicht. Ich kam einfach nicht hinter den Trick, mit dem Zero mich abgehängt hatte. Ich hatte das komplette Gebäude von oben bis unten unter die Lupe genommen und absolut nichts gefunden. Oder hatte ich am falschen Ort nach ihm gesucht?

Möglich war es …

Vielleicht sollte ich mit jemandem sprechen, der die Kirche besser kannte als ich. Jemand, der sie noch gesehen hatte, bevor sie zur Ruine wurde, und der wusste, wo sich Zero versteckt haben könnte.

Das Problem war nur, dass es, mal abgesehen von Lawrence, nicht viele Leute gab, die schon so lange im Internat waren … Oder doch? Fast in derselben Sekunde kam mir ein Name in den Sinn.

Mister Napier.

Ich vergaß völlig, dass ich eigentlich auf dem Weg in mein Zimmer war, und drehte um.

»Wo geht's denn jetzt wieder hin?«, fragte Cooper.

»In die Bibliothek. Ich muss mit jemandem sprechen.«

Draytons Bibliothek bestand aus zwei Stockwerken und einer Unmenge von Büchern aus allen Epochen und Themenbereichen. In der Mitte standen reichlich Tische, an denen wir arbeiten konnten, und an den Seiten gab es mit Computern ausgestattete Arbeitsräume. Mir kam die Bibliothek immer wie der friedlichste Ort des ganzen Internats vor. Das lag sicher auch an der Stille, die hier einfach zu jeder Tageszeit herrschte.

Cooper blieb der Mund offen stehen, als wir eintraten – als hätte er noch nie einen vergleichbaren Ort gesehen. Endlich mal eine Gefühlsregung.

»Beeindruckt?«

Er zuckte mit den Schultern und versuchte, gleichgültig zu wirken.

»Geht so.«

»Bleiben Sie doch hier und bewundern die Aussicht, wenn Sie wollen. Ich spreche mit Mister Napier.«

Ich ging in Richtung des Ladentischs, von dem aus der runzlige Bibliothekar sämtliche Räume im Blick hatte. Cooper heftete sich an meine Fersen, als fürchtete er, ich könnte mich mit dem Alten verbünden und ein weiteres Mal abhauen.

»Welches Vergnügen, Sie wiederzusehen, junger Bradford. Wie kommen Sie mit der Lektüre des Buches voran, um das Sie mich baten?«

Meinte er etwa das Buch, in dem Laurens Halskette versteckt gewesen war und das mich beinahe in den Knast gebracht hätte?

»Sehr gut, danke. Aber heute bin ich gekommen, um Sie in einer anderen Sache um Hilfe zu bitten.«

»Dann sind Sie genau am richtigen Ort. Ich stehe Ihnen selbstverständlich zur Verfügung, soweit es mir möglich ist. Sie wissen ja, wie sehr ich Sie schätze.«

Ja, nur waren mir die Leute, die mich schätzten, in letzter Zeit keine besonders große Hilfe. Und sei es nur dadurch, dass sie Lawrence ins Vertrauen zogen. Aber zumindest konnte ich bei Napier mit Sicherheit davon ausgehen, dass er nicht Zero war. Allein bei der Vorstellung, wie der Alte herumwirbelte, um an das Kaiserin-Diadem zu kommen, musste ich grinsen. Das war echt zu viel.

»Kennen Sie die verlassene Kapelle? Die in der Nähe der Steilküste?«

»Sie wurde gebaut, als ich bereits hier beschäftigt war, ja. Ich war allerdings nicht oft dort, um ehrlich zu sein. Der frühere Direktor, Baron Rochester, fand sich häufig in der Kapelle ein. Sebastian mochte sie dagegen nie besonders, deswegen ließ er sie auch schließen. Meiner Meinung nach ist die Kapelle einer der rätselhaftesten Orte von ganz Drayton. Aber wenn Sie sich für die alte Kirche interessieren – ich hätte ein Buch hier, das Ihnen vielleicht mehr hilft, als ich es vermag. Lassen Sie mich mal sehen ...« Er wandte sich seinem Computer zu und hantierte daran herum. »Ah ja. Da ist es ja. *Die illustre Geschichte Draytons.* Wenn ich mich recht erinnere, beinhaltet das Buch auch einen ziemlich detaillierten Abschnitt über den Bau des Internats. Darin finden Sie sicherlich brauchbare Informationen ...«

Ich kniff die Augen zusammen – das war allerdings interessant.

Wenn es wirklich ein Versteck in der Kapelle gab, dann wurde es möglicherweise in diesem Buch erwähnt. Ich hatte keine Zeit zu verlieren, mir die Sache genauer anzusehen. Und vielleicht würde ich ja nicht nur herausfinden, wie Zero mich ausgetrickst hatte, sondern auch, warum er sich ausgerechnet die Kapelle als Versteck ausgesucht hatte. Ob es wohl irgendeinen Bezug zwischen ihm und der Kirche gab?

»Das sehe ich mir gerne an, danke.«

KAPITEL 50

Kurz darauf saß ich im Lesesaal der Bibliothek mit einem fleckigen Buch in den Händen. Ich hatte mir den abgelegensten Tisch ausgesucht, neben den Regalen ganz hinten im Saal, um ungestört zu sein, war bislang aber auf nichts besonders Interessantes gestoßen.

Fotos von Drayton zur Zeit, als das Gebäude gebaut wurde, Portraits berühmter Personen, die ihre Schullaufbahn hier absolvierten, und Texte über Texte zur Geschichte des Internats. Die verlassene Kapelle wurde nirgends erwähnt. So langsam hatte ich das Gefühl, meine Zeit zu verschwenden.

Aber aufgeben wollte ich auch nicht; ich blätterte weiter.

Ich war fast am Ende des Buchs angelangt, als ich darauf stieß. Ein kleines Foto der Kirche.

Niemand hätte für möglich gehalten, dass es sich um dasselbe Gebäude handelte. Das Gebäude auf dem Foto war wunderschön. Sauber und hell, frei von Unkraut und mit völlig intakten Mauern. Die Fenster waren in perfektem Zustand und die Tür hing auch nicht aus den Angeln.

Ich las die Bildunterschrift.

»1988 wurde die St.-George-Kirche erbaut. Einer der berühmtesten Absolventen Draytons übernahm sämtliche Kosten für den Bau: Richard Blake.«

So alt war sie also gar nicht. Ich war nur vier Jahre später auf die Welt gekommen. Neben dem Bild gab es zwei Textblöcke. Darin ging es um den Baubeginn und die Baukosten und wieder wurde der Name Richard Blake erwähnt:

»Richard Blake bestimmte den Standort der Kirche und übernahm die Bauleitung. Mit Hilfe seiner Frau Allison hatte er auch das Gebäude entworfen.«

Er war also Geldgeber *und* Bauunternehmer ...

Ich trommelte mit den Fingern auf den Buchumschlag. Wenn jemand wusste, wie das Gebäude aufgebaut war, und mir helfen konnte, dann dieser Richard Blake.

Ich musste Kontakt zu ihm aufnehmen.

Ich würde seine Nummer aus dem Telefonbuch heraussuchen und ihn anrufen. Würde mich als eifrigen Schüler Draytons ausgeben, der sich für die Vergangenheit des Internats interessierte. Immer noch besser, als ihm die Wahrheit zu sagen. »Ja, hallo? Mister Blake? Freut mich. Mein Name ist Kyle Bradford. Hören Sie, ich habe da ein Problem, und ich glaube, dass Sie mich vielleicht retten könnten. Zero, Sie wissen schon, der Hundert-Millionen-Dieb, macht mir das Leben zur Hölle. Sie müssen mir helfen, mich von ihm zu befreien, bevor ich im Gefängnis lande. Wären Sie so freundlich, das zu tun?« Klang nicht besonders erfolgversprechend. Da schien mir die Version des übereifrigen Schülers, der Informationen für seine nächste Fleißarbeit brauchte, schon die bessere Option.

Aber irgendetwas an diesem Namen kam mir bekannt vor. Blake. Irgendwie hatte ich das Gefühl, den Namen schon einmal gehört zu haben, aber ich konnte mich einfach nicht erinnern, wo ... Na gut. Bevor ich ihn anrief, würde ich noch ein wenig über das Leben dieses Richard Blake recherchieren. Vielleicht würde ich ja auf etwas Hilfreiches stoßen.

KAPITEL 51

Neben den unzähligen Büchern gab es in der Bibliothek von Drayton auch einen durch Glaswände abgetrennten Raum, der als Zeitungsarchiv diente. Auf mehreren, in langen Reihen angeordneten Bords stapelten sich alte Zeitungen und abgegriffene Magazine und über den Computer hatte man Zugang zu den digitalisierten Beständen des Archivs.

Der Raum war fast leer. Nur in einer Ecke hing ein Junge, auf seinen Ellbogen gestützt, halb schlafend über seinem offenen Heft. Was auch immer er machte – es schien ihn nicht besonders zu interessieren.

»Brauchst du den?«, fragte ich und zeigte auf den Rechner.

»Nein, nein«, antwortete er, »ich bin fertig.«

Ich setzte mich. Cooper, der immer noch keinen Schimmer hatte, was wir hier taten, fing an, zerstreut im Saal herumzuflattern. Ich gab den Namen »Blake« in die Datenbank des Zeitungsarchivs ein. Kurz darauf zeigte mir der Rechner die ersten zwanzig Ergebnisse an. Zeitungsartikel vor allem. Ich achtete auf die Erscheinungsdaten. Der älteste Artikel stammte aus dem Jahr 1981. Sieben Jahre vor dem Bau der Kapelle.

Eine nach der anderen nahm ich mir die Schlagzeilen vor. »Das Ehepaar Blake auf dem Neujahrsball im Plaza-Hotel«. »Richard Blake, der mächtigste Mann der Welt«. »Aktien der Blake Company steigen weiter«. »Vom bescheidenen Landwirt zum Multimillionär: die Geschichte des Richard Blake«. »Richard und Allison Blake – so verliebt wie nie zuvor«. Und genau so ging es immer weiter.

Na gut. Die Blakes waren steinreich und außerdem das hippeste Paar der damaligen Zeit. Aber all das sagte mir wenig. Ich ging die restlichen Artikel durch, bis ich bei einem der letzten angelangt war. Ich prüfte das Datum. Der Artikel war vor neun Jahren erschienen. Danach fand ich nur noch ein paar wenige kurze Meldungen. Und es dauerte nicht lange, bis ich auch wusste, warum. »Ehepaar Blake unter tragischen Umständen ums Leben gekommen«. *Was?* Ich ging näher an den Bildschirm und vergrößerte den Artikel, um ihn besser lesen zu können:

Richard und Allison Blake kamen am frühen Morgen bei einem Brand in ihrer Villa in Cotton Hill im Norden Kaliforniens ums Leben. Das Haus, in dem das Ehepaar lebte, war nach Mitternacht aus unbekannten Gründen in Flammen aufgegangen. Die Versuche der Feuerwehr, den Brand zu löschen und die Bewohner zu retten, schlugen fehl. Einziger Überlebender der Katastrophe ist der achtjährige Sohn des Ehepaars, Jayson Blake. Er wurde mit leichten Verletzungen ins Krankenhaus eingeliefert.

Tot? Verfluchtes Pech aber auch. Von Richard Blakes Unterstützung konnte ich mich also verabschieden. Konnte eigentlich nicht einmal etwas auf Anhieb klappen?

Enttäuscht überflog ich die restlichen Schlagzeilen.

Die Nachricht vom Tod der Blakes hatte alle wichtigen

Medien in Beschlag genommen. *The New York Times. The Washington Post. Financial Times* ... Es gab keine Zeitung, die nicht über das Ereignis berichtete. »Tragischer Tod in Cotton Hill«. »Unheil über der Familie Blake«. »Wehmütiger Abschied vom Ehepaar Blake«. »Suche nach den Leichen dauert an«. Moment mal. Ich las die Schlagzeile noch einmal. *Suche nach den Leichen dauert an.* Suche?

Eine Woche ist seit dem Tod des Ehepaares Blake bereits vergangen. Dennoch ist das in Cotton Hill stationierte Team der Feuerwehr immer noch mit der Suche nach den Leichen beschäftigt. Das Ausmaß des Brandes erschwere die Bergung der Leichen, informierte uns Henry MacDonald, der für die Bergungsarbeiten verantwortlich ist. »Wir haben es mit einer sehr schwierigen Aufgabe zu tun«, erklärte er gestern. »Weil das Feuer so verheerend war, sind die Skelette fast vollständig zerfallen und kaum noch zu identifizieren.«
Allison Blakes Überreste konnten inzwischen fast vollständig geborgen werden. Bei Richard Blake hatte das Bergungsteam weniger Erfolg. Ein Teil einer Extremität ist das einzige menschliche Fundstück, das die Spezialisten dem Körper des Magnaten zuschreiben.

Ich wand mich auf meinem Stuhl. Was musste das für ein Feuer gewesen sein, das zwei Körper bis zur Unkenntlichkeit verkohlte? Die Antwort auf meine Frage fand ich im nächsten Artikel. »Tod der Blakes war kein Unfall«.

Drei Monate nachdem die Blakes in ihrer Villa in Cotton Hill ums Leben kamen, scheint die Wahrheit über ihren rätselhaften Tod allmählich ans Licht zu kommen. Nach langwierigen Untersuchungen, die sich über mehrere Wochen hinzogen, hat der für den Fall zuständige Leiter der Untersuchungseinheit, George Bernard, nun eine Erklärung abgegeben, die uns den Atem stocken lässt. »Der Tod des Ehepaars Blake war kein Zufall«, sagte er auf der Pressekonferenz am heutigen Morgen. »Wir haben Spuren von Benzin und chemischen Erzeugnissen in der Villa gefunden, und alles deutet darauf hin, dass dieses Material als Brandbeschleuniger eingesetzt wurde, damit von den Leichen der Opfer nichts mehr übrig blieb.« Zu möglichen Tätern wollte sich Bernard jedoch auch auf Nachfragen hin nicht äußern. »Die Untersuchungen sind längst nicht abgeschlossen. Es ist zu früh für Spekulationen.«

Die Geschichte wurde immer makabrer. Und dabei gab es immer noch ein paar Nachrichten, die ich noch nicht gelesen hatte.

Nach Monaten der Ungewissheit und der Spekulationen wurden nun die Ergebnisse der Nachforschungen über den Tod der Blakes veröffentlicht – und die Wahrheit ist so verblüffend wie schrecklich. Die forensischen Untersuchungen ergaben, dass Allison Blake nicht in den Flammen umkam, sondern einer Schussverletzung erlag, die ihr in jener schicksalhaften Nacht bereits zuvor zugefügt worden war. Da in den Trümmern der Villa keinerlei Überreste dritter Personen gefunden wurden, deutet alles darauf hin, dass ihr Ehemann, der Magnat und Multimillionär Richard Blake, sie vor den Augen des gemeinsamen Sohns erschoss und dann den Brand legte, um auch dem eigenen Leben ein Ende zu setzen. Diese Enthüllungen über den Tathergang sind für viele schwer zu glauben, sie werden jedoch von den drei Geschäftspartnern Blakes untermauert: Diese gaben vor Gericht an, dass der Unternehmer in den vergangenen Jahren zunehmend den Verstand verloren und starke Antidepressiva eingenommen habe. So werfen die Ergebnisse der Nachforschungen die Frage auf, was für ein Mensch Richard Blake eigentlich wirklich war. War er pervers? War er geistesgestört? Litt er unter Wahnvorstellungen? Es sieht jedenfalls ganz danach aus, als wären auch die Reichen nicht davor gefeit, zu Mördern zu werden.

Ich rückte ein Stück vom Rechner ab und fühlte mich deutlich schlechter als zuvor. Um die eigene Frau vor den Augen des kleinen Sohns umzubringen und sich dann selbst das Leben zu nehmen, musste man schon ganz schön durchgeknallt sein. Was für ein Hirn konnte sich so etwas ausdenken? Ich hatte zwar nichts über die Kapelle herausgefunden, wollte aber auf keinen Fall noch weitere Artikel über das Verbrechen lesen.

Ich stand auf und verließ das Zeitungsarchiv.

Dass es eine allerletzte Nachricht zu den Blakes gab, hatte ich übersehen. Der Artikel war als letzter von allen erschienen, vor etwa sieben Jahren in der *New York Times*: »Sohn der Blakes tot aufgefunden«.

KAPITEL 52

Die Geschichte der Blakes hatte ein ungutes Gefühl in mir hinterlassen. An Abendessen war, auch angesichts der späten Uhrzeit, ohnehin nicht mehr zu denken. Beim ersten Bissen hätte sich mir komplett der Magen umgedreht.

Als ich aus der Bibliothek kam, stieß ich unerwartet auf Patrick Neville. Seit der Sache in Westlake hatten wir uns nicht mehr gesehen.

»H...hallo, Kyle.«

»Hey, Patrick, wie geht's?«

Verstohlen musterte er den Kratzer, der mir quer übers Gesicht lief.

»B-b-bist du sch-schon wieder in eine Sch-schlägerei g-g-geraten?«

»Mehr oder weniger«, antwortete ich. »Übrigens, ich habe mich noch gar nicht bei dir bedankt. Mike und Neal haben mir erzählt, dass du als Erster bei mir warst, als ich im *Ninos* das Bewusstsein verloren habe.«

»Oh ... n-nein, das war doch n-n-nichts.« Er deutete ein kurzes Lächeln an, während er an seinen Jackenknöpfen herumnestelte. »A-a-aber ich w-wusste g-gar nicht, dass du so g-gut bist im Sch-schlagen.«

Meine Karate-Kid-Nummer hatte ihn wohl ziemlich beeindruckt. Genauso wie mich selbst ja auch.

»Na ja, Griffith ist einfach ein dummer, eingebildeter Typ. Er hatte es verdient.« Ich wollte lieber nicht daran denken, was für einen Spaß Robert mit mir hätte, wenn wir uns das nächste Mal über den Weg liefen. So eine Karate-Anwandlung wie damals würde ich ja wohl kaum ein zweites Mal haben. Am Ende des Tages würde ich ziemlich was einstecken müssen.

»Ah ... i-i-interessierst du dich f-für die Gesch-schichte von Drayton?« Patrick wies mit dem Kinn auf das Buch unter meinem Arm. *Die illustre Geschichte Draytons.* Ich hatte es nicht zurückgegeben, weil ich hoffte, doch noch etwas über die Kapelle zu finden, was ich zuvor übersehen hatte.

»Das hier meinst du? Ach, das taugt nicht viel. Ich wollte etwas über die alte, verlassene Kapelle wissen, aber ich habe nichts dazu gefunden.«

»M-m-meinst du die an d-der Steilküste?«

»Ja, genau.«

»V-v-vielleicht kann ich dir j-j-ja helfen.«

»Wie denn?«

»Mein Onkel ist Architekt. Ich w-w-weiß nicht, ob du schon einmal etwas von ihm gehört hast ...« Wer hatte zu der Zeit nichts von Charles Neville gehört? Er war wahrscheinlich einer der anerkanntesten Architekten des Landes. »Er k-k-kennt sich gut aus mit alten Bauwerken. Kann sein, dass er d-d-die Kirche kennt.«

Ich fasste mir an die Stirn. Warum war ich nicht früher darauf gekommen? Neville war zwar nicht unbedingt für seine eigenen Bauwerke bekannt, aber er hatte durch seine

Forschungen zu historischen Gebäuden ziemlichen Ruhm erlangt. Er würde mir sicher helfen können. Oder mir zumindest sagen können, wo in der Kirche es am wahrscheinlichsten irgendeinen verborgenen Winkel geben konnte. Außerdem war er selbst ja auch in Drayton zur Schule gegangen – er musste die Kapelle kennen. Vielleicht hatte er sie ja sogar ausgekundschaftet, als er noch im Internat war.

»Denkst du denn, es würde ihm etwas ausmachen, mit mir zu sprechen?«

»Äh, nein, bestimmt nicht. Mein O-o-onkel liebt es, über seine Arbeit zu sprechen.«

»Und wann kann ich ihn kennenlernen?«

»Ich ... ich werde in ein paar Tagen meinen G-g-geburtstag b-bei ihm zu Hause feiern. B-b-bestimmt ist er auch da, um ...«

Ich ließ ihn nicht ausreden.

»Du kannst mit mir rechnen.«

KAPITEL 53

Seit wir Drayton verlassen hatten, hatte Miranda nicht mehr aufgehört zu jammern. Was bedeutete, dass ich mir ihr Gemeckere jetzt seit über einer halben Stunde anhören musste.

»Ich verstehe echt nicht, warum wir auf diese Party müssen.«

Ich gähnte gelangweilt.

»Es hat dich niemand gebeten mitzukommen.«

»Ich komme aber mit, weil ich wissen will, wie Charles Nevilles Haus aussieht. Außerdem ist Samstag und wir dürfen ausgehen, wohin wir wollen, oder etwa nicht?«

»Dann hör auf zu jammern.«

»Miranda hat recht, Kyle«, sagte Mike. Er sah sie im Rückspiegel an und widmete sich dann schnell übertrieben geschäftig seinem Gurt. Er räusperte sich. »Seit wann gehen wir auf die Geburtstage von Außenseitern?«

»Also, ich wäre jedenfalls lieber in Drayton geblieben und hätte das Erntedank-Dinner für morgen vorbereitet«, schaltete sich Lauren ein. Sie sah besser aus. Zumindest hatte sie aufgehört, um ihre Kette zu weinen, und schminkte sich wieder im Miranda-Style. »Da ist noch einiges zu tun.«

»Stimmt!«, rief Miranda. »Als Vorsitzende des Organisationskomitees für Veranstaltungen in Drayton sind Lauren und ich nämlich zuständig für die Planung sämtlicher Festivitäten, die im Internat stattfinden. So werden wir nie fertig; dabei ist echt noch viel zu tun. Und jetzt geht uns auch noch der ganze Abend flöten, nur weil wir unsere Zeit auf dem Geburtstag von diesem Wie-auch-immer-er-heißt verplempern.«

»Es hat euch niemand gebeten mitzukommen«, wiederholte ich.

»Warum willst du da eigentlich unbedingt hin?«, fragte Neal.

»Ich fange so allmählich an, mich in Drayton zu langweilen, und die Party ist einfach eine gute Gelegenheit, das Wochenende zu nutzen und bisschen auszugehen«, log ich. Ich würde ihnen ganz bestimmt nicht verraten, dass ich eigentlich mit Charles Neville über die verlassene Kapelle sprechen wollte. Dann hätten sie nur immer weiter und weiter gefragt.

»Nachdem, was in Westlake mit den Rocklands passiert ist, verstehe ich, dass du dich in Drayton langweilst«, sagte Neal im Spaß. Er tat so, als würde er jemanden am Kragen packen und ihm einen Faustschlag verpassen. »Wetten, dass Griffith immer noch Angst vor dir hat?«

»Das ist nicht witzig, Neal.«

»Sag mal, und der Kratzer da in deinem Gesicht – kommt der auch von einer Schlägerei mit Robert?«

»Äh, nein ... das war wann anders.« Nämlich, als ich hinter Zero her war. »Ich hab mich mit dem Schrank in meinem Zimmer angelegt.«

Die restliche Fahrt verlief ziemlich ruhig. Miranda beklagte sich natürlich weiter, aber ich hatte inzwischen gelernt, die Ohren auf Durchzug zu stellen. Als wir an Charles Nevilles Wohnsitz etwas außerhalb von San Francisco ankamen, ging ihr Gemeckere in bissige Kritik über.

»Aha, das ist also das Haus des berühmten Architekten«, höhnte sie, mit der Nase am Fenster klebend. Wie immer, wenn ihr etwas missfiel, runzelte sie die Stirn. »Ist ja unglaublich geschmacklos.«

Ich ließ ihren Kommentar vorbeiziehen und stieg aus. Miranda war so scharf darauf, als Erste ins Haus zu gelangen, um über die Inneneinrichtung herziehen zu können, dass sie schwungvoll direkt hinter mir aus dem Wagen sprang und dabei den armen Mike umstieß, der ihr die Tür aufhalten wollte. Lauren warf mir währenddessen einen betrübten Blick zu, als ich an ihr vorbeiging, ohne ihr meinen Arm zu reichen. Neal beeilte sich, ihr die gebührende Aufmerksamkeit zu schenken.

Cooper parkte in gewissem Abstand zu uns. Bestimmt hatte ihn Lawrence vorgewarnt, gleich nachdem ich ihn darüber informiert hatte, dass ich plante, auszugehen. Diese idiotische Regel war ganz schön lästig. Aber wenigstens hatte ich nicht vergessen, ihm Bescheid zu geben, so wie das letzte Mal.

Charles Nevilles Haus war weder so beeindruckend, wie ich erwartet hatte, noch so geschmacklos, wie Miranda es fand. Kolonialstil, cremefarbene Wände und riesige Fenster. Es erinnerte mich an die Villen aus den Serien, die zur Zeit des Sezessionskriegs spielten. Nur die Büsche im Garten, die zu seltsamen Tierformen geschnitten waren, passten irgendwie nicht ins Gesamtbild.

Ich folgte den anderen zum Eingang. Kaum hatten wir den Vorraum betreten, war Patrick Neville schon zur Stelle, um uns zu begrüßen.

»I-i-i-ich hoffe, ihr habt nicht allzu l-l-lange gebraucht für die Fahrt.« Es machte ihn nervös, von so vielen Menschen umgeben zu sein, und er stotterte noch mehr als sonst. »Äh, das, also ... die T-t-t-torte ist gerade gekommen. Wenn ihr ein Stück wollt ... «

»Gibt's auch was Alkoholisches?«, unterbrach ihn Neal. »Torten sind doch Schnee von gestern.«

»Äh … nein, A-a-alkohol gibt es nicht, weil m-m-meine Mutter sagt …«

»Es gibt keinen Alkohol?«, schnauzte Neal ihn an. Er knurrte und tat, als ob er direkt auf dem Absatz kehrtmachen und zum Auto zurückgehen würde. »Also, ich verzieh mich. So ein Reinfall.«

Ich hielt ihn fest, bevor er sich aus dem Staub machen konnte.

»Komm schon, wo wir schon mal hier sind, bleiben wir auch.«

»Aber es gibt nicht mal was Anständiges zu trinken!«, brüskierte sich Neal. »Was glauben die eigentlich, was wir hier tun? Happy Birthday singen und dann zusammen mit Patrick die Kerzen auf seiner Riesentorte ausblasen? Also, mich könnt ihr vergessen.«

»Jetzt reg dich mal ab«, sagte Mike. »Kann doch sein, dass wir die Privatvorräte von Patricks Onkel auftreiben und doch nicht nur Torte essen müssen.«

Die Vorstellung schien Neal schon eher zu überzeugen, und schließlich willigte er zähneknirschend ein, zu bleiben. Patrick strahlte wieder.

»I-i-ich bring euch ins W-w-wohnzimmer.«

Cooper blieb am Auto. Als ich mich umdrehte, um sicherzugehen, dass er noch da war, wo ich ihn zuletzt gesehen hatte, lehnte er bedächtig rauchend an seinem Wagen. Er würde mich wahrscheinlich überallhin verfolgen – nur nicht zu einem Geburtstagsfest. Das überraschte mich wenig. Der Anblick von Luftballons und Kuchen würde sein phlegmatisches Wesen vermutlich doch zu sehr in Aufruhr versetzen.

Bevor ich ganz ins Haus ging, gab er mir noch ein Zeichen,

als wolle er sagen: »Ich bleibe hier, Bradford. Wenn du irgendwas Komisches versuchst, dann bin ich ganz schnell bei dir und leg dir Handschellen an.«

Daran zweifelte ich keinen Moment.

Auf dem Weg ins Wohnzimmer inspizierte ich Charles Nevilles Haus. Die Wände strotzten nur so von Fotografien. Auf den meisten waren Gebäude abgebildet. Manche ganz klassisch, andere eher modern. Es gab kein einziges Fleckchen, auf dem nicht irgendein Bild oder eine Zeichnung oder irgendetwas anderes hing, das Nevilles Unterschrift trug. Ziemlich aufdringlich.

Ich wandte mich von meinen Freunden ab und ging zu Patrick.

»Hey, Patrick. Ist dein Onkel nicht da? Ich würde gerne mit ihm sprechen.«

»E-e-er müsste gleich hier sein. Er ist nach San Francisco, n-n-noch ein paar Dinge besorgen. E-e-es gibt ja immer etwas zu tun und er kümmert sich hier im Haus um alles.«

»Wohnt ihr hier zusammen?«

»J-j-ja, und meine Mutter auch. Mein Onkel h-h-hat nie geheiratet. Deshalb sind wir hierhergezogen, als meine Eltern sich scheiden ließen. E-e-er hat immer dafür gesorgt, dass es uns an nichts fehlt. Im Gegensatz zu m-m-meinem Vater ...«

Im Vorbeigehen sah ich mir eines der Fotos an, die an der Wand hingen. Charles Neville, der in vollkommener, fotogener Pose einen Arm um seinen Neffen gelegt hat und den gesamten Bildausschnitt einnimmt.

»Hast du ihn über die verlassene Kapelle befragt, von der ich dir erzählt habe?«

»Ja, h-h-hab ich.«

»Und?«, drängte ich.

»Er hat gesagt, ähm ... dass es einen alten Plan gibt, d-d-den er selbst gezeichnet hat, als er noch in Drayton war, und d-d-der dir vielleicht nützlich sein könnte.«

»Echt?« Ein ungeduldiges Kribbeln überkam mich. Ein Plan. Ich konnte meine Freude kaum im Zaum halten. Bei seinem Ruf als krankhaftem Perfektionisten hatte Charles Neville mit Sicherheit eine superdetaillierte Zeichnung von der Kirche angefertigt. Genau das, was ich brauchte.

»Ja. Er bewahrt ihn im S-s-studio auf. Nachher zeigt er ihn d-d-dir. Wahrscheinlich ...«

»Meinst du, ich kann mir den Plan kopieren?«

»Ich weiß nicht. Nein, ich glaube nicht. Der Plan ist sehr alt. Und er ist ihm v-v-viel wert. Nicht einmal m-m-mir hat er ihn gezeigt.«

Das war allerdings ungünstig. Charles Neville würde mir den Plan wohl kaum überlassen, damit ich ihn in Ruhe studieren konnte. Wenn ich ihn doch nur ganz in Ruhe alleine ansehen könnte ...

»Hör mal, Patrick.« Ich wusste nicht wirklich, wie ich den nächsten Satz am besten formulieren sollte, ohne dass mein Interesse zu verdächtig wurde. »Dein Onkel muss ja ein riesiges Studio haben, um die ganzen Modelle seiner Häuser unterzubringen und das ganze Zeug, oder?«

»Ja, sehr g-g-groß.«

»Hm.« Ich sah mich um. »Und dieses sehr große Studio, ist das hier im Haus?«

»Ja, im ersten Stock, am E-e-ende des G-g-gangs«, antwortete Patrick. »Aber es d-d-darf niemand hinein. Nicht einmal Besucher. Es ist so etwas w-w-wie sein privater Bereich.«

»Verstehe.«

Automatisch fiel mein Blick auf die Treppe, die in den ersten Stock führte.

KAPITEL 54

Wie Neal und Miranda es befürchtet hatten, war Patricks Geburtstagsfest zum Gähnen langweilig. Die Musik war vor ewigen Zeiten mal hip gewesen, und der armselige Versuch, den Raum mit Konfetti und bunten Luftballons zu dekorieren, machte das Ambiente auch nicht lebendiger. Das einzig Interessante war die spektakuläre Geburtstagstorte, die mindestens einen Meter hoch war und auf deren Spitze ein Miniabbild aus Zucker von Charles Nevilles Neffen saß.

»Hab ich's nicht gesagt?«, meinte Neal. Er hockte in einer Ecke und nippte mit angewidertem Gesicht an seinem Orangensaft. Alkoholfrei natürlich. »Hierherzukommen war eine echt bescheuerte Idee.«

»Wir sollten uns auf Geburtstage beschränken, von denen wir wissen, dass sie einem gewissen Status entsprechen«, meinte Miranda.

»Wie deiner zum Beispiel«, präzisierte ich.

»Zum Beispiel.«

Patrick kam mit einem Tablett voller Kanapees auf uns zu, von dem wir uns bedienen sollten. Er gab einfach alles, damit wir später zufrieden nach Hause gehen würden, auch wenn da nicht viel zu machen war – da konnte er sich noch so viel Mühe geben.

»Wollt ihr v-v-vielleicht noch ein Kanapee?«, fragte er schüchtern.

Miranda lief in der entgegengesetzten Richtung davon.

»Ich passe.«

»Kyle, willst d-d-du eines?«

»Erst muss ich auf die Toilette. Kannst du mir sagen, wo das Bad ist?«

»Wenn du w-w-willst, komme ich m-m-mit und zeige dir den Weg ...«

»Nein!« Ich lehnte so kategorisch ab, dass sogar Mike mich befremdet ansah. Ich lächelte und versuchte, meinen Fehler wiedergutzumachen. »Ich meine, es ist doch deine Party, da bleibst du besser hier.«

»A-a-aber es macht mir g-g-gar nichts aus.«

»Ich bestehe darauf.« Als er meinem Gesicht ansah, dass ich das Gespräch nicht fortsetzen würde, erklärte mir Patrick bis ins kleinste Detail, wo ich die Toilette finden würde. »Bin gleich zurück.«

»Beeil dich. Ich will hier so schnell wie möglich verschwinden«, sagte Neal. Ich schlüpfte zwischen den Gästen hindurch und verließ das Wohnzimmer. Sobald ich weit genug von den anderen entfernt war, hastete ich die Treppe in den ersten Stock hinauf, immer drei Stufen auf einmal nehmend. Ich kam am Bad an, ging aber daran vorbei.

Das Studio von Charles Neville hatte ich schnell gefunden. Am Ende des Ganges, wie Patrick gesagt hatte. Mir fiel auf, dass die Türe offen stand. Für einen Ort, den niemand betreten sollte, war der Raum ja nicht besonders gut gesichert ... Wenigstens würde ich mir nicht wieder irgendwelche Kunststücke ausdenken müssen, um mir Zutritt zu verschaffen, so wie im Lehrerzimmer.

Ich schlüpfte hinein.

Die avantgardistische Einrichtung, vorwiegend aus weißem Holz und Stahlbeschlägen, verlieh dem Raum eine kühle Atmosphäre. Viele Möbel gab es nicht. Nur Regale und ein riesiger Fernseher, der in einer Ecke hing. Nicht gerade gemütlich.

Wo bewahrte er wohl den Plan der Kapelle auf? Ich hoffte nur, dass ich nicht jeden Zentimeter des Studios absuchen musste. Wenn ich mir hier noch lange die Zeit vertrieb, würde Patrick sicher irgendwann merken, dass mein Ausflug auf die Toilette ungewöhnlich lange dauerte.

Ich ging zum ersten Regal und sah mir die Plastikordner an, die sich auf den Regalböden aneinanderreihten. Sie trugen alle denselben Aufkleber auf dem Rücken: Zeitungsartikel. Die Ordner schlug ich gar nicht erst auf. Ich war doch nicht hergekommen, um einen Stapel ausgeschnittener Zeitungsfetzen zu begutachten.

Im Regal daneben war eine Reihe Videokassetten eingeordnet. Ich nahm die erste heraus. *Naturhistorisches Museum. 12. April. 00:00–00:30.* Ich nahm die nächste hervor. *Bank von Grenoble. 20. Mai. 01:04–01:45.* Die nächste. *Nationalbibliothek. 4. Juni. 02:50–03:15.* Das war zwar auch nicht, was ich suchte, aber es kam mir doch ziemlich seltsam vor, dass ein Architekt so viele Videos in seinem Studio aufbewahrte. Was wollte er denn damit?

Ich hatte meine Suche gerade wieder aufgenommen, als plötzlich der Fernseher am anderen Ende des Raums ansprang und eine Reihe farbiger Balken auf dem Bildschirm erschien. Das kam so unvermittelt, dass mir die Kassette aus der Hand fiel, die ich gerade herausgeholt hatte. Halb verwirrt, halb befremdet, starrte ich auf den Fernseher. War ich vielleicht versehentlich auf einen Knopf gekommen?

Die Balken verschwanden, und stattdessen erschien ein Schwarz-Weiß-Bild, das einen riesigen Saal zeigte, in dem wie in einem Ausstellungsraum haufenweise Vitrinen mit ausgestellten Gegenständen standen.

Am unteren Bildrand sah man eine Silhouette.

Sie bewegte sich in dem Raum, als wäre sie auf der Jagd nach etwas. Hin und wieder blieb sie stehen und sah sich eine der Vitrinen näher an. Ihre Art, sich zu bewegen, erinnerte mich an jemanden. Aber erst, als ich die silberne Maske sah, die sie vor dem Gesicht trug, konnte ich die Verbindung herstellen. Ich riss die Augen so weit auf, dass ich merkte, wie sich meine Muskeln anspannten.

Zero.

Ich stellte die Kassette dahin zurück, wo ich sie herausgezogen hatte, und trat näher an den Fernseher heran. Ja. Ganz ohne Zweifel. Die Silhouette *war* Zero. *Was hatte das zu bedeuten?*

Der Dieb blieb jetzt mitten im Raum stehen. Seine rechte Hand glitt in die rechte Tasche seines Anzugs und zog etwas Kleines daraus hervor. Das Bild war nicht besonders scharf. Trotzdem konnte ich erkennen, dass er etwas Rundes zwischen den Fingern hielt. Vielleicht einen Ball oder ... *eine Kugel.* Ja, das war es. Eine schwarze Kugel. Mit einem ganz besonderen, übernatürlichen Schimmer. Wenn mir nicht völlig klar gewesen wäre, dass das unmöglich sein konnte, hätte ich gesagt, dass sie genauso aussah wie die Kugel, die ich in meinen Albträumen gesehen hatte ...

Eine abrupte Bewegung brachte mich von meinen Überlegungen ab und ich richtete meine ganze Aufmerksamkeit wieder auf den Bildschirm. Zero war auf die Seite gesprungen und hatte sich blitzschnell hinter einer der Vitrinen versteckt.

Fünf Sekunden später schoss eine Kugel genau dort vorbei, wo er gerade noch gestanden hatte.

Ich blinzelte, völlig perplex, und drückte auf den Rücklaufknopf, um mir die Szene noch einmal anzusehen. Zero stand mit dem Rücken in die Richtung, aus der das Geschoss gekommen war, und sah diese Kugel an, und dann, ohne Vorwarnung, flüchtete er sich mit einem Mal hinter die Vitrine und entging dadurch dem Schuss, der ihn sonst mit Sicherheit getroffen hätte. Ohne sich umzudrehen, hatte er gewusst, dass das Projektil auf ihn gerichtet war. Wie konnte das sein?

»Amüsierst du dich?«, fragte eine Stimme hinter mir.

Mein Finger blieb an der Rücklauftaste hängen. Langsam drehte ich mich um. An die Tür des Studios gelehnt stand Patrick und sah mich unverwandt an.

KAPITEL 55

Ich würde wohl kaum überzeugend erklären können, warum ich plötzlich im Studio seines Onkels stand, also ließ ich es gleich bleiben. Ich setzte auf die Wahrheit.

»Tut mir leid. Es war einfach total dringend. Ich muss diesen Plan sehen und …«

»Den Plan und wohl noch etwas a-a-anderes, wie man sieht.« Patrick deutete auf den Bildschirm.

»Ja, okay, das auch«, murmelte ich. »Der Fernseher ist von alleine angegangen, weißt du …«

Er hob den Arm mit der Fernbedienung in seiner Hand.

»Du hast ihn eingeschaltet?«

»Ja.«

»Warum hast du das getan?«

»Den Fernseher anschalten oder d-d-dir dabei zusehen, wie du die Regale a-a-absuchst?«

»Hm, beides vermutlich.«

Er ging um mich herum wie um ein Hindernis, das ihm im Weg stand, und trat an den Fernseher. Zero hatte die beiden Wachleute inzwischen entwaffnet, die ihn hinterrücks angegriffen hatten, und nahm gerade eine Keramik aus einer der Vitrinen, die mit Sicherheit mehr kostete als das Haus, in dem wir uns gerade aufhielten.

»Ich wollte, d-d-dass du das Video siehst. Man muss sch-schon ein außergewöhnliches Talent haben, um d-d-das hinzukriegen, stimmt's?«

»Vermutlich ja«, antwortete ich. Ich hatte wohl keine besonders objektive Meinung zu Zero. Patrick drehte sich zu mir um. In seinen Augen lag ein seltsamer Glanz.

»I-i-ich habe dich vom ersten Moment an beobachtet, als du hier reingegangen bist. Besonders diskret warst du ja n-n-nicht gerade.«

»Äh, versteh mich nicht falsch«, verteidigte ich mich. »Ich bin eigentlich nicht der Typ, der sich in fremde Zimmer schleicht.«

»Ach nein? Am 3. Februar warst du im B-b-b-büro des Direktors von Grengis Enterprise. Am 6. März in dem des Gebietsleiters des multinationalen Konzerns Maroon. Soll ich weitermachen?«

Hä? Von was redete der Typ eigentlich?

»Da ist mir wohl was entgangen. Das einzige Zimmer, in das ich je unerlaubt eingedrungen bin, ist das hier ... Und das Büro von Lawrence«, gab ich zu. »Aber das zählt jetzt nicht.«

»Kyle, d-d-d-du musst mir nichts vormachen.«

Die Art, wie Patrick mich ansah, war definitiv nicht normal. Seine Augen scannten mein Gesicht ab, als wollte er es sich für immer ins Gedächtnis einbrennen. Ich brauchte irgendwie mehr Abstand und ging einen Schritt zurück.

»Ich mache dir nichts vor ...«

Er ließ mich den Satz nicht beenden. Er packte mich und kam meinem Gesicht so nah, dass sich unsere Nasen fast berührten.

»I-i-ich habe dich immer bewundert. Seit ich dich zum ersten Mal gesehen habe. Ich wusste gleich, dass du besonders bist, dass du etwas Einzigartiges hast, das niemand außer d-d-dir besitzt. Perfekt. Überlegen.« Er sprach so abgehackt, dass ich ihm nur mit Mühe folgen konnte.

»Was … redest du da?«

»Ich habe monatelang alles gesammelt, w-w-was irgendwie mit dir zu tun hatte. Zeitungsartikel, Magazine. Ich habe sogar m-m-meinen Onkel gebeten, dass er seine Beziehungen spielen lassen sollte, um an die Aufnahmen von Überwachungskameras zu kommen. Ich habe die Videos s-s-so oft angesehen, dass ich sie auswendig kenne.« Er ließ ein irres Lachen hören, das mich noch mehr beunruhigte als sein Blick. »Und als ich dich d-d-dann neulich im *Ninos* gesehen habe, wie du dich g-g-geschlagen hast … d-d-da habe ich es plötzlich begriffen. D-d-die Bewegung, mit der du Griffith fertiggemacht hast … Das habe ich noch n-n-nie bei jemand anderem gesehen. Mit derselben Bewegung hast d-d-du auch den Detective in der Oper außer Gefecht gesetzt, stimmt's? Das Video von der Nacht ist mein Lieblingsfilm.«

Was soll ich wann gemacht haben? Aber Patrick zog die falsche Schlussfolgerung aus meinem perplexen Gesicht.

»D-d-du kannst ganz beruhigt sein«, sagte er schnell. »Ich w-w-werde niemandem sagen, was ich weiß. Ich würde n-n-nie etwas tun, das dich in Gefahr bringen könnte. Ich vernichte auch das g-g-ganze Material hier, wenn du mich darum bittest.«

»Das alles hier? Ich dachte, das ist das Studio deines Onkels.«

»Ach so, nein. Das Studio meines Onkels ist unten.«

»Was? Du hast mich angelogen! Du hast doch gesagt …«

»Ja, okay. Ich war einfach n-n-nicht sicher, ob du hierherkommen würdest, wenn ich die Wahrheit sagen würde. Ich wollte dir lieber alles erst dann beichten, wenn d-d-du mein Heiligtum gesehen hast … den Ort, den ich für dich gemacht habe.« Hatte er gerade gesagt, dass er diesen Ort mit den ganzen Regalen und Videos … für mich gemacht hatte?! *Bitte, mach, dass ich mich verhört habe.* »Und als wir uns n-n-neulich getroffen haben, ist mir eingefallen, dass das die perfekte Gelegenheit wäre. Du weißt ja nicht, wie glücklich ich bin, dass du m-m-meine Einladung angenommen hast. Ich habe stundenlang geübt, was ich zu dir sagen würde, damit ich dann kein Blackout habe. I-i-i-ich wollte nicht, dass du denkst, ich wäre ein Idiot …«

Endlich hörte er auf zu sprechen. Seine Augen ließen überhaupt nicht mehr von meinem Gesicht ab. Ich fühlte mich immer unwohler und hatte immer stärker das Bedürfnis, einfach wegzulaufen.

»Hör mal, das reicht jetzt …«

»Kyle, i-i-ich hab's dir doch schon gesagt. Du musst dich vor mir nicht verstellen. Ich w-w-weiß, dass du Zero bist.«

KAPITEL 56

Ich stieß Patrick von mir. Überrascht taumelte er zurück. Er hatte nicht erwartet, dass ich so reagieren würde. Auch nicht, dass ich ihn ansehen würde, als hätte er mich gerade aufs Übelste beleidigt.

»Bist du eigentlich nicht ganz sauber?«, brüllte ich so laut, dass meine Stimme wie ein Donnerschlag durch den Raum dröhnte. »Ich bin nicht Zero!«

»Ich weiß, dass Cooper i-i-i-in der Oper deine Identität herausgefunden hat. I-i-ich weiß alles. D-d-deshalb will ich dir ja auch helfen. Schau ...«, er lief hektisch zu einem der Regale, zog eine Papierrolle aus einem Fach und hielt sie mir entgegen. »Habe ich für dich aufgetrieben.«

Ich rollte das Papier aus. Ein Plan, mit dünnen Bleistiftstrichen gezeichnet.

»Was ist das?«

»Die K-k-kapelle an der Steilküste. Das war es doch, w-w-was du wolltest, oder nicht?«

»Dann war es ja doch nicht gelogen, dass du einen Plan von der Kapelle hast.«

»N-n-natürlich nicht. Und wenn ich ihn n-n-nicht gehabt hätte, hätte ich alles Mögliche u-u-unternommen, um ihn aufzutreiben. Ich habe m-m-meinen Onkel vor ein paar Tagen darum gebeten. Aber er wollte ihn mir nicht geben.« Patricks Miene verdüsterte sich. »Das s-s-sei seine allererste Skizze überhaupt, hat er gesagt, und d-d-dass sie eine besondere Bedeutung für ihn habe. Er hat es einfach nicht verstanden. Ich hab es ihm d-d-doch genau erklärt und trotzdem ha-ha-hat er mich gar nicht beachtet. Heute Morgen bin ich d-d-dann in sein Studio und habe mir den Plan einfach ge-ge-genommen. Für dich. Damit d-d-du ihn hast. Und? W-w-was sagst du? Bin ich ein g-g-guter Gehilfe?«

Das gab mir den Rest. Er hatte seinem eigenen Onkel den Plan von der Kapelle gestohlen, nur weil er dachte, ich sei Zero. Ich wich in Richtung der Tür zurück.

»Du bist verrückt, weißt du das? Nimmst dir einen Dieb zum Vorbild. Der Typ, den du so bewunderst, raubt die halbe Welt aus, ohne das kleinste bisschen Reue. Er ist ein Krimineller!«

»Nein! Zero ist kein Verbrecher! Er ist ein höheres Wesen!«

Höheres Wesen? Ich machte mir gar nicht erst die Mühe, noch etwas zu erwidern. Und hören wollte ich auch nichts mehr. Ich öffnete die Tür und verließ den Raum, mit dem Plan der Kapelle in der Hand. Das Letzte, was ich hörte, bevor ich das Haus verließ, war Patrick, wie er mir unter Tränen nachrief.

KAPITEL 57

Während der ganzen Rückfahrt nach Drayton bekam ich den Mund nicht auf. Wie eine Statue saß ich auf meinem Sitz, betrachtete die vorüberziehende Landschaft und achtete nicht auf die Kommentare der anderen.

»Das war der langweiligste Abend meines Lebens. Ich habe noch nie einen so trübseligen Geburtstag erlebt«, sagte Neal.

»Das kannst du laut sagen«, stimmte Lauren kaum hörbar zu.

»Habt ihr die Deko gesehen?«, fragte Miranda. »Luftballons. Der Typ hat echt *Luftballons* aufgehängt. Nicht zu fassen. Luftballons sind einfach schon ewig out.«

»Und dann gab's nicht mal Alkohol«, sagte Neal.

»Aber echt. Das Härteste, was ich getrunken habe, war ein durchgesiebter Ananassaft«, sagte Mike.

»Schrecklich. Einfach nur schrecklich«, schloss Miranda. »Was für eine Zeitverschwendung.«

Ich mischte mich lieber nicht ein. Ich hatte viel weniger als die anderen an dem eigentlichen Fest teilgenommen und war nach dem, was mit Patrick geschehen war, aus dem Haus gestürmt, als wäre es gerade in Flammen aufgegangen. Ich schloss meine Hand fester um den Plan. Etwas Nützliches hatte ich zumindest mitnehmen können.

»Aber keine Sorge«, stellte Miranda in sachverständigem Tonfall klar. »Das Erntedank-Dinner morgen wird bestimmt nicht so peinlich. Als eines der wichtigsten sozialen Events ganz Kaliforniens muss es ja einfach auch perfekt sein. Ihr wisst ja, Lawrence lädt ausschließlich die Familien der Schüler ein. Die Elite der Elite.«

»Pah, Fest hin oder her, mit Dank hat das Ganze aber nicht viel zu tun«, meinte Neal. »Da wird doch nur über Geschäfte und so Kram gesprochen.«

»Ich hoffe nur, dass mein Vater nicht wieder jedes Gespräch an sich reißt«, murmelte Mike. »Das wäre so typisch für ihn …«

»Ach ja, stimmt«› sagte Lauren. »Er kommt das erste Mal zum Dinner, stimmt's?«

»Ja. Er steht nicht besonders auf die Feste in Drayton, das wisst ihr ja. Ich weiß auch gar nicht, warum er dieses Jahr unbedingt kommen will.«

»Na ja, umso besser für uns. Dann lernen wir ihn wenigstens mal persönlich kennen«, sagte Miranda. »Nach meiner Tischordnung sitzt er nämlich bei uns. Neben Kyles Tante, Laurens und Neals Eltern und meinem Vater. Ihr seht, wir sitzen schön alle zusammen beim Essen. Ich denke eben einfach an alles.«

»Klar«, grummelte ich.

»Ihr wisst natürlich, dass es vor dem Essen einen Empfang im Foyer geben wird, mit fan-tas-ti-schen Aperitifs. Nicht so abscheuliche Gebräue, wie sie Patrick uns serviert hat.« Dabei lehnte sie sich zum Fenster hin und gab ein würgendes Geräusch von sich. »Ah, seht mal, endlich sind wir wieder in Drayton.«

»Ich hätte Lust auf eine Partie Polo. Wer ist dabei?« Mike stieß mich mit dem Ellbogen an und tat so, als würde er einen Ball werfen. »Hey, Kyle, komm, wir geben den Anfängern ein bisschen Nachhilfeunterricht. Das wird lustig.«

»Mir reicht es schon, wenn die Leute nicht mehr daran denken, dass wir auf Patricks Katastrophenparty waren«, meinte Neal.

Lawrence erwartete uns am Haupteingang des Internats. Sein Gesicht war ernst. Sehr ernst. Irgendetwas stimmte nicht.

»Ich bin froh, dass Sie so zeitig zurück sind«, sagte er, kaum dass wir aus dem Mustang gestiegen waren. Cooper verließ ebenfalls seinen Wagen und stellte sich stocksteif neben uns.

»Ist was passiert?«, fragte ich.

»Während Sie weg waren, gab es ... einen Zwischenfall.«

»Zwischenfall?«, wiederholte Miranda. »Was meinen Sie mit Zwischenfall?«

Lawrence richtete den Blick auf Mike.

»Mister Grossman, Sie sollten in Ihr Zimmer gehen. Jemand ... hat Ihren Privatsafe geöffnet.«

»Was?«, rief Mike. Das war alles. Dann rannte er, immer drei Stufen auf einmal nehmend, die Treppe zum Internatsgebäude hinauf. Neal, Lauren und Miranda liefen ihm nach.

Das war es also. Es hatte wieder einen Diebstahl gegeben. Den dritten.

»War es Zero?«, fragte ich. Lawrence seufzte.

»Man hat wieder eine Silbermünze gefunden, ja.«

»Unmöglich!«, brauste Cooper auf. Er wandte sich zu mir. »Du warst doch gar nicht hier! Wie hast du das gemacht, Bradford?«

»Ich war es nicht! Ich habe keinen Fuß aus dem Haus der Nevilles gesetzt. Wie soll ich denn Ihrer Meinung nach aus der Entfernung was stehlen?«

Cooper ging einen Schritt auf mich zu, aber Lawrence stellte sich ihm in den Weg.

»Detective, ich habe Ihnen erlaubt, Kyle Bradford auf richterliche Anweisung hin zu überwachen, und ich habe Ihnen bis jetzt nichts entgegengesetzt, weil ich überzeugt davon war, dass Sie genügend Beweise gegen ihn in der Hand haben. Aber jetzt, angesichts dessen, was geschehen ist, liegt es auf der Hand, dass Kyle nicht die Person ist, nach der Sie suchen. Er war nicht bei Miss Alec, als deren Halskette gestohlen wurde, und er hat sich noch nicht einmal innerhalb des Schulgeländes aufgehalten, als der Safe von Mister Grossman aufgebrochen wurde. Er kann nicht Zero sein!«

»Er wird sich irgendeinen Trick ausgedacht haben ...«, rechtfertigte sich Cooper. »Er ist es, da bin ich ganz sicher.«

»Ich werde Ihr Verhalten keine Minute länger dulden. Wegen Ihnen habe ich zugelassen, dass sich in Drayton drei Fälle von Diebstahl ereignet haben und dass ein unschuldiger Schüler überwacht wurde. Ich gebe Ihnen zwei Tage, um die Überwachungskameras zu entfernen und das Internat zu verlassen. Nach dem Erntedank-Dinner möchte ich Sie hier nicht eine Sekunde länger sehen.«

Noch nie hatte ich Lawrence so nachdrücklich sprechen hören. Ich nahm ihn für gewöhnlich als zimperlichen, schwachen Alten wahr, der den Marotten seiner Schüler nicht gewachsen war und keinen Widerstand leistete. Sein plötzlicher Wandel ließ mich mit offenem Mund dastehen.

Sobald der Direktor kehrtgemacht hatte und sich im Inneren des Internats verlor, drehte sich Cooper wie eine verwundete Schlange zu mir um.

»Ich krieg dich, bevor meine Frist abgelaufen ist. Darauf kannst du wetten.«

KAPITEL 58

Nacht für Nacht machte Lawrence seine Runde über die Gänge, von denen unsere Zimmer abgingen, um sicherzugehen, dass wir auch wirklich schliefen. Miss Winslow, unsere Englischlehrerin, tat dasselbe im Mädchenflügel, und solange die beiden unterwegs waren, lief man bei jeder kleinsten Bewegung und jedem Getuschel Gefahr, eine Strafe aufgebrummt zu bekommen.

Also wartete ich. Lauschte auf die Schritte des Direktors und wartete.

Mir kam es so vor, als würde er vor meiner Zimmertür etwas länger stehen bleiben, und einen Moment lang fürchtete ich, der Alte könnte ein Infrarotgerät einsetzen, mit dem er sehen konnte, ob jemand wirklich schlief oder nur so tat, wie in meinem Fall. Schließlich setzte er seinen Kontrollgang fort.

Mit einem Klacken gingen die Lichter aus, und das Internat versank in tiefe Stille, die nur hin und wieder vom Knarzen der Böden und Wände durchbrochen wurde oder vom Pfeifen des Windes, der an den Bäumen rüttelte. Das Wetter war grässlich. Seit wir zurückgekommen waren, goss es in Strömen; der Regen schien zwar gerade eine kleine Gefechtspause einzulegen, aber der Himmel war immer noch komplett verdunkelt.

Mein Magen knurrte, er verlangte nach Essbarem. Ich hatte nicht eines der Kanapees probiert, die Patrick mir auf seinem Geburtstag angeboten hatte, und zum Abendessen war ich auch nicht gegangen. Ich brachte einfach nicht genug Mut auf, um Mike gegenüberzutreten. Das lag auch daran, dass ich eine schwarze Schachtel unter meinem Kissen gefunden hatte, als ich in mein Zimmer zurückgekommen war, mit der Uhr darin, die ihm gestohlen worden war.

Zero hatte unsere Abwesenheit nicht nur genutzt, um meinen besten Freund zu bestehlen – er hatte sich auch noch in mein Zimmer geschlichen, um den nächsten Fallstrick in meine Sachen zu schmuggeln. Wahrscheinlich in der Hoffnung, dass es Cooper beim dritten Mal endlich gelingen würde, mich ein für alle Mal festzunageln. Ich hatte die Schachtel diesmal zum Glück ohne größere Komplikationen verstecken können. Unter dem Vorwand, dass ich Kopfweh hätte, war ich in die Krankenstation gegangen, und als Natalie einen Moment abgelenkt war, hatte ich mich aufs Klo geschmuggelt, um die Uhr im Spülkasten zu deponieren.

Eine Stunde harrte ich noch aus.

Ich war so müde, dass es ein Leichtes gewesen wäre, einfach die Augen zuzumachen und einzuschlafen. Aber es gab ein paar Dinge zu erledigen. Ich hielt mir mit den Fingern die Augenlider auf und fing an, im Kopf zu zählen, um mich wach zu halten.

Der Einzige, der friedlich schlief, war Len. Ein Bein hing aus seiner Decke hervor und mit einem Arm umklammerte er seinen Rechner; er schnarchte. Seit der Durchsuchung hielt er nachts seinen Laptop im Arm, als wäre er ein Kuscheltier aus

Metall und Kabeln. Wann er wohl kapieren würde, dass das Ding einfach nur eine dumme Maschine war? Seine nächtlichen Ausflüge waren auch weniger geworden. Er war jetzt nicht mehr jede Nacht unterwegs. Verbrachte mehr Zeit in Drayton. In der Bibliothek oder im Speisesaal. Allerdings nach wie vor allein, wie üblich.

Als die Uhr ein Uhr nachts anzeigte, stieg ich aus dem Bett.

Während ich mir die Schuhe anzog, behielt ich die Überwachungskameras im Auge. Ob Cooper mich beobachtete? Er war ja auch nur ein Mensch, irgendwann musste er seine krankhafte Überwachung ja mal aussetzen und sich ausruhen. Oder war er so besessen von mir, dass er sich wirklich krampfhaft Tag und Nacht wachhielt? Jedenfalls traute ich mich nicht, das Licht anzumachen, für alle Fälle, und um den Kameras zu entgehen, bewegte ich mich nur in den dunkelsten Stellen des Zimmers.

Ich griff mir wahllos irgendeinen Pulli aus dem Schrank und zog ihn über den Schlafanzug. Dann schnappte ich mir den Plan, den mir Patrick gegeben hatte, und schlüpfte aus dem Zimmer. Auf Zehenspitzen gelangte ich zum Notausgang, durch den ich Len so oft hinausschlüpfen gesehen hatte. Dahinter war eine Metallleiter angebracht, die im hinteren Teil des Gartens endete.

Ich überlegte nicht lange und stieg die Sprossen hinunter.

Als ich unten ankam, sah ich den Hügel, der sich in der Ferne am anderen Ende von Drayton abzeichnete. Besser ging ich gleich los. Ich hatte noch ein ziemliches Stück vor mir bis zu Richard Blakes Kapelle.

KAPITEL 59

Die Kirche lag genauso verlassen da wie an dem Tag, an dem ich Zero gefolgt war. Allerdings gab sie ein noch erbärmlicheres Bild ab als damals. Der wolkenverhangene, regensatte Himmel über Drayton bot keine wirklich schmeichelhafte Kulisse für ihren verfallenen Zustand.

Ich schlüpfte durch die Tür. Ob Zero sich hier irgendwo versteckt hielt? Und wenn er plötzlich auftauchte und mich angriff? Jedenfalls würde ich ihm ordentlich Kontra geben, so viel war sicher. Wobei ich mir noch eine Schlägerei mit ihm lieber sparen würde. Mir tat immer noch alles weh, und der Kratzer in meinem Gesicht erinnerte mich jeden Morgen daran, dass ich lieber aufpassen sollte.

Plötzlich hörte ich ein Geräusch hinter mir und ich schnellte herum wie eine Feder. Aber es war nur ein Vogel, der von seinem Ruheplatz aufgestoben war, weil ich ihn aus dem Schlaf gerissen hatte. Er flatterte kurz über meinem Kopf, bevor er sich auf einem Dachbalken niederließ und weiterschlief. Erleichtert seufzte ich auf und ging weiter.

Ich kam an die Stelle, an der ich Zeros Spur verloren hatte, und blieb vor der nackten Wand stehen, von der die beiden abgeschabten Teppiche herabhingen.

Um mir einen besseren Überblick zu verschaffen, breitete ich Patricks Plan auf dem Boden aus und suchte die Stelle auf dem Papier. Ich ging jeden einzelnen von Charles Nevilles skizzierten Abschnitten durch und drehte die Karte ein paar Mal, um mich besser orientieren zu können. Aber so oft ich sie auch drehte und wendete und so genau ich die Linien unter die Lupe nahm – das Seitenschiff konnte ich einfach nicht finden.

Es war nicht eingezeichnet.

Und das konnte nur eines bedeuten: Es hatte noch gar nicht existiert, als Patricks Onkel in Drayton zur Schule gegangen war. Das Seitenschiff war neuer als der Rest der Kapelle. Ein nachträglicher Anbau. Ich hob den Plan auf und nahm die Trennwände genauer unter die Lupe. Tatsächlich: Jemand hatte sie künstlich auf alt getrimmt. Man musste nur ein bisschen genauer hinsehen, dann konnte man den Altersunterschied deutlich erkennen. Auch wenn es mir das letzte Mal nicht aufgefallen war – jetzt hatte ich nicht mehr den leisesten Zweifel daran, dass sie lange nicht so alt waren wie der Rest des Gebäudes.

Ich war immer noch mit den Wänden beschäftigt und versicherte mich gerade meiner neuesten Entdeckung, als ich ein Geräusch vernahm, das mich meine Analyse abrupt abbrechen ließ. Ich horchte auf. Da waren Schritte. Schritte auf dem Kirchenboden. Und sie kamen näher.

Mein Herz raste.

Vielleicht hatte mich Cooper ja sogar jetzt, mitten in der Nacht, überwacht und war mir gefolgt. Oder Lawrence hatte doch gemerkt, dass ich wach war, auch das war möglich. Oder ... Oder Zero kehrte wieder in die Kapelle zurück.

Wer von den dreien es auch immer sein mochte – ich hatte schlechte Karten. Lawrence würde mich von der Schule verweisen wegen Verstoßes gegen die Regeln. Cooper würde die Situation als Bestätigung für meinen Fluchtversuch ansehen. Und wenn es Zero war ... Okay, er war unberechenbar. Und das machte ihn zum Gefährlichsten der drei.

Am besten versteckte ich mich erst einmal und fand heraus, mit wem ich es zu tun hatte.

Ich lief zu den Teppichen, die an der Wand hingen, und hob den mit dem aufgestickten Teufel darauf an. Der Platz dahinter war zwar nicht besonders groß, aber er reichte aus, damit ich mich vollständig darin verbergen konnte. Ich zwängte mich in den winzigen Zwischenraum und ließ den Stoff fallen. Minuten später kam ein Schatten an der Stelle vorbei, hinter der ich mich versteckt hielt. Ich nahm den langsamen Gang wahr und das Rascheln der Kleider beim Laufen. Dann hob ich eine Ecke des Teppichs an, um zu sehen, wer sich auf der anderen Seite meines Verstecks verbarg. Direkt neben der Ziegelwand, die das Seitenschiff der Kapelle an seiner Stirnseite begrenzte, zeichnete sich ein Rücken ab. Er musste sich nicht erst umdrehen – mir war auch so klar, dass es weder Lawrence noch Cooper noch Zero war. Er trug einen schwarzen Seidenschlafanzug, der mir bekannt vorkam, und einen kantigen Gegenstand unter dem Arm. Einen Rechner.

Aber nicht irgendeinen Rechner.

Es war Lens Laptop, den er immer so hingebungsvoll tätschelte. Ich ließ den Blick nach oben zum Hinterkopf des Besuchers schweifen. Deshalb also kam mir der Schlafanzug so bekannt vor.

Die Person vor der Ziegelwand war mein Zimmergenosse.

KAPITEL 60

Len kniete sich hin. Er legte den Laptop auf dem Boden ab und drückte die Hände gegen die Wand. Ich dachte erst, er würde Dehnübungen machen oder irgendeine dieser komischen Bewegungen, die ihm seinen Spitznamen, Crazy Len, eingebracht hatten. Aber das war es nicht. Seine Finger tasteten einen ganz bestimmten Teil der Wand ab, als würde er etwas suchen. Er drückte gegen einen der Ziegel und zu meiner Überraschung wich der Stein zurück.

Einfach so.

Hallo? Seit wann ließen sich Ziegelsteine einfach so wegbewegen? Entweder war ich bisher zufällig immer nur auf besonders fest einbetonierte Exemplare gestoßen, oder Len hatte ein Glück, mit dem er sich um einen Eintrag ins Guinness Buch der Rekorde bewerben konnte.

Dort, wo eben noch der Ziegel war, klaffte jetzt ein Loch, nicht besonders groß, und dort drinnen konnte ich ein Eingabefeld mit zehn Tasten erkennen. Eine für jede Ziffer, von null bis neun. Darüber war ein flimmernder Bildschirm mit sechs leeren Feldern angebracht.

Plötzlich begriff ich alles.

Das war der Mechanismus, den Zero benutzt hatte.

Es gab gar keine versteckten Schalter oder irgendwelche Zaubertricks oder geheimen Falltüren. Ein verschlüsselter Mechanismus war es, verborgen hinter einem falschen Ziegelstein, den ich bei meiner Suchaktion übersehen hatte. Deshalb hatte der Dieb abtauchen können, bevor ich ihn erwischte.

Aber wenn Zero an dieser Stelle verschwunden war und Len den Ort kannte ...

So langsam konnte ich mir alles zusammenreimen.

Für Len, der das Zimmer mit mir teilte, war es natürlich viel einfacher als für jeden anderen, unbemerkt die Schachtel mit Mikes Uhr unter mein Kissen zu legen oder den Umschlag mit Zeros Nachricht auf meinem Bett zu platzieren und dann später so zu tun, als hätte er keine Ahnung. Oder mich nicht zu wecken an dem Morgen, an dem ich verschlafen hatte, weil ich ja gar nicht mitbekommen sollte, dass Laurens Halskette gestohlen worden war. Oder vielleicht sogar meinen Wecker auszustellen ...

Hieß das jetzt, er war Zero? Der Hundert-Millionen-Dieb hat die ganze Zeit im Bett neben mir geschlafen?

Ich musste versehentlich irgendein Geräusch gemacht haben, jedenfalls drehte sich Len abrupt um und sah argwöhnisch in meine Richtung. Schnell ließ ich den Teppich los und presste mich, so gut ich konnte, gegen die Trennwand. Er durfte mich auf keinen Fall entdecken. Dann wäre die Chance vertan, herauszufinden, ob er wirklich Zero war.

Mit wie wild pochendem Herzen hielt ich den Atem an und wartete, bis Len sich vergewissert hatte, dass niemand außer ihm in der Kirche war.

Schließlich wandte er sich wieder dem Eingabefeld in der Lücke zu, in der zuvor der Ziegel gelegen hatte. Wieder hob ich den Teppich und fokussierte die Tasten, die seine Finger jetzt berührten. 1. 2. 0 … Die Ziffern erschienen auf dem Bildschirm, wo sie eine nach der anderen die leeren Stellen ausfüllten. Jetzt fehlten nur noch drei …

Plötzlich setzte sich die Ziegelwand in Bewegung. Langsam schob sie sich zurück, bis sie wenige Zentimeter von ihrer ursprünglichen Position entfernt stehen blieb. In der Mitte der Wand hatte sich eine Öffnung aufgetan und die beiden Wandhälften schoben sich jetzt auseinander. Wie konnte das sein? Der Code war doch noch gar nicht vollständig. Es waren doch erst drei Ziffern eingegeben, die drei anderen Stellen waren noch leer.

Len war offenbar genauso verstört wie ich und wich befremdet zurück.

Jetzt tauchte eine Gestalt aus dem Inneren auf.

»Du kommst spät, Len.«

Ich erkannte die Stimme. Eindringlich. Androgyn. Kalt.

Zero.

KAPITEL 61

Da war er. Ich konnte ihn noch so oft sehen, an seine düstere, wilde Erscheinung würde ich mich nie gewöhnen. Genauso wenig wie an das Gefühl, das mich in seiner Nähe überkam ... eine Mischung aus Beklemmung und Wut.

»Du solltest die Tür nicht auf die Art öffnen«, klagte Len. »Einen Moment lang habe ich gedacht, dass ...«

»Ich habe dich eben kommen hören und wollte dich begrüßen. Außerdem dachte ich, du kommst früher. Was war los?«

»Ich bin eingeschlafen.«

Zero schnaubte.

»Ich konnte nichts dafür! Ich habe darauf gewartet, dass Kyle endlich einschläft, damit er mich nicht rausgehen sieht. Das hat ewig gedauert. Er hat sich die ganze Zeit im Bett herumgewälzt. Und dann bin ich beim Warten eingeschlafen.«

Wie gut, dass ich das Kissen so drapiert hatte, dass Len in der Dunkelheit gar nicht bemerkt hatte, dass ich auch nicht mehr im Bett lag.

»Er wird nervös sein«, murmelte Zero. »Jetzt fehlt nicht mehr viel.«

Len war irgendwie unruhig.

»Es könnte sein, dass seine Erinnerung langsam zurückkommt.«

»Was?«

»Er hat die ganze Zeit Albträume, und ich höre ihn immer öfter reden im Schlaf. Mal ganz abgesehen davon, was in Westlake passiert ist«, flüsterte Len. Er sprach so leise, dass ich mich richtig anstrengen musste, um ihn zu verstehen. Zero schnalzte mit der Zunge.

»Unser Plan darf nicht fehlschlagen! Er ist der beste Deckmantel, den wir haben, damit Coopers Verdacht nicht auf uns fällt.« Er war unruhig. *Verschreckt.* Hinter der sorgsam gehüteten Fassade von Selbstsicherheit hatte er Angst. Angst vor mir. Eine Anwandlung von Stolz durchfuhr mich.

»Meinst du, Cooper glaubt immer noch, dass er Zero ist?«

»Ich weiß es nicht. Jedenfalls ist Kyle ziemlich lästig. Lästiger, als wir dachten. Er hört einfach nicht auf, herumzuschnüffeln. Und nachdem, was mit den Listen passiert ist ...«

»Gut, dass du überhaupt gemerkt hast, dass er sie hatte.«

»Ja. Obwohl er es mir ja nicht gerade leicht gemacht hat. Er hat mich bis hierher verfolgt, um sie sich zurückzuholen.«

»Bis hierher? Willst du damit sagen, dass er das Versteck gesehen hat?«

»Ich denke nicht. Ich konnte ihn ablenken.«

»Das hoffe ich doch. Wenn er den Ort hier findet ... er misstraut mir sowieso schon, da brauchen wir ihm nicht noch einen Grund zu liefern, mit seinen Nachforschungen weiterzumachen.«

»Was meinst du damit?«

»Kyle weiß, dass ich mich nachts aus dem Zimmer schleiche.«

»Len!«

»Er schläft nicht, einfach gar nicht! Ist doch kein Wunder, dass er mich irgendwann mal gehört hat. Ist nicht so einfach als sein Mitbewohner, okay?! Außerdem weiß er ja nicht, dass ich hierherkomme. Wahrscheinlich denkt er, dass ich ein Date habe.«

Stimmt, das war mir wirklich als Erstes eingefallen. Aber da hatte ich mich wohl getäuscht.

»Wenn er die Wahrheit herausfindet …«

»Dann sitzen wir ganz schön in der Klemme, ich weiß.«

»Schlimmer noch – dann wäre alles, was wir getan haben, umsonst gewesen.«

»Wir müssen unbedingt verhindern, dass er uns auf die Spur kommt, zumindest bis wir fertig sind.«

»Nur noch eine Aktion, dann haben wir's. Hast du alles dabei?«

Len ging in die Hocke und griff sich seinen Rechner.

»Ist alles hier drin.«

»Gut.«

»Wir sollten alles so frühzeitig wie möglich vorbereiten.«

Und ohne ein weiteres Wort überschritten die beiden die Schwelle der Geheimtür, die genauso geräuschlos hinter ihnen zufiel, wie sie sich zuvor geöffnet hatte. Sobald ich sie nicht mehr sehen konnte, schlüpfte ich aus meinem Versteck. In meinem Kopf drehte sich alles wie verrückt nach dem, was ich gehört hatte.

Len war zwar nicht Zero … aber er half ihm.

Er hatte jede meiner Bewegungen verfolgt.

Er wusste von den Plänen des Hundert-Millionen-Diebs und hatte nichts unternommen, um ihn aufzuhalten.

Warum? Hasste er mich und wollte mich um jeden Preis verletzen? Schon möglich – besonders gut hatten wir uns ja noch nie verstanden. Oder ging es ihm nur darum, Zero zu schützen? Vielleicht hatte Len ja doch einen Freund in Drayton, für den er bereit war, alles aufs Spiel zu setzen ...

Aber das war jetzt nicht das Wichtigste. Ich war ihnen ziemlich nahe gekommen. Nah genug, um ihre Pläne zu gefährden. Nah genug, um den Meisterdieb aus der Ruhe zu bringen. Sie waren davon ausgegangen, dass ich folgsamer wäre – aber der Schuss ging nach hinten los. Und jetzt hatten sie Angst, dass ich weiter herumschnüffeln würde – mehr als alles andere fürchteten sie das.

Wenn ich doch nur herausbekommen könnte, was sie als Nächstes austüftelten. Noch bevor sie den nächsten Schritt unternehmen konnten, würde ich sie alle beide auffliegen lassen. Und Cooper würde gar nichts anderes übrig bleiben, als zuzugeben, dass er sich getäuscht hatte.

Nur wie? Wie konnte ich herausfinden, was Zero vorhatte? Ich hatte ja nicht einmal Zugang zu seinem Versteck. Ich hatte nur drei der sechs Ziffern gesehen, die ich brauchte, und die fehlenden herauszufinden, konnte ich gleich vergessen, dafür gab es viel zu viele Kombinationsmöglichkeiten.

Es musste einen anderen Weg geben.

Lens aufgelöstes Gesicht, als Cooper seine Sachen durchsuchte, gab mir den nötigen Hinweis. Ich trommelte mit den Fingern auf den Teppichteufel und grinste. Ja ... der Moment war gekommen, meine eigenen Spielfiguren in Bewegung zu setzen und zum Gegenangriff überzugehen.

DRITTER TEIL

KAPITEL 62

Am nächsten Tag fand das Erntedankfest statt und ganz Drayton warf sich in Schale. Die Hauptfassade wurde mit Abzeichen geschmückt, auf die der Adler mit den ausgebreiteten Flügeln gestickt war – ein Teil des Wappens unserer Schule –, und von den Fenstern und Balkonen hingen grün-goldene Banderolen herab. Drinnen waren die Gänge mit üppigen Blumenarrangements dekoriert und um die Marmorsäulen waren Girlanden gewickelt.

Das Foyer, in dem jedes Jahr der feierliche Empfang vor dem Essen stattfand, war mit großen Teppichen ausgelegt worden und die beiden Kronleuchter waren auf Hochglanz poliert. Sogar die Glaskuppel über dem Empfangszimmer war geputzt worden – nicht das kleinste Stäubchen sollte man darauf finden können.

Auch wenn ich es ungern zugab, Miranda und Lauren hatten dieses Jahr fantastische Arbeit mit der Deko geleistet. Sie hatten sich förmlich selbst übertroffen.

Trotzdem hielt ich mich fernab der allgemeinen Begeisterung und schenkte der Verwandlung des Internats und den umherhetzenden Leuten, die noch schnell die allerletzten Details anbrachten, kaum Beachtung.

Während ich die Weste meines Smokings zuknöpfte, ließ ich Len im Spiegel nicht aus den Augen. Ich war vor ihm von der Kapelle zurückgekommen, hatte ihn aber später verstohlen ins Zimmer schleichen hören, weil ich kein Auge zubekommen hatte. Nach halb sieben Uhr morgens war es da schon gewesen. Er hatte sich ins Bett gelegt, sich ausgezogen und dann mit seinem Handy in mein Gesicht geleuchtet, um sicherzugehen, dass ich auch wirklich schlief.

Und ich dachte, Cooper sei der Einzige, der mich überwachte ...

Ich war gerade fertig, als es klopfte. Len ging zur Tür und öffnete. Mike, im dunkelgrauen Anzug und mit ockerfarbener Fliege, die seine Augen gut zur Geltung brachte, warf ihm zur Begrüßung einen verächtlichen Blick zu. Er gab ein Schnauben von sich und schob Len zur Seite, um an ihm vorbei ins Zimmer zu gelangen.

»Bist du fertig, Kyle?«

»Auch Hallo«, grummelte Len. Mike ignorierte ihn.

»Ja«, antwortete ich. Ich gab's auf. Die Tage, an denen ich nichts gegessen und schlecht geschlafen hatte, hatten Spuren hinterlassen. Da konnte ich mir noch so viel Mühe geben – es brachte nicht viel. Ich hoffte nur, dass Tante Jane nicht in hysterisches Gekreische ausbrechen würde, wenn sie meine Augenringe sah. Mike stellte sich neben mich und musterte kritisch seine eigene Aufmachung. »Tut mir leid wegen deiner Uhr, Alter.«

»Tja. Sieht so aus, als hätte Zero es ganz speziell auf meine Familie abgesehen. Erst das Diadem meiner Mutter und jetzt auch noch die Uhr. Und dann besitzt er auch noch die Frechheit, mir zur Belohnung eine seiner idiotischen Münzen dazulassen.«

Ich bemerkte, das Len wachsam geworden war und mit gespitzten Ohren unserem Gespräch folgte. Wie auch nicht ... es ging schließlich um Zero.

»Übrigens – wo warst du gestern eigentlich noch?«, fragte Mike. »Wir haben dich beim Abendessen vermisst.«

»Sagen wir mal, ich hatte eine Verabredung, die sich nicht aufschieben ließ.« Mike interpretierte meine Aussage auf seine eigene Art. Er stieß mich mit dem Ellbogen an und lachte.

»Und wer war sie? Bestimmt eine der Neuen aus der Neunten. Da sind ja ein paar ganz nette Häschen dabei.«

»Kannst du laut sagen. Hast du die Rothaarige gesehen, die in Deutsch geht?«

Mike ließ sich noch eine Weile darüber aus, wer wohl meine letzte Eroberung war, und ich spielte mit, mit dem aufgeräumtesten Gesicht, das ich hinbekam. Niemand durfte bemerken, wie unruhig ich war, nicht einmal er. Schließlich legte ich meinem Freund lachend den Arm um die Schulter, und ohne uns von Len zu verabschieden, verließen wir das Zimmer.

»Hast du das gesehen?«, fragte Mike, als ich die Tür hinter mir zuzog. »Ich bin sicher, dass Crazy Len nicht mal weiß, wie man eine Fliege bindet. Auf wie vielen Partys war der eigentlich schon? Ich wette um alles, was du willst, dass er sich heute noch zum Gespött der Leute machen wird.«

Ich legte den Kopf schief. Nach dem, was ich letzte Nacht gesehen hatte, war ich gar nicht mehr so sicher, dass Len wirklich so dämlich war.

Der Korridor, von dem die Zimmer abgingen, war gesteckt voll mit schreienden, herumalbernden und quasselnden Schülern. Nur Cooper war still. Wie eine Porzellanfigur stand er neben meinem Zimmer. Neal hatte seinen festlichsten Anzug angezogen und schlenderte, mit einem Geldbündel spielend, das er bestimmt bei einer seiner illegalen Spielpartien gewonnen hatte, im Korridor auf und ab.

»Hey, hey, unser Dornröschen verlässt sein Schloss«, säuselte er. »Nur zu deiner Info: Du hast gestern Abend verpasst, wie Mike den Direktor zur Schnecke gemacht hat.«

»Also bitte … Wie oft willst du das jetzt eigentlich noch erzählen?«, maulte Mike.

»Was denn? Das war eine Vorstellung, wie ich sie selbst nicht besser hinbekommen hätte. Er war so sauer wegen seiner Uhr, dass er in Lawrence' Büro gestürmt ist und eine Beleidigungssalve auf ihn abgefeuert hat, bis ihm die Luft ausging.«

»So war's gar nicht.«

»Ach nein? Dann war das also nicht deine Stimme, die man bis in den ersten Stock gehört hat und die dem Direktor an den Kopf geworfen hat, dass er total unfähig ist?«

Ich beschloss, mich einzumischen, bevor das noch ewig so weiterging.

»Hört mal, ich brauche eure Hilfe.« Mike checkte als Erster, dass ich aufgehört hatte zu lachen und dass ich es ernst meinte.

»Worum geht's?«

»Ich kann nicht runter auf den Empfang mit euch. Ich muss vorher noch woandershin. Wenn jemand nach mir fragen sollte«, und dieser Jemand wäre wohl vor allem Cooper, »dann sagt ihm einfach, dass mir nicht gut ist. Würdet ihr das tun?«

»Klar, kein Problem. Aber …« Mike sah zu Neal, als wäre es ihm lieber, wenn der weitersprechen würde.

»Was Mike sagen will, ist, dass wir uns Sorgen um dich machen. Du bist irgendwie so komisch in letzter Zeit. Dauernd verschwindest du einfach, du schwänzt den Unterricht und verhältst dich, als wärst du paranoid. Dürfen wir vielleicht mal erfahren, was eigentlich los ist?«

Gute Frage. Ja, was war eigentlich los mit mir?

»Kyle«, sagte Mike. »Wir sind schon so lange Freunde, und wenn du unsere Hilfe brauchst, dann kannst du auf uns zählen, das weißt du. Nur können wir dir nicht helfen, wenn du nicht sagst, was los ist.«

Sie hatten recht. Ich war meinen Freunden ausgewichen, weil ich sie nicht reinziehen wollte in die Sache mit Zero, aber was ich dabei nicht bedacht hatte, war, wie seltsam mein Verhalten ihnen eigentlich vorkommen musste.

»Ich verspreche euch, später alles zu erklären. Nur zum jetzigen Zeitpunkt ist das ... schwierig. Ihr müsst mir einfach vertrauen. Bitte.« Mikes Gesichtszüge entspannten sich und Neal nickte.

»Okay, Kyle. Hauptsache, du bist nicht in irgendeinen Mist verwickelt.«

»Danke, Jungs. Ich bin euch was schuldig.«

KAPITEL 63

Ich rannte los. Viel Zeit blieb mir nicht, um meinen Plan in die Tat umzusetzen. Wenn ich zu lange brauchte, würden Lawrence und Cooper Verdacht schöpfen. Sie würden denken, dass irgendetwas nicht stimmte, weil ich nicht im Foyer war, und dass ich etwas im Schilde führte. Und dann würden sie jeden Stein umdrehen, um mich zu finden, genau wie beim letzten Mal. Dabei musste ich sie mir jetzt umso mehr vom Hals halten.

Und das erreichte ich am besten, wenn ich so schnell wie möglich bei Tante Jane unten im Foyer auftauchte. Mike und Neal würden mich zwar decken, aber die Ausrede »Kyle fühlt sich nicht so gut« würde sie auch nicht ewig in Schach halten.

Ich bahnte mir einen Weg den Korridor entlang, von dem die Jungszimmer abgingen, und stieß unterwegs auf ein paar Leute, die neidisch meinen Maßanzug musterten. Dann ließ ich die Doppeltür hinter mir und wandte mich in Richtung Ostflügel.

Die Mädchenzimmer waren anders angeordnet als unsere. Sie bildeten ein riesiges Rechteck mit Türen zu beiden Seiten und einem großen Gemeinschaftsraum in der Mitte, der als Treffpunkt diente. Ich kannte mich mit der Anordnung der Zimmer ganz gut aus, weil ich schon früher im verbotenen Flügel gewesen war. Mehrfach. Ziemlich oft sogar, wenn man es genau nimmt. Ich hatte mir genau eingeprägt, wo genau es in den Korridoren um die Ecke ging, damit ich immer wusste, wo ich mich verstecken konnte, wenn plötzlich eine Lehrerin auftauchte, und so flatterte mir auch nicht der Puls, weil mich etwas Unbekanntes erwartete, als ich den Gebäudeteil betrat.

Wie zu erwarten, machte sich die Aufregung vor dem ersten großen Ereignis dieses Schuljahrs nicht nur im männlichen Sektor bemerkbar. Die Gänge waren voll von hektisch umherrennenden Mädchen, die sich nebenbei noch den letzten Schliff verpassten. Als sie mich in ihr Revier eindringen sahen, richteten sich sämtliche Augenpaare auf mich. Erst erstaunt. Dann nervös. Keine von ihnen machte Anstalten, einen Lehrer zu benachrichtigen. Sie waren so sehr damit beschäftigt, sich durch die Haare zu streichen und mir aufreizende Blicke zuzuwerfen, dass keine von ihnen auch nur den Mund aufbekam.

»Guten Tag, die Damen«, sagte ich ritterlich. Dümmliches Gelächter und der ein oder andere Augenaufschlag. Ich lächelte. Die ganze Zeit von oben bis unten gemustert zu werden, machte mich so langsam unruhig, und ich bahnte mir den Weg zwischen den Mädchen hindurch. »Beachten Sie mich einfach gar nicht. Machen Sie sich einfach weiter zurecht. Ich bin hier nur auf der Durchreise.«

»Das ist Kyle«, tuschelte es um mich herum. Wie ein Chor wiederholten sie meinen Namen, und ich merkte, wie ich rot wurde. Ich passierte den Treppenabsatz und gelangte an eine der Türen am anderen Ende des Flügels. Ich klopfte an. Gerade einmal zwei Sekunden später ging die Tür auf. Gisella

Taylor runzelte die Stirn, als sie mich sah. Der Schritt ihrer Hose hing ihr fast bis zu den Knien und an ihrer Nase war deutlich zu sehen, wo einmal das Piercing gewesen war, das zu entfernen Lawrence sie am ersten Schultag genötigt hatte. Hatte ihr denn niemand gesteckt, dass sie sich mal langsam schick machen sollte für das Erntedank-Dinner?

»Was tust du hier?«, fragte sie. Zu einem »Hallo, na, wie läuft's bei dir so, Kyle?« war sie scheinbar nicht aufgelegt. »Liest du nicht die Jungs-verboten-Schilder am Eingang zum Mädchenflügel?«

»Ich brauche deine Hilfe«, antwortete ich mit dünner Stimme. »Dringend.«

»Wenn du auf der Suche nach einem Mädchen bist, mit dem du dir die Zeit vertreiben kannst, dann hast du an der falschen Tür geklopft.«

Sie wollte die Tür wieder zumachen, aber ich stellte meinen Fuß dazwischen.

»Diese Art von Hilfe meine ich nicht.« Sie schien zu begreifen und stieß einen Seufzer aus.

»Na gut, komm rein.«

Sie öffnete die Tür wieder ganz und versetzte ihr, sobald ich in ihrem Zimmer war, einen Stoß, sodass sie krachend ins Schloss fiel. Die Mädchen im Korridor brachen in Getuschel aus, und ihre Stimmen drangen trotz der Heavy-Metal-CD, die bei Gisella lief, bis an meine Ohren. Mein Besuch würde eine Lawine an Gerüchten lostreten, die sich bis zum Schuljahresende halten würden, das war schon mal sicher.

»Okay. Was willst du dann?«

»Das hier brauche ich.« Ich zog ein zusammengefaltetes Papier hervor, auf das ich ein paar Stunden zuvor etwas gekritzelt hatte. Gisella las es, ohne eine Miene zu verziehen.

»Und deshalb die ganze Hektik?«

»Ich brauche es jetzt gleich. Kannst du es besorgen?«
»Kann ich. Kommt nur drauf an, wie viel du zahlst.«
»So viel du willst.«
Ein Anflug von Geldgier tauchte in Gisellas Gesicht auf.
»Wusste ich's doch, dass wir miteinander ins Geschäft kommen würden, Kyle.«

Mehr sagte sie nicht. Sie drehte sich um und kniete sich vor das Fußende des Bettes. Dann schob sie die Hand unter das Bettgestell und zog eine große Holzkiste hervor. Feierlich öffnete sie den Deckel, und ich beugte mich zu ihr, um zu sehen, was sich darin verbarg. Die Kiste war bis oben voll mit Medikamenten. Von Aspirin über Sonnencreme und Antibiotika bis hin zu verschiedenen Hustensäften. Eine echte Wanderapotheke.

Denn Gisella Taylor sah zwar aus wie ein Rockstar, war aber trotz allem die Tochter des Besitzers der Taylor Laboratories Corporation, eines der bedeutendsten Pharmakonzerne weltweit. In den Fabriken des Konzerns wurden mehr als die Hälfte aller Medikamente der USA hergestellt und vertrieben, und fast 80 Prozent aller europäischen und asiatischen Länder verkauften irgendein Produkt, das das Zeichen der Taylor Corp. auf der Verpackung trug.

Jahr für Jahr schmuggelte Gisella in ihrem Gepäck Dutzende von Medikamenten ins Internat, die sie dann illegal in der Schule verkaufte. Natürlich bezahlte man den doppelten Preis dafür, aber zumindest hatte man dann auch noch ein Reserveaspirin, wenn Natalie fand, dass man schon genügend eingeworfen hat für den Rest des Jahres.

»Das Geschäft scheint ja gut zu laufen.«

»Ich kann nicht klagen.« Gisella nahm eine kleine Dose aus der Kiste und wackelte damit vor meinem Gesicht herum. »Bitte sehr. Ist es das, was du wolltest?«

Ich las das Etikett, das auf der Verpackung klebte.

»Ja. Das ist es.«

»Gut. Macht hundert Dollar.«

»Was?! Bist du völlig übergeschnappt?«

»Ich dachte, es ist dringend.«

»Aber ...«

»Also, dann macht es eben hundert Dollar.«

Ich war noch nie besonders gut im Handeln gewesen, und was das Feilschen um Preise betraf, konnte ich ihr vermutlich kaum das Wasser reichen. Ich schnaubte und nahm hundert Dollar aus meinem Portemonnaie. Dass das nichts anderes als Abzocke war, war mir auch klar, aber was blieb mir übrig?

»Hier«, sagte Gisella, sobald sie das Geld in der Hand hatte. Sie reichte mir die Dose und sah mich jetzt interessierter an als zuvor. »Du musst das Zeug ja wirklich dringend brauchen, wenn du bereit bist, eine solche Summe für etwas hinzulegen, das nicht mal zehn Dollar wert ist.«

Dass mir der Betrug, auf den ich gerade hereingefallen war, auch noch unter die Nase gerieben wurde, brauchte ich echt nicht. Ich drehte mich um und lief aus dem Zimmer. Wie ein Vollidiot kam ich mir vor. Die Mädchentraube stand noch immer im Korridor, und kaum hatte ich einen Fuß aus Gisellas Zimmer gesetzt, war ich auch schon wieder zur Zielscheibe ihrer vollen Aufmerksamkeit geworden.

»Komm gerne jederzeit wieder, Kyle«, rief Gisella. Ihre Stimme klang dabei gespielt gelangweilt und süßlich zugleich – die perfekte Mischung, um mit den letzten Zweifeln ihrer Kolleginnen über den Grund meines Besuchs aufzuräumen.

Seufzend umklammerte ich die Dose in meiner Jackentasche und ging im Eiltempo den Korridor hinunter.

KAPITEL 64

Als ich aus dem Mädchenflügel kam, stieß ich auf Cooper. Nachdem er nicht so dreist gewesen war, mir bis in Gisellas Zimmer zu folgen, blieb mein Schachzug hinter der Maske eines banalen Techtelmechtels verborgen.

»Schon wieder mit Überwachen beschäftigt?«

»Du weißt, dass das mein Job ist, Zero.« Wenn mein Plan funktionierte, würden ihm die Worte noch im Hals steckenbleiben. Ich ging um ihn herum und lief weiter.

»Wohin des Wegs?«

»Was geht's Sie an?«

»Solltest du nicht runter ins Foyer gehen und am Empfang teilnehmen?«

»Später.«

Weitere Erklärungen bekam er nicht. Wenn ich gesprächiger wäre, würde er nur Verdacht schöpfen. Ich hakte ihn ab und kehrte in mein Zimmer zurück.

Len war immer noch nicht fertig. Er diskutierte mit seiner Fliege, während er versuchte, sie sich umzubinden. Mike hatte ins Schwarze getroffen. Len hatte keine Ahnung, wie man sich festlich anzog. Ich holte Luft. *Jetzt, Kyle. Das ist der richtige Moment.*

»Soll ich dir helfen?«

»Ich hab dich nicht drum gebeten.«

»Ach, komm. Sei nicht so ekelhaft. Ich versuche einfach nur, nett zu sein.« Dabei würde ich ihn unter anderen Umständen so was von anschreien. Ich riss mich zusammen. Wenn ich Erfolg haben wollte, musste ich meine Rolle schon perfekt beherrschen. »Hör mal, wir sind hier schließlich das ganze Schuljahr über zusammen. Es ist doch total blöd, die ganze Zeit zu streiten.«

»Ich komme allein zurecht. Ich bin nicht wie deine Freunde, Bradford, die überhaupt nichts auf die Reihe kriegen ohne dich.«

Was weißt du schon von Mike und Neal, du Verräter?

»Ach komm, ein bisschen Hilfe kann doch nicht schaden, wenn man sie gerade ganz gut brauchen kann. Findest du nicht?«

Ich richtete ihm die Fliege. Bei seinem armseligen Versuch, sie an die richtige Stelle zu manövrieren, hatte er so lange daran herumgefummelt, dass sie völlig aus der Form geraten war.

»Jetzt lass dir doch helfen.« Len folgte meinen Bewegungen kommentarlos. Sein Gesicht strahlte Besorgnis, Angst und Unruhe aus. Als ich fertig war, gab ich ihm einen Klaps. »Fertig.«

»Da-danke.«

Heuchler! Du wirst noch bereuen, was du getan hast. Wirst schon sehen.

»Ah, ich muss was trinken. Du auch? Irgendwie macht mir das ganze Getue um das Erntedank-Dinner einen wahnsinnigen Durst.«

Ich ging zu dem Bord mit meinen Unterrichtsbüchern und zog die beiden Dosen hervor, die ich hinter meinem Chemieheft versteckt hatte. Ich hatte sie noch am selben Morgen besorgt, damit dann auch alles rechtzeitig griffbereit wäre.

Ohne seine Antwort abzuwarten, öffnete ich die Dosen. Len hatte seine Aufmerksamkeit wieder auf den Spiegel gerichtet und fummelte immer noch an der Fliege herum.

Das war meine Chance.

Ohne Gisellas Dose aus der Tasche zu nehmen, damit Coopers Kameras die Aktion nicht aufzeichnen konnten, löste ich den Deckel und nahm drei Pillen heraus. Ich ließ sie so hektisch in die Dose zu meiner Linken fallen, dass ich mir fast deren gesamten Inhalt über die Hose gekippt hätte.

»Wie wär's mit Waffenstillstand? Keine blöden Sprüche mehr für eine bestimmte Zeit. Einverstanden?« Ich setzte eine freundschaftliche Miene auf und hielt Len das Getränk hin, in das ich die Tabletten geworfen hatte.

Er sah die Dose an. War verwirrt. Das konnte ich in seinen Augen sehen. Er war unsicher, ob er sie nehmen sollte oder nicht, und sein Zögern raubte mir das letzte bisschen Geduld, das ich noch hatte. *Jetzt nimm schon, Mann!* Er schwankte noch kurz und nahm dann das Getränk an sich.

Nur führte er die Dose nicht an den Mund.

»Trinkst du nicht?«, fragte ich.

»Hmm ...« Er zögerte immer noch.

»Na, komm«, insistierte ich. »Auf unseren Waffenstillstand.«

Und dann lächelte er. Wie an dem Abend, als er mir von dem Heim erzählt hatte. Er stieß seine Dose gegen meine und nahm einen tiefen Schluck.

»Das hätte ich nie gedacht, weißt du?« Ich behielt ihn die ganze Zeit im Blick.

»Was denn?«

»Dass wir zwei uns mal gut verstehen würden.«

Len öffnete den Mund, um etwas zu erwidern. Aber er brachte kein Wort heraus. Er klammerte sich an den Türrahmen, als müsste er sich plötzlich abstützen.

»Du siehst aus, als ob dir schlecht ist. Alles okay?«

»Ich …« Er taumelte und musste sich setzen, um nicht hinzufallen. »Ich fühle mich … irgendwie nicht so gut.«

»Ach wirklich? Das kommt jetzt aber wirklich sehr ungelegen«, antwortete ich. Ich konnte nicht vermeiden, dabei hämisch zu lachen.

Jetzt merkte Len, dass etwas nicht stimmte.

»Was … hast du … mit mir gemacht, Kyle?«

»Wirklich sehr ärgerlich, dass du dich so schlecht fühlst.« Ich ging ganz nah an sein Ohr heran, damit nur er mich hören konnte und es keine Zeugen gab für das, was ich ihm sagen würde. »Wie ist denn euer Gespräch gestern ausgegangen? Muss ja ganz schön anstrengend gewesen sein, bis sechs Uhr morgens zu quatschen. Nicht wahr?«

Eine schreckverzerrte Grimasse durchfuhr Lens Gesicht.

»Du … Du verstehst das nicht … Kyle, bitte …«

»Was soll ich denn verstehen?«, murmelte ich. Ich konnte meine Wut nur mit Mühe zurückhalten. »Ihr wolltet mir etwas in die Schuhe schieben, was ich nicht getan habe, nur um eure eigene Haut zu retten. Ihr habt dafür gesorgt, dass die Polizei mir bis nach Drayton gefolgt ist. Und da besitzt du die Frechheit, mir zu sagen, dass ich nichts verstehe?« Len fielen immer wieder die Augen zu. Ich konnte sehen, wie er mit letzter Kraft gegen den Schlaf ankämpfte. »Ach übrigens, willst du wissen, was ich dir gegeben habe? Schlaftabletten. Dieselben, die auch Tante Jane nimmt, wenn sie nicht schlafen kann. Ehrlich gesagt kenne ich mich nicht besonders aus mit Medikamenten, aber dafür habe ich ein gutes Gedächtnis. Gisella hat mir eine Menge Asche dafür abgeknöpft, aber das war vermutlich das bestinvestierte Geld meines Lebens. Ich hätte echt nicht gedacht, dass es so heftig wirkt.«

»Nein ... nein ... Kyle«, hauchte Len. In seiner Stimme lag so etwas wie ein verzweifeltes Flehen. »Bitte ...«

»Ich kann echt nicht glauben, dass du so etwas getan hast.« Ich stand auf und ging ein paar Schritte zurück. Der Ausdruck von Verzweiflung in seinem Gesicht machte mir Gewissensbisse.

Ich ließ ihn allein mit seinem vornüberkippenden Kopf und wandte mich seinem Rechner zu. Er lag auf seinem Kissen, zusammen mit dem Stapel Bücher, den Len die ganze Zeit hin- und herwuchtete. Das war es, was ich eigentlich suchte. Was ich brauchte, um Zero auf die Spur zu kommen.

Len gab ein Stöhnen von sich.

»Nein, Kyle ... wir ... in Gefahr ... wir ...«

Bevor er den Satz beenden konnte, sank er auf seinem Stuhl in sich zusammen. Seine Worte wurden vom Schlaf verschluckt.

KAPITEL 65

Den Laptop auf dem Schoß, setzte ich mich auf mein Bett. Auf dem Bildschirm tanzte das Logo der Lu Corporation auf und ab. Er war eingeschaltet. Sein ganzer Inhalt stand mir zur freien Verfügung. Ich stieß einen Freudenschrei aus.

Aber als ich anfing, den Computer zu durchsuchen, und mir klar wurde, dass sich hunderttausende von Dateien auf der Festplatte befanden und ich überhaupt nicht wusste, wo ich mit meinen Nachforschungen anfangen sollte, da sackte mein Optimismus in sich zusammen wie ein Luftballon, aus dem die Luft gelassen wird. Allein auf dem Desktop gab es schon über zwanzig Dateien, alle unterschiedlich benannt. *Alpha-Projekt. Mobile Entwicklung. Innovationen Lu Corporation. Aktionärsversammlung.* Aber welche hatten sich Zero und Len in der Nacht zuvor angesehen? Ich hatte echt keine Zeit, jetzt eine nach der anderen durchzugehen!

Irgendwie musste ich die Suche abkürzen. Ich zog die Smokingjacke aus und krempelte mir die Hemdsärmel hoch. Ich war doch nicht so weit gekommen, um jetzt den Rückwärtsgang einzulegen!

Ich ging auf die Suchfunktion des Rechners. »Zero« gab ich in die blinkende weiße Leiste ein. »Keine Treffer«. Keine einzige Datei also, die das Wort Zero enthielt … na gut. Len war ja auch ein vorsichtiger Typ. Ich versuchte es mit einem anderen Begriff. »Diebstahl«. »Keine Treffer«. Auch nichts? Okay … »Dieb«. »Keine Treffer«. »Diamanten«. »Keine Treffer«. »Drayton« …

»Ein Treffer«.

Direkt unter der Leiste der Suchfunktion erschien ein Ordner. *Drayton-Projekt*. Ich ging mit dem Cursor auf den Ordner und klickte ihn doppelt an, um ihn zu öffnen. Er war voller detaillierter Abbildungen und Luftaufnahmen von Drayton. Von jeder Ecke des Internats gab es Fotos: Korridore, Verstecke, Schülerzimmer, Klassenzimmer … einfach alles war abgebildet.

Auch Pläne fand ich. Weniger perfekt als der von der Kapelle, den Patrick mir gegeben hatte, aber doch brauchbar. Einer war eine Skizze des Labors, in dem Neals Füller verschwunden war. Das erkannte ich nicht nur wegen der Raumaufteilung, sondern auch wegen der 1, die in eine Ecke geschrieben worden war, gefolgt von einem Datum. Demselben Datum, an dem sie, wenn ich mich recht erinnerte, den Füller gestohlen hatten. Die anderen beiden Pläne waren vom Klassenzimmer, in dem wir Literatur hatten, und von Mikes Zimmer. Und in beiden tauchte eine Zahl auf und ein Datum, das jeweils mit den Tagen übereinstimmte, an denen sie die Halskette beziehungsweise die Uhr gestohlen hatten.

Die Pläne, anhand derer Zero seine Diebstähle durchführte.

Ich könnte sie zwar als Beweisstücke für Lens Schuld nutzen. Aber wenn ich den Hundert-Millionen-Dieb überführen wollte, brachten sie mir gar nichts.

Ich musste weitersuchen.

Ich sah die restlichen Dateien in dem Ordner durch, auf der Suche nach irgendetwas, das mir helfen würde. Aber es war nichts wirklich Brauchbares dabei ... bis ich auf eine bestimmte Datei aufmerksam wurde. Sie war benannt in »*The End*«. Das Ende. *Das Ende wovon?* Ich öffnete die Datei und sah sie mir im Vollbildmodus an. Wieder ein Plan. Wie auf den anderen Plänen auch, war etwas in die Ecke geschrieben worden.

»Foyer. 8:00 PM.«

Und darunter ein Datum.

»27. November.«

Moment mal. Heute *war* der 27. November ... Etwas machte Klick in meinem Hirn. Ein Schalter hatte sich umgelegt. Meine Finger schwebten über der Tastatur. *27. November. Foyer. 8:00 PM.*

Der Empfang vor dem Erntedank-Dinner.

Der Empfang, der genau in diesem Moment im Erdgeschoss abgehalten wurde.

In weniger als einer halben Stunde wollte Zero vor allen Eltern und Schülern Draytons in Erscheinung treten.

KAPITEL 66

Ich ließ Len weiterschlafen und eilte zur Treppe. Cooper ließ nicht lange auf sich warten und hastete vom zweiten Stock aus treppabwärts. Er hatte mich offenbar vom Archiv aus beobachtet. *Hatte ich's mir doch gedacht* ... Deshalb war ich ja auch so vorsichtig gewesen.

Er fing mich ab.

»Na, endlich aus dem Bau gekrochen?« Ich ignorierte seinen Kommentar und nahm ihm die Zigarette aus dem Mund.

»Rauchen ist in Drayton verboten. Sie sollten sich mal die Regeln durchlesen.«

Ich lehnte mich über die Balustrade des ersten Stockwerks. Von hier aus hatte ich einen kompletten Überblick über das Foyer. Der Raum war voller Eltern, die mit ihren Kindern plauderten oder mit ihren Geschäftspartnern über die nächste bevorstehende Fusion, über den letzten Ferrari, den sie sich zugelegt hatten, oder ganz einfach über die letzten herrlichen Ferien sprachen. Teurer Schmuck, Businessanzüge und Handtaschen im Wert von mehreren hundert Dollar, wo man auch hinsah. Was davon hatte Zero im Visier? Denn dass er ja wohl auch irgendwas von Wert mitgehen lassen wollte, wenn er schon hier aufzutauchen gedachte, war klar. Wo Cooper schon hier war, wollte er uns wohl kaum nur einen freundschaftlichen Besuch abstatten.

Tante Jane machte mir von der Mitte des Foyers aus Zeichen. Neben ihr stand Juliette Morrison, Neals Mutter. Genau wie ihr Sohn hatte auch sie braunes Haar und einen dunklen Teint, aber ihre Gesichtszüge waren markanter. Unter ihren Augen zeichneten sich ausgeprägte dunkle Ringe ab, als hätte sie sich ein Permanent-Make-up für Augenringe spendiert. Neben den beiden standen Mike und Neal mit gelangweilten Gesichtern.

»Kyle, Liebling!« Die dröhnende Altstimme meiner Tante übertönte die der anderen Gäste, und manche drehten sich neugierig nach ihr um. Ich versuchte, zu verbergen, wie peinlich mir das war, und lief schnell die Treppe hinunter, bevor sie mich noch einmal »Liebling« nennen konnte. Sobald ich auf ihrer Höhe angelangt war, ließ sie ihre Begleiter links liegen und presste mich an sich. Nach den beiden schrecklichen letzten Monaten war ich so froh, sie wiederzusehen, dass ich alles andere vergaß. »Oh, Schatz! Einen Moment lang habe ich doch wirklich gedacht, dass du gar nicht herunterkommen und mich begrüßen würdest.«

»Ach, weißt du, ich wollte mich einfach nur bitten lassen«, antwortete ich.

Cooper nutzte die Gelegenheit und mischte sich unter die anderen Gäste, um mich unauffällig beobachten zu können. Sein abgenutzter Regenmantel war ihm nicht gerade nützlich bei seiner noblen Aufgabe; die meisten Gäste, denen er über den Weg lief, musterten ihn abschätzig. Er heftete sich an meine Fersen, und wenn sich ein Kellner zwischen uns stellte, schob er ihn einfach zur Seite.

»Du siehst göttlich aus, Kyle. Der Smoking steht dir wirklich ausgezeichnet. Wie gut, dass unser Schneider ihn noch vor dem Sommer fertig bekommen hat.«

»Danke«, antwortete ich beschämt. Mike versuchte, ein Lachen zu unterdrücken. Ich verpasste ihm einen Tritt, damit er sich zusammenriss.

»Wie ist das denn passiert?« Tante Jane fuhr mit dem Finger über den Kratzer in meinem Gesicht. Er war zwar fast verheilt, aber ein roter Strich war mir geblieben.

»Ach, das ist nichts.« Ich erklärte ihr wohl besser nicht, wo ich mir die Verletzung zugezogen hatte. Ich begrüßte Neals Mutter. »Schön, Sie wiederzusehen, Miss Morrison.«

»Das Vergnügen ist ganz auf meiner Seite, Kyle. Ich hoffe, mein kleiner Neal benimmt sich wie ein Gentleman in Drayton.«

»Oh, aber natürlich«, versicherte ich ihr. Allerdings bezweifelte ich stark, dass überhaupt einer von uns dreien mit gutem Gewissen das Etikett Gentlemen für sich in Anspruch nehmen konnte.

Während ich mit Juliette Morrison die üblichen Höflichkeitsfloskeln austauschte und mich nach ihrer Familie erkundigte, wandte sich Tante Jane von uns ab.

»Sebastian!«, rief sie plötzlich. Sie bahnte sich einen Weg durch die Leute und umarmte den Direktor. Ich hielt mich abseits. Lawrence' Falschheit und seine heuchlerischen Kommentare anzuhören, war jetzt so ziemlich das Letzte, worauf ich scharf war.

»Hast du bekommen, was du wolltest?«, fragte Mike. Neals Mutter begrüßte gerade eine ihrer Pilates-Freundinnen und hatte uns drei alleine gelassen.

»Ja. Danke, dass ihr mich gedeckt habt.«

»Kein Thema, Kumpel.«

»Hey, ist das da hinten nicht Laurens Vater?«, fragte Neal. Er zeigte auf einen der angeregt plaudernden Gästepulks in unserer Nähe. Im Mittelpunkt der Unterhaltung stand ein stämmiger, fast kahlköpfiger Mann, der so kurze Beine hatte, dass er aussah wie ein riesiger Apfel, der auf zwei Stöckchen aufgespießt war. Dan Alec. Lauren stand neben ihm, schweigsam wie immer.

»Komm ihm lieber nicht zu nahe«, warnte mich Mike.

»Warum nicht?«

»Er hat sich ein neues Segelschiff gekauft und erzählt ununterbrochen, wie großartig es ist. Das wird wahrscheinlich noch die nächsten drei Monate sein Lieblingsthema bleiben. Er steht einfach drauf, vor anderen anzugeben.«

Neben Dan Alec und seiner Tochter machte ich Mr. und Ms. Lu aus, die darauf warteten, dass ihr Sohn herunterkommen und sie begrüßen würde. Ein Jammer ... Dabei schlief der kleine Len doch wie ein Murmeltier in unserem Zimmer.

»Habt ihr Miranda gesehen?«, fragte Mike und reckte den Hals, um unter all den Leuten die blonde Mähne von Draytons Diva auszumachen.

»Sie ist noch nicht runtergekommen. Ihr Vater wartet schon seit Stunden auf sie«, sagte Neal. Das stimmte. Peter Williams stand neben der Treppe und seine einzige Gesellschaft war der Cocktail in seiner Hand. »Bestimmt ist sie noch in ihrem Zimmer und macht sich zurecht, damit sie auch ja nicht die Erwartungen ihrer Bewunderer enttäuscht.«

»Halt den Mund, Neal. Was weißt du schon!«, fauchte Mike ihn an.

»Was ist eigentlich los? In letzter Zeit nimmst du sie andauernd in Schutz. Du bist ihrer Meinung, interessierst dich für ihre Sachen ...«

»Und machst du vielleicht nicht dasselbe mit Lauren?«

»Das ...« Neal wurde rot. »Lauren ist wenigstens keine Hure.«

»Lauren ist eine Marionette neben Miranda.«

»Hey, jetzt hört schon auf. Das bringt doch nichts«, mischte ich mich ein. Aber die beiden beachteten mich gar nicht und warfen sich gegenseitig weiter vor, wer wem gefiel und warum.

Erst die Ankunft einer schwarzen Limousine, die vor dem Haupteingang parkte, beendete den Streit. Ein Mann im Anzug stieg aus dem Wagen. Er hatte etwas von einem Manager aus der Wall Street.

Mikes Gesicht hellte sich auf.

»Papa!«

KAPITEL 67

Das Erste, was mir an Adam Grossman auffiel, war seine Statur. Er war größer als ich, hatte die Konstitution eines professionellen Rugby-Spielers und durchtrainierte, muskulöse Arme und Beine. Über die Seiten seines Kopfes erstreckten sich ausgeprägte Geheimratsecken und unter den buschigen Augenbrauen verbargen sich dunkelbraune Augen. Anders als Mikes Augen. Sie glänzten stärker.

Er hatte zwar nicht das Auftreten und die Eleganz von Lawrence und war auch nicht so attraktiv wie Mirandas Vater, aber er gehörte trotzdem zu der Sorte Menschen, die einem gleich auffallen. Vielleicht lag es an der Sicherheit, mit der er sich bewegte – als wäre das Universum sein ganz persönlicher Pausenhof und er hätte den Status eines großen Kindes.

Mike beeilte sich, uns vorzustellen.

»Papa, das ist Kyle Bradford. Erinnerst du dich? Ich hab dir schon viel von ihm erzählt.«

»Wie geht es Ihnen, Mr. Grossman? Ich freue mich sehr, Sie endlich kennenzulernen.« Höflich streckte ich ihm die Hand entgegen. Aber Adam rührte sich nicht. Er wandte den

Blick nicht von meinem Gesicht. Runzelte nur die Stirn, als er meinen Namen hörte.

»Bradford, ja?«

»Ja, Sir. Sehr erfreut ...«

»Sind wir uns schon einmal begegnet?« Ein Schatten von Misstrauen huschte über Grossmans Gesicht. Meine Hand nahm er immer noch nicht. Irritiert sah ich zu Mike. Seiner Miene nach verblüffte ihn die Reaktion seines Vaters genauso wie mich.

»Äh, nein, ich glaube nicht. Ich war zwar schon oft bei Ihnen zu Hause, zusammen mit Mike, aber wir haben uns nie persönlich kennengelernt.«

»Irgendetwas an dir erinnert mich an ... jemanden.«

»Oh, Adam! Was für eine Freude, dich hier zu treffen!« Tante Jane war zu uns gestoßen. »Hast du schon meinen Sohn Kyle kennengelernt?«

»Deinen Sohn also, ja?« Grossman scannte erneut mein Gesicht ab, so forschend, dass man es kaum noch als höflich bezeichnen konnte.

»Ja, meinen einzigen kleinen Erben. Ist er nicht reizend?«

»Ein faszinierender junger Mann, ohne Zweifel.«

Jedes Mal, wenn Mikes Vater von mir sprach, nahm er einen seltsamen Tonfall an, zog die Silben auffällig lang und betonte die einzelnen Wörter stärker. Das gefiel mir nicht. Genauso wenig, wie ich es witzig fand, dass er mich so intensiv musterte, als könne er meinen Körper durchbohren und meine Seele lesen. Ich trat von einem Fuß auf den anderen. Ich fühlte mich nicht wohl in seiner Gegenwart, dabei wusste ich nicht einmal genau, warum. Tante Jane spürte, dass etwas nicht mit mir stimmte. Schützend legte sie ihre Arme um mich.

»Dein Sohn erinnert mich an einen alten Freund.«

»Das kann nicht sein. Kyle ist nicht der Sohn von einem

deiner ›alten Freunde‹.« Die Stimme meiner Adoptivmutter klang jetzt nicht mehr so unbekümmert wie sonst. Sie war schneidend und emotionslos. Mikes Vater durchbohrte sie mit Blicken, denen sie beharrlich standhielt. Eine unangenehme Spannung machte sich zwischen uns breit. Juliette Morrison, die die Szene beobachtete und dabei möglichst unbeteiligt tat, nahm eine abwehrende Haltung ein. Ich hatte sogar den Eindruck, dass auch Dan Alec unserem Gespräch aus der Entfernung folgte.

»Mr. Grossman, welche Freude, Sie endlich einmal wieder in Drayton zu haben.« Als Lawrence zu unserer Runde stieß, richteten alle die Aufmerksamkeit auf ihn, auch Mikes Vater. »Es ist Jahre her, dass wir uns gesehen haben. Ich möchte Sie erneut herzlich willkommen bei uns heißen.«

»Danke«, erwiderte er trocken. »Meinen Informationen zufolge leiten Sie das Internat in diesem Jahr nicht besonders effizient. Jedenfalls waren Sie in den letzten Monaten nicht in der Lage, drei Diebstähle zu verhindern.«

»Die Nachricht scheint sich ja wie im Flug zu verbreiten.« Obschon ihm vorgeworfen wurde, unfähig zu sein, steckte Lawrence die Kritik mit beneidenswerter Eleganz einfach weg. »Aber machen Sie sich deswegen keine Sorgen. Die Polizei ist dem Dieb auf der Spur, und ich denke nicht, dass es noch lange dauern wird, bis er überführt ist.«

»Steckt Zero dahinter?«

Wieder betretenes Schweigen.

»Ja, es sieht ganz so aus, als wäre er es.«

»Dieser Abschaum wird schon bald im Gefängnis sitzen«, murmelte Adam. »Denken Sie nicht, Mr. Bradford?«

»Doch, sicher«, antwortete ich. Warum hatte er die Frage ausgerechnet nur an mich gerichtet? »Zero hat es verdient, hinter Gitter zu kommen.«

»Das denke ich auch.«

»Ein Gläschen Champagner, Mr. Grossman?« Lawrence trat erneut auf den Plan. »Ich habe extra für das Erntedank-Dinner eine ganze Kiste meiner Spezialernte mitgebracht. Sie werden nicht enttäuscht sein, das verspreche ich Ihnen. Kommen Sie, lassen Sie uns anstoßen. Auf die alten Zeiten.«

Lawrence wickelte Grossman um den Finger und zog ihn von uns fort, während er immer noch von seinem 88er-Spezialchampagner schwärmte. Mike folgte den beiden.

»Möchtest du ein Soufflé, Liebling?«, fragte Tante Jane. Ihr massiger Körper schob sich zwischen Adam Grossman und mich und unterbrach unseren Blickkontakt. »Es ist einfach köstlich. Da kannst du mir wirklich vertrauen. In Sachen Soufflés bin ich absolute Expertin.«

»Was war das denn gerade?«, unterbrach ich sie.

»Ich weiß wirklich nicht, was du meinst«, gab sie in unschuldigem Tonfall zurück.

»Komm schon, tu nicht so, als ob nichts gewesen wäre. Du warst kurz davor, Adam Grossman an die Gurgel zu springen!«

»Aber nein, so etwas würde ich doch nie tun. Das ist ja wohl nicht gerade ... schicklich.«

»Tante Jane ...«

Die Glocken von Drayton begannen zu läuten. Punkt acht ... Als sich das metallische Läuten in der Ferne verlor, erhob sich eine Stimme über die anderen, eine kraftvolle Grabesstimme.

»Guten Abend, verehrte Gäste von Drayton. Ich hoffe, Sie genießen diesen angenehmen Empfang.«

Die Gespräche verstummten. Das Foyer fiel in abrupte Stille. Einige erkundigten sich bei ihrem Nebenmann, wer da sprach.

»Es ist mir ein Vergnügen, eine so wunderbare Nacht wie diese hier mit Ihnen zu verbringen, so voller Glamour und Geld und vor allem so herrlich dekoriert mit den prachtvollsten Schmuckstücken. Es wäre doch unhöflich von mir gewesen, nicht auch hierherzukommen und die Landschaft zu bewundern.«

Eine kapuzenverhüllte Gestalt tauchte am oberen Ende der zentralen Freitreppe über dem Foyer auf.

Eine unverwechselbare Erscheinung.

Zero.

KAPITEL 68

Unter den Gästen erklangen überraschte und ungläubige Ausrufe. Die umsichtigsten unter ihnen nahmen sich den Schmuck ab und verstauten ihn in ihren Hand- oder Hosentaschen, wo sie ihn besser verwahrt glaubten. Andere waren so verblüfft durch das plötzliche Auftauchen des berühmtesten Diebes aller Zeiten, dass sie aus dem Staunen überhaupt nicht mehr herauskamen.

»Das kann nicht sein!« Cooper. Ich hörte seine Stimme aus dem allgemeinen Geraune heraus. Kurz darauf tauchte er auf. Er baute sich vor mir auf und musterte mich von Kopf bis Fuß, bevor er sich Zero zuwandte. »Du ... Wie ...?«

»Detective! Wie schön, Sie zu sehen!« Zero begrüßte ihn, als wären sie alte Bekannte.

»Was soll das? Ist das wieder mal eines deiner Spielchen, Bradford?«

»Ich habe doch überhaupt nichts zu tun mit ...«

»Wie können Sie es wagen?«, fiel mir Tante Jane ins Wort. »Sie haben kein Recht dazu, meinen Sohn wegen irgendetwas zu beschuldigen!«

»Ihr Sohn, Miss, hat uns allesamt hintergangen«, platzte Cooper heraus. »Warum sagst du uns nicht die Wahrheit, hm? Diese Leute hier sind bestimmt ganz scharf darauf, zu hören, was du zu sagen hast.«

Zeros Gelächter überrollte meine Antwort.

»Armer Agent Cooper. Sie sind so leichtgläubig in meine Falle getappt, dass Sie mir schon fast leidtun. Sie sollten doch am allerbesten wissen, dass sich jeder Beweis fälschen lässt. Dass man als wahr hinstellen kann, was es in Wirklichkeit gar nicht ist. Und damit sogar Leute hinters Licht führen kann, die sich für intelligenter halten als alle anderen zusammen. Es stiehlt sich nun mal leichter, wenn man dafür sorgt, dass ein anderer der Dieb zu sein scheint. Und wenn man gleich zehn Diebstähle auf einmal durchführen will, ist es erst recht einfacher, wenn die Polizei von L.A. einem anderen auf den Fersen ist, und nicht mir. Meinen Sie nicht?«

Jetzt war ich allerdings auch verwirrt. Zehn Diebstähle? Wovon redete er eigentlich? Zero holte einen Zettel aus der Innentasche seines Anzugs. Er ging eine Stufe nach unten und warf ihn Cooper zu.

»Das ist eine Liste mit den Gegenständen, die ich in den vergangenen Monaten in Los Angeles gestohlen habe. Im Nethercutt-Museum, im Griffith-Observatorium, in der Central Library ... und so weiter und so fort. Zehn Stücke, Kunstwerke und Schmuck. Dazu kommen natürlich noch die Dinge, die ich mir in Drayton ausgeborgt habe.«

Ich klappte ungläubig den Mund auf. Zehn Gegenstände in ein paar wenigen Monaten?

»Du lügst«, tobte Cooper. Er nahm das Papier, das ihm Zero zugeworfen hatte, und überflog es rasch. »Kein einziger dieser Gegenstände wurde als vermisst gemeldet.«

»Aus dem einfachen Grund, weil ich perfekte Fälschungen

dort platziert habe, wo zuvor die Originale standen. Damit niemand meinen Plan vorzeitig durchschaut. Wenn Sie überprüfen, was ich sage, werden Sie schon sehen, dass ihr nichts weiter als ein paar Häufchen bemalten und verzierten Gips bewacht.«

»Was soll das sein? Eine Art schlechter Scherz?«

»Ich mein's ernst, Detective. Ihr wart so sehr damit beschäftigt, Kyle Bradford zu überwachen, dass ihr gar nicht gemerkt habt, was außerhalb der Mauern Draytons vor sich gegangen ist. In meinem ganzen Leben ist mir das Stehlen nicht so leicht gemacht worden.« Er machte eine spöttische Verbeugung. »Mr. Bradford, es war mir ein Vergnügen, mit Ihnen zu spielen. Ich freue mich, Ihnen mitteilen zu dürfen, dass Sie der beste Lockvogel aller Zeiten waren und dass mein Plan, die anderen glauben zu lassen, dass Sie ich sind, ein voller Erfolg war. Das Gesicht des armen Agent Cooper ist ein exzellenter Beweis dafür.«

»Ich ... Das kann nicht sein«, flüsterte Cooper. Immer wieder las er den Zettel, den Zero ihm gegeben hatte. »Ich ... ich habe dich doch in der Oper gesehen.«

»Ach, das! So ein Deckmantel will natürlich von langer Hand vorbereitet sein. Das war einfach nur ein Köder, und Sie, Detective, haben angebissen wie ein blutiger Anfänger. Jetzt tun Sie nicht so, Mann. Eigentlich war es doch Ihre eigene Schuld. Hätten Sie mich nicht so in die Enge getrieben, hätte ich mich auch nicht gezwungen gesehen, den armen, hilflosen Mister Bradford zu benutzen, um weiterhin meinen Lebensunterhalt verdienen zu können ... auf ehrliche Art und Weise.«

»Du verdammter ...«

»Keine Schimpfwörter, Detective. Wir sind hier schließlich in einer Eliteschule, wissen Sie noch? Wenn Sie mich jetzt entschuldigen würden, ich muss mich zurückziehen. Es gibt noch ein paar andere Orte, denen ich einen Besuch abstatten muss ... und noch ein paar Wertgegenstände, die ich mir gerne aneignen möchte.«

Er zog etwas aus dem Gürtel seines Anzugs. Eine Pistole? Nein. Eher eine Art Wurfgeschoss mit einem Haken an einem Ende. Zero zielte aufs Dach und drückte ab. Ein Seil schoss aus dem Lauf der Waffe und hakte sich über unseren Köpfen ein, direkt neben der Glaskuppel. Als ich sah, wie er einen Knopf drückte und mithilfe des Apparats in seiner Hand vom Boden abhob, wurde mir klar, was er vorhatte.

Er wollte fliehen.

Nachdem er Cooper vor allen bloßgestellt hatte, wollte er aus Drayton abhauen. Von Anfang an war das sein Ziel gewesen. Er wollte gar nichts stehlen, so wie ich es vermutet hatte.

Aber wenn ich ihn jetzt gehen ließ, wenn ich ihn jetzt nicht aufhielt, wer könnte mir dann garantieren, dass er mich nicht eines Tages wieder benutzen würde, so wie er es diesmal getan hatte? Was, wenn er noch mal auf die Idee käme, mein ganzes Leben auf den Kopf zu stellen, nur um sich über die Polizei lustig zu machen?

Nein, das würde ich nicht noch einmal mitmachen!

Bis mein Entschluss endgültig Form angenommen hatte in meinem Hirn, schwebte Zero schon drei Meter über dem Boden. Hing einfach im Nichts. Das war sein Fluchtweg. Also tat ich das Erste, was mir in den Sinn kam. Ich kletterte auf einen Tisch, riss dabei mit Essen gefüllte Teller und Champagnerkelche herunter und wartete, bis Zero an mir vorbeikam. Ich sprang so hoch ich konnte, und bekam eines seiner Beine zu fassen, als er auf meiner Höhe war.

Ich konnte nicht zulassen, dass er entkam. Ich würde ihn schnappen und mich für immer von ihm befreien.

KAPITEL 69

Meine Füße hoben vom Tisch ab, und in demselben trägen Tempo, mit dem Zero sich fortbewegte, stieg auch mein Körper empor. Das Seil ruckte kurz wegen der plötzlichen Gewichtszunahme, zog dann aber wieder stetig an und beförderte uns weiter nach oben. Gerade als ich mich fragte, ob ich wohl lebend aus diesem Irrsinn herauskommen würde, sah Zero nach unten. Ich hatte fast das Gefühl, so etwas wie Erstaunen in seinen Augen wahrzunehmen, und das machte mich zuversichtlicher. Ihn zu verwirren, war zumindest eine kleine Entschädigung.

Unter uns waren die Rufe der übrigen Gäste zu hören. Ich hörte Tante Janes Stimme heraus, wie sie meinen Namen schrie. Auch die von Mike, der Cooper herunterputzte, dass er etwas unternehmen sollte. Und dann gab es noch die Rufe derer, die erwarteten, als Nächstes meinen zertrümmerten Schädel und einen Haufen gebrochener Knochen zu Gesicht zu bekommen.

Wenn man mal ehrlich ist, war es natürlich wirklich nicht besonders angenehm, im leeren Raum zu hängen, mitten im Foyer des Internats zu schweben, von Sekunde zu Sekunde an

Höhe zu gewinnen und dabei mitzubekommen, wie alles um mich herum mit alarmierender Geschwindigkeit kleiner und kleiner wurde. Aber jetzt gab es nun mal keinen Weg mehr zurück. Würde ich loslassen, wäre ich mit Sicherheit tot. Es blieb mir gar nichts anderes übrig, als weiter aufzusteigen und zu beten, dass ich nicht fallen würde.

Zeros Hand schloss sich um meinen Arm. Erst dachte ich, er wollte mich ins Nichts katapultieren. Aber das war es nicht. Im Gegenteil: Er hielt mich fest. Umklammerte mich richtig.

»Nicht loslassen«, sagte er. Und gleich darauf wusste ich auch, wovor er mich gewarnt hatte.

Über uns ertönte ein Geräusch wie von einem Motor, der sich mit hoher Drehzahl in Gang setzt. Wir stiegen jetzt schneller auf. Viel schneller. Was gerade noch ein gemütlicher Spaziergang war, wurde innerhalb weniger Millisekunden zu einem rasanten Aufstieg in der Achterbahn. Ich sah nach oben. Das Dach kam näher.

Fünf Meter.

Drei Meter.

Ein Meter …

Wollte er uns umbringen?

Eine Sekunde bevor wir beide zerschellt wären, ließ Zero das Seil los. Durch die Geschwindigkeit wurden wir nach oben geschleudert, als wären wir von einem Katapult abgefeuert worden. Ich hatte nicht einmal Zeit, die Augen zu schließen. Ich war so überwältigt, was da auf mich zukam, dass mir einfach die Sprache wegblieb, ich war nicht mal in der Lage, vor Angst zu schreien oder die Vorfahren des Typen zu verfluchen, an dem ich dranhing.

Ich ging hinter Zero in Deckung, bevor unsere Körper die Kuppel des Foyers durchbrachen und sie in tausend Stücke zerspringen ließen.

KAPITEL 70

Wie zwei menschliche Geschosse traten wir in die Kälte der Nacht ein. Der plötzliche Temperatursturz riss mir die Luft aus den Lungen und nahm mir den Atem. Meine Beine lösten sich aus der Umklammerung von Zeros Knöcheln und meine Hände ließen die Schnallen seines Anzugs los und beide schossen wir in unterschiedliche Richtungen davon.

Ich flog mindestens zwei Meter über die Dachterrasse. Dann blieb ich stehen, mitten in der Luft ... und begann, zu fallen.

Ein eigenartiges Gefühl. Mein Körper traf auf dem Dach auf und ich überschlug mich mehrfach. Ich biss die Zähne zusammen und rollte mich zu einer Kugel zusammen, damit es weniger wehtat. Ich rollte und rollte, bis ich schließlich zum Liegen kam. Ziemlich übel war mir von den vielen Umdrehungen.

Ich stand schwankend auf und vergewisserte mich, dass alles an mir noch ganz war. Beine, Kopf und Arme waren noch dort, wo sie hingehörten. Weniger intakt war mein Smoking. Er war ziemlich ramponiert und an mehreren Stellen aufgeschlitzt vom Glas des Daches. Das und eine klaffende Wunde an der Schläfe, die ich mir beim Aufprall zugezogen hatte und aus der ein dünnes Rinnsal Blut floss, standen auf der Liste meiner ernsthafteren Schäden. Alles andere befand sich noch dort, wo ich es zuletzt im Spiegel gesehen hatte. Keine schlechte Bilanz, wenn man bedenkt, was für einen Höllenritt ich gerade hinter mir hatte.

»Hast du eigentlich den Verstand verloren?«, schrie Zero mich an. Er war ein paar Meter von mir entfernt gelandet und allem Anschein nach genauso intakt wie ich. Mit dem einzigen Unterschied, dass sein Anzug weniger gelitten hatte als meiner. »Das Seil ist auf eine Person ausgerichtet, nicht auf zwei. Wir haben Glück gehabt, dass es gehalten hat und wir unversehrt hier angekommen sind.«

»Der Einzige, der nicht ganz sauber ist, bist ja wohl du. Wer kommt schon auf die Idee, auf die Art abzuhauen? Konntest du dir nicht etwas Normaleres einfallen lassen? Keine Ahnung ... Durch die Tür zu gehen, zum Beispiel. Wenn ich gewusst hätte, was du vorhast, dann wäre ich unten geblieben, das kannst du mir glauben.«

»Das hättest du mal besser tun sollen! Was musst du dich auch immer überall einmischen?«

»Meinst du vielleicht, ich schau dir in aller Ruhe dabei zu, wie du abhaust?«

Mir tat allmählich der Hals weh vor lauter Schreien.

»Okay, okay. Waffenstillstand«, sagte ich. »Was zählt, ist doch, dass wir überlebt haben. Wundersamerweise ...«

»Wundersamerweise«, wiederholte Zero.

»Aber glaub ja nicht, dass ich mich geschlagen gebe. Ich werde nicht ruhen, bis du eingesperrt bist und ich sicher sein kann, dass du mich nicht noch einmal benutzt.«

»Dass schaffst du nie.«

»Das werden wir ja sehen. Jetzt gibt es nur noch uns beide. Ich habe keinen mehr, der mir hilft, und du auch nicht. Für den Fall, dass du immer noch auf Len Lus Unterstützung baust, solltest du dir besser einen neuen Plan überlegen.«

Zero sprang mit einem Satz auf die Beine.

»Was weißt du über Len?«

»Ach ja, das hab ich ja ganz vergessen dir zu erzählen«, sagte ich sarkastisch. »Dein Freund schlummert in seinem Zimmer, mit einer kleinen Überdosis Schlaftabletten im Blut. Eine kleine Aufmerksamkeit meinerseits natürlich. Dadurch konnte ich auch sehen, was ihr auf seinem Rechner versteckt hattet. Hübsche Pläne, muss ich schon sagen. Ganz schön detailliert. Ich schätze mal, dass du sie für deine Diebstähle benutzt hast. Cooper wird sicher begeistert sein, wenn er sie zu Gesicht bekommt. Und so, wie Len den Laptop hütet, als ob sein Leben davon abhinge, würde es mich nicht wundern, wenn ihr noch etwas ganz anderes als nur Pläne darin versteckt hättet. Vielleicht etwas, das ein bisschen ... unangenehm für dich sein könnte?«

»Schluss jetzt!« Zero tobte. Ich hatte ihn ziemlich aus der Fassung gebracht. »Du sagst mir sofort, wo Lens Rechner ist.«

»Versteckt.«

»Wo?« Sein Brüllen hallte über die einsam daliegenden Gärten Draytons.

Ich warf den Kopf zurück und erlaubte mir einen überheblichen Gesichtsausdruck.

»Geh doch und such ihn selbst. Oder bist du vielleicht nicht der beste Dieb der Welt?«

KAPITEL 71

Wie ein brodelnder Geysir brach Zeros Wut aus ihm heraus. Immer lauter werdend bahnte sich sein Gebrüll den Weg aus seiner Kehle. Er war nicht sauer. Er kochte vor Wut. *Der Arme! Scheint ihn ziemlich mitzunehmen, dass ich den verdammten Computer habe und dass sein Freund ... sagen wir mal, unpässlich ist wegen mir. So was Dummes aber auch!*

Ich wusste, was jetzt gleich kommen würde. Ich bereitete mich vor. Alles Nötige war gesagt. Jetzt ging es nur noch darum, wer anfing.

Es war das erste Mal, dass wir uns wirklich gegenüberstanden. Ohne Worte, ohne Beleidigungen. Und ein zweites Mal würde es nicht geben, das wussten wir beide.

Als Zero sich auf mich stürzte, war ich bereit, mich zu verteidigen bis zum bitteren Ende. Sein Schlag war weniger heftig, als ich befürchtet hatte. Ich hielt seinem Angriff stand, ohne zu schwanken. Ich wirbelte herum und versetzte ihm einen Tritt in den Magen. Dann zog ich mich zurück.

Es ist wieder wie in Westlake ...

Ich nutzte seine momentane Schwäche aus und rammte

ihm die Faust in seine bescheuerte, verhasste Silbermaske. Es krachte. Meine Fingerknöchel vermutlich.

... ich schlage einfach zu, als ob es nichts wäre ...

Als ich ihm gerade den nächsten Hieb verpassen wollte, griff er meinen linken Arm. Zu spät. Meine Rechte schnellte vor und traf ihn an der Seite.

... ich schlage zu, wie ich es noch nie getan habe ...

Ich verpasste ihm einen weiteren Schlag unterhalb der Rippen und Zero röchelte vor Schmerz.

Ich richtete mich auf und sah ihn an.

Er keuchte, war leicht in die Knie gegangen und hielt sich die Seite. Er hatte noch keinen einzigen Treffer gelandet ... Kein einziger seiner Schläge hatte mich auch nur gestreift ... Dagegen hatte ich ihn sogar schon mehrfach voll erwischt. Ich war ihm haushoch überlegen, und zwar, ohne mich groß anstrengen zu müssen. Das sollte also der gefürchtete Zero sein, der Cooper in der Oper so mühelos außer Gefecht gesetzt hatte?

Nein ... irgendetwas stimmte hier nicht.

»Sag mir, wer du bist«, murmelte ich.

»Das darfst du noch nicht erfahren«, antwortete er mit schwacher Stimme. »Obwohl ...«

»Obwohl?«

Die Windrichtung änderte sich und Zeros fruchtiger Geruch stieg mir in die Nase. Wieder hatte ich das Gefühl, diesen Geruch irgendwoher zu kennen ...

»Ich bin nicht dein Feind, Kyle. Wenn ich verliere, verlierst du auch. Und wenn du verlierst ... Dann verliere auch ich.«

»Ich verstehe dich nicht.«

Zero lachte. Aber nicht so schäbig und unheimlich, wie ich es von ihm kannte.

»Das musst du jetzt auch nicht verstehen. All das, alles, was du in den letzten Wochen durchgemacht hast, ist viel komplexer, als du dir vorstellen kannst.«

Ich hatte tausend Fragen, und doch war ich nicht in der Lage, auch nur eine einzige zu formulieren. Mein Ohr schnappte ein Geräusch auf, und ich wurde mir der Gefahr bewusst, bevor ich sie sah. Das Klacken einer Pistole, wenn sie entsichert wird. Das Nächste, was ich sah, war Cooper, mit erhobener Dienstwaffe. Er zielte auf Zero.

»Eine Bewegung, und du bist tot.«

Zero ließ sich nicht aus der Ruhe bringen. Er versuchte nicht einmal, in Deckung zu gehen oder aus der Schussbahn zu kommen. Er betrachtete den Polizisten mit leidenschaftlichem Desinteresse. Ich dagegen gehorchte, obwohl ich wusste, dass der Befehl gar nicht mir galt.

»Dass wir uns aber auch immer unter den ungünstigsten Umständen treffen müssen, Agent Cooper«, sagte Zero.

»Nimm die Hände hoch«, befahl Cooper, wobei er jedes einzelne Wort besonders präzise aussprach.

»Und wenn nicht, was dann?« Ich gab ihm ein Zeichen mit dem Fuß. Das war wirklich nicht der richtige Moment, um sich als Held aufzuspielen.

»Misstrauisch wie immer.«

»Sicher.«

»Das, was du dir heute Abend herausgenommen hast, ist für mich der Beweis dafür, dass du die kälteste und unmenschlichste Person bist, die ich kenne.«

»Agent Cooper! Sie schmeicheln mir.«

»Hör auf, dich lustig zu machen!« Jetzt richtete Cooper zum ersten Mal seine Aufmerksamkeit auf mich. »Bist du okay, Bradford?«

»Ja ... Glaube ich zumindest«, antwortete ich.

»Gut.« Der Detective sah erneut zu Zero. Nur dass ich diesmal den Hass bemerkte, der in seinen Pupillen aufflammte. »Wie hast du das gemacht, verdammter Lügner? Ich war hinter dem Erben einer der bedeutendsten Familien des Landes her, weil ich davon überzeugt war, dass er der Schuldige ist, und dann stellt sich heraus, dass das alles ein einziges Täuschungsmanöver von dir ist. Du sagst mir jetzt sofort, wie du das geschafft hast.«

»Das ist leider ein Geheimnis, das ich nicht verraten darf.«

»Du willst also weitermachen mit deiner Geheimnistuerei? Sehr gut.«

Der Detective zog etwas aus der Innentasche seines Regenmantels hervor. Eine transparente Tüte, eine von denen, in denen die Polizei das Beweismaterial eines Verbrechens aufbewahrt. In der Tüte befand sich ein runder Gegenstand ... Schwarz ... Kaum größer als ein Apfel ... Ich spürte, wie die Zeit stehen blieb. Alles stand still.

Es war die Kugel.

Die Kugel aus meinen Träumen.

Genau dieselbe Kugel.

Wunderschön, makellos ... und dunkel, umgeben von einem übernatürlichen Schimmer. Es gab sie wirklich. Sie war hier. Sie war gar nicht Teil eines Traums.

Sie war ... real.

KAPITEL 72

Die Kugel leuchtete auf, als hätte auch sie mich wiedererkannt. Ich konnte den Blick nicht von ihr abwenden. Ich war hypnotisiert. Nicht einmal das Flackern der Lichter, die die Fassade von Drayton beleuchteten, nahm ich richtig wahr und auch nicht, dass die Dunkelheit der Nacht jetzt viel dichter geworden war.

»Willst du sie?«, fragte Cooper Zero.

»Was sollte ich damit anfangen, Agent?«, gab der Dieb zurück. »Mich interessiert nur, was ich stehlen kann oder was mir beim Stehlen hilft. Und diese Kugel hier erfüllt keine der beiden Bedingungen.«

»Als ich sie dir in der Oper weggenommen habe, warst du aber sehr interessiert daran, sie wiederzubekommen. Oder hast du das etwa vergessen?«

»Nein, habe ich nicht. Nur ist das Glasding einfach nichts wert. Ich wollte es nur zurückhaben, weil es farblich so gut zu meinem Anzug passt. Mehr ist nicht dahinter. Es ist einfach nur ein hübsches Schmuckstück. Sie können sie behalten, wenn Sie wollen.«

Nein. Zero log. Ich merkte es an seiner Art zu sprechen. Er wollte sie wiederhaben, und er machte sich bereit, sich die Kugel jeden Moment zurückzuholen.

Und damit war er nicht allein ...

Ich reagierte genau wie er. Warum hatte ich mir sonst in den Kopf gesetzt, unbedingt einen Weg zu finden, wie ich Cooper ablenken konnte? Und warum war mein Körper viel wachsamer, jetzt, da die Kugel in meiner Nähe war? Es war Zeros Kugel, nicht meine. Und trotzdem ...

Auch Cooper merkte, dass Zero nicht die Wahrheit sagte. Er streckte unvermittelt den Arm aus und hielt die Tüte mit der Kugel über den Abgrund, der sich hinter der Brüstung der Dachterrasse auftat.

»Okay. Dann macht es dir wohl auch nichts aus, wenn ich sie fallen lasse.« Ein leichtes Unwohlsein breitete sich in mir aus. *Nein, sie darf nicht fallen.* Ich sah die Kugel an. Sie schwankte im Wind. Wenn Cooper die Tüte losließ ...

Zero wurde flatterig neben mir.

»Du musst mir nur eine eidesstattliche Erklärung liefern, in der du zugibst, dass du für die Diebstähle der letzten Monate verantwortlich bist, und sie gehört dir. Ganz einfach.«

»Ich sagte doch schon, von mir aus können Sie mit ihr machen, was Sie wollen.«

»Bist du sicher?«, fragte Cooper. Er streckte den Arm noch ein Stück weiter aus. Eiskalter Schweiß stand mir auf der Stirn. *Nein. Ich darf nicht zulassen, dass sie hinunterfällt.*

»Sicher«, sagte Zero mit fester Stimme.

Cooper stand am Rand der Terrasse, mit der Kugel über dem Abgrund. Er war unentschlossen. Wusste nicht, ob er sie fallen lassen sollte oder nicht. Seine Ratlosigkeit hielt eine Weile an.

Dann öffnete sich seine Hand.

Und die Kugel fiel.

KAPITEL 73

Ich rannte los. Ich sprintete, als wäre ich auf der Zielgeraden eines Wettlaufs. Dass die Verletzungen, die ich mir durch die Glassplitter zugezogen hatte, schmerzten und mir die kalte Luft in den Kratzer in meinem Gesicht schnitt, war wie weggewischt. Ich hatte nur einen einzigen Gedanken: Ich musste die Kugel auffangen, bevor sie auf dem Boden zerschellte.

Auch Zero hatte sich jetzt in Bewegung gesetzt. Er nutzte die kurze Verwirrung, die entstanden war, nachdem ich so plötzlich losgestürmt war, und stürzte sich auf Cooper. Aus den Augenwinkeln nahm ich wahr, wie er den Detective zu Boden riss, wie sich die beiden ineinander verkeilten und ihre Fäuste und Fußtritte durch die Luft flogen.

Ich ließ die beiden außer Acht und konzentrierte mich ganz auf die Kugel.

Sie fiel zu schnell. Ich war nicht sicher, ob ich sie noch rechtzeitig kriegen würde. Ich beschleunigte. Versuchte, meinen rasenden Puls unter Kontrolle zu behalten. *Ein kleines Stück noch. Nur noch ein kleines Stück.* Jetzt war ich kurz vor dem Rand des Daches. Ich warf mich nach vorne. Streifte die Tüte ... und glitt aus, bevor ich sie zu fassen bekam.

Nein!

Ich beugte mich über die Brüstung und hielt mich an einer der Dachrinnen fest, um nicht das Gleichgewicht zu verlieren. Die Kugel fiel. Jetzt gab es nur noch eine Möglichkeit. Wenn ich jetzt scheiterte, würde ich sie nicht mehr zu fassen bekommen und sie würde auf dem Boden zerbersten. *Das darfst du nicht zulassen.*

Ich beugte mich noch ein Stück weiter vornüber, bis ich halb vom Dach herunterhing. Von der Taille aufwärts schwebte ich über dem Nichts. Verzweifelt streckte ich den Arm aus. All meine Muskeln waren angespannt. *Jetzt bloß nicht scheitern.*

Im letzten Moment, als ich schon nicht mehr daran glaubte, bekam ich den Rand der Kugel mit den Fingerspitzen zu fassen. Ich wusste eigentlich gar nicht genau, wie ich das geschafft hatte. Ich hatte einfach mit aller Kraft mein Herz und meinen Verstand darangesetzt, diese Kugel in die Hände zu bekommen, koste es, was es wolle. Und es war mir gelungen.

Erleichtert stieß ich einen Seufzer aus und hielt die Kugel fest in der Hand. Sie zu berühren, war genau so, wie ich es in meinen Träumen gespürt hatte. Kalt. Eiskalt wie frisch gefallener Schnee.

Als ich mich wieder hochzog, verpasste Zero Cooper gerade einen Schlag auf den Rücken und kletterte dann wie eine wütende Katze auf seine Brust. Wieder schlug er ihn. Einmal, zweimal. Sogar ein drittes Mal. Der Detective blieb reglos liegen. Schwankte zwischen Ohnmacht und Bewusstsein. Erst jetzt erhob sich Zero und entfernte sich um Luft ringend von Cooper. Wir sahen uns an. Dann richtete sich sein Blick auf die Kugel. Seine Schultern entspannten sich.

»Ich weiß auch nicht …«, setzte ich an. Ich war verwirrt. Ich hatte keine Ahnung, warum ich diese Kugel vor der sicheren Zerstörung bewahrt hatte. Zero kam auf mich zu.

»Gib sie mir.«

»Was?«

»Das fällt nicht in deine Zuständigkeit. Gib sie mir, Kyle«, wiederholte Zero.

»Erst sagst du mir, was das ist«, sagte ich mit fester Stimme. »Dieselbe Kugel habe ich in meinen Träumen gesehen. Ganz sicher. Ich muss wissen, was sie mit mir zu tun hat – und mit dir. Was verschweigst du mir? Was wird hier eigentlich gespielt?«

Zero verzog keine Miene. Er machte nicht den Eindruck, dass er mir antworten würde.

»Sieht ganz so aus, als würdest du mir keine Wahl lassen …«, murmelte er.

Und ohne ein weiteres Wort nickte er.

Aber sein Nicken war nicht an mich gerichtet. Nur war es schon zu spät, als mir das klar wurde. Entschlossen umfassten mich zwei Armpaare von hinten. Ich konnte mich nicht mehr rühren.

»Was …?«

Ich konnte die Leute nicht sehen, die mich festhielten, aber ich nahm wahr, dass sie etwas im Gesicht trugen. Masken. Keine silbernen wie die von Zero. Sie waren einfacher. Weiß. So war das also … Len war gar nicht der einzige Verbündete, den Draytons Dieb an seiner Seite hatte. Ich versuchte, mich loszureißen, trat um mich und biss, was ich zwischen die Zähne bekam.

»Halt besser still«, sagte Zero. »Ist einfacher.«

»So, du bist also nicht mein Feind? Ich hätte dir nie trauen sollen!«, schrie ich.

Ein feuchtes Tuch wurde mir auf Mund und Nase gedrückt. Der beißende Geruch machte mich benommen und vernebelte meinen Blick. *Chloroform* ... Ich hatte keine Kraft mehr, mich weiter zu wehren.

Ich versuchte, Zero zwischen den Nebelschwaden auszumachen, die mein Gehirn durchwaberten. Er sah mich ganz aus der Nähe an, unbeirrt, als dunkler Schatten, zu dem er geworden war. Seine Maske hatte er abgenommen. Einen kurzen Moment lang glaubte ich, seine Gesichtszüge wiederzuerkennen. Doch, ja ... Ich hatte ihn schon einmal gesehen. Er war mir nicht völlig fremd ...

Aber noch bevor ich eine Verbindung zum Besitzer dieses Gesichts herstellen konnte, verlor ich das Bewusstsein.

KAPITEL 74

Ich war nicht mehr auf dem Dach, als ich wieder zu mir kam. Jemand hatte mich auf den Rasen im Garten gelegt und den Kopf auf meine Jacke gebettet. Ich versuchte, mich aufzurichten. Aber als sich alles zu drehen anfing, legte ich mich wieder hin. Ich hatte einen säuerlichen Geschmack im Mund, und die Zunge klebte mir so fest am Gaumen, dass ich sie nicht bewegen konnte.

»Kyle!«

Tante Janes verweintes Gesicht erschien in meinem Blickfeld. Neben ihr standen Mike und Neal.

»Wasser«, wisperte ich mit ausgetrockneter Kehle.

»Klar, warte«, sagte Mike und verschwand. Mit einem Glas in der Hand kam er zurück. Er half mir, mich aufzurichten, und flößte mir vorsichtig das Wasser ein. »Fühlst du dich besser?«

Na ja, mehr oder weniger ... Mir war ziemlich komisch zumute, als wäre ich aus einem langen Schlaf erwacht. Mein Körper war schwer und der Kopf fühlte sich dumpf an. Tante Jane strich mir über die Wange. Ich spürte, wie eisig sich ihre

Finger anfühlten. Sie war bleich und einen Moment lang machte ich mir eher wegen ihrer entkräfteten Erscheinung Sorgen als wegen meines eigenen Zustands.

»Mir geht's gut«, murmelte ich, um sie zu beruhigen.

»Das war ja noch übler als die Nummer in Westlake«, murmelte Neal. »So einen Zirkus kannst du dir das nächste Mal echt sparen, Alter.«

»Wo ist er?«, brachte ich heraus.

Tante Jane presste die Lippen aufeinander und meine beiden Freunde sahen sich an. Sie mussten gar nichts sagen.

»Er ist entkommen«, seufzte ich.

»Als wir auf die Dachterrasse kamen«, sagte Mike, »war Zero schon nicht mehr da. Da warst nur du und dieser Typ im Regenmantel. Beide bewusstlos. Wir haben euch dann hier runtergebracht, damit Natalie sich um euch kümmern kann.«

»Ja ...« Jetzt erinnerte ich mich wieder an den Chloroformgeruch ... »Und Cooper?«

Neal zeigte auf den Eingang zum Internat. Der Detective stand neben dem Haupttor und telefonierte. Sein Kopf war in einen Verband gehüllt, die Arme waren mit roten und blauen Flecken übersät. Der Kampf mit Zero hatte ihn ziemlich mitgenommen.

»Seit der Typ aufgewacht ist, kommen andauernd neue Streifenwagen an. Er hat bestimmt sämtliche Agents antanzen lassen, die im Umkreis von mehreren Kilometern greifbar waren, um nach Zero suchen zu lassen. Lawrence hat den Empfang abgebrochen und das Essen gecancelt, deshalb sind die meisten Gäste schon nach Hause gefahren.«

»Keine Sorge, Kyle«, sagte Tante Jane schnell. »Sie werden ihn finden, ganz bestimmt.«

Mir war schon klar, dass sie mich nur aufmuntern wollte.

Trotzdem konnten ihre Worte nichts gegen meine Niedergeschlagenheit ausrichten. Zero war entkommen, und ich hatte nichts unternehmen können, um ihn aufzuhalten. In der Hoffnung, dass mir der Kontakt mit der Kugel Mut machen würde, schloss ich die Hand. Aber meine Finger griffen ins Leere.

»Und die Kugel?«

»Welche Kugel?«, fragte Mike.

»Die ich in der Hand hatte.«

»Du hattest nichts in der Hand, Kyle ...«

»Was? Nein, das kann nicht sein.«

»Vielleicht ist sie ja runtergefallen. Wir suchen sie, wenn du willst.«

Nein, sie war nicht heruntergefallen. Zero hatte sie. Er war abgehauen und hatte sie mitgenommen ... Deshalb hatte er mich auch bewusstlos gemacht. Er wollte die Kugel. Ich bedeckte mein Gesicht mit den Händen. Ich hatte verloren. Alles war umsonst gewesen.

»Lasst mich allein«, murmelte ich.

»Wir können die Polizei bitten, nach dem Ding zu suchen, das du verloren hast ...«

»Ihr sollt mich allein lassen, hab ich gesagt!«, schrie ich. Sie blieben noch kurz bei mir, aber schließlich gingen sie wirklich, mit gesenkten Köpfen und leise über mich tuschelnd. »Wir lassen ihn besser, damit er sich ausruhen kann«, flüsterte Tante Jane. Kurz darauf bemerkte ich, wie mich jemand an der Schulter berührte.

»Wie fühlst du dich, Bradford?«

Es war Cooper. Er setzte sich neben mich und stöhnte dabei auf vor Schmerz.

»Gut. Glaube ich jedenfalls.« Dabei fühlte ich mich so erbärmlich, dass ich nicht einmal Lust hatte, aufzustehen. »Und Sie?«

»Hab schon bessere Tage gesehen.«

»Haben sie ihn gefunden?«

»Nein. Wir wissen nicht viel, nur dass er aus Drayton abgehauen ist, nachdem er dich bewusstlos gemacht hat.« Er nestelte an seinem Kopfverband herum. Als ihm klar wurde, dass er nicht nachgeben würde, ließ er es sein. »Ich verstehe das einfach nicht. Seit Zero aufgetaucht ist, stecke ich nur noch Niederlagen ein, eine nach der anderen. Jedes Mal, wenn ich denke, dass er in der Falle sitzt, entkommt er doch wieder.«

Jetzt fiel mir das letzte Bild wieder ein, das sich mir von Zero eingeprägt hatte.

»Zero hat vor mir die Maske abgenommen.«

»Ernsthaft?«, stieß der Detective hervor. Seine Miene hellte sich auf und er sah mich erwartungsvoll an.

»Ja. Ich konnte aber nichts erkennen.« Obwohl dieses seltsam vertraute Gefühl immer noch etwas in mir zum Klingen brachte. »Bevor ich sein Gesicht richtig sehen konnte, bin ich ohnmächtig geworden.«

»Verdammt«, murmelte er. Seine kurzfristige Hochstimmung war wie weggeblasen.

»Sir, wir haben frische Spuren gefunden«, rief einer der Polizisten, die auf dem Gelände umherliefen. »Gleich hinter dem Internat.«

Cooper stand auf.

»Du ruhst dich besser aus, Bradford.«

Er streckte mir die Hand entgegen. Ich nahm sie.

»Das bringt zwar jetzt auch nicht mehr viel, aber ... es tut mir leid, dass ich dir nicht geglaubt habe.« Seine Worte kamen mir ehrlich gemeint vor, trotz unserer Differenzen. »Wenn ich dir geglaubt hätte, wäre das alles nicht passiert. Ich werde gleich morgen veranlassen, dass die Kameras aus deinem Zimmer entfernt werden. Und ich gehe heute noch nach L.A. zurück und nehme die Suche nach Zero wieder auf. Du kannst einfach dein ganz normales Leben wieder aufnehmen.«

»Heißt das, ich bin nicht mehr Ihr Verdächtiger Nummer eins?«

»Was in L.A. verschwunden ist, kann nur der echte Hundert-Millionen-Dieb gestohlen haben. Und ich bin sicher, dass du es nicht warst – denn wenn du auch nur einen Fuß aus Drayton gesetzt hättest, hätten meine Männer dich geschnappt. Wir hatten das Internat umstellt. Und trotzdem – wie Zero mich so austricksen konnte, das verstehe ich immer noch nicht.«

»Also stimmt es. Er hat wieder in der Stadt zugeschlagen.«

»Ja, leider. Alles, was auf der Liste stand. Das hatten wir nur bis heute nicht bemerkt, weil alle Gegenstände durch perfekte Kopien ersetzt waren.«

Er schenkte mir ein Abschiedslächeln und zog hinkend davon. Erst als ich ihn schon weit hinten im Garten davonhumpeln sah, fiel mir ein, dass ich ihm gar nicht gesagt hatte, was ich über Len wusste, auch nichts von den Karten, die ich auf seinem Rechner gefunden hatte, oder von Zeros Versteck in Drayton ... Wie hatte ich das nur vergessen können? Ich musste ihm so schnell wie möglich Bescheid geben. Vielleicht half ihm das ja, Zero aufzuspüren. Ich richtete mich auf, um ihm nachzugehen. In dem Moment tauchte Tante Jane neben mir auf.

»Wo soll es denn hingehen, junger Mann?«

»Ich habe vergessen, Cooper etwas zu sagen.«

»Du solltest besser liegen bleiben.«

»Ich muss aber mit ihm sprechen. Es ist wichtig!«

»Das ist mir egal!«, rief sie. Sie begann zu wimmern. »Du hättest tot sein können, und alles, was dich interessiert, ist, mit diesem Mann zu sprechen. Du brauchst jetzt Ruhe!«

»Es geht mir aber gut, und was ich ihm sagen muss, ist wichtig.«

»Wie kann es dir gut gehen, wenn du Prellungen am ganzen Körper hast? Wenn du wirklich mit ihm sprechen musst, wird dich dieser freundliche Detective doch sicher besuchen können, wenn du dich erholt hast.«

»Tante …«

»Oh, Kyle!« Sie schmollte. »Wie kannst du nur so rücksichtslos mir gegenüber sein!«

Ich ertrug es nicht, sie weinen zu sehen – so ging es den meisten Leuten.

»Okay. Ich ruhe mich ein bisschen aus und geh dann später zu ihm.«

»Das hört sich schon besser an, Liebling.« Sie trocknete sich die Tränen mit einem weißen Spitzentaschentuch. »Übrigens, Kyle. Ich habe mit Lawrence gesprochen. Du darfst ein paar Tage nach Hause kommen, da kannst du dich besser erholen. Jack wird in einer halben Stunde hier sein und uns nach L.A. bringen. Pack deine Sachen und dann gehen wir, ja?«

Es würde nichts bringen, mit ihr zu diskutieren. Sie würde nur wieder weinen und ich würde ihren Schrullen nachgeben müssen, um sie wieder aus ihrer Opferrolle herauszuholen. Außerdem hatte sie irgendwo ja auch recht. Der Tapetenwechsel würde mir guttun nach allem, was ich in den vergangenen vierundzwanzig Stunden mitgemacht hatte. Ich stützte mich beim Aufstehen auf ihrem Arm ab. Ein leichtes Schwindelgefühl ließ mich kurz schwanken, aber ich hielt mich auf den Beinen.

»Ich packe meine Sachen.«

KAPITEL 75

Ich ließ Tante Jane im Garten zurück und schleppte mich die Treppe hoch. Das Foyer war menschenleer. Die Tische, auf denen sich noch das Essen stapelte, waren abrupt verlassen worden. Die Girlanden waren heruntergerissen. Der Boden in der Mitte des Empfangsraums lag voller Scherben. Ich sah nach oben. In der Mitte des kuppelförmigen Dachs klaffte ein Loch, hinter dem der nächtliche Himmel lag. Ich konnte immer noch nicht glauben, dass wirklich ich es gewesen war, der durch das Dach geflogen war.

Ob Len wohl noch schlief? Gisellas Tabletten waren immerhin stark genug gewesen, um ihn innerhalb von fünf Minuten auszuschalten. Ich konnte mir nicht vorstellen, dass er irgendwohin verschwunden sein konnte, so schlaftrunken, wie ich ihn erlebt hatte. Immerhin ein kleiner Triumph.

Es gab eine Menge Dinge an Zero, die ich nicht verstand. Er hatte gesagt, dass er nicht mein Feind sei – und ich hatte ihm sogar geglaubt. Und trotzdem hatte er nicht mit der Wimper gezuckt, als er mir das chloroformgetränkte Tuch auf den Mund pressen ließ und mich dadurch außer Gefecht gesetzt hat. Und was war eigentlich wirklich in der Oper geschehen? Cooper hatte doch mein Gesicht erkannt. Deshalb war er ja auch davon überzeugt gewesen, dass ich es war, der sich hinter der Silbermaske verbarg. Wie konnte der Dieb seine Gesichtszüge so stark verändern, dass sie am Ende wie meine aussahen?

Und dann war da ja noch diese Kugel ...

Die Erinnerung an ihre dunkle Oberfläche, an den unheimlichen Schimmer, der von ihr ausging, und an das Gefühl, das sie in mir ausgelöst hatte, als ich sie in der Hand hielt, ließ mich erschaudern. Zero hatte mir nicht sagen wollen, was es war, aber etwas in mir wusste, dass es eine Verbindung gab zwischen der Kugel und mir. Da war ich ganz sicher. Nur konnte ich mir einfach nicht vorstellen, worin diese Verbindung bestehen sollte.

Ich hatte das Gefühl, dass irgendetwas fehlte. Dass mir irgendein wichtiger Aspekt entgangen war. Resigniert steckte ich die Hände in die Hosentaschen.

Und dann bemerkte ich, dass etwas darin war.

Ich nahm es heraus.

Das Foto eines alten Gebäudes, mit heruntergekommener Fassade und vergitterten Fenstern. Wann hatte ich mir das denn in die Tasche gesteckt?

Ich drehte es um. Auf der Rückseite stand eine Nachricht.

»Hier fing alles an.«

Was *soll hier angefangen haben?* Etwas weiter unten waren ein paar Zahlen hingekritzelt worden.

»120188«, las ich leise.

Die Zahlen sagten mir nichts ... Oder doch?

Meine Augen fixierten die ersten drei Ziffern. 1. 2. 0. Irgendwie kamen mir die Zahlen bekannt vor. Eine flüchtige Erinnerung durchstreifte mein Gehirn. Len. Die Ziegelwand. Seine Finger, wie sie über das verborgene Eingabefeld strichen. Na klar! Das waren dieselben Ziffern, die Len in der Kapelle eingegeben hatte. Ich war jetzt sicher. Nur ... Das bedeutete ja ...

1. 8. 8.

Das waren die drei fehlenden Ziffern des Codes!

Konnte das wirklich sein?

KAPITEL 76

Völlig verschwitzt kam ich vor der Ziegelwand zum Stehen; ich war so schnell vom Internat zur Kirche gejagt, dass mir das Hemd am Körper klebte. Mir rannte die Zeit davon. Diese Zahlen konnten doch nicht wirklich den Code ergeben. Aber irgendwie hatte ich so ein Bauchgefühl. Irgendwas brachte mich dazu, es trotzdem zu versuchen. Was das war? Keine Ahnung.

Ich fuhr mit den Fingern die Wand entlang, bis ich den Ziegel fand, den Len bewegt hatte. Ich schob ihn zurück und das verborgene Eingabefeld kam zum Vorschein. *Ist doch alles nur Zufall. Die Ziffern haben nichts mit alldem hier zu tun.* Ich legte die Finger auf die Tasten und gab die Zahlenfolge von der Rückseite des Fotos ein. Als ich fertig war, ging ich ein Stück zurück.

Die Wand blieb, wo sie war.

Ich musste lachen. Was hatte ich auch erwartet? Ich drehte mich um und wollte schon gehen. Aber noch bevor ich den ersten Schritt tun konnte, begann die Wand, sich nach hinten zu schieben. Sie tat sich in der Mitte auf, und genau wie damals fuhren die beiden Wandhälften in Richtung der Seitenwände auseinander. Ich stand mit offenem Mund da und konnte es kaum glauben.

Das gibt's ja nicht ...

Als sich die Wand vollständig geöffnet hatte, ging ich zu der Stelle, an der sie gerade eben noch gestanden hatte. Ein Gang. Ziemlich lang, gut beleuchtet, mit weißen Wänden. Das war es also, was sich hinter der Wand verbarg. Es gab keine Fenster, und von der anderen Seite des Ganges strömte mir so warme Luft entgegen, als hätte jemand die Heizung bis zum Anschlag aufgedreht. Der Gang führte nach unten und verschwand irgendwann aus meinem Blickfeld; wo er endete, konnte ich nicht sehen.

Wieder bewegte sich die Wand, diesmal, um sich wieder zu schließen. Ich fackelte nicht lange und machte einen Satz ins Innere, bevor sie mich einquetschte.

Wenn das eine Falle war, dann war ich voll hineingetappt.

KAPITEL 77

Ich lief den Gang entlang. Was blieb mir auch anderes übrig? Ich hatte versucht, den Mechanismus nochmals in Bewegung zu setzen, aber es hatte nicht funktioniert. Ein paar Mal noch hatte ich die Ziffern eingegeben, aber die Wand hatte sich nicht mehr von der Stelle bewegt. Weitergehen und beten, dass es einen Ausgang am anderen Ende gab – mehr konnte ich nicht tun. So langsam kam mir der Gedanke, dass es vielleicht keine so gute Idee gewesen war, mich an einen Ort zu manövrieren, aus dem ich nicht mehr herauskam.

Der Gang beschrieb eine Kurve und auch dahinter ging es immer weiter abwärts. Von Anfang an hatte der Gang nach unten geführt. Ich musste jetzt schon mehrere Meter unterhalb der Kirche sein und es war immer noch kein Ende abzusehen.

Ich folgte einer Biegung und dahinter stieß ich auf eine Metalltür.

Sie stand offen.

Natürlich war ich nicht so bescheuert, einfach reinzugehen. Ich warf erst mal vorsichtig einen Blick durch den Türspalt.

Dahinter öffnete sich ein kreisförmiger, offenbar hochtechnisierter Raum. Überall standen elektrische Geräte herum. In der Mitte des Raums gab es einen Glastisch mit fünf Stühlen darum und an dem einen Ende ein paar scheinbar gepanzerte Metallschränke. Rechts konnte ich eine zweite Tür ausmachen, die allerdings geschlossen war, und eine nach unten führende Wendeltreppe. Auf der linken Seite waren mehrere Computer in einer Reihe angeordnet. Sie waren eingeschaltet und auf den Bildschirmen waren Algorithmen und Datenbanken mit hunderten von Einträgen zu erkennen.

In dem Raum war keine Menschenseele.

Ich näherte mich dem Glastisch. Darauf lagen die Anwesenheitslisten, die ich im Lehrerzimmer hatte mitgehen lassen.

»Ich habe mich langsam schon gefragt, ob du überhaupt noch kommst.« Ich fuhr herum. Zero stand neben dem Eingang, die Augen starr auf mich gerichtet. Ich hatte ihn zuvor nicht gesehen, weil er sich hinter einem Plexiglasregal verborgen hatte. Er hatte mich also erwartet. War nach allem, was passiert war, nicht aus Drayton geflohen.

»Ist das von dir?«, fragte ich. Ich hielt das Foto hoch.

»Ja. Ich habe es dir in die Hosentasche gesteckt, als du ohnmächtig warst. Allerdings war ich mir nicht sicher, ob du die Botschaft auch verstehen würdest.«

Ich warf das Bild auf den Boden.

»Und warum wolltest du, dass ich herkomme?«, rief ich. »Was heckst du jetzt wieder aus?«

»Nichts.«

»Das nehme ich dir nicht ab. Du hast so einen Aufwand betrieben, damit ich dein Versteck nicht finde – und jetzt lockst du mich her? Für wen hältst du mich eigentlich?«

Zero richtete sich auf und ging auf mich zu. Mit übereinandergeschlagenen Beinen setzte er sich auf den Rand des Tisches.

»Das war einmal. Jetzt, wo alles vorbei ist, spielt das keine Rolle mehr.«

Er richtete seine Aufmerksamkeit auf die Rechner hinter mir und fixierte einen davon, als würde er etwas überprüfen. Zum ersten Mal ließ er in seiner Wachsamkeit nach. Er war so konzentriert, dass er mich völlig vergessen hatte.

Aber ich hatte ihn nicht vergessen.

Ich nutzte seine Abgelenktheit aus und sprang auf ihn zu, so schnell ich konnte. Zero erfasste meine Bewegung, rührte sich aber keinen Zentimeter von seinem Platz. Er hätte genügend Zeit gehabt, um mir auszuweichen, so viel war uns beiden klar. Und trotzdem wartete er völlig regungslos, bis ich bei ihm war. Kurz vor ihm bremste ich ab und packte die Maske, die sein Gesicht verbarg. Als ich versuchte, sie ihm herunterzureißen, brach Zero in amüsiertes Gelächter aus. Sein Lachen erinnerte mich an jemanden. Ich ließ los und trat ein Stück zurück.

»Was ist los, Kyle?« Wieder lachte er.

»Wir kennen uns.« Das war keine Frage.

»Aber natürlich kennen wir uns.«

Zero streckte die Arme aus, umfasste mich und zog mich an sich. Total unerwartet kam das. Er hatte mich so überrumpelt, dass ich auf ihn fiel. Jetzt fühlte ich mich noch unbehaglicher als sowieso schon. Ich hielt mich am Tisch fest und drehte mich von ihm weg.

»Lass mich los, Alter!«, rief ich und stieß ihn von mir. Ich ging auf Abstand. »Fass mich nicht noch mal an, ja? Ich steh auf Mädchen, kapiert?«

»Das weiß ich doch.«

Er nahm die Hände an die Maske. Zog sie sich vom Gesicht und lüftete endlich Zeros Identität.

»Hey, Kyle«, sagte Miranda.

KAPITEL 78

Das durfte doch einfach nicht wahr sein. Ich konnte es nicht fassen. Die Person, die mir so zugesetzt hatte, die mein gesamtes Leben auf den Kopf gestellt hatte, die der Polizei die Stirn geboten hatte, war ... Miranda!? Sie war Zero? Ausgerechnet sie?

»Mi... Miranda«, stammelte ich.

»Jetzt mach doch nicht so ein Gesicht!«, gab sie gekränkt zurück. Sie zog sich die Kapuze vom Kopf und ihre blonde Mähne fiel ihr über die Schultern und über Zeros schwarzen Anzug. Sie hatte eine Augenbraue hochgezogen, als hätte sie eine andere Reaktion von mir erwartet.

»Du ... Du ... Ich ...« Mir fehlten die Worte. »Das muss ein Irrtum sein. Du kannst nicht ... Du ...«

Miranda schnaubte und sprang vom Tisch. Ihre Bewegungen waren geschmeidig und leichtfüßig – dieselben Bewegungen, die ich auch bei Zero wahrgenommen hatte. Ganz anders allerdings als die Art, wie sie sich sonst bewegte: als ob sie auf dem Laufsteg wäre nämlich. Sie sprach auch anders. Ihre kindliche, unstete Stimme, die ich so verabscheute, war einem unbeirrbaren, entschiedenen Tonfall gewichen. Einer klaren, schönen Stimme.

Diese Miranda war das genaue Gegenteil der Miranda, die ich kannte.

»Wer bist du?«, murmelte ich. »Und wo ist die echte Miranda?«

»Du wirst doch nicht ernsthaft wollen, dass ich mich auf Dauer als Draytons unerträglichstes, supersnobistischstes Schickimicki-Mädchen ausgebe. Irgendwann muss ich ja wohl mal ich selbst sein, findest du nicht?«

Ich sah sie an, als wäre sie verrückt geworden. Vielleicht war sie das ja auch. Die Situation wurde allmählich surreal. Sie trat einen Schritt vor und ich wich zurück.

»Komm mir ja nicht zu nahe«, warnte ich sie.

»Du bist echt behämmert«, murmelte sie. *Behämmert?* Moment mal. Hatte sie gerade behämmert gesagt? Ich hatte gar nicht gewusst, dass der Ausdruck überhaupt Teil ihres schmalen Vokabulars war.

»Bist du irgendwie eine Art fieser Klon oder so was?«

»Die Sache hat dich ja echt ganz schön durcheinandergebracht.«

»Es reicht, Miranda.« Ich fuhr herum. Len. Mein werter Zimmergenosse. Ich war so vor den Kopf gestoßen, dass ich überhaupt nicht mitbekommen hatte, wie er den Raum betreten und sich zu uns gesellt hatte. »Kyle erinnert sich an nichts. Noch nicht.«

»Hattest du nicht gesagt, dass er allmählich …«

»Nur im Schlaf.«

Len beäugte mich zurückhaltend aus den Augenwinkeln.

»Ich wundere mich, dass du dich so schnell von den Schlaftabletten erholt hast«, sagte ich.

»Du bist zwar fast immer ziemlich genial, aber manchmal

kannst du auch echt lästig sein«, gab er zurück. »Ich hab dir doch gesagt, dass du es sein lassen sollst, aber du hast ja nicht auf mich hören wollen. Fast hättest du unseren ganzen Plan zunichte gemacht.«

»Eine ganze Stunde hab ich gebraucht, um ihn wach zu kriegen«, sagte Miranda. »Du hättest wenigstens weniger Tabletten nehmen können.«

Irgendetwas stimmte hier hinten und vorne nicht. Miranda nahm Len in Schutz. Die Diva des Internats, die Königin aller umschwärmten Mädchen, nahm Len Lu in Schutz, den Oberfreak von Drayton?

»Was wird hier eigentlich gespielt?«, fragte ich. Miranda blickte zu Len. Sie suchte eine Antwort auf meine Frage. Ich wusste sowieso nicht, was ich tun sollte, also sah ich ebenfalls zu Len. Aber der zuckte nur mit den Schultern.

»Macht euch keine Sorgen. Das Ganze ist bald vorbei. Ich glaube nicht, dass es noch lange dauern wird, bis sich der Chip, den du implantiert hast, zersetzt.«

KAPITEL 79

Sekunde mal bitte ... Hatte er gerade gesagt, dass ich einen Chip implantiert hatte? Nein. Das konnte nicht sein, auf gar keinen Fall. Überhaupt nichts hatte ich implantiert! ... Den ernsten Gesichtern nach, mit denen Miranda und Len mich ansahen, war es aber gar kein Scherz. Ein Knoten schnürte mir die Kehle zu.

Ich sollte einen Chip irgendwo im Körper haben?!

Aber was sollte das denn für ein Ding sein? Irgendein Teil, das meinen Aufenthaltsort bestimmte, damit man mich nicht extra verfolgen musste? Oder vielleicht etwas Komplexeres? Eine Bombe, die man in mich eingebaut hatte? Oh nein. Ich wollte mir lieber nicht vorstellen, dass Len und Miranda wirklich so durchgeknallt waren, dass sie mich hochgehen lassen würden, nur um ein bisschen Spaß zu haben.

Das Schlimmste war, dass ich mich an nichts erinnerte. Ich hatte keinen Schimmer, wann oder wo sie mir dieses Ding eingepflanzt haben sollten.

Ich richtete den Finger auf Len.

»Was hast du mir angetan?«

»Jetzt beruhige dich erst mal, Kyle.«

»Ich soll mich beruhigen? Wie soll ich mich denn bitte beruhigen? Ich verstehe kein Wort von dem, was ihr sagt! Und dann habt ihr mir auch noch einen verdammten Chip eingepflanzt, weiß der Himmel, warum!«

»Hey! Ich wollte das nicht tun. Und Miranda auch nicht. Du hast uns darum gebeten. Das Ganze war doch von Anfang an deine Idee.«

»Ich?«, rief ich aus und kreischte jetzt fast. »Du redest doch nicht mal mit mir. Wie sollte ich dich denn dann um etwas bitten?«

Meine Worte schienen auf Len ziemlich Eindruck zu machen. Ich nahm einen Anflug von Traurigkeit in seinen Augen wahr.

»Sieht wirklich so aus, als ob du dich an nichts erinnerst«, murmelte er.

»Woran soll ich mich denn erinnern?« Len bückte sich und hob das Foto auf, das ich auf den Boden geworfen hatte. Er drückte es mir in die Hand.

»Das Waisenhaus«, antwortete er. »Dort hat alles angefangen.«

»Weißt du wirklich gar nichts mehr, Kyle?«, fragte mich Miranda.

Doch ... da war eine Erinnerung. Etwas Wichtiges, ganz weit hinten in meinem Gehirn. Und Len und Miranda hatten etwas damit zu tun. Aber ich schaffte es einfach nicht, die Bilder ans Licht zu holen. Es war, als ob mich eine Mauer von ihnen trennte.

Und je mehr ich mich anstrengte, diese unsichtbare Mauer zu durchdringen, desto stärkere Kopfschmerzen bekam ich. Ein unerbittlicher Druck drang durch meinen Nacken in den Schädel ein, durchbohrte meine Nervenzellen und stieg auf bis zu den Schläfen.

»Kyle!« Ich hörte Miranda schreien. Ihre Worte schienen aus großer Entfernung zu kommen, als wäre sie kilometerweit weg.

»Was ... was ist das?«, murmelte ich. Alles um mich herum verschwamm. Ich klammerte mich am Tisch fest.

»Er sieht nicht gut aus.«

»Sag den anderen Bescheid. Vielleicht brauchen wir ihre Hilfe.«

Mit wehender Mähne stürmte Miranda aus dem Raum. Mein Kopf tat so weh, dass ich Angst hatte, er würde gleich platzen.

»Halt durch, Kyle.« Len hielt mich fest, damit ich nicht umkippte. Er war vorsichtig, wollte mich nicht fester anpacken als nötig. Das war derselbe Len wie in jener Nacht. Der Len, der so offen zu mir gewesen war und der mich ganz ohne jede Ironie angelächelt hatte. »Der Chip wird sich gleich zersetzen und dann wirst du dich wieder an alles erinnern. Du musst das jetzt aushalten. Bitte.«

Der Druck, der mein Hirn zerquetschte, wurde immer größer. Ich stieß einen Schrei aus. Len hielt mich jetzt fester, als fürchtete er, dass ich von einem Moment auf den anderen einfach verschwinden könnte. Ich hielt es nicht aus. Ich hielt es einfach ...

»Bitte, halt durch«, murmelte Len. »Bitte ...«

»Kyle!«

Tante Jane. Sie stand neben Miranda auf der Türschwelle. Hinter ihr sah ich Lawrence' bekümmertes Gesicht. Zwei Maskierte, die Zero zur Seite standen ... Zwei, die mich festhielten ... Zwei ... Leute ...

»Ihr ... Ihr seid die, die bei Zero waren ...«

Warum? Warum, Tante Jane?

Völlig ausgelaugt von den Schmerzen, die mich bis in die

hintersten Nervenenden meines Organismus verfolgten, schloss ich die Augen. Lawrence kniete sich neben mich.

»Mr. Blake«, flüsterte er. *Blake?* »Cooper ist mit seinen Männern abgezogen. Er glaubt, dass Sie unschuldig sind, und gleich morgen werden sie außerhalb von Drayton weiter nach Zero suchen. Sie haben gewonnen. Hören Sie mich? Und wir haben sogar die Kugel.«

Das Bild der schwarzen Kugel tauchte vor mir auf. Hingerissen betrachtete ich sie. Stimmt ... das war das fehlende Teil, nach dem ich gesucht hatte. Das mir gefehlt hatte, um zu begreifen.

»Die Kugel«, wiederholte ich. Ich brauchte sie in meiner Nähe. Ich brauchte ... Dabei wusste ich gar nicht, warum ich sie eigentlich brauchte ...

»Wir haben alles getan, worum du uns gebeten hast. Jetzt bist du dran«, sagte Tante Jane. »Du musst dich erinnern, Kyle.«

Unter größter Anstrengung öffnete ich die Augen. Ich durfte nicht einschlafen. Ich war nicht sicher, ob ich sonst überhaupt noch einmal aufwachen würde. Ich kämpfte mit mir selbst, um mich wach zu halten. Und inmitten dieses Kampfes begannen plötzlich Bilder vor meinem inneren Auge vorbeizuziehen. Erst ganz langsam. Dann wie eine außer Kontrolle geratene Sturzflut.

Nach und nach erinnerte ich mich.

Erinnerte ich mich an das, was ich vergessen hatte.

Erinnerte ich mich an die Wahrheit.

VIERTER TEIL

KAPITEL 80

Alles begann in der Nacht, in der meine Eltern starben. Richard und Allison Blake. Dieselben Blakes, die den Bau der Kapelle an der Steilküste in Auftrag gegeben hatten. Nur hieß ich damals noch nicht Kyle. Und mit der Familie Bradford hatte ich auch nichts zu tun. Mein wirklicher Name war Jayson, im Gedenken an meinen Großvater väterlicherseits.

Jede einzelne Minute jenes Tages hatte ich vor Augen, jede Sekunde, als würde ich ein ums andere Mal vor mir sehen, was damals geschah. Die grellen Farben der Flammen und die stickige Hitze, die mir den Atem nahm. Der Geruch nach Rauch und die Schreie meiner Mutter. Der Streit. Die Schläge. Und die Schüsse. Einer, zwei, drei.

Aber vor allem erinnerte ich mich an ihre Gesichter. An die Gesichter der drei Mörder. Zwei Männer. Eine Frau. Ich kannte sie. Sie waren die Geschäftspartner meines Vaters. Sie waren zuvor schon öfter zu uns nach Hause gekommen, um Geschäfte mit ihm abzuwickeln. Ihre Namen?

Dan Alec, Laurens Vater.

Juliette Morrison, Neals Mutter.

Und natürlich Adam Grossman. Mikes Vater.

Als ich sie vom Fenster meines Zimmers aus in ihrem Wagen vorfahren sah, wusste ich, dass diese Leute nicht gekommen waren, um einen gemütlichen Plausch unter Freunden zu halten. In ihren Blicken lag ein gefährlicher Glanz. Und sie hatten silbrige Gegenstände dabei, die mir nicht gefielen.

Waffen.

Die Tür zu meinem Zimmer wurde aufgerissen. Meine Mutter kam als Erste herein. Sie umarmte mich. Ohne ein Wort. Sie hielt mich einfach fest umschlungen, während von unten kräftige Schläge an die Haustür donnerten. Sie hatte geweint. Ihre roten Augen und das bleiche Gesicht verrieten sie. Mein Vater schlang die Arme um uns beide. Seine Lippen waren nicht mehr als ein dünner, bebender Strich.

»Jayson, wir müssen gehen«, flüsterte meine Mutter.

»Wohin?« Sie antwortete nicht. Sie öffnete meinen Schrank und nahm den erstbesten Mantel heraus. Dann legte sie ihn mir um und zwang mich, die Arme durch die Ärmel zu stecken.

»Beeil dich, Schatz.«

»Was ist denn los?«

Meine Eltern sahen sich an, genau gleichzeitig. In dem Moment wurde mir bewusst, wie besorgt sie waren.

»Hör zu, Jayson«, sagte mein Vater. »Eines Tages, wenn du größer bist, erklären wir dir alles. Aber jetzt musst du tun, was wir sagen, ja? Du wirst mit Mama eine Reise machen. Eine sehr lange Reise. Du wirst einen ganz neuen Ort kennenlernen und neue Freunde finden. Papas Flugzeug wartet am Flughafen auf euch, ihr werdet noch heute Nacht die Stadt verlassen.«

»Und du? Kommst du nicht mit uns?«

»Nein, ich muss hierbleiben.« Ich wusste, es war ein Abschied für immer und wir würden uns nie mehr wiedersehen. Mein Vater legte mir etwas in die Hand. Etwas Eiskaltes berührte meine Haut, und ich sah nach unten, um zu sehen, was es war. Eine Kugel. Von tiefschwarzer Farbe. Und so schön, dass ich meinen Blick überhaupt nicht mehr von ihr abwenden konnte. »Du darfst sie dir niemals wegnehmen lassen, ganz egal, was passiert. Und vor allem: Du darfst niemandem über den Weg trauen.«

Ich schloss meine Finger um die Kugel und steckte sie in meine Schlafanzugtasche.

»Mein guter Junge.« Er stand auf. »Ihr müsst jetzt los. Ich werde sie so lange wie möglich ablenken, damit ihr fliehen könnt.«

Ich verstand gar nichts. *Fliehen? Vor wem denn?*

Meine Mutter packte mich und rannte mit mir zur Treppe, die ins Erdgeschoss führte. Mein Vater lief uns nach.

Wir kamen nicht weit.

Als wir eben die Diele betreten hatten, schleuderte uns eine ohrenbetäubende Explosion durch die Luft und wir krachten auf den Boden.

KAPITEL 81

Eine dichte Wolke aus Staub und Rauch hing über allem und ließ meine Augen tränen, meine Kehle brannte. Die Detonation hatte den Eingangsbereich des Hauses ausradiert. Die Möbel waren komplett zersplittert. Die Wände hatten Risse bekommen. Um mich herum sah ich nichts als Trümmer und Zerstörung. Die Sprinkleranlage ging an und besprühte den Raum mit feinem Nieselregen.

Meine Mutter hatte sich auf mich geworfen, um mich zu schützen. Sie war bewusstlos, aber ihre Brust hob und senkte sich. Mein Vater lag ein paar Meter von uns entfernt. Sein rechter Arm war in einem seltsamen Winkel abgeknickt.

In dem Loch, das einmal unsere Eingangstür gewesen war, zeichneten sich drei Silhouetten ab. Durch den Rauch konnte ich die Gesichter von Juliette, Dan und Adam ausmachen. Grossman ging den anderen ein Stück voraus, die Hand hatte er um die Waffe gelegt.

»Juliette, kümmere dich um den Jungen, und sieh nach, ob seine Mutter noch am Leben ist«, ordnete er an. »Wir beide nehmen uns Richard vor.«

Niemand widersetzte sich seinen Befehlen. Juliette kam auf uns zu. Ich wusste, dass ich etwas unternehmen musste. Dass ich fliehen musste. Aber ich konnte nicht. Ich war vor Angst erstarrt.

Endlich kam meine Mutter wieder zu sich. Erst nahm sie Juliette wahr, dann wandte sie den Blick zu mir. So gut sie konnte, richtete sie sich auf und schob mich hinter sich, um mich zu schützen.

»Es muss nicht unbedingt sein, Allison«, sagte Juliette. Aber ihre Pistole legte sie nicht aus der Hand.

»*Ihr* habt doch entschieden, dass es so ist.«

»Ihr habt eben nicht auf uns gehört, als ihr es hättet tun sollen.«

»Und das tun wir auch jetzt nicht«, sagte meine Mutter.

Währenddessen kämpfte mein Vater mit Alec und Grossman. Er hatte es geschafft, Alec zu Boden zu reißen, aber Grossman stand noch und bot ihm die Stirn.

»Ihr verschwendet eure Zeit. Was ihr sucht, ist nicht mehr hier.«

»Du lügst«, sagte Adam. »Ich kenne dich, Richard. Ich weiß genau, dass du sie niemals aus der Hand geben würdest.«

»Ich habe sie an einen sicheren Ort gebracht. Du wirst sie niemals bekommen und auch niemand sonst.«

»Und wo soll er sein, dieser sichere Ort?«

»Das wirst du nicht erfahren, du feiger Hund.«

»Und ich hatte schon Hoffnung, dass du doch noch zur Vernunft kommst. Aber nein, du bist genau wie immer.«

Er drückte ab.

Ich sah, wie mein Vater nach hinten taumelte, als ihn der erste Schuss traf. Sein Körper zuckte zusammen, als Grossman ein zweites Mal schoss. Und noch mal. Und noch mal. Mit fast gläsernen Augen und so schwachem Atem, dass er zu flüstern schien, brach er auf dem Boden zusammen. Die Wände waren mit seinem Blut bespritzt.

Er drehte den Kopf. Sein Blick traf sich mit meinem und sein Mund formte ein einziges Wort.

Lauf.

Ich gehorchte, zu Tode erschrocken, und lief los, so schnell ich konnte. Als ich zurückblickte, sah ich, wie Adam Grossman meine Mutter erschoss. Hinter ihm lag der leblose Körper meines Vaters in einer karmesinroten Lache. Ob ich schrie oder weinte, weiß ich nicht mehr. Ich weiß nur noch, dass der Mörder meiner Eltern seine dunklen Pupillen auf mich richtete, nachdem er sie erschossen hatte.

»Schnappt ihn euch!«, brüllte er. »Er darf nicht entkommen!«

Sein Befehl versetzte mir einen Peitschenhieb. Wie ein Irrer lief ich weiter, meine drei Verfolger dicht hinter mir.

KAPITEL 82

Ich rannte, bis ich an den Abgrund gelangte, an dem das Grundstück meiner Eltern in Cotton Hill endete. Der Abgrund aus meinen Albträumen. Es gab keinen Ausweg. Also sprang ich.

Ich tauchte in das eisige Flusswasser ein. Der Aufschlag fühlte sich an, als würden hundert Nadeln meinen Körper durchdringen. Ich kämpfte gegen die Strömung an, schlug mit den Armen um mich und versuchte, gegen die peinigende Kälte anzukommen. Durch die Anstrengung verlor ich das Bewusstsein. Als ich wieder zu mir kam, lag ich am Ufer. Ein paar Fischer, die in der Gegend unterwegs waren, fanden mich und brachten mich aufs Kommissariat.

Die Polizisten erkannten mich sofort. Sie wussten, wer ich war. Ohne mich zu unterbrechen, hörten sie zu, wie ich unter Tränen berichtete, was passiert war. Dann schickten sie drei Streifenwagen zu mir nach Hause.

Es war spät geworden.

Dort, wo einmal mein Zuhause gewesen war, stand ein Scheiterhaufen in Flammen, mehr war nicht geblieben. Von den drei Mördern keine Spur.

Damals war ich acht Jahre alt.

Es dauerte über eine Woche, bis die Leichen meiner Eltern geborgen werden konnten. Der Körper meiner Mutter war derart verkohlt, dass sie nur anhand einer DNA-Probe identifiziert werden konnte. Von meinem Vater fanden sie nicht mehr als einen Arm. Der Rest von ihm war so stark verbrannt, dass nichts mehr davon übrig war, genauso wenig wie von den Beweisen für den Mord.

Adam, Dan und Juliette, die wirklich Schuldigen, sagten der Polizei gegenüber aus, dass mein Vater bereits seit mehreren Jahren verwirrt gewesen sei und Antidepressiva genommen habe. Sie bestachen seinen behandelnden Arzt, damit der seine Krankenakte fälschte, und sagten vor Gericht gegen meinen Vater aus.

Der Fall wurde bald zu den Akten gelegt. Mein Vater wurde beschuldigt, für den Tod meiner Mutter und für den Brand verantwortlich zu sein, und sein Name war für immer in den Schmutz gezogen. Ich kannte als Einziger die Wahrheit, aber da ich nichts beweisen konnte, glaubte mir niemand. Man kam zu dem Schluss, dass ich mir meine Version der Ereignisse zusammengereimt hatte, um weniger zu leiden, und ignorierte mich.

»Eine unglaubliche Tragödie. Auch wenn ich mir einfach nicht erklären kann, wie es dazu kommen konnte. Richard war seit Jahren mein bester Mandant. Die Vorstellung, dass er ein Mörder sein soll ...«

Mark Winslow, der Anwalt meiner Eltern, seufzte, um zu betonen, wie sehr ihn die Sache traf. Auch wenn da irgendetwas an ihm war, das im Widerspruch zu seinem offensichtlichen Kummer stand. Vielleicht war es ja die Art, wie er andauernd auf die Uhr sah, als würde er sich wünschen, dass ich endlich verschwand.

»Mein Vater ist unschuldig«, gab ich zu Protokoll.

»Schon gut, schon gut …«

»Ich habe gesehen, wie er umgebracht wurde! Er hat meine Mutter nicht erschossen!«

»Ja. Adam Grossman hat sie erschossen und so weiter und so fort. Ich habe dir doch schon hundert Mal gesagt, dass Mr. Grossman unmöglich der Schuldige sein kann. Er hat der Polizei X Beweise dafür vorgelegt, dass er sich zum Zeitpunkt des Verbrechens in Paris aufgehalten hat.«

»Er lügt!«

Winslow schlug mit der Faust auf den Tisch.

»Ich bin deine erfundenen Geschichten leid, Junge! Du schlägst dir jetzt ein für alle Mal deine Hirngespinste aus dem Kopf! Konzentriere dich lieber darauf, wie deine Zukunft aussieht.« Er fuhr sich durchs Haar. Um sein Handgelenk trug er eine protzige, goldene Uhr, die mit den diamantenen Manschettenknöpfen seines Hemds harmonierte. »Ich will nicht lange um den heißen Brei herumreden. Du hast keine lebenden Verwandten mehr, die sich um dich kümmern könnten. Der Bruder deines Vaters ist vor zwei Jahren beim Klettern verschollen und deine Großeltern sind bereits vor deiner Geburt gestorben. Von der Familie deiner Mutter ist auch niemand mehr übrig – abgesehen von einer über neunzigjährigen Tante zweiten Grades, die im Altersheim lebt. Ich habe auch mit den Freunden deiner Eltern gesprochen. Das Problem ist, dass keiner von ihnen die Verantwortung für dich übernehmen will, aus … verschiedenen Gründen. Bleibt also nur noch die Sozialfürsorge. Und das wird angesichts der finanziellen Situation, in der deine Eltern dich hinterlassen haben, meiner Meinung nach auch das Beste sein.«

Mir gefiel nicht, wie er das Wort »Situation« betonte.

»Was meinen Sie damit?«, fragte ich.

»Ja, äh, sieh mal. Du weißt ja, dass deine Eltern sehr reich waren. Sie hatten mehrere Anwesen und besaßen Aktien großer Konzerne. Die Blake Company ist eines der bedeutendsten Unternehmen des ganzen Landes und das Gesamtvermögen deiner Eltern belief sich auf eine stattliche Summe.«

Ich wusste, dass es hinter seinen Worten etwas gab, das mir Mark Winslow verschwieg. Ich wartete, bis er fortfuhr.

»Die Sache ist nur die, dass dir dein Vater in seinem Testament nichts vermacht hat.«

»Wie bitte?«

»Er hat dich enterbt, Jayson. Und das bedeutet, dass dir dein Vater nicht einen Cent hinterlassen hat.«

»Das würde mein Vater niemals tun!«

»Ich habe mir das Testament genau angesehen, es ist eindeutig. Richard war sehr gewissenhaft. Er hat haargenau niedergeschrieben, wie mit seinem Vermögen im Fall seines Todes verfahren werden soll, nur bist du in diesen Plänen leider nicht vorgesehen. Das Gesetz ist sehr streng in solchen Dingen. Selbst wenn wir wollten – es gibt nun mal keine Handhabe, seinen letzten Willen zu ändern.«

Ich konnte nicht sprechen. Kein einziges Wort brachte ich heraus. Warum? Warum sollte mein Vater so etwas tun?

»Tut mir leid, Junge. Ich weiß auch nicht, was er sich dabei gedacht hat. Wobei – wenn man bedenkt, dass er seine eigene Frau erschossen hat …«

»Das hat er nicht«, flüsterte ich.

»Was hast du gesagt?«

»Er hat meine Mutter nicht erschossen!«, brüllte ich. Ich sprang auf und mein Stuhl fiel krachend auf den Boden. »Mein Vater war nicht verrückt. Ihr seid die Verrückten! Und das werde ich euch eines Tages auch beweisen.«

Voller Wut und Hass ging ich zur Tür. Bevor ich den Raum verließ, hörte ich Winslows Stimme ein letztes Mal.

»Dann hoffe ich nur, dass du deine Beweisführung auch aus der Unterschicht vorbringen kannst. Dein Leben als Prinz ist nämlich von heute an vorbei.«

Und auf seinem Gesicht zeichnete sich ein hinterhältiges Grinsen ab.

KAPITEL 83

Kaum waren meine Eltern unter der Erde, holte mich die Sozialfürsorge ab. Nur wenige Menschen hatten an der Zeremonie teilgenommen. Kein einziger unserer alten Freunde war da. Vermutlich lümmelten sie gerade auf den Decks ihrer Yachten in der Sonne herum oder amüsierten sich auf irgendeiner Party, während die zwei Urnen in die Erde hinuntergelassen wurden.

Zwei Tage später kam ich im »Kalifornischen Waisenhaus für schutzbedürftige Kinder« an, einem halbwegs verwahrlosten, baufälligen und tristen Ort in der Nähe von Redding, einer Stadt im Norden Kaliforniens.

Damals stand das Armenhaus unter der Leitung von Miss Cass.

»Noch so ein verlorener Sprössling?« Sie musterte mich ohne allzu großes Interesse. »Lassen Sie nur, ich bringe ihn rein. Machen Sie sich keine weiteren Umstände.«

Sie schob mich durch die Tür ins Innere des Waisenhauses. Koffer hatte ich keinen dabei. Ich besaß ja auch nichts, was ich hätte hineintun können. Meine Kleidung hatte ich von der Frau von der Sozialfürsorge bekommen; sie war mir zwei Nummern zu groß. Sogar Schuhe hatten sie mir geschenkt. Das Wenige, was mir von meinem alten Leben geblieben war, war die schwarze Kugel.

»Es gibt hier ein paar Regeln zu beachten. Während der Mahlzeiten und im Unterricht wird nicht gesprochen. Jeder Verstoß bedeutet einen halben Tag ohne Essen.«

Als Miss Cass fertig war mit ihrer Liste an Verboten und aus meinem Blickfeld verschwand, blieb ich allein zurück, in einem engen Raum voller Stockbetten und mehr als fünfzig Augenpaaren, die mich anstarrten, als wäre ich »der Neue«; und das war ich ja auch. Um zu dem Bett am Ende des Schlafsaals zu gelangen, das man mir zugewiesen hatte, musste ich an all meinen neuen Kameraden vorbei. Manche von ihnen schubsten mich unverhohlen und raunten mir irgendwas Beleidigendes zu, als ich an ihnen vorbeikam.

Als ich mein Bett erreichte, schlüpfte ich unter die Decke und rollte mich zusammen. Ich versuchte, mich taub zu stellen, um nichts mehr von den spöttischen Namen und Beschimpfungen mitzukriegen, die ich mir in den paar Minuten, die ich in meinem neuen Zimmer war, schon eingehandelt hatte. Am liebsten hätte ich geweint. Aber das tat ich nicht. Keine einzige Träne vergoss ich. Damals schwor ich mir, dass ich von nun an nie mehr weinen würde.

Der Junge aus dem Bett über mir beugte sich zu mir herunter. Erst dachte ich, dass er mich auch nur beschimpfen würde. Aber das tat er nicht. Er lächelte mich einfach nur schüchtern an.

»Hallo. Ich heiße Len Lu. Willkommen.«

KAPITEL 84

Und so lernte ich Len kennen. Seine Eltern waren nicht tot, so wie meine. Sie arbeiteten in einem winzigen Elektroladen, der nicht genug einbrachte, um die ganze Familie zu ernähren. Die Regierung hatte ihnen das Sorgerecht für ihren Sohn entzogen und Len ins Waisenhaus gesteckt, damit man sich dort um ihn kümmerte.

Er hatte damals schon dieses besondere Talent im Umgang mit allem möglichen Elektronikzeug.

Nachts hörte ich ihn im Schlaf schreien. Ich machte es mir zur Gewohnheit, ihn aufzuwecken und zu trösten. Wenn er sich beruhigt hatte, flüsterten wir noch eine Weile miteinander, und dann schlief er wieder ein, friedlicher als zuvor.

Einen Monat nach meiner Ankunft im Waisenhaus kam Miss Cass mich holen.

»Jayson, du hast Besuch.«

Besuch? Für mich? Wer konnte das sein? Winslow hatte seit jenem Tag, an dem ich aus seinem Büro gestürmt war, kein Lebenszeichen mehr von sich gegeben. Und die restlichen Freunde meiner Eltern waren sowieso längst abgetaucht.

»Ist es die Polizei?« Len sah mich aus den Augenwinkeln an. Meine Frage überraschte ihn offensichtlich, wahrscheinlich auch deshalb, weil ich ihm nicht die Wahrheit über den Tod meiner Eltern erzählt hatte. Trotzdem sparte er sich jeden Kommentar. Das mochte ich am meisten an ihm. Er bedrängte einen nie. Ließ einem immer so viel Zeit, wie man eben brauchte.

»Du musst schon selbst nachschauen, wenn du wissen willst, wer es ist, Rotzlöffel«, schnauzte mich Miss Cass an.

Und das tat ich. Ich ließ Len seinen alten Toaster weiterreparieren und machte mich auf den Weg ins Büro der Direktorin. Ich öffnete die Tür. Mit dem Rücken zu mir saß ein Mann in einem Sessel. Als er mich hereinkommen hörte, drehte er sich um, bis sich unsere Gesichter genau gegenüber waren.

»Lange nicht gesehen, Jayson.«

Ich stand wie angewurzelt in der Tür. Es war ... der Mörder meiner Eltern. Adam Grossman.

»Sie ...«

»Du erinnerst dich also an mich.«

Er stand auf. Er trug einen eleganten weißen Anzug, der ihm den Anschein eines stattlichen Familienvaters gab. Aber mich konnte er nicht täuschen. Ich wusste, wer er wirklich war. Ein Verbrecher von genau derselben Art, wie sie in den Gefängnissen vor sich hin vegetieren. Ich spürte, wie der Groll anfing, in mir zu brodeln.

»Wollen Sie mich auch töten, so wie meine Eltern?«

»Eigentlich bin ich hier, um dich etwas zu fragen ...«

Seine Hand schloss sich um meinen Hals. Er hob mich zwei Handbreit vom Boden hoch und presste mich gegen die Wand.

»Sag mir, wo sie ist, und dir passiert nichts. Sag's mir einfach, dann lass ich dich runter.«

»Ich weiß nicht, was Sie meinen.« Ich machte den Mund auf, damit genug Sauerstoff in meine Lungen gelangte.

»Jetzt spiel hier nicht den Dummen. Du weißt genau, was ich meine.«

»Ich ... weiß ... gar nichts.«

Er kam ganz nah an mein Ohr heran.

»Die Kugel ... Ich will die Kugel.«

Ich war sprachlos, und ein paar Sekunden lang wusste ich überhaupt nicht mehr, was ich sagen sollte. Er sollte im Waisenhaus sein, nur weil er diesen Glasball wollte, den mein Vater mir gegeben hatte? Für mich war völlig klar gewesen, dass er nur zurückgekehrt war, um zu Ende zu bringen, was er in Cotton Hill begonnen hatte. Ich wandte mich ihm zu, wobei ich kaum verbergen konnte, wie verwirrt ich war.

»Wo hast du sie?«

Ich strich mit den Fingerspitzen über meine Jackentasche. Da war sie. Gut versteckt und geheim gehalten, damit niemand sie sah. Ich trug sie immer bei mir. Ich hatte meinem Vater versprochen, dass ich sie nicht aus der Hand geben würde, und genau das hatte ich seit seinem Tod auch getan. Niemand hatte sie zu Gesicht bekommen, seit ich im Waisenhaus war; nicht einmal Len.

Wenn ich sie Grossman gab, würde ich mich von dieser Last befreien, die mich so einengte. Allerdings würde ich damit das Versprechen brechen, das ich meinem Vater gegeben hatte ... Die Entscheidung fiel mir leicht. Ich ließ den Arm sinken, damit der Mörder meiner Familie nicht etwa auf die Idee käme, dass er genau vor der Nase hatte, was er suchte.

Nein, ich würde die Kugel nicht weggeben. Ich würde mein Versprechen halten, egal, was geschah.

»Ich habe sie nicht.« Meine Stimme zitterte nicht. Niemand würde auf die Idee kommen, dass ich log. »Mein Vater kam überhaupt nicht mehr dazu, mir was zu geben, bevor Sie aufgetaucht sind.«

»Bist du sicher?« Seine Finger schlossen sich enger um meinen Hals. Ich heulte auf.

»Ja.«

»Ich habe einen Sohn in deinem Alter. Es würde mir nicht gefallen, dich zu töten. Aber wenn du dich einfach über mich hinwegsetzt, dann kannst du sicher sein, dass ich dich fertigmache, und zwar genau jetzt.«

»Dann können Sie gleich mal anfangen. Ich habe nämlich keine Ahnung, wo die Kugel ist.«

Grossman kniff die Augen zusammen.

»Du bist genauso trotzig wie Richard. Hast genau den gleichen provokanten, stolzen Blick, der mir an ihm so verhasst war«, stieß er voller Abscheu hervor. »Und seine Dummheit hast du offenbar auch geerbt.«

Er drückte noch fester zu. Ich merkte, wie mein Kopf zu dröhnen anfing und mir ein Pfeifen durchs Trommelfell fuhr.

»Ich werde keine Ruhe geben, bis ich diese Kugel habe. Hast du das verstanden? Wenn du so weitermachst, dann begehst du noch denselben Fehler wie dein Vater, Junge. Am Ende werde ich dich wegen diesem Stück Glas noch töten, genau wie ihn.«

Zusammen mit einem Pfeifen hallte der letzte Satz in mir nach. *... werde ich dich noch töten, genau wie ihn ... Wegen diesem Stück Glas ... Wegen diesem ...*

Ich hatte mich vor einiger Zeit schon gezwungen, aus meinem Gedächtnis zu löschen, was ich an dem Tag gesehen hatte, als meine Eltern starben. Um nicht länger leiden zu müssen und nicht so schwach zu sein. Aber in diesem Moment, während ich nach Luft rang, kam die Erinnerung zurück. Die Bilder jener Nacht fluteten meine Gedanken wie ein

Sturzbach, und ich sah die drei Mörder wieder in unser Haus gehen, sah das bestürzte Gesicht meiner Mutter ... und ich hörte, was mein Vater sagte, bevor er starb. *Ihr verschwendet eure Zeit. Ihr werdet hier nicht finden, was ihr sucht ... Ich habe sie an einen sicheren Ort gebracht. Du wirst sie niemals bekommen und auch niemand sonst.* Allmählich ergaben seine Sätze für mich einen Sinn.

»Deshalb hast du sie umgebracht«, flüsterte ich. »Ihr habt die Kugel gesucht.«

»Ja. Wir wussten, dass Richard sie hatte, und wir wollten sie um jeden Preis. Wir haben ja versucht, mit ihm zu verhandeln. Haben versucht, ihn zur Vernunft zu bringen, damit er sie uns im Guten aushändigte. Es empfiehlt sich nun mal nicht, sich uns in den Weg zu stellen, das musste er am Ende dann ja auch auf denkbar ungünstige Weise feststellen.«

»Warum wollt ihr sie denn unbedingt? Was ist denn so besonders an ihr?«

Mein Gegenüber verzog das Gesicht, als wüsste er nicht, ob er mir die Wahrheit sagen sollte oder besser schwieg. Dann entschied er sich, mir zu antworten.

»Das Böse«, war seine Antwort, und sein Tonfall ließ mir einen Schauer über den Rücken laufen. »Und jetzt antwortest du mir. Ich weiß doch genau, dass du sie hast. Dein Vater hatte sie nämlich nicht in seinen Sachen versteckt. Wir haben seinen gesamten Besitz durchsucht – vergeblich. Also kannst nur du sie haben.«

»Was? Das kann doch gar nicht sein. Ihr konntet doch gar nichts durchsuchen. Der Besitz von meinem Vater ...« Grossman merkte, wie verwirrt ich war.

»Ach so ... Der kleine Blake weiß wohl gar nicht, was wirklich mit seinem Erbe geschehen ist.« Er lachte zwischen den Zähnen hindurch. »Nachdem du den Abhang hinuntergestürzt warst, sind wir zum Haus zurück und haben alles auf den Kopf gestellt, um die Kugel zu finden. Aber da war sie nicht. Wir waren überzeugt davon, dass Richard sie woanders versteckt hatte, also haben wir sein Testament gefälscht, damit alles an uns ging. Die Safes, die Anwesen ... Wir durften einfach nicht zulassen, dass du oder sonst wer die Kugel vor uns fand. Und nachdem wir keine Ahnung hatten, wo sie sein konnte, wollten wir eben lieber kein Risiko eingehen.«

»Winslow ...«

»Winslow half uns, das Testament zu fälschen, ja. Ein guter Anwalt ... zu allem bereit, wenn ein bisschen Extrageld fließt.«

Ich verfluchte Winslow. Für Grossmans schmutziges Geld hatte er meinen Vater hintergangen.

»Nur haben wir sie leider immer noch nicht gefunden. Vielleicht liegt das ja auch daran, dass Richard sie jemandem gegeben hat, bevor er starb ... seinem süßen, geliebten Sohn zum Beispiel.«

»Ihr täuscht euch. Er muss sie irgendwo versteckt haben, wo ihr nicht nachgesehen habt.«

»Unmöglich.« Er verstärkte den Druck wieder. Das Dröhnen in meinem Kopf nahm zu.

»Er hat diese Kugel, von der Sie sprechen, nie mit nach Hause gebracht.«

»Ach, wirklich?«

Mein Blick vernebelte sich. Ich konnte Grossmans Gesicht kaum noch erkennen. Lange würde ich nicht mehr durchhalten ... Ich umklammerte sein Handgelenk und presste verzweifelt meine Fingernägel in seine Haut.

»Ich habe sie nicht!«, schrie ich mit aller Kraft. Grossman lockerte zwar seinen Griff nicht, aber etwas in seinem Ausdruck veränderte sich. Seine Muskeln entspannten sich. Er musterte mich, um herauszufinden, ob ich die Wahrheit sagte.

Ich reckte mein Kinn immer noch in die Höhe und meine Miene war unverändert.

»Wenn ich herausfinde, dass du mich angelogen hast, dann komm ich wieder und du endest genau wie deine Eltern.«

Mit dem Unterschied allerdings, dass ich ihn erwarten würde. Und dass es nicht so einfach wäre, mich umzubringen.

»Ich habe Ihnen alles gesagt, was ich weiß.« Und ich setzte noch eins drauf. »Wenn Sie mir nicht glauben, können Sie ja meine Sachen durchsuchen. Dafür werden Sie nicht lange brauchen. Dank Ihnen bin ich ärmer als eine Kirchenmaus. Ein paar gebrauchte Hosen, das ist alles, was ich habe.«

Das überzeugte ihn schließlich und er ließ mich fallen. Ich fasste mir an den schmerzenden Hals und japste nach Luft.

»Denk dran, was ich dir gesagt habe. Die Kugel oder dein Leben. Es ist ganz einfach.« Er ließ mich einfach liegen und wandte sich zur Tür.

Was Grossman nicht wusste, war, dass ich in der Zeit im Waisenhaus eine Menge gelernt hatte. Zu kämpfen, unter anderem. Sobald er sich umgedreht hatte, sprang ich auf und kletterte mit einem Satz auf seinen Rücken. Ich kratzte ihn, wo ich ihn erwischen konnte, während er fluchend versuchte, mich abzuschütteln.

Seine Schreie alarmierten Miss Cass und das halbe Waisenhaus. Drei Leute waren nötig, um mich von ihm loszumachen, und als es ihnen endlich gelungen war, sah sein Gesicht so zerknautscht und zerkratzt aus wie ein Katzenspielzeug.

»Diesen Jungen hat der Teufel gesehen«, plärrte Miss Cass. »Sperrt ihn in den Keller! Er kommt erst wieder raus, wenn ich es sage. Er wird schon noch lernen, wie man sich anständig benimmt.«

KAPITEL 85

So landete ich im Keller, mit den Nagetieren als einziger Gesellschaft, die sich in den Lagerräumen, die mir als Zelle dienten, eingenistet hatten. Es roch nach verdorbenem Essen. In den Ecken stand der Schmutz und an den Wänden hatten sich über die Jahre Schimmelflecken gebildet. Ich konnte mir gemütlichere Orte vorstellen.

Ich rollte mich in einer Ecke zusammen und holte die Kugel hervor.

Nach dem, was Adam Grossman alles gesagt hatte, konnte ich sie nur noch voller Hass betrachten. Sie war schuld am Tod meiner Eltern. Wegen ihr hatte ich mein gesamtes altes Leben verloren. Wenn dieses Ding nicht gewesen wäre, dann wäre nichts von all dem, was ich durchgemacht hatte, überhaupt geschehen. Natürlich nicht. Grossman wäre nicht in unser Haus eingedrungen. Er hätte nicht geschossen.

Ich hielt sie fest umklammert. Wollte sie kaputtmachen. Wollte, dass sie in tausend Teile zerbrach und für immer vom Erdboden verschwand.

Ich wollte sie gerade gegen die Wand schmettern, als sie

plötzlich in meiner Hand vibrierte. Es war nur eine ganz leichte Erschütterung, aber für mich fühlte es sich an, als würde mein eigener Körper beben.

Ich sah sie an ... und stieß einen Schrei aus. In der Kugel stand etwas. In säuberlicher, stilisierter Schönschrift tänzelten in goldener Farbe hinskizzierte Buchstaben in ihrem Inneren, als würden sie auf einer dunklen Wasseroberfläche treiben.

Ich habe sehr lange gewartet.

Dann verschwanden die Buchstaben und es tauchten neue auf.

Aber das Warten hat sich gelohnt.

Ich spürte, wie die Kälte der Kugel erst meine Hand und dann meinen ganzen Körper durchdrang. Ihr eisiger Hauch erstreckte sich von meinen Fingerspitzen bis in den letzten Winkel meines Seins, ließ jede einzelne Zelle gefrieren, lähmte meine Glieder, um mich nach und nach komplett zu vereisen. Der Schmerz ließ mich schreien, ohne dass ein einziger Laut meiner Kehle entwich. Meine Lungen hörten auf, Sauerstoff zu pumpen, und mein Herz tat einen letzten Schlag, bevor es stehen blieb. Ich hörte auf, zu fühlen. Mein kompletter Organismus versagte.

Gleichzeitig wurde es immer dunkler im Keller. Die Schatten in meiner Ecke wurden immer düsterer und unergründlicher. Finsternis umgab mich, kreiste mich ein, bedrängte mich, nahm mich gefangen. Es kam mir vor, als würde die Schwärze der Kugel selbst die Atmosphäre um mich vergiften. Oder war es vielleicht genau andersherum? War sie ein Magnet, der die Dunkelheit anzog? Allein bei dem Gedanken begann ich zu zittern. Ich hatte schreckliche Angst. Ich wollte aufstehen, aber ich konnte nicht. War nicht in der Lage, mich überhaupt zu rühren.

Wie viel Zeit nach alldem verging, weiß ich nicht. Ich kann mich nur noch erinnern, wie die Kugel plötzlich heftig zu pochen begann und wie mein Körper auf ihre Bewegung reagierte. Plötzlich floss wieder Blut durch meine Adern. Luft gelangte in meine Lungen und meine Sinne erwachten wieder zum Leben. Ich hustete, stützte mich an der Wand ab, zusammengekrümmt, ein hilfloses, menschliches Knäuel.

Und während ich mich allmählich erholte, tanzten in meinem Kopf die Worte Adam Grossmans:

Was ist denn so besonders an ihr?

Das Böse.

KAPITEL 86

Umhüllt von Finsternis, schlief ich ein. Als ich wieder erwachte, prüfte ich als Allererstes, ob die Kugel noch in meiner Hand lag. Ja, da war sie. Als hätte sie Wurzeln um meine Finger geschlagen. Sie schien mich zu beobachten. Wie ein paar durchdringende Augen, die bis in mein tiefstes Innerstes sehen konnten.

In meinem kleinen Gefängnis war es so dunkel wie zuvor. Immer noch war ich von denselben länglichen Schatten umgeben. Nur fühlte ich mich seltsamerweise immer weniger unwohl in dieser tiefen Schwärze. Sie war eigentlich ganz angenehm ... Ich hatte fast das Gefühl, dass sie irgendwie ein Teil von mir war.

Und doch vermisste ich Len. Wenn er doch nur bei mir wäre. Wann sich Miss Cass wohl dazu herablassen würde, mich aus diesem verlassenen Kellerloch wieder herauszuholen?

Kaum hatte ich diesen Gedanken in meinem Inneren formuliert, begann die Kugel zu vibrieren, und es erschienen dieselben goldenen Buchstaben wie zuvor:

Miss Cass hat beschlossen, mir einen Besuch abzustatten. Sie scheint es nicht zu bereuen, mich hier eingesperrt zu haben, sonst würde sie mich wohl kaum noch bis morgen in diesem Keller sitzen lassen. Bis morgen?! Noch dazu kann sie es einfach nicht lassen, mir vorzubeten, dass mir das Eingesperrtsein dabei helfen würde, über das, was ich getan habe, nachzudenken. Alte Hexe ...
Riecht es hier nach Essen? Es ist Len! Und er hat ein Tablett mit meinem Abendessen bei sich. Wenigstens hat die Direktorin scheinbar nicht vor, mich verhungern zu lassen. Oder vielleicht doch – wenn man sich das Gemüse auf dem Teller so ansieht ...
Miss Cass verpasst Len einen Stoß. Ich hasse es, wie sie uns behandelt. Als wären wir Vieh, das zum Verkauf steht ...

Was bedeutete das? Ich verstand gar nichts mehr. Miss Cass? Essen? Len? Ich las die Sätze noch einmal und schüttelte die Kugel, damit sie verschwänden. Aber das taten sie nicht. Sie wirbelten herum und trieben in der Kugel, als wären sie aus geschmolzenem Gold.

Das Geräusch näher kommender Schritte ließ mich den Blick von den rätselhaften Worten abwenden. Mit einem metallischen Wimmern ging die Tür auf und die Umrisse einer Frau zeichneten sich im Türrahmen ab. Ich kannte sie.

Miss Cass.

Als ich sie sah, kam mir wieder in den Sinn, was ich in der Kugel gelesen hatte.

Miss Cass hat beschlossen, mir einen Besuch abzustatten ...

»Ich weiß, dass es schrecklich hier ist, du musst gar nicht so ein Gesicht machen. Mein Gott! Wie konntest du nur auf die Idee kommen, den guten Mann einfach anzufallen? Er hat sich für dich interessiert! Du bleibst noch bis morgen hier, verstanden? Und dafür solltest du mir dankbar sein. Für die Schande, dir du mir gemacht hast, sollte ich dich eigentlich einen ganzen Monat einsperren. Das wird dir helfen, über das, was du getan hast, nachzudenken. Und das ist genau das, was du jetzt brauchst: Nachdenken!«

Sie kann es einfach nicht lassen, mir vorzubeten, dass mir das Eingesperrtsein helfen würde, über das, was ich getan habe, nachzudenken.

Ein Zucken durchfuhr mich von den Zehenspitzen bis zum Haaransatz. Die Kugel ... Die Kugel ...

»Was ist denn jetzt wieder los, Rotzbengel? Ich frage mich allmählich, woher du eigentlich kommst. Ich habe wirklich noch nie einen so seltsamen Menschen wie dich gesehen. Bleibt nur zu hoffen, dass du keine ansteckende Krankheit oder so was hast. Eine Epidemie hat uns hier gerade noch gefehlt.« Sie schnippte mit den Fingern, als würde sie einen Hund zu sich rufen. »Mach schon Len, gib deinem Freund was zu essen, bevor er noch dünner wird, als er sowieso schon ist.«

Len beugte sich vor und spähte zu mir herein. Ich wusste nicht, ob ich mich freuen sollte oder nicht. Vor allem, als ich sah, was er in den Händen hielt: einen Teller mit abscheulich aussehendem Essen ...

Es ist Len! Und er hat ein Tablett mit meinem Abendessen bei sich. Wenigstens hat die Direktorin scheinbar nicht vor, mich verhungern zu lassen. Oder vielleicht doch – wenn man sich das Gemüse auf dem Teller so ansieht ...

Erst der Besuch von Miss Cass. Dann Len. ... Wie? ... Wie? Mein Kiefer fing an zu zittern.

»Worauf wartest du noch?«, keifte Miss Cass. Sie schubste Len unwirsch in den Keller. »Ich habe schließlich nicht den ganzen Tag Zeit. Jetzt mach schon!«

Miss Cass verpasst Len einen Stoß. Ich hasse es, wie sie uns behandelt. Als wären wir Vieh, das zum Verkauf steht ...

Ich sah Len an, während Miss Cass ihn zurechtwies. *Als wären wir Vieh, das zum Verkauf steht ...*

Als die Tür sich wieder schloss und ich alleine zurückblieb, fröstelte ich.

Jetzt verstand ich. Jetzt verstand ich, was die Kugel so bedeutend machte. Und warum Adam Grossman sie unbedingt haben wollte. Sie war nicht einfach irgendein nutzloser Gegenstand. Nein ... Sie hatte alles vorweggenommen. Sogar, was Miss Cass gesagt hatte.

Sie zeigte einem, was geschehen würde.

Die Kugel sagte die Zukunft voraus.

KAPITEL 87

Die ganze Nacht lang stellte ich die Kugel auf die Probe, um herauszufinden, ob sie wirklich vorhersah, was ich tun würde, bevor ich es tatsächlich tat. Sie lag kein einziges Mal daneben. Sobald ich eine Frage formuliert hatte, bekam ich ihre in die Zukunft gerichtete Antwort. Wann werde ich wieder zu den anderen dürfen?

Miss Cass wird mich bei Tagesanbruch holen kommen. Dann komme ich endlich hier raus …

Woran werde ich in fünf Minuten denken?

Mir geht einfach nicht aus dem Kopf, was Adam Grossman gesagt hat. Das Böse. Das Böse. Warum hat er das gesagt?

Sie warnte mich sogar, dass ich die nächsten Tage krank sein würde, wenn ich das Essen anrührte, das sie mir brachten. Klar, dass ich nicht einen Bissen davon zu mir genommen habe. Nur für alle Fälle …

Kaum war ich aus dem Keller geholt worden, machte ich mich auf die Suche nach Len. Ich musste ihm einfach alles erzählen. Mir war zwar nicht klar, wie ich es ihm erklären sollte, aber ich würde ihm eben einfach zeigen, was es mit der Kugel auf sich hatte. Wozu sie in der Lage war. Ich konnte es kaum erwarten, sein Gesicht zu sehen. Ich würde ihm auch die Wahrheit über den Tod meiner Eltern erzählen und über ihre Mörder. Ich würde ihm sagen, dass ich jetzt wusste, warum sie sterben mussten.

Aber dazu würde es nicht kommen.

Wie immer verbarg ich die Kugel in meiner Jackentasche und ging geradewegs ins obere Stockwerk, um nachzusehen, ob mein Freund im Schlafsaal war. Als ich den Raum betreten hatte, packte mich jemand am Nacken. Ich wand mich, versuchte, mich loszumachen. Hinter mir stand, umringt von einer Gruppe Kinder aus der übelsten Ecke des Waisenhauses, Robert Griffith.

Es sollten noch viele Jahre vergehen, bis er und seine Schwester von einem älteren, wohlhabenden Beamtenpaar adoptiert würden und in Rockland ein neues Zuhause fanden. Aber einen Draht zueinander hatten wir schon damals im Waisenhaus nicht. Er ertrug es nicht, dass ich im Mittelpunkt stand und mit Leichtigkeit neue Freunde fand. Und für mich war kaum auszuhalten, wie herrschsüchtig und arrogant er war.

»Na, schon aus dem Kellerloch entlassen worden? Hat's dir gefallen da unten?«

»Geht's dich was an?«, stieß ich hervor.

»Hab gehört, dass sie dich eingesperrt haben, weil du jemanden geschlagen hast. Stimmt das?«

»Kann schon sein.«

»Du lügst doch. Du kannst doch keiner Fliege was zuleide tun.«

»Da wär ich an deiner Stelle nicht so sicher.«

»Willst du mir drohen?«

»Wie scharfsinnig du bist ...«

»Du solltest besser aufpassen, Jayson. Hier gebe ich den Ton an. Und du machst besser, was ich sage.«

Er verpasste mir einen nicht gerade zärtlich gemeinten Stoß und ich knallte mit dem Rücken an die Wand. Erst als ich sah, wie Robert sie anstarrte, realisierte ich, dass die Kugel durch den Aufprall ein paar Zentimeter aus meiner Tasche gerutscht war. Er griff sie sich, ohne dass ich etwas dagegen tun konnte.

»Was ist das?«

»Gar nichts«, sagte ich schnell. Ich versuchte, sie ihm wegzunehmen. Aber er war schneller und hielt sie außerhalb meiner Reichweite.

»Dafür hast du es aber ganz schön eilig, sie wiederzubekommen.«

»Gib sie mir zurück.«

»Und wenn ich keine Lust habe?« Er warf die Kugel hoch und fing sie in der Luft wieder auf. »Und? Sagst du mir jetzt, was das ist?«

»Ich hab's dir doch schon gesagt. Das ist nichts Besonderes. Es ist nur ...«

Roberts kräftige Pranken schlossen sich um die Kugel. Machten sich bereit, sie zu zerbrechen. Plötzlich konnte ich mein Bein nicht mehr bewegen. Irgendetwas quetschte meinen Oberschenkel zusammen. Ich versuchte, mich zu befreien. Kämpfte gegen den Druck an, der mir meine Bewegungsfreiheit nahm. Aber es ging nicht.

Griffith war so konzentriert, dass er gar nicht auf mich achtete. Genauso wenig wie seine Freunde. Einer kam jetzt mit einem Stein in der Hand auf uns zu.

»Hey, zerschlag sie doch damit!«

Robert quittierte den Vorschlag mit einem Jauchzer.

Er lockerte den Griff um die Kugel, und im selben Moment kam ich von der unsichtbaren Kraft frei, die mein Bein in ihrer Gewalt gehabt hatte.

»Gute Idee!«

»Nein ...«, wisperte ich, »bitte nicht ...«

Ich trat einen Schritt vor. Ich musste ihn aufhalten. Sonst ... Noch ein Schritt. Und noch einer. Na los!

Schnell!

Robert schlug auf die Kugel. Ich hörte es krachen ... und fast im selben Moment durchfuhr mich ein unerträglicher Schmerz. Als hätte der Stein mich getroffen, als hätte er meinen Körper zermalmt und meine Knochen brechen lassen. Ich schrie. Schrie, so laut ich konnte, bis ich ohnmächtig wurde.

Tagelang schwankte ich zwischen Leben und Tod. Mein Arm war gebrochen und ich hatte eine starke Gehirnerschütterung. Ich hatte Wasser in der Lunge und die Hälfte meiner Rippen war gebrochen. Eine ganze Woche lang lag ich im Koma.

Robert und seine Freunde verschwiegen, was geschehen war, und behaupteten, ich wäre von einer Leiter gefallen. Man glaubte ihnen. Nicht einmal Miss Cass zweifelte an seiner Version der Geschichte. Das Einzige, was sie mir ließen, war die Kugel. Sie legten sie mir in die Hand, als ich ohnmächtig war, und dann liefen sie davon, damit ihnen niemand die Schuld geben konnte an dem, was geschehen war. Und dort blieb sie, umschlossen von meinen Fingern. Die Ärzte, die mich operierten, mussten gespürt haben, dass sie eine ganz besondere Bedeutung für mich hatte, jedenfalls hatten sie sie nicht angerührt. Sie blieb an meiner Seite, während ich um mein Leben kämpfte.

Dann folgte eine lange Zeit im Krankenhaus, in der ich mich erholen sollte. Die Einsamkeit und das Ohnmachtsgefühl. Meine Verletzungen und der Schmerz. Zwei nicht enden wollende Monate. Und während ich allmählich wieder gesund wurde, erholte sich auch die Kugel zusehends. Die Scharte, die Robert mit dem Stein in sie geschlagen hatte, schloss sich immer weiter, bis ihre Oberfläche wieder vollständig hergestellt war. Wie an dem Tag, an dem ich sie zum ersten Mal gesehen hatte. Glänzend und makellos.

Und so erfuhr ich auf die brutalstmögliche Weise, dass ihre Macht nicht umsonst war.

Sie hatte einen Preis.

Mein Leben.

KAPITEL 88

Als ich aus dem Krankenhaus kam, wollte keines der anderen Kinder mehr etwas mit mir zu tun haben. Sie sagten, ich sei komisch und dass ich vom Teufel besessen sei und mir deshalb dieser seltsame Unfall passiert sei, der mich monatelang ans Bett gefesselt hatte. Keiner sprach mehr mit mir. Niemand lud mich ein, beim Mittagessen an seinen Tisch zu kommen. Nicht einmal im selben Zimmer wollten sie schlafen; deshalb verlegte mich Miss Cass auch in einen anderen Raum, in dem ich weitab von den anderen schlief.

Auch sie traute mir nicht mehr über den Weg, auf ihre ganz eigene Art. Sie behandelte mich zwar genau wie immer, aber etwas an ihrer Haltung hatte sich geändert. Hin und wieder sah ich, wie sie mich misstrauisch aus den Augenwinkeln beäugte. Oder sie machte auf dem Absatz kehrt, wenn sie mich sah, um mir nicht über den Weg laufen zu müssen. Irgendwann hatte ich mich an die ablehnende Haltung der anderen gewöhnt.

Nur Len gab sich noch mit mir ab, trotz allem, was geschehen war.

Sie verlegten uns zusammen in ein staubiges Zimmer im Dachgeschoss. Im Sommer war es unerträglich heiß dort und im Winter entsetzlich kalt. Kakerlaken waren an der Tagesordnung, und ab und an stieg ein Gestank nach Abwasser zu uns herauf, der unsere Mägen auf die Probe stellte. Dafür sparten wir uns das fiese Getuschel der anderen und konnten uns abends so lange unterhalten, wie wir wollten.

»Sag mal, wie lange dauert es eigentlich noch, bis wir hier rauskommen?«, fragte ich Len eines Nachmittags.

Len inspizierte die Ziffern, die er am Kopfende seines Bettes notiert hatte. Ich hatte mich mehr als einmal lustig über ihn gemacht wegen der Rechnung, die er dort aufgestellt hatte: die Anzahl der Jahre und Tage, die noch bis zu seinem 18. Geburtstag fehlten.

»Meiner Rechnung nach ... sieben Jahre und 46 Tage«, antwortete er. Er hatte die Deckenlampe abgeschraubt, um sie zu reparieren, und seine Bettdecke war mit Muttern und Schrauben übersät. »Was hast du vor, wenn wir hier raus sind?«

»Ich weiß es nicht.« Und das stimmte auch. Ich hatte mir überhaupt noch keine Gedanken darüber gemacht. Ein Zuhause, in das ich hätte zurückkehren können, gab es nicht, und Geld, um mir ein eigenes Haus zu bauen, hatte ich auch nicht. Meine Aussichten für die Zeit nach dem Heim waren nicht gerade rosig.

Vielleicht könnte mir ja die Kugel etwas dazu sagen; ich hatte sie allerdings nicht mehr benutzt, seit ich aus dem Krankenhaus entlassen worden war. Ich hatte Angst davor. Was, wenn ich sie hochnahm und sie mir aus der Hand fiel? Ich wollte lieber nicht daran denken, was dann mit mir geschehen würde. Ich hatte auch Len nicht erzählt, was wirklich mit Robert passiert war. Tief in meinem Inneren fürchtete ich, dass er mich genauso behandeln würde wie die anderen auch.

»Du könntest mit mir nach Sacramento gehen. Für meine Eltern wäre das bestimmt okay. Wir könnten zusammen im Laden arbeiten. Was meinst du?«

Was ich meinte? Das war das beste Angebot, das ich mir vorstellen konnte. Es war für mich sowieso undenkbar, von Len getrennt zu sein.

»Und deinen Eltern würde das echt nichts ausmachen?«

»Nein, bestimmt nicht.« Die Lampe versprühte ein paar Funken und ging dann an. Ich applaudierte.

»Hey, gute Arbeit, Electric-Man.«

»Von jetzt an werden wir hier immer Licht haben.«

Wow – das nannte ich eine richtige Luxusbude.

»Das bringst du mir dann hoffentlich auch bei, wenn wir nach Sacramento gehen.«

»Na klar. Obwohl du das, glaube ich, gar nicht brauchst. So geschickt, wie du mit Menschen umgehst, gewinnst du doch mit Leichtigkeit neue Kunden für uns, ohne einen einzigen Finger krumm zu machen.«

»Ach, komm, jetzt übertreibst du aber ...«

Schreie und abgehetzte Stimmen unterbrachen unser Gespräch. Sie kamen von unten, aber dem zunehmenden Getöse der Schritte und Schläge zufolge näherten sie sich dem Dachgeschoss.

Ein paar Minuten später platzte Miss Cass in unser Zimmer, ein Kind hinter sich herziehend, das überhaupt nicht mehr aufhörte, zu kreischen und um sich zu treten. Weil die Mädchen in einem anderen Gebäude schliefen als wir, liefen wir außerhalb des Mittagessens und des Unterrichts nur selten einem über den Weg. Neugierig betrachteten Len und ich unseren Neuzugang.

»Bist du jetzt still!« Das Mädchen rammte ihre Zähne in Miss Cass' Handgelenk, die vor Schmerz aufschrie. »Sie hat mich gebissen! Dieses ungezähmte Gör hat mich doch tatsächlich gebissen!«

Miss Cass sprang zur Seite, um nicht noch einmal erwischt zu werden, und versetzte dem Mädchen einen Stoß, durch den es in unser Zimmer katapultiert wurde, über seine eigenen Füße stolperte und schließlich auf dem Boden landete. Um weiteren Angriffen zu entgehen, war die Direktorin aus dem Raum gewitscht und hatte die Tür von außen zugesperrt.

»Das habe ich ja noch nie gesehen, dass jemand die alte Hexe beißt«, murmelte ich beeindruckt. Len fixierte das Mädchen wortlos. Falls er Angst hatte, ließ er es sich jedenfalls nicht anmerken. Das Mädchen sprang auf die Füße und hämmerte gegen die Tür, wobei sie mit aller Kraft brüllte, dass man sie gefälligst herausholen solle. »Hey. Da kannst du noch so laut schreien – das juckt doch keinen. Meine Empfehlung: Mach's dir bequem und genieße deinen Aufenthalt in der Dachgeschoss-Suite.«

Sie fuhr herum und zuckte zusammen, als sie uns und unsere neugierigen Blicke sah.

»Wer seid ihr?«

»Ich bin Jayson. Und das ist Len. Und du bist ...?«

Sie musterte uns. Keine Anstalten, sich ebenfalls vorzustellen. Vielleicht dachte sie ja, wir seien verrückt oder so was. Schließlich kam sie dann aber doch zu der Schlussfolgerung, dass wir vertrauenswürdig waren – jedenfalls sagte sie uns ihren Namen.

»Ich heiße Miranda.«

KAPITEL 89

Obwohl ich ihr klarmachte, dass das nichts bringen würde, hämmerte Miranda immer weiter gegen die Tür. Sie war ein ganz schöner Sturkopf. Irgendwann gaben wir auf und ließen sie einfach machen. Als sie nicht mehr konnte, setzte sie sich mit geröteten Fingerknöcheln zu uns.

»Wie? Kannst du nicht mehr?«, fragte ich. Sie quittierte meinen Kommentar mit einem mürrischen Blick. Die Kleine hatte Charakter, so viel war klar.

»Ich hör aber nicht auf. Bis sie mich hier rausholen«, gab sie dickköpfig zurück.

»Find ich nicht so super, weißt du. Ich will hier ja auch in Ruhe schlafen. Wenn du hier weiter so rumkreischst, krieg ich doch kein Auge zu.«

»Du hast doch keine Ahnung! Diese Hexe hat mir das Medaillon meiner Mutter gestohlen und ich will es wiederhaben. Ich werde keine Ruhe geben, bis sie es mir zurückgibt.«

»Hast du gestohlen gesagt?«

»Ja. Heute Morgen hat sie es mir weggenommen.« Mirandas Stimme wurde gedämpfter. »Sie nimmt sich einfach, was sie haben will. Und wenn wir uns beschweren, dann sperrt sie uns in den Keller und bestraft uns.«

Ich sah zu Len, aber der zuckte nur mit den Schultern. Uns hatte sie nie bestohlen, aber das lag daran, dass wir ja gar nichts hatten. Außerdem hörten wir nicht zum ersten Mal davon. Wenn eines der Waisenkinder etwas besaß, das einen gewissen Wert hatte, dann ging es früher oder später in Miss Cass' Besitz über. Rückgabe ausgeschlossen.

»Und deshalb bist du hier?«

Miranda nestelte am Saum ihres Ärmels herum.

»Deshalb und weil ich sie getreten habe, als sie mir das Medaillon weggenommen hat.«

Miranda war anscheinend nicht so fügsam wie die anderen Mädchen, die einfach schwiegen, wenn man ihnen etwas wegnahm. Ich sah sie mir näher an. Sie trug ein ausgeblichenes, zerlumptes Kleid, das ihr bis zu den Knöcheln ging, und das kastanienbraune Haar hatte sie zu einem Zopf geflochten. Am meisten beeindruckten mich ihre leuchtenden, smaragdgrünen Augen.

Ihre Geschichte war nicht viel besser als Lens oder meine. Sie war kurz nach mir ins Waisenhaus gekommen. Ihre Mutter war zwei Wochen zuvor bei einem Verkehrsunfall ums Leben gekommen und ihr Vater hatte sich an der Börse verspekuliert und war pleite. Genau wie Lens Familie war auch Peter Williams nicht in der Lage, seine Tochter zu ernähren. Und so war ihm nichts Besseres eingefallen, als Miranda in ein Waisenhaus zu geben.

»Das Medaillon ist das Wenige, das mir von meiner Mutter geblieben ist«, flüsterte Miranda und drehte sich zur Seite, damit wir sie nicht weinen sahen. »Warum bekommt diese Frau eigentlich nicht, was sie verdient?«

Sie hatte recht. Miss Cass behandelte uns schlecht und

niemand unternahm etwas dagegen. Ich richte den Blick auf mein Bett. Unter der Matratze hatte ich die Kugel versteckt. Vielleicht gab es ja doch eine Möglichkeit, der Direktorin eine Lektion zu verpassen …

KAPITEL 90

Noch in derselben Nacht holte ich die schwarze Kugel aus ihrem Versteck, sobald die Lichter im Waisenhaus ausgegangen waren. Leise stellte ich meine Frage: *Kann ich Mirandas Medaillon zurückholen?* Die Antwort erschien im Inneren der Kugel; wie Schlangen wanden sich die goldenen Buchstaben.

Ich warte an meiner Zimmertür, bis Miss Cass ihren nächtlichen Rundgang beendet hat. Sie geht den Gang hinunter. Bei jedem Schritt hallt das Klappern ihrer Absätze nach. Sie geht zu ihrem Zimmer.
Ich gebe Len und Miranda ein Zeichen, dass sie aufstehen sollen, und öffne die Tür. Auf Zehenspitzen schleiche ich die Treppe ins Erdgeschoss hinunter. Meine Freunde folgen mir ohne einen Mucks.
Vor Miss Cass' Zimmer bleiben wir stehen. Ich fasse den Türknauf und drehe ihn langsam. Ich schwitze. Ich habe Angst, dass uns jemand hören könnte. Endlich geht die Tür auf.
Miss Cass schläft, das Haar hat sie zu einem Dutt gebunden.

Ich gehe zu ihr. Ohne Schminke ist sie noch hässlicher als sonst. Älter sieht sie auch aus. Ihre Haut ist faltig und welk. An ihrem Hals glänzt etwas. Ich beuge mich vor, um es besser sehen zu können. Es ist Mirandas Medaillon.
Geräuschlos nehme ich es zwischen die Finger.

»Okay.« Das schien ja einfach ...

Wie die Kugel vorausgesehen hatte, gab ich den beiden ein Zeichen, aufzustehen.

»Und du bist ganz sicher, dass du das wirklich tun willst?«, fragte Len verängstigt.

»Ganz sicher«, antwortete ich, ohne zu zögern.

»Wenn wir erwischt werden, landen wir für einen Monat im Keller.«

»Keine Sorge, das wird nicht passieren.«

Besonders überzeugt war er nicht, aber schließlich gab er nach. Miranda machte erst gar nicht den Mund auf, um sich zu beschweren.

Unser Weg verlief genauso, wie die Kugel es vorhergesehen hatte. Wir schlichen die Treppe hinunter. Liefen den Gang entlang. Und blieben vor der geschlossenen Tür zu Miss Cass' Zimmer stehen. Ich war nervös, ziemlich sogar, und natürlich schwitzte ich auch. So sehr, dass ich den Türknauf gar nicht richtig zu fassen bekam. Sogar das hatte die Vorhersage berücksichtigt.

Als ich die Tür endlich aufbekam, stellten wir uns drinnen wie drei schweigsame Gespenster in einer Reihe auf.

Ich trat an das Bett. Miss Cass schnarchte, ihr Mund stand halb offen.

»Sie ist grässlich«, flüsterte Len.

Um ihren Hals hing das Medaillon. Ich nahm das kühle Metall zwischen die Finger und zog vorsichtig daran, um die

Klammer zu lösen. Das war's. Jetzt mussten wir nur noch in unser Zimmer zurück und ... die Kugel.

Es hatte sich etwas verändert. Ihre Vorhersage war jetzt nicht mehr dieselbe wie noch vorhin.

Len stößt an den Nachttisch und die Lampe darauf fällt zu Boden.
Miss Cass wacht durch den Lärm auf. Wie irre fängt sie an zu schreien. Sie sieht, dass ich das Medaillon habe, und verpasst mir eine Ohrfeige, die mich zu Boden wirft.
Ich packe meinen Koffer. Wir sind wegen Diebstahls aus dem Waisenhaus geflogen. Len und Miranda müssen zu ihren Familien zurück, und mich schicken sie in ein anderes Armenhaus, am entgegengesetzten Ende des Landes. Ich glaube nicht, dass ich die beiden jemals wiedersehen werde.

Ich schlucke, um den Knoten in meinem Hals wegzuspülen. Es gelingt nicht. Miss Cass wird uns in ihrem Zimmer entdecken. Sie wird uns rauswerfen. Ich werde meine Freunde nie mehr wiedersehen. So sah also meine Zukunft aus ...

»Was ist los?«, flüsterte mir Miranda ins Ohr.

Ich wollte mich gerade umdrehen, um sie zu warnen, als Len im Bruchteil dieser Sekunde einen Schritt zurück machte und mit dem Fuß an den Nachttisch stieß. Die Lampe darauf geriet ins Schwanken, taumelte von einer Seite zur anderen und fiel.

KAPITEL 91

Es war, als würde ich einen Film, den ich schon kannte, in Zeitlupe sehen. Len, wie er stolperte. Die Lampe, wie sie schwankte. Und ... fiel. Mein Gehirn reagierte, bevor sich die letzte Vorhersage erfüllen konnte. Ich streckte den Arm aus und stoppte die Lampe im freien Fall. Sie kam nicht auf dem Boden auf und sie zerbrach auch nicht.

»Aber ... was?«, stammelte Len. Alles war so schnell gegangen, dass er sich nicht vom Fleck gerührt hatte. »Woher wusstest du ...?«

Ich antwortete ihm nicht. Wieder vibrierte die Kugel.

Len stößt an den Nachttisch und die Lampe darauf fällt zu Boden. Ich bemerke es rechtzeitig und fange die Lampe auf. Wir kommen gerade noch einmal davon.
Auf Zehenspitzen verlassen wir den Raum und rennen den Gang entlang.
Wir gelangen an die Treppe, die auf den Dachboden führt, steigen die ersten Stufen hoch. Wir sind noch nicht einmal auf der Hälfte angekommen, als ich merke, wie etwas meinen

Knöchel packt und an mir zieht. Ich kugele die Treppe hinunter und schlage auf jeder einzelnen Stufe auf. Ich lande vor Miss Cass' Füßen. »Wie ungünstig für euch, dass ich einen so leichten Schlaf habe. Diebespack!« Sie lächelt. Eine zahnlose Grimasse voller Niedertracht.
Ich packe meinen Koffer. Wir sind wegen Diebstahls aus dem Waisenhaus geflogen. Len und Miranda müssen zu ihren Familien zurück, und mich schicken sie in ein anderes Armenhaus, am entgegengesetzten Ende des Landes. Ich glaube nicht, dass ich die beiden jemals wiedersehen werde.

Oh nein! Ich hatte zwar die Vorhersage mit der Lampe verändern können, aber dafür kündigte die Kugel jetzt an, dass wir es nicht schaffen würden, unbemerkt in unser Zimmer zurückzugelangen.

Ich musste noch einmal eingreifen.

Ich packte Len und Miranda und zog sie aus dem Raum. Wir rannten den Gang entlang, aber anstatt auf die Treppe zum Dachboden abzubiegen, zog ich sie weiter geradeaus.

»Warum hier lang?«, fragte Len. »Da brauchen wir doch doppelt so lange in unser Zimmer.«

»Wenn wir die Treppe nehmen, findet uns Miss Cass.«

»Wie kannst du das wissen?«

»Glaub mir einfach.«

Sobald wir die Treppe hinter uns gelassen hatten, bewegte sich die Kugel in meiner Hand.

Wir erreichen die Treppe zum Dachboden, laufen aber daran vorbei.
Miss Cass hat uns gehört und stürmt wütend aus ihrem Zimmer. »Wer ist da um diese Zeit nicht in seinem Bett?!« Sie nimmt die Verfolgung auf.

Ich sehe die offene Tür zur Vorratskammer und schiebe Len und Miranda in die Kammer. Als wir drinnen sind, ziehe ich die Tür hinter uns zu. Es ist stockdunkel.
Die Direktorin läuft an der Kammer vorbei.
Wir sind gerettet.

Diesmal musste ich die Zukunft nicht mehr ändern. Ich musste einfach nur tun, was die Kugel vorhergesagt hatte. Obwohl ich wusste, dass Miss Cass jeden Moment auftauchen würde, fuhr ich zusammen, als ich ihre Stimme hinter uns hörte.

»Wer ist da um diese Zeit nicht in seinem Bett?!«

Len ächzte und Miranda drückte sich noch etwas fester an mich. Ich zog sie mit mir und zusammen rannten wir weiter den Gang entlang.

An seinem Ende erspähte ich die offene Tür zur Vorratskammer. Wir zwängten uns hinein und ich zog die Tür hinter mir zu. Eine Minute später hörte ich Miss Cass' Schritte. Das Blut pulsierte in meinen Adern. Mein Rücken war nassgeschwitzt. Und wenn sich die Kugel geirrt hatte? Und wenn ich meine Freunde in eine Sackgasse gelotst hatte? Noch einmal prüfte ich die Vorhersage. Keine Veränderung.

Ich atmete tief durch.

Und beschloss, meine Zukunft und die von Len und Miranda diesem rätselhaften, runden Ding anzuvertrauen und still darauf zu warten, dass ihre Prophezeiungen in Erfüllung gingen.

Und das taten sie natürlich auch.

Nach einer gefühlten Ewigkeit entfernte sich Miss Cass. Ihre ausladenden Schritte verhallten in der Ferne und in unseren kleinen Unterschlupf kehrte wieder Stille ein.

»Macht euch keine Sorgen. Sie wird uns nicht finden.«

Len rückte von mir ab.

»Woher wusstest du das?«, fragte er mich. »Woher wusstest du, wo wir uns verstecken mussten und wann die Lampe herunterfallen würde und welches der beste Fluchtweg war? Woher?!«

Zum ersten Mal sah ich sein ruhiges Gesicht angespannt. Er hatte Angst. Und ich war der Grund dafür. Diesmal fragte ich nicht die Kugel um Rat, was ich tun sollte. Ich setzte mich auf den Boden der Vorratskammer und fing an zu erzählen.

Der Moment war gekommen, ihnen die Wahrheit zu sagen.

KAPITEL 92

Als ich fertig war, betrachtete mich Miranda, als würde sie mich zum allerersten Mal sehen, und Len wiederholte meine Worte offenbar noch einmal in den tiefsten Windungen seines Gehirns, um sicherzugehen, dass er mich auch richtig verstanden hatte.

»Die Kugel sagt also die Zukunft vorher«, fasste Miranda zusammen.

»Ich glaube eher, dass sie vorhersieht, was mir innerhalb der nächsten Minuten passieren wird«, meinte ich. Das war zumindest meine Vermutung, vor allem nach dem, was sich in jener Nacht ereignet hatte. »Was Len macht, kann sie mir nicht sagen. Außer es hat irgendwelche Auswirkungen auf mich, so wie vorhin mit der Lampe. Dann warnt mich die Kugel. Das funktioniert aber nicht immer. Ich muss erst eine Frage stellen. Nur dann trifft sie ihre Vorhersagen. Und wenn sich etwas ändert, vibriert sie.«

»Jedenfalls sind ihre Prophezeiungen nicht in Stein gemeißelt«, schaltete Len sich jetzt ein. »Denn sie können sich verändern.«

»Ja, sieht ganz so aus. Heute haben wir die Zukunft, die sie vorhergesagt hatte, ja gleich ein paar Mal verändert.«

»Das ist doch verrückt«, sagte Miranda. »Wenn ich es nicht mit eigenen Augen gesehen hätte, würde ich denken, du spinnst, Jayson.«

»Trotzdem – der Preis, den du dafür zahlen musstest, ist zu hoch«, murmelte Len. »Wegen der Kugel musste deine Familie sterben, und jetzt wirkt sich alles auf dich aus, was mit ihr geschieht.«

»Ich weiß.« Ich betrachtete die gläserne Oberfläche. Sie wirkte so zerbrechlich ... »Ich muss von jetzt an sehr vorsichtig sein.«

»Glaubst du, deine Eltern wussten, was es mit ihr auf sich hat?«

»Vielleicht. Mein Vater hat sie mir in der Nacht gegeben, in der er starb. Und er hat gesagt, dass ich sie nie aus der Hand geben darf. Vielleicht, weil er wusste, wozu sie in der Lage ist. Grossman und die anderen jedenfalls wissen um ihre Macht, so viel ist klar. Sonst hätten sie nicht so einen Aufwand betrieben, um sie zu bekommen.«

»Ist dir eigentlich klar«, fing Len an, »dass dir die Kugel dabei helfen könnte, die drei zu erledigen?«

Ich drückte die Kugel an meine Brust. Ja ... Er hatte recht. Adam Grossman lief frei herum, spazierte durch die Straßen oder las ein Buch am Strand, während meine Eltern seit fast zwei Jahren unter der Erde lagen. Jetzt hatte ich die Möglichkeit, das zu ändern ... *Rache* ...

Ich schüttelte den Kopf.

»Sie zu töten, würde doch nichts bringen. Das bringt mir meine Familie auch nicht zurück.«

»Also willst du sie nicht benutzen?«, fragte Miranda.

Zum ersten Mal, seit ich die Blake Villa verlassen hatte,

dachte ich darüber nach, was ich eigentlich mit meinem Leben anfangen wollte. Ich besaß eine Kugel mit unbeschreiblicher Macht. Wenn ich sie nicht benutzen wollte, um Rache zu nehmen – wozu dann?

»Ich könnte sie benutzen, um mir mein Leben wieder aufzubauen«, murmelte ich. »Die Mörder meiner Eltern haben das Testament gefälscht, um mir mein Erbe wegzunehmen und so die Kugel zu finden. Jetzt habe ich gar nichts mehr, und sie sind dafür sogar noch reicher, als sie sowieso schon waren. Was, wenn ich versuche, mir mein Erbe zurückzuholen? So, wie ich es heute mit Mirandas Medaillon gemacht habe.«

Die Idee war mir ganz spontan gekommen, aber als ich sie jetzt laut aussprach, erschien sie mir ganz und gar nicht absurd. Len biss sich auf die Unterlippe, als müsste er ein kompliziertes Rätsel lösen.

»Wenn ich es richtig verstanden habe, willst du also alles stehlen, was einmal den Blakes gehört hat.«

»Nein. Ich werde gar nichts stehlen. Ich werde es mir *wiederholen*«, korrigierte ich ihn. »Grossman, Alec und Morrison – das sind doch die Diebe. Sie haben sich doch einfach genommen, was mir gehörte.«

Und trotzdem – in den Augen der Welt wäre *ich* der Dieb. Ich würde mich in ein Gespenst verwandeln müssen. Würde mich tarnen müssen. Würde meinem bisherigen normalen Leben Adieu sagen. Es würde mich Jahre kosten, mir das Vermögen meiner Eltern zurückzuholen. Und bei alldem wäre ich nichts weiter als ein Krimineller, der von der Polizei gesucht wird.

Wollte ich das wirklich auf mich nehmen?

Ja ... und zwar ohne jeden Zweifel. Das wollte ich. Und am Ende würde es mir auch gelingen. Ich würde das Blake-Imperium zu neuem Leben erwecken.

»Und was machst du, wenn Grossman und seine Partner das Eigentum deiner Familie längst verkauft haben?«, fragte Len. Das hatte ich allerdings nicht bedacht. Die Gefahr bestand tatsächlich. Vielleicht waren die Besitztümer meiner Eltern ja längst über alle Kontinente verteilt ...

»Egal. Dann wird es eben schwieriger und vielleicht dauert es auch länger. Aber schaffen werde ich es trotzdem.«

»Und hast du vor, das alles alleine zu tun?«, fragte Miranda.

»Ich denke schon.«

»Das schaffst du unmöglich ohne Hilfe. Stimmt's, Len?«

»Absolut. Aber zum Glück hast du ja uns.«

»Ganz genau.«

»Kommt nicht infrage! Wenn ich erwischt werde, stecken sie mich ins Gefängnis. Und ich will auf keinen Fall, dass euch das auch passiert.«

»Hör mal, Jayson«, unterbrach mich Len. »Wir sind Freunde, klingelt da was? Und wir werden dir helfen, zurückzuholen, was dir gehört.«

»Nein ...«

»Jayson«, flüsterte Miranda sanft.

»Wir sind Freunde«, wiederholte Len. Er rempelte mich kumpelhaft an. »Außerdem bist du längst nicht so gut darin wie ich, die Sicherheitssysteme von Computern zu hacken. Die Aktionen selbst überlasse ich dir. Ich helfe dir nur mit dem elektronischen Part.«

»Und ich kann dich unterstützen, wenn du dich mit jemandem prügeln musst«, sagte Miranda.

Wir drei sahen uns an, und uns allen war klar, dass unser Plan komplett verrückt war. Und trotzdem machte keiner einen Rückzieher.

Und so wurde in der Dunkelheit der Vorratskammer Zero geboren.

KAPITEL 93

Ein paar Wochen später platzte Miss Cass beim Frühstück in den Speisesaal. Seit dem »rätselhaften« Verschwinden des Medaillons war sie jähzorniger als je zuvor. Wegen jeder Kleinigkeit schrie sie uns an und die Strafen wurden immer heftiger. An jenem Morgen jedoch erhellte ein breites Grinsen ihr Gesicht.

Sie griff sich das Mikrofon, durch das während des Essens normalerweise Bibelverse aufgesagt wurden, und räusperte sich, bevor sie zu sprechen begann.

»Ich habe gerade eine ausgezeichnete Nachricht erhalten, meine Lieben.« Niemand interessierte sich für das, was sie sagte, und die meisten aßen einfach weiter, als ob sie gar nicht da wäre. »Ms. Bradford hat gerade mit mir gesprochen. Sie ist sehr daran interessiert, unserem Waisenhaus eine Spende zukommen zu lassen. Und da ihre Familie eine der reichsten des Landes ist, werden wir alle sehr von ihrer Unterstützung profitieren. Ich möchte deshalb, dass wir ihr heute einen sehr herzlichen Empfang bereiten. Der Unterricht fällt aus, damit wir uns noch ordentlich kleiden können, bevor sie kommt.«

Len und ich prusteten los. Uns ordentlich kleiden? Wir besaßen genau eine Hose und einen Pulli, und die hatten wir an. Für Miss Cass war das jedoch ein nicht weiter beachtenswertes Detail, und als sie fertig war, das Vermögen der Bradfords in den Himmel zu loben, trieb sie uns an, so schnell wie möglich das Frühstück zu beenden.

Zwei Stunden später traf Jane Bradford ein. Miss Cass hatte uns dem Alter nach auf der Haupttreppe des Waisenhauses positioniert, als wären wir ein Aufsteller für Gratisprodukte, und öffnete höchstpersönlich die Tür.

»Herr im Himmel, das ist ja göttlich hier!« Ihre Stimme war so künstlich und aufgeblasen, dass mir sofort die Ohren surrten. Ihre affigen Bewegungen mochte ich auch nicht. Irgendwie musste ich an eine Komikerin denken, die eine völlig übertriebene Rolle spielt, prätentiös und pedantisch.

»Herzlich willkommen, Ms. Bradford«, flötete Miss Cass. »Welche Freude, Sie hier bei uns zu haben.«

»Aber die Freude ist ganz meinerseits. Ich habe ja schon so viel gehört von diesem Waisenhaus.«

»Wi...wirklich?«

»Aber natürlich.« Sie ließ ihren Blick über die Kinder schweifen. Ich hatte den Eindruck, sie würde jemand Bestimmten suchen, aber bevor ich mir darüber Gewissheit verschaffen konnte, richtete sie ihre Aufmerksamkeit schon wieder auf ihre Gastgeberin. »Sie müssen sehr stolz sein. Ein wirklich herrlicher Ort!«

»Danke.« Miss Cass schien kurz davor, sich jeden Moment einfach aufzulösen.

»Was sagst denn du dazu, mein lieber Freund? Ist es nicht einfach fantastisch hier?«

Bis zu dem Moment war mir gar nicht aufgefallen, das Ms. Bradford nicht alleine war. Zu ihrer Rechten stand ein Mann.

Klein, untersetzt und mit einer Glatze wie eine Billardkugel. Ich erkannte ihn sofort.

Es war Dan Alec.

Fast zwei Jahre war es her, dass meine Eltern ermordet worden waren. Und trotzdem hatte ich keines der Gesichter der drei Leute vergessen, die an ihrem Tod beteiligt waren. Nicht das von Adam Grossman und auch nicht die seiner Komplizen. Deshalb wusste ich auch ohne den leisesten Zweifel, dass er es war.

Nach so langer Zeit ...

Ich ballte die Hände zu Fäusten. Len und Miranda, die neben mir auf der Treppe standen, merkten gleich, dass etwas nicht stimmte.

»Was ist los?«, fragte Miranda.

»Das ist einer der Mörder meines Vaters.«

Sie stieß einen unterdrückten Schrei aus.

»Bist du sicher?«

»Ganz sicher.«

Inzwischen hörte Ms. Bradford überhaupt nicht mehr auf, zum Entzücken unserer Direktorin die Ausstattung des Waisenhauses in den höchsten Tönen zu loben.

»Und so schicke Möbel! Eine Mischung aus Art Déco und Grunge. In L.A. würde dieser Stil für Furore sorgen. Ich habe da eine bestimmte Freundin, die würde durchdrehen! Dan, sag doch was. Ist das nicht fantastisch? Oh nein, wie rücksichtslos von mir. Miss Cass, das hier ist ein guter Freund, Dan Alec. Er hatte die Freundlichkeit, mich zu begleiten, um ...«

»Es ist grässlich hier. Und unerträglich heiß«, grunzte Alec. Schlechtgelaunt fächelte er sich Luft zu. Am kleinen Finger seiner rechten Hand trug er einen Ring. Aus massivem Gold mit fünf eingelassenen Saphiren in der Mitte. Ich hatte ihn bei meinem Vater gesehen, wenn er seinen festlichsten Anzug trug oder zu einer Aktionärsversammlung der Blake Company ging. Eines der vielen Schmuckstücke, die nach dem Mord an meiner Familie gestohlen worden waren.

»Ich bringe Ihnen ein Glas Wasser, wenn Sie wünschen«, sagte Miss Cass im Hintergrund.

»Ich brauche kein Wasser!«, raunzte Alec zurück. Er ließ die Worte irgendwie seltsam schleifen. »Ein Glas Whisky wäre mir lieber.«

»Wir haben keinen Alkohol im Waisenhaus.«

»Was?«, brauste Alec auf. Jane Bradford berührte ihn am Arm.

»Dan, Lieber, du hast genug getrunken für heute ...«

»Halt den Mund, Jane! Was weißt du schon.«

Ich spürte, wie ich immer wütender wurde.

Ich konnte einfach nicht zulassen, dass der Ring meines Vaters weiter im Besitz dieses Typen blieb. Ich musste ihn zurückholen. Das Problem war nur, dass ich mich ja schlecht einfach auf ihn stürzen und ihm den Ring vom Finger reißen konnte. Ich würde nur wieder im Keller landen, so wie damals, als ich Grossman angegriffen hatte. Und Alec würde davonspazieren und so tun, als sei er das Opfer. Außer ... Es gab noch eine andere Möglichkeit ...

Ich strich über die schwarze Kugel, die ich unter meinem Pullover verborgen hatte. Ein gefährlicher Schatten fuhr über meine Augen. Das war der Moment, um herauszufinden, ob mein Plan funktionieren würde.

Ich zeigte erst auf meinen kleinen Finger und dann auf Ms. Bradfords Begleiter. Meine Freunde verstanden auf Anhieb, was ich ihnen sagen wollte, und inspizierten aus der Ferne den Ring.

»Aber wie sollen wir das anstellen?«, fragte Len. Ich analysierte unsere Möglichkeiten. Wir konnten uns Alec nicht nähern, ohne von der Direktorin gesehen zu werden. Und die beiden Leibwächter von Ms. Bradford schlichen wie Jagdhunde um uns herum und überwachten jede kleinste Bewegung im Foyer.

»Hier geht es nicht.«

»Wo dann?«

Dan Alec selbst gab uns die Antwort.

»Gibt es in der Bruchbude hier wenigstens ein Klo, wo ich den Wein von heute Morgen loswerden kann, oder habt ihr nicht mal genug Geld, um euch ein anständiges Bad leisten zu können?«

Miss Cass beeilte sich, der Bitte ihres illustren Gastes nachzukommen.

»Selbstverständlich gibt es eine Toilette zu Ihrer Verfügung, Mr. Alec. Ich werde einen der Lehrer bitten, Ihnen zu zeigen, wo ...«

»Ich gehe allein. Was denken Sie denn, wen Sie hier vor sich haben? Ich bin doch keines Ihrer ausgehungerten Kinder, die nicht ohne Begleitung aufs Klo gehen können.«

»Nein, ich ...«

»Jetzt sagen Sie endlich, wo das verdammte Klo ist!«

»N...natürlich.« Es war zugegebenermaßen schon ziemlich lustig, zu sehen, wie eine so überhebliche Person wie Miss Cass zu einer folgsamen Dienerin von Alec zusammenschrumpfte. »Sie gehen einfach immer diesen Gang entlang. Und dann ist es die vorletzte Tür auf der rechten Seite.«

Alec schnaubte und machte sich auf den Weg.

Allein.

»Los, geht schon«, sagte Miranda. »Ich werde die anderen so lange ablenken.«

»Bist du sicher?«, fragte ich.

»Klar. Der Moment ist gekommen, dein Potenzial als Dieb unter Beweis zu stellen, du Genie.«

Sie stellte sich auf die Zehenspitzen und gab mir einen Kuss auf die Wange. Dann bahnte sie sich einen Weg durch die Kinder, bis sie am anderen Ende der Gruppe angekommen war. Sie warf uns einen flüchtigen Blick zu, und dann, als wäre sie die beste Schauspielerin von ganz Hollywood, täuschte sie vor, ohnmächtig zu werden. Sie fiel direkt auf Robert Griffith. Im Versuch, sie abzustützen, stolperte der über eine der Stufen und löste eine Kettenreaktion aus. Wenige Augenblicke später herrschte ein heilloses Durcheinander. Die Erwachsenen, darunter auch Miss Cass und Ms. Bradford, kamen näher, um nachzusehen, was passiert war.

Sie waren so sehr mit Miranda beschäftigt, dass niemand bemerkte, wie sich zwei Kinder diskret davonstahlen und in den Gang huschten, in dem Dan Alec verschwunden war.

KAPITEL 94

Es dauerte nicht lange, bis wir ihn fanden. Er zog beim Gehen die Füße nach und stützte sich an der Wand ab, um nicht zu fallen. Im Zickzack wankte er den Gang entlang, bis er an die geschlossene Toilettentür gelangte. Es kostete ihn Mühe, sie zu öffnen. Nach ein paar Versuchen hatte er es schließlich geschafft.

»Der ist ja sternhagelvoll«, meinte Len, als Alec im Bad verschwunden war.

»Umso besser für uns«, gab ich zurück. Ich ging zur Tür und wollte sie öffnen. Sie war von innen verschlossen.

»Warte. Lass mich mal.« Len beugte sich über das Türschloss und hantierte am Griff herum. »Ist ein Kinderspiel, keine Sorge.«

Er holte die kleine Werkzeugschachtel hervor, die er immer bei sich hatte. Zwei Sekunden später gab das Schloss nach und sprang mit einem leisen Klacken auf.

»Fertig«, stellte er fest. »Und jetzt?«

Ich schob die Tür auf.

Dan Alec stand pinkelnd am Pissoir, mit dem Rücken zu

uns. Das Geräusch des plätschernden Strahls ließ uns angeekelt die Nase verziehen.

»Du bleibst hier und passt auf. Wenn jemand kommt, schlägst du Alarm.«

Ich betrat den Raum. Bevor ich die nächsten Schritte unternahm, zog ich die Kugel aus der Tasche und formulierte meine Frage: *Werde ich den Ring meines Vaters zurückholen können?*

Dan Alec macht seinen Hosenschlitz zu und dreht sich um. Unsere Blicke treffen sich. Er erkennt mich. »Du bist doch Blakes Sohn ...«, murmelt er. »Bist also noch am Leben, verfluchter Rotzbengel.«

Ich gehe auf ihn zu, um ihm den Ring vom Finger zu ziehen. Er ist zwar betrunken, aber auch nicht so sehr, dass er eine leichte Beute wäre. Er greift meinen Arm und dreht ihn mir auf den Rücken. Ich stoße einen Schmerzensschrei aus.

Er ist zu stark. Ich kann mich nicht losmachen. Sosehr ich es auch versuche, ich schaffe es einfach nicht ... Er packt mich am Nacken und schlägt meinen Kopf auf den Rand eines der Pissoirs. Ich höre ein Krachen und alles ist voller Blut.

Wieder schlägt er mich, und dieses Mal ist der Schmerz so heftig, dass ich das Bewusstsein verliere. Blut läuft mir über das Gesicht. Die Kugel fällt zu Boden. Ich kann nichts mehr sehen. Alecs dritter Schlag tötet mich auf der Stelle.

Wenn ich nicht gleich etwas unternahm, würde Dan Alec mich entdecken und umbringen. Ich musste unbedingt verhindern, dass Wirklichkeit wurde, was die Kugel vorhersah. Hektisch suchte ich mit den Augen den Raum nach etwas ab, womit ich mich verteidigen konnte. Auf dem Waschbecken stand der gläserne Aschenbecher von Miss Cass. Der, den sie benutzte, wenn sie dachte, dass niemand sie sah. Okay, der könnte mir von Nutzen sein. Ich schnappte ihn, stieß die Tür zu und knipste blitzschnell das Licht aus.

Alec war verstört.

»Wer ist da?«

Die Kugel vibrierte erneut. Obwohl die Toilette nur noch in Dämmerlicht getaucht war, zeichneten sich die goldenen Buchstaben deutlich auf dem schwarzen Untergrund ab. Die Vorhersage hatte sich geändert. Einen nach dem anderen las ich mir die Sätze durch. Als ich fertig war, lächelte ich zufrieden. Nicht nur, dass sich die Vorhersage zu meinen Gunsten geändert hatte – ich wusste jetzt auch, was zu tun war und wie die Sache ausgehen würde.

Ich ziehe Dan Alec den Ring vom Finger.

Perfekt. Das war genau das, was ich lesen wollte. Ich wartete, bis sich meine Augen an das spärliche Licht gewöhnt hatten, und schlich dann weiter in Alecs Richtung.

Er hatte sich keinen Millimeter wegbewegt und stand immer noch direkt neben dem Pissoir. Als ich neben ihn trat, wurde er sich meiner Gegenwart bewusst. Aber in der Dunkelheit konnte er mein Gesicht nicht erkennen. Er konnte nicht sehen, wer ich war. Und das war auch besser so ...

»Was willst du?«, fragte er nervös. Er hatte Angst. Das merkte ich an dem zögerlichen Tonfall in seiner Stimme. »Ich habe Geld, wenn es das ist, was du willst. Viel Geld. Ich geb dir alles, was du willst, aber tu mir nichts ...«

Warum denn gleich so pathetisch?

»Sie können Ihr Geld behalten«, antwortete ich mit der strengsten, verzerrtesten Stimme, die ich hinbekam. »Ich will nur wiederhaben, was mir sowieso gehört.«

»Was …? Ich habe nichts von dir!«

»Doch, haben Sie. Der Ring meiner Familie ist an Ihrer Hand.«

Alec entfuhr ein spitzer Schrei.

»Das … das kann nicht sein … Du … du bist … Richard Blake. Du bist Richard Blakes Geist!«, stammelte er. Ich verdrehte die Augen. Dieser Trottel hielt mich tatsächlich für den Geist meines Vaters. Na, großartig … Wobei – vielleicht konnte das ja auch ganz nützlich sein … Eigentlich eine gute Gelegenheit, um Grossman eine Nachricht zukommen zu lassen. Ich überlegte fieberhaft, wie ich den Satz am besten formulierte. Schließlich hatte ich es.

»Die Geister der Vergangenheit kehren immer zurück. Sagen Sie das Ihren Freunden. Und auch ich werde eines Tages zu euch zurückkehren«, murmelte ich mit noch tieferer Grabesstimme als zuvor. »Und jetzt geben Sie zurück, was mir gehört.«

Aber anstatt zu tun, was ich sagte, versuchte Alec, mir einen Schlag mit der Faust zu verpassen. Ich wusste, dass er das versuchen würde, die Kugel hatte mich gewarnt, und so war es ein Leichtes, ihm auszuweichen. Er traf ins Leere.

»Du solltest tot sein! Wir haben dich getötet. Wir haben dich erledigt in jener Nacht. Warum bist du zurückgekommen?«

Wieder holte er aus und versuchte, mich mit der Faust zu treffen. Und zum zweiten Mal schlug er daneben. Als ihm klar wurde, dass ein Angriff nichts brachte, änderte Alec seine Taktik. Er fuhr herum und rannte wie von der Tarantel gestochen zur Tür. Ich hechtete ihm nach und versetzte ihm mit dem Aschenbecher einen zielsicheren Schlag in den Nacken. Bewusstlos brach er zusammen, noch bevor er den Ausgang erreicht hatte.

Als er das Getöse hörte, legte Len seine Anti-Gewalt-Haltung ab und stürmte wie der Blitz in die Toilette. Er schaltete das Licht an. Geblendet von der plötzlichen Helligkeit, kniff ich die Augen zusammen.

»Was ist passiert?« Er stieß einen Schrei aus, als er Alec am Boden liegen sah. »Ist er tot?«

»So heftig habe ich auch wieder nicht zugeschlagen«, sagte ich seeelenruhig. Durch die Überdosis Adrenalin war ich ganz schön abgebrüht. Ich stellte den Aschenbecher an seinen ursprünglichen Platz zurück. »Ich glaube, er hat nur das Bewusstsein verloren.«

»Ich glaube?!«

Ich machte ihm ein Zeichen, dass er leise sein sollte.

»Bist du wahnsinnig? Willst du vielleicht, dass uns alle hören?«

»Zu spät«, sagte eine Stimme an der Tür.

KAPITEL 95

Ich fuhr herum. Die aparte, verzogene Ms. Bradford. Len flüchtete sich hinter mich, als wäre mein Körper ein undurchdringlicher Schutzschild.

»Ich hätte nicht gedacht, dass du dich traust, ihm eins überzuziehen.« In ihrer Stimme lag nicht mehr derselbe oberflächliche Tonfall wie zuvor, und der unbedarfte Ausdruck, mit dem sie das Waisenhaus betreten hatte, war aus ihrem Gesicht verschwunden. Sie schien völlig verwandelt. Erst sah sie Dan Alecs Körper an, dann mich. Sie sah mir direkt in die Augen. Wandte den Blick nicht mehr ab. »Warum hast du das getan?«

»Er hat etwas, das mir gehört«, antwortete ich. Meine Worte klangen so grob, dass ich selbst erschrak. Jane bückte sich und zog den Ring meines Vaters von Alecs Finger.

»Das hier?«

Als ich nicht antwortete, kam sie zu uns rüber.

»Weißt du, wann dein Vater diesen Ring kaufte? Das war, als dein Großvater starb. Noch am selben Tag, als der alte Blake das Zeitliche segnete, gab Richard ein kleines Vermögen für dieses Schmuckstück hier aus. Er sagte, der Ring würde ihn daran erinnern, dass der Tod auf uns alle wartet, ganz egal, wie mächtig und reich wir sind.«

»Woher wissen Sie das?«

»Weil ich bei ihm war, als dein Großvater starb, und auch, als er den Ring kaufte.« Sie nahm mein Kinn und hob sanft meinen Kopf an, damit ich sie ansah. »Du hast die blauen Augen deines Vaters und das schwarze Haar deiner Mutter. Eine ungewöhnliche Kombination.«

Diese Frau kannte meine Eltern? Sie ließ den Ring in meine Hand fallen.

»Du hast bekommen, was du wolltest. Und jetzt?«

»Jetzt hole ich mir den Rest. Bis ich alles wiederhabe, was mir gestohlen wurde.«

»Ein ambitioniertes Ziel. Ich glaube allerdings kaum, dass dir das gelingen wird. Heute hast du Glück gehabt, aber das wird nicht immer so sein. Sie werden dich erwischen. Du hast keine Chance.«

»Sie haben mir die Menschen genommen, die ich liebe, und mein Leben, das ich mit ihnen hatte. Es ist mir egal, wenn es Jahre dauern wird.« Jane nickte. Das schien die Antwort zu sein, die sie erwartet hatte.

»In dem Fall wirst du etwas mehr brauchen als deine Klugheit«, sagte sie. »Du bist sehr intelligent, intelligenter als dein Vater. Du hast Ruhe bewahrt, sogar als du Alec im Foyer gesehen hast, und um mit ihm fertigzuwerden, hast du jede deiner Bewegungen ganz genau kalkuliert. Ich denke mal, im Grunde hat er es nicht anders verdient.«

»Sie wussten, dass er einer der Mörder meines Vaters war?«

»Aber selbstverständlich. Deshalb hatte ich ihn ja auch gebeten, mich heute zu begleiten. Ich wollte dich auf die Probe stellen, um herauszufinden, wie du reagierst, wenn du ihn siehst.«

»Auf die Probe stellen?«, wiederholte ich. Len sah meine Gesprächspartnerin jetzt mit unverhohlener Neugierde an. »Wer sind Sie?«

Jane öffnete die Arme, als würde sie uns beide umarmen wollen.

»Die Person, die dir dabei helfen wird, zu bekommen, was du willst.«

KAPITEL 96

Ich wurde still. Wartete darauf, dass Ms. Bradford jeden Moment in Gelächter ausbrechen würde und so etwas sagen würde wie: »Dummkopf! Das hast du doch jetzt nicht wirklich geschluckt?« Aber ihr Gesichtsausdruck veränderte sich nicht. Sie blieb ganz ernst.

»W...wie bitte?«

»Ich werde dir helfen, das Vermögen deiner Eltern wiederzubekommen«, wiederholte Jane. »Zunächst mal fangen wir mit etwas Training an. Wenn du ein Spitzendieb werden willst, musst du stärker und wendiger sein als die anderen, und das ist gar nicht so einfach. Du bist ja spindeldürr geworden im Waisenhaus. Es wird dauern, bis die Stöckchen, die du da als Arme und Beine hast, so etwas wie Muskeln entwickeln.«

»Äh ...«

»Und dann ist da ja noch dein kleiner Freund.« Janes Finger wies auf Len. »Ich habe gesehen, mit welcher Leichtigkeit er das Schloss geknackt hat. Mit ein wenig Ausbildung kommst du mit seiner Hilfe sogar in die Weltbank. Und glaub ja nicht, dass mir deine Freundin nicht aufgefallen wäre – die, die im

Foyer so getan hat, als würde sie ohnmächtig werden. Aus ihrem schauspielerischen Talent ist was rauszuholen, kein Zweifel.«

»Warum?«, murmelte ich in diesen Wirbelwind an Informationen hinein, die da auf uns einprasselten. »Warum wollen Sie mir helfen?«

Jane hielt mitten im Aufzählen inne.

»Dein Vater und ich waren sehr gut befreundet. Wir hatten nur in den vergangenen Jahren gewisse Differenzen, deshalb hielt ich mich fern von ihm. Aber als ich dann von seinem Tod erfuhr ...« Sie holte Luft und atmete bedächtig aus. »Deine Eltern haben es nicht verdient, zu sterben. Und du hättest niemals hier landen dürfen. Deswegen werde ich alles Notwendige unternehmen, um dir zu helfen. Ich kann dich sogar hier herausholen.«

»Und wie?«

»Wie würde es dir gefallen, mein Adoptivsohn zu sein?«

Ich war völlig perplex. Das war das Letzte, was ich erwartet hatte. Wir sahen uns prüfend an. Irgendetwas an dieser Frau gefiel mir immer besser. Es war, als bestünde eine sehr besondere Bindung zwischen uns.

»Vor deinem achtzehnten Geburtstag kommst du hier nicht raus. Bis dahin wirst du eine Menge Zeit deines Lebens verschwendet haben, eingesperrt in diesem Loch. Willst du das wirklich? Und dann sind da natürlich noch deine Freunde. Ich kann ihre Familien finanziell unterstützen, damit sie sich ordentlich um ihre Kinder kümmern können, statt sie in dieses Armenhaus hier stecken zu müssen.«

Len wurde allmählich unruhig. Ich blieb ganz still und nahm Jane Bradford weiter unter die Lupe. War diese Frau wirklich bereit, Len, Miranda und mich hier herauszuholen, um mit dem Tod meiner Eltern abzurechnen? So viel Großzügigkeit, ganz ohne Gegenleistung? Da musste doch noch irgendetwas anderes hinter ihrem Vorschlag stecken.

»Das glaube ich nicht. Sie lügen uns an«, sagte ich. Das Thema war für mich gegessen. Ich ging um sie herum und wandte mich in Richtung Tür. Jane fasste mich am Ellbogen.

»Du bist ein vorsichtiger Junge. Sieht ganz so aus, als hättest du mehr von deiner Mutter mitbekommen als nur die Haare. Sie hatte immer einen Blick für die Wahrheit, die hinter einer Lüge steckt.«

»Und welcher Teil ist nun gelogen von all dem, was Sie gesagt haben?«

»Gelogen ist gar nichts. Ich bin bereit, alles zu halten, was ich versprochen habe. Allerdings gibt es ein kleines Detail, das ich dir verschwiegen habe. Deine Eltern waren nämlich nicht die einzigen Opfer dieser drei Barbaren. Ich musste auch unter ihrem Ehrgeiz leiden, natürlich nicht so offensichtlich. Sie haben etwas, das ich wiederhaben will. Und als Gegenleistung für meine Hilfe wirst du es mir zurückbringen.«

»Und was ist das?«

Janes Finger strichen über meine Hand, in der die Kugel lag. Ich zog sie weg, damit sie die Kugel nicht berühren konnte.

»Vor ein paar Jahren war ich genau wie du, weißt du? Ein Mädchen ohne Zuhause, ohne Familie, die auf mich aufpasste, ohne Freunde. Bis ich eines Tages ein ganz vortreffliches Geschenk bekam, das mein Leben für immer veränderte.«

»Sie meinen ...?«

»Genau. Ich war auch einmal Trägerin einer der Schicksalskugeln.«

Len und ich waren wie versteinert. Total beeindruckt. Aber das »war« in ihrer Aussage entging mir trotzdem nicht.

»Was ist mit Ihrer Kugel geschehen?«

Jane warf den Kopf zurück.

»*Sie* haben sie mir gestohlen.«

»Sie meinen Grossman und seine Komplizen?«

»Ja. Sie drangen eines Tages in mein Haus ein und nahmen die Kugel mit. Ich konnte sie nicht schützen. Ich habe alles getan, was ich konnte, aber am Ende haben sie gewonnen. Früher oder später gewinnen sie immer. Über Jahre habe ich mich verstellt, habe an ihren Essen und an ihrer ganzen Geldverprasserei teilgenommen, habe so getan, als würde ich längst keinen Groll mehr gegen sie hegen – alles nur, um herauszufinden, wo sie die Kugel versteckt haben. Aber ich habe nichts damit erreicht ...« Janes Gesicht spannte sich an. »Grossman hat es sich zur Aufgabe gemacht, Träger wie uns aufzuspüren und sich ihre Kugel zu holen. Er weiß, wozu die Kugeln fähig sind, und er will sie alle. Und ist dafür zu allem bereit. Grossman ist es auch, der hinter jeder kleinsten Bewegung von Alec und Morrison steckt.«

»Alle? Wie viele Kugeln gibt es denn?«

»Früher gab es hunderte. Heute sind es nur noch gut zehn Stück und sie sind über die ganze Welt verteilt. Manche sind gut versteckt. Andere befinden sich in der Macht ihres Trägers. Du bist einer der wenigen Träger, die sich ihre Kugel bewahrt haben.«

»Mein Vater ...«

»Richard hatte das Pech, bei einer seiner Reisen auf deine Kugel zu stoßen. Er fand sie bei einem afrikanischen Stamm, als er jagen war, und sie gaben ihm die Kugel. Nur schaffte er es nie, sich mit ihr zu verbinden. Die Kugel muss ihren Träger nämlich auswählen. Und deine hat nicht ihn gewählt, sondern dich.«

»Das verstehe ich nicht. Warum will Grossman die Kugeln dann überhaupt haben? Was hat er denn davon?«

»Ich weiß es nicht. Das weiß niemand von uns, um genau

zu sein. Aber lass dir eines sagen«, sie senkte den Kopf und ihr Blick verdüsterte sich. »Er ist besessen von ihnen. Es gibt für ihn nichts Wichtigeres als die Kugeln.«

Ich war wie betäubt von Janes Worten.

»Ich soll Ihnen also Ihre Kugel zurückbringen, ja?«

»Und dafür bekommst du von mir alles, was du brauchst, um das Blake-Imperium wieder aufzubauen. Natürlich inklusive des Gelds und der gesellschaftlichen Kontakte, die du für deinen Plan benötigst.«

»Und wenn ...«, fing Len an. Zum ersten Mal, seit Jane in den Toilettenraum gekommen war, ergriff er das Wort. »Und wenn Grossman Ihre Kugel zerstört hat, so wie die anderen auch?«

»Unmöglich«, sagten Jane und ich wie aus einem Mund.

»Wenn die Kugel zerstört wird, stirbt ihr Träger mit ihr. Und da Jane lebt, ist ihre Kugel auch nicht zerstört. Sie muss irgendwo sein.«

»Ich sehe schon: Du hast deine Lektion gelernt.«

»Und warum versuchen Sie nicht selbst, wieder an Ihre Kugel zu kommen?«, fragte ich, immer noch argwöhnisch. »Sie haben doch genug Geld, um einen professionellen Dieb zu beauftragen. Sie brauchen mich nicht.«

»Ach, Schätzchen. Nur ein anderer Träger kann die Kugel zurückholen. Zwischen uns Trägern besteht eine unsichtbare Verbindung, durch die wir die Gegenwart einer anderen Kugel spüren können, wenn wir nur nah genug an sie herankommen. Was denkst du denn, wie ich dich gefunden habe? Dir fehlt nur noch ein bisschen Erfahrung, dann wirst du am Ende genauso viel über all diese Dinge wissen wie ich. Wenn es so weit ist, wirst du in der Lage sein, sie zu spüren. Und das ist die einzige Möglichkeit, sie mir zurückzuholen.« Sie streckte mir die Hand entgegen. »Lass uns eine Abmachung treffen: das Vermögen deiner Familie gegen meine Kugel. Was meinst du?«

Auch wenn ich es nicht gerne zugab: Jane hatte recht. Ohne sie würden wir eine Ewigkeit brauchen, bis wir den Nachlass meiner Eltern zurückhätten. Mal ganz abgesehen davon, dass wir uns mit ihrem finanziellen Rückhalt und der Unterstützung für meine Freunde eine Menge Ärger ersparen konnten ...

»Abgemacht!«, sagte ich.

Und schlug ein.

KAPITEL 97

Jane hielt all ihre Versprechen. Sie zahlte Miss Cass ein halbes Vermögen, damit sie die Sterbepapiere unterzeichnete, und ich wurde für tot erklärt. Sie sorgte dafür, dass in den Medien die Nachricht verbreitet wurde, dass der Sohn von Richard und Allison Blake plötzlich verstorben sei, und ließ die behördlichen Unterlagen entsprechend ändern, damit sich meine Spur verlor. Jede Verbindung zu meiner eigentlichen Familie wurde gekappt. Der Name Jayson Blake geriet in Vergessenheit.

Sobald ich meine neue Identität hatte, klapperte Jane ihre Kontakte ab, um das Adoptionsverfahren zu beschleunigen, und so wurde ich in Rekordzeit zu ihrem Sohn und innerhalb weniger Monate zu Kyle Bradford. Gegenüber anderen gaben wir vor, dass sie mich adoptiert hatte, nachdem meine Eltern bei einem Verkehrsunfall ums Leben gekommen waren. Niemand schöpfte Verdacht. Niemand stellte unbequeme Fragen. Und die High Society empfing mich mit offenen Armen.

Noch am selben Tag, an dem ich in Janes Villa in L.A. einzog, begann ich mit dem Training. Ich arbeitete mit den besten Lehrern. Innerhalb von vier Jahren hatte ich den schwarzen Gürtel in Karate, Taekwondo, Judo und zehn weiteren Kampfsportarten. Ich beherrschte sämtliche Fechtdisziplinen und besiegte alle Schachmeister, gegen die ich antrat. Ich lernte, mich völlig geräuschlos zu bewegen, und war schneller als alle anderen. Ich eignete mir alle erforderlichen Kenntnisse an, um selbst Gifte herzustellen und ohne fremde Hilfe Schlösser zu knacken.

Die Menschen, die mich in jenen Jahren unterrichteten, verschwanden später unter mysteriösen Umständen. Manche kamen bei einem Unfall ums Leben. Andere brachten sich um. Am Ende hatten sie ohne Ausnahme allesamt das Zeitliche gesegnet. Mir war klar, dass Tante Jane etwas damit zu tun hatte, aber ich traute mich nie, sie danach zu fragen. Vielleicht auch, weil ich die Antwort fürchtete …

Miranda kehrte zu ihrer Familie zurück, nachdem Peter Williams eines schönen Tages im Lotto gewann. Ich war zuvor mit ihr zusammen den Schein kaufen gegangen, und kaum hatte ich meine Frage gestellt, ließ mich die Kugel auch schon wissen, welche Zahlen gezogen werden würden. Ihr Vater erlangte das Vermögen zurück, dass er an der Börse verloren hatte, und dazu das Sorgerecht für seine einzige Tochter.

Was Len betrifft, so erwarb Jane eine Beteiligung am maroden Elektronikgeschäft der Familie Lu und machte daraus den rentabelsten Laden von ganz Los Angeles. Später sollte sich das kleine Geschäft dank meiner Ideen und des Talents meines Freundes, jedes nur denkbare Elektroteil bauen zu können, zur Lu Corporation mausern, dem größten Elektronikkonzern der Vereinigten Staaten, dessen Mehrheitsgesellschafter selbstverständlich Len und ich waren.

Und so verließen wir drei das Waisenhaus und kehrten nie wieder zurück. In irgendeinem verborgenen Winkel ihres

Herzens freute sich Miss Cass vermutlich, als sie uns davonziehen sah, das glaube ich zumindest. Ich empfinde keinen Groll mehr gegen sie. Auch wenn ich weiß, dass sie versuchte, Jane mit allen Mitteln davon zu überzeugen, dass es nicht »unbedingt empfehlenswert« wäre, »liebe Ms. Bradford«, mich zu adoptieren.

Abgesehen davon, dass sie die uneingeschränkten Besitzer des Unternehmens meiner Familie waren, waren die Mörder meiner Eltern zu einflussreichen Persönlichkeiten geworden, die ihre Freunde mit Bedacht auswählten. Mein Plan aber konnte nur gelingen, wenn ich ihnen so nah wie möglich kam. Und dazu musste ich ihre Schwachpunkte aufspüren und sie dort angreifen.

»Drayton? Und warum willst du genau dorthin?«, fragte Jane, als ich ihr die Aufnahmepapiere des Internats vorlegte. »Du brauchst auf kein Internat zu gehen. Ich kann die besten Lehrer anheuern und du bekommst Einzelunterricht, wenn du willst.«

»Nein. Ich will nach Drayton.«

»Und darf man vielleicht erfahren, was so toll sein soll an diesem Ort, dass du mich unbedingt so plötzlich verlassen willst?«

»Ganz einfach«, antwortete ich. »Die Kinder meiner drei Feinde sind dort.«

Eine Woche darauf packte ich meinen Koffer, um in das renommierte Privatinternat Drayton einzutreten. Len und Miranda wurden ein paar Tage nach mir angenommen.

Als ich in Drayton eintraf, hatte ich nur ein Ziel vor Augen: mich mit Mike Grossman und Neal Morrison anzufreunden. Natürlich hasste ich sie vom ersten Moment an. Sie waren genauso herrisch und abschätzig wie ihre Eltern, und jedes Mal, wenn ich sie ansah, spiegelten sich für mich die Menschen in ihnen wieder, die meine Familie ausgelöscht hatten. Trotzdem beherrschte ich die Kunst der Lüge bis zur Perfektion und hielt meine wahren Gefühle unter Verschluss. Ich gewann ihr Vertrauen und wurde in ihren exklusiven Kreis aufgenommen. Ich schaffte es, an ihrem Leben teilzuhaben. Als Entschädigung bekam ich exklusive Informationen über Juliette Morrison und Adam Grossman geliefert.

Miranda gab sich als affektierte, einfältige Diva von Drayton aus, um auf Lauren Alec ein Auge zu haben und potenziell interessante Informationen über deren Vater herauszufinden. Len blieb im Hintergrund, wo er sich immer schon wohlgefühlt hatte, und passte auf uns auf.

Aber Drayton hielt eine weitere Überraschung bereit, mit der wohl niemand gerechnet hatte.

»Lassen Sie mich meiner Freude Ausdruck darüber verleihen, Jane Bradfords Sohn in Drayton empfangen zu dürfen«, sagte Sebastian Lawrence, kaum dass ich aus dem Wagen gestiegen war, der mich ins Internat gebracht hatte. Er schüttelte mir so freudig die Hand, dass mein Schlüsselbein verrutschte.

»Danke.«

»Sie erlauben.« Einer seiner Gehilfen tauchte neben uns auf, und noch bevor ich den Mund aufmachen konnte, segelte auch schon mein Koffer davon. »Und jetzt, wenn Sie so gütig wären, werde ich Ihnen Drayton zeigen. Wie Sie sicher wissen, genießt unsere Einrichtung den Ruf des besten Internats der Welt. Sie werden sich hier ganz bestimmt wie zu Hause fühlen.«

Wohl kaum … Ich war hier, weil ich hier sein *musste*. Nicht, weil es mir hier so besonders gefiel. Ich betrat das Gebäude, um die unvermeidliche Tour über mich ergehen zu lassen, als Lawrence plötzlich etwas tat, das mir die Sprache verschlug. Er vergewisserte sich, dass wir allein waren, und dann zog er mich an sich und umarmte mich.

»Ich …«, stammelte ich unangenehm berührt.

»Sie haben ja keine Ahnung, wie sehr ich mich freue, Sie endlich kennenzulernen. Mr. Blake«, murmelte er mit vor Rührung zittriger Stimme. Ich ging in die Defensive, stieß ihn von mir und trat ein Stück zurück.

»Woher wissen Sie, wer ich bin?«

»Nicht doch. Ich wollte Sie nicht erschrecken. Bitte verzeihen Sie. Das war wirklich nicht meine Absicht.«

»Antworten Sie«, forderte ich. Das Waisenhaus hatte mich misstrauisch gegenüber Fremden gemacht.

»Bevor ich zum Direktor von Drayton wurde, war ich der Sekretär Ihres Vaters bei der Blake Company. Meine Familie steht Ihrer Familie schon seit Generationen zu Diensten. Mein Urgroßvater arbeitete für Ihren Großvater und sein Vater wiederum war für ihren Ururgroßvater tätig. Ich war bei Richard bis … zum Ende. Deshalb habe ich Sie auch gleich erkannt. Sie sehen ihm sehr ähnlich.«

»Also, ich kann mich nicht an Sie erinnern.«

»Das ist ja auch ganz normal, Sir. Sie waren noch sehr klein, als Ihr Vater Sie das letzte Mal mit in die Firma nahm.«

Ich musterte Lawrence von oben bis unten.

»Und wie kann ich sicher sein, dass Sie die Wahrheit sagen?«

Lawrence schien nachzudenken.

»Kennen Sie die Kapelle, die Ihr Vater in Drayton bauen ließ?«

KAPITEL 98

Er brachte mich zur Kapelle. Damals war sie noch intakt. Es wurden Messen darin gefeiert, und man achtete beflissen darauf, sie in einwandfreiem Zustand zu halten. Mein Vater hatte den Bau finanziert, nachdem er seine Schulzeit in Drayton abgeschlossen hatte, und seitdem war die Kirche geöffnet. Allerdings wussten nur wenige, dass er den ursprünglichen Aufbau des Gebäudes vor meiner Geburt geändert und dem Hauptgebäude zwei Seitenschiffe angefügt hatte. Und dass hinter einem der beiden Seitenschiffe ein geheimer Keller lag, zu dem nur meine Eltern und Lawrence Zugang hatten.

»Eigentlich war es ja Ihre Mutter, die Ihren Vater von dem Anbau überzeugt hat«, erklärte Lawrence. »Sie entwickelte während der Schwangerschaft ein großes Schutzbedürfnis und wollte auf jeden Fall verhindern, dass Ihnen oder Mr. Blake etwas zustieß. Und deshalb bat sie ihren Mann, einen Ort zu schaffen, an dem sie Zuflucht finden konnten, falls das eines Tages nötig sein sollte. Ich habe mich immer gefragt, ob die wunderbare Allison geahnt hatte, dass sie und ihr Mann sterben würden.«

Jahrelang war niemand mehr in dem Keller gewesen. Es war schmutzig und staubig dort unten. An der Wand hing ein einziges, verblichenes Foto von meinen Eltern; rechts von ihnen stand Sebastian Lawrence und in ihrer Mitte hielten sie einen Säugling – das war vermutlich ich. Ich nahm das Foto ab und betrachtete es.

»In der Nacht, in der Ihre Eltern starben, rief Ihr Vater mich an. Er sagte, ich solle zum Flughafen von L.A. kommen, um Sie und Ihre Mutter dort abzuholen. Und dann sollte ich Sie beide so schnell wie möglich hierherbringen, weil Sie in Gefahr seien. Ich schwor ihm, alles zu tun, was in meiner Macht lag, und wenn es mich das eigene Leben kostete.« Lawrence hielt inne. Auch er betrachtete das Foto. Das also war der Ort, an den wir uns in jener Nacht flüchten sollten, in der sie starben ... »Aber weder Sie noch Ihre Mutter kamen je am Flughafen an. Ich erfuhr erst am nächsten Morgen durch die Zeitungen, was passiert war. Ich ging zur Beerdigung und sah Sie neben den Urnen stehen. Ich wollte Ihnen erklären, was passiert war, wollte Ihnen sagen, dass Sie mit meiner vollen Unterstützung rechnen konnten ... aber es ging nicht.«

»Warum nicht?«

»Ich hatte Ihren Vater im Stich gelassen. Hatte Sie nicht beschützen können. Ich hatte das Gefühl, auf gewisse Art sein Vertrauen missbraucht zu haben, und traute mich nicht, Sie anzusprechen. Mir fehlte ganz einfach der Mut dazu ...« Lawrence schloss die Augen und presste die Lider so fest zusammen, dass sich zwischen den Augenbrauen Falten bildeten. »Bitte verzeihen Sie mir, Mr. Blake. Ich war ein Feigling.«

Mag sein, dass er sich wirklich wie ein Feigling benommen hatte, aber zumindest wusste ich jetzt, dass Lawrence einer der Menschen gewesen war, denen mein Vater traute. Sonst hätte er ihn nicht gebeten, mich und meine Mutter zu beschützen. Und er hatte den Schlüssel zum Keller. Was bedeutete, dass sie ihm von der Existenz ihres Unterschlupfes erzählt hatten, bevor sie ermordet wurden.

»Wissen Sie eigentlich, wie meine Eltern wirklich gestorben sind?«

»Dass Mr. Blake seine Frau töten könnte, habe ich nie geglaubt. Auch nicht, dass er sich je selbst das Leben nehmen würde. Jemand muss sie umgebracht haben.«

Ich hängte das Foto an seinen Platz zurück.

»Ihre Familie stand meiner seit Generationen zu Diensten, richtig?«

»So ist es. Und ich bin bereit, diese Tradition fortzuführen. Natürlich nur, wenn Sie einverstanden sind.«

Mit Lawrence an unserer Seite öffneten sich in Drayton Tür und Tor für uns. Wir richteten im Keller meiner Eltern ein Versteck ein, das mit der aktuellsten Technologie der Lu Corporation ausgestattet wurde.

Lawrence hatte die Aufgabe, Gerüchte über Legenden und Gespenster in die Welt zu setzen, und schon bald wurde die Kirche geschlossen, damit sich niemand mehr in ihrem Umfeld aufhielt.

Zu Beginn jedes Schuljahres stellte er sicher, dass ich mit Mike in ein Zimmer kam, damit ich den Sohn meines schlimmsten Feindes Tag und Nacht im Auge behalten konnte. Wenn wir außerhalb der erlaubten Zeiten aus dem Internat verschwinden mussten, deckte er uns. Und wenn ich von einer meiner nächtlichen Eskapaden mit dem einen oder anderen Kratzer zurückkam, war er es, der sich um mich sorgte.

Am Tag meines siebzehnten Geburtstags beging ich meinen ersten Diebstahl als Zero. Sechs Monate später gingen bereits mehr als zwanzig Raubzüge auf mein Konto und der Wert meiner Beute belief sich auf die stolze Summe von einhundert Millionen Dollar.

Wie wir befürchtet hatten, hatten Grossman und seine Freunde viele Stücke aus dem Besitz meiner Eltern verkauft; darum schlug ich auch an den unterschiedlichsten Orten zu und darum traf es die verschiedensten Leute. Sogar im Ausland war ich unterwegs.

Tagsüber gab ich mich als Kyle Bradford aus, den beliebten Internatsschüler, den alle anhimmelten und der mit Mike Grossman und Neal Morrison ein unzertrennliches Gespann bildete. Nachts wurde ich zu Zero. Unter strengster Geheimhaltung verließ ich das Internat und stieg in Villen, Museen, Banken und auch ganz unvermutete Orte ein, um mir zu nehmen, was mir gehörte. Unterstützt wurde ich von einem mysteriösen Hacker, der die komplexesten Sicherheitssysteme knackte, einer ungeheuer sexy Gehilfin, die mich auf meinen Raubzügen begleitete, und einer schwarzen Kugel, die exakt vorhersah, was als Nächstes passieren würde.

Sie war meine größte Hilfe. Die einzige Barriere, die mein Leben schützte. Niemand wäre je auf die Idee gekommen, dass Kyle Bradford in Wirklichkeit Zero war ... bis zu jener Nacht, in der die Premiere von Macbeth in der Oper gegeben wurde.

KAPITEL 99

Ich zog mein schwarzes Pferd und fegte Mirandas Dame vom Brett. Sie fand es nicht gerade witzig, ihre wertvollste Figur verloren zu haben, und verpasste mir einen Tritt unter dem Tisch.

»Wir haben gerade erst angefangen und ich habe jetzt schon fast keine Figuren mehr«, klagte sie.

»Ach komm, ein paar sind doch noch da, die ich schlagen kann.«

»Das ist nicht witzig, Kyle. Mit dir Schach zu spielen, ist echt unmöglich. Du gewinnst jedes Mal.«

»Kyle ist eben sehr gut im Schach«, mischte Len sich jetzt ein. Er saß neben uns und tippte auf seinem Rechner herum. Ab und an hob er den Kopf, als wollte er Miranda zu verstehen geben, dass sie »sowieso nichts mehr tun« konnte.

»Okay, okay. Du brauchst mir die Laune echt nicht noch mehr zu vermiesen«, gab sie zurück. Sie warf noch einmal einen Blick auf die übriggebliebenen weißen Figuren und seufzte entmutigt. »Was machst du da eigentlich, Len?«

»Ich stelle gerade den Entwurf für unseren neuen Wärmemelder fertig.«

»Haben wir so was nicht schon?« Unentschlossen sah Miranda erst ihren Turm, dann den Läufer an; sie war sich nicht sicher, durch welchen Zug sie wohl verhindern konnte, dass ich mit meinen Bauern die Partie für mich entschied.

»Zieh mit dem Turm, Mir«, drängte ich. »Wenn du den Läufer bewegst, schlägt ihn mein Pferd im nächsten Zug.«

»Schon, aber der hier ist präziser«, sagte Len. Miranda zog ihren Turm und ich musste mein Pferd zurückbewegen, um es in Sicherheit zu bringen. »Er erkennt die Wärme eines Menschen sogar durch die dichtesten Materialien hindurch. Ich habe ihn entworfen, damit uns nicht noch mal so was passiert wie bei der letzten Aktion.«

»Ja, der Wachmann hat uns ganz schön überrumpelt, hm?«

»Allerdings. Zum Glück hat die Kugel Kyle gerade noch gewarnt. Sonst hätten wir ziemlich in der Klemme gesessen.«

Das stimmte. Ohne meine Kugel wären schon einige meiner Raubzüge gescheitert. Mehr als einmal hatten uns ihre Vorhersagen vor dem Gefängnis bewahrt. Ich sah sie an. Sie lag in meinem Schoß, eingeklemmt zwischen meinen Beinen. Nie würde mich ihre übernatürliche Schönheit gleichgültig lassen ... und ihre Macht auch nicht ... *Wie lange dauert es noch, bis Miranda die Partie verliert?*

Miranda bewegt ihren letzten Bauern. Im nächsten Zug schlägt ihn mein Turm. Jetzt bleiben ihr nur noch drei Figuren. In zwei Zügen setze ich sie mit meinem Läufer schachmatt. Musste sie nicht abspülen, wenn sie verlor?
Ich besiegele gerade meinen Sieg, als mein Handy klingelt. Es ist Mike Grossman. Er fragt, ob ich mit ihm in die Oper gehe, zur Premiere von Macbeth. Verfluchter, verzogener Kerl ... Ich will eben absagen, als er etwas Interessantes von sich gibt ...
Ich muss das Ende der Partie verschieben.

»Was sagt sie?«, fragt Miranda. Sie streckte eben die Hand nach ihrem Bauern aus. Ich halte sie fest, ohne den Blick von der Kugel abzuwenden.

»Wenn du den bewegst, verlierst du.«

»Ich hasse es, wenn du das tust, Kyle!«

»Und mehr sagt sie nicht?«, fragt Len aufmerksam.

»Mike wird anrufen. Worum genau es geht, gibt sie nicht an, aber es könnte vielleicht ganz interessant für uns sein.«

»Geht es um etwas, das wir stehlen könnten?«

»Kann sein.«

Als mein Handy endlich klingelte, sahen wir alle drei gleichzeitig zum Telefon. Miranda nahm es vom Regalbrett herunter und warf es mir vom anderen Ende des Zimmers aus zu. Ich sah erst gar nicht aufs Display – ich wusste ja sowieso, welcher Name darauf stand.

»Dann sehen wir mal, welch wertvolle Information uns der Hohlkopf Michael Grossman anzubieten hat.« Ich nahm ab. »Mike, mein Freund! Wie geht's dir?«

»Hey, Kyle. Ich lerne gerade für die Chemie-Nachprüfung.« Er seufzte gelangweilt. »Wenn ich die noch mal verhaue, kann ich mich gleich von den Ferien in den Hamptons verabschieden, so viel ist klar. Wie weit bist du denn damit?«

»Läuft ganz gut. Ich werd's diesmal ziemlich sicher schaffen.«

Ich Wirklichkeit hatte ich keinen Strich für die Prüfung getan. Dafür war ich viel zu beschäftigt gewesen an jenem Nachmittag – nämlich damit, den Safe seines lieben Papis auszuräumen.

»Hör mal, ich wollte eigentlich fragen, ob du heute mit zur Premiere von Macbeth gehst.«

Bedächtig spielte ich ein wenig mit der Kugel herum, bevor ich antwortete.

»Warum fragst du?«

»Hm, na ja, meine Mutter will da unbedingt hin und hat mich genötigt, sie zu begleiten. Und da dachte ich, wenn du vielleicht mitkommen würdest, wäre ich nicht so alleine und es wäre nicht ganz so langweilig. Und? Was meinst du?«

Ich runzelte die Stirn. Ihn in die Oper begleiten ... Das sollte jetzt also die interessante Neuigkeit sein? Da würde ich ja noch lieber zu Hause bleiben und stundenlang eine weiße Wand anglotzen. Als ich sein Angebot gerade ausschlagen wollte, fügte Mike noch etwas hinzu.

»Du weißt doch, wie meine Mutter ist. Sie steht nun mal auf gesellschaftliche Events. Und diesmal ist sie sogar so aufgeregt, dass sie morgen extra das Diadem von der Bank holen will, das ihr mein Vater zum Geburtstag geschenkt hat, um es auf der Premiere zu tragen. Da werden die anderen natürlich wieder mal vor Neid erblassen.«

Ein Diadem?

»Scheint ja echt was Besonderes zu sein. Deine Mutter hat doch haufenweise Schmuck. Wird schon einen Grund haben, wenn sie ausgerechnet dieses tragen will.«

»Es ist wohl ein Einzelstück. Kaiserin-Diadem hat sie es, glaube ich, genannt, oder so.«

Ich schnappte mir Lens Laptop und suchte die Datenbank mit den Besitztümern meiner Eltern nach dem Namen ab, den Mike eben genannt hatte ... Kaiserin ... Kaiserin ... Die Suchmaschine stoppte bei einem wunderschönen, mit Rubinen, Diamanten und Smaragden besetzten Diadem. Ein Schmuckstück meiner Großmutter mütterlicherseits. Meine Mutter hatte es bei ihrer Einführung in die Gesellschaft getragen.

»Du weißt doch, dass ich nicht so auf Opern stehe, Mike«, sagte ich. Ich schob Len den Laptop zu und gab ihm ein Zeichen, dass er mir den Plan der LA Opera heraussuchen solle.

»Ach bitte, Kyle.«

»Ich weiß nicht … Kannst du nicht mit jemand anderem gehen?«

»Neal ist für ein paar Tage in der Schweiz und mein Vater hasst Opern, das weißt du doch.«

Len schnippte mit den Fingern. Der Plan. Ich ließ Mike weiterjammern und konzentrierte mich auf die Karte, die jetzt auf dem Bildschirm des Laptops erschienen war. Wenn mich nicht alles täuschte, befanden sich die Plätze, die die Grossmans für die Dauer der gesamten Spielzeit gemietet hatten, im teuersten Abschnitt direkt vor der Bühne. Ich zeigte darauf. Mehr war nicht nötig. Miranda kümmerte sich um alles Weitere. Sie reservierte über ihr Handy zwei Parkettplätze im selben Abschnitt.

»Na gut, ich komme mit.« Als würde ich damit die größte Qual meines Lebens auf mich nehmen, willigte ich schließlich ein.

»Danke, Kyle! Ich bin dir echt was schuldig.«

»Ja, ja, ich weiß schon.«

Nachdem sich Mike noch drei Mal bedankt hatte, konnte ich endlich auflegen und mich dem widmen, was mich wirklich interessierte: dem Kaiserin-Diadem.

»Hast du schon eine Idee?«, fragte Miranda.

»Es kann funktionieren …«

»Also soll ich der Polizei die Ankündigung schicken?«

Ich stand auf und streckte mich.

»Na klar. Das Kaiserin-Diadem ist Zeros nächstes Ziel. Und ohne die Gesellschaft der Polizei wäre es einfach nicht dasselbe.«

KAPITEL 100

Die Oper platzte an jenem Abend aus allen Nähten. Für die High Society waren Premieren ein gesellschaftliches Ereignis, an dem man nicht unbedingt aus Leidenschaft für die Musik teilnahm, sondern eher, um gesehen zu werden, und so war die ganze Schickeria versammelt und präsentierte sich in ihren aufwändigsten frühsommerlichen Festtagsgewändern.

»Ist es nicht ganz fantastisch, dass wir uns hier treffen!«, rief Mikes Mutter, als sie uns erspäht hatte. Marissa Grossman war mit ihren buschigen Augenbrauen und der spitzen Nase nicht gerade eine Schönheit; daran hatten auch die chirurgischen Eingriffe nichts ändern können. Tante Jane umarmte sie, als könnte sie sich kaum ein glücksbringenderes Ereignis vorstellen, als Ms. Grossman über den Weg zu laufen. Falschheit von A bis Z. Die beiden hatten sich noch nie ausstehen können. »Und wie groß du geworden bist, Kyle. Du bist ja sogar über Mike hinausgeschossen.«

»Vielen Dank, Ms. Grossman.« Meine Augen flogen unruhig hin und her, bis sie auf ihrem Kopf zur Ruhe kamen. Sie hatte das Haar zu einem hohen Knoten zusammengefasst, der wie eine missratene Artischocke von zehn Zentimetern Durchmesser aussah. Zur Krönung wurde die seltsame Frisur von einer herrlichen Tiara abgerundet. Das Kaiserin-Diadem, mit all seinen im Licht der Oper funkelnden Edelsteinen.

»Jane, was für eine hinreißende Tasche! Einfach unglaublich!«, rief Marissa Grossman aus. Tante Jane fuhr liebevoll über die Hermès, die ihr von der Schulter hing. Im Vergleich zu dem winzigen Handtäschchen von Mikes Mutter machte sie einen dreimal so spektakulären Eindruck.

»Eine Spezialanfertigung.«

»Ach, wirklich?« Marissa kochte vor Wut bei der Vorstellung, dass jemand etwas Einzigartiges besaß, das in *ihrem* Schrank nicht zu finden war. Da sie nicht als die Unterlegene aus dem Gespräch hervorgehen wollte, setzte sie eine zusätzliche Spitze obendrauf. »Allerdings ist sie für die Oper vielleicht doch ein bisschen groß, meinst du nicht?«

»Ich würde sagen, für einen Abend wie diesen ist sie einfach perfekt«, gab Tante Jane zurück. Wie doppeldeutig ihre Worte waren, verstand natürlich nur ich.

Mike verpasste mir einen freundschaftlichen Rempler.

»Hey, danke fürs Kommen, Alter.«

»Passt schon, kein Thema.«

Immer mehr Zuschauer strömten in die Oper und das Gewirr aus Stimmen und Gelächter nahm deutlich zu. Ich warf ein Auge auf die Überwachungskameras am Haupteingang. Zu dem Zeitpunkt hatte Len sie bereits alle unter Kontrolle.

»Sollen wir hochgehen?«

»Klar. Wo sitzt ihr?«

Ich zeigte Mike unsere Karten.

»So ein Zufall! Ihr seid ja ganz in unserer Nähe!«

»Ach, komm!«, rief ich aus, als würde es sich tatsächlich um eine schier unglaubliche Koinzidenz handeln.

»Ach, übrigens: Hast du schon gesehen, dass jemand das gesamte zweite Geschoss direkt über uns reserviert hat?«

»Nee. Echt?«

»Vielleicht einer dieser Neureichen, der meint, vor den anderen irgendwas beweisen zu müssen.«

»Ja, vielleicht ...«

Als ich Mike endlich losgeworden war und meinen Platz neben Tante Jane bezogen hatte, nahm ich mein Handy hervor und wählte Lens Nummer.

»Wie sieht's aus bei euch?«, fragte er.

»Alles gut hier. Und du?« Ich sprach so leise wie möglich, damit niemand verstehen konnte, was ich sagte.

»Von mir aus kann es losgehen.« Ich hörte ihn etwas in seinen Rechner tippen und stellte mir vor, wie er am Bildschirm seines Laptops hing. »Der beste Zeitpunkt ist die Pause zwischen dem ersten und zweiten Akt. Du hast ... hm ... insgesamt fünf Minuten. Reicht das?«

»Ja, kein Problem.«

»Perfekt. Ich blockiere vorher noch das Sicherheitssystem, damit kein Alarm ausgelöst wird.«

»Marissa Grossmans Leibwächter sind draußen geblieben, um die müssen wir uns also schon mal nicht kümmern. Ach ja, und ihre Frisur ...«

»Was ist damit?«

»Nichts. Nur, dass sie uns bestimmt zugutekommen wird. Sie hat sich die Haare so extrem hochtoupiert, dass sie es wahrscheinlich nicht einmal merken wird, wenn das Diadem nicht mehr auf ihrem Kopf sitzt.«

Ich verabschiedete mich von Len und lehnte mich in meinem Sitz zurück.

»Die Show beginnt, Jane.«

Meine Adoptivmutter lächelte zur Antwort.

KAPITEL 101

Die Aufführung kam mir ewig vor. Ich sehnte die Pause herbei. Nicht einmal auf das Spiel der Schauspieler oder die tolle Ausstattung achtete ich besonders. Ich hatte nur Augen für das Kaiserin-Diadem.

Als endlich der Vorhang fiel, stand ich als Erster von meinem Sitz auf. Tante Jane drückte meinen Arm, bevor ich verschwand. Am Anfang, als Zero seine Aktivitäten gerade erst aufgenommen hatte, war sie jedes Mal hysterisch geworden, wenn ich aus dem Haus ging, und hatte sich riesige Sorgen gemacht, dass ich vielleicht nicht wiederkommen würde. Inzwischen hatte sie ihre Nervosität besser unter Kontrolle.

Ich näherte mich den Grossmans. Marissa war bereits aufgestanden und applaudierte in ihren behandschuhten, juwelenbesetzten Händen wie eine Irre. Neben ihr dehnte Mike schläfrig seine Glieder.

»Langweilst du dich?«

»Bin eingeschlafen. Ich hab nur die erste Szene gesehen, bisschen mehr vielleicht.«

Genau in dem Moment tauchte Miranda neben uns auf.

Sie trug ein karmesinrotes, ausgeschnittenes Kleid, das ihr bis zu den Füßen reichte, und ihr Haar hatte sie zu einer aufwändigen Frisur zusammengefasst, die ihre nackten Schultern freigab. Als ich sie sah, blieb mir der Mund offen stehen, genau wie Mike.

»So ein Zufall, dass ihr beide auch hier seid«, flötete sie in ihrem Dummes-kleines-Mädchen-Tonfall, den sie so meisterhaft draufhatte. »Ihr hättet mir doch Bescheid geben können, dann wär ich schon früher rübergekommen, um Hallo zu sagen. Mein Vater und ich sitzen ein Stück weiter hinten.«

»Wow, du bist ... du bist wirklich sehr schön heute«, stammelte Mike.

»Ach, danke. Das Kleid habe ich mir gestern in Rodeo gekauft. Göttlich, nicht?«

Ich zwang mich, den Blick von ihr abzuwenden, und mich auf das zu konzentrieren, was ich zu tun hatte.

»Ich geh noch schnell ein paar Freunde meiner Tante begrüßen, bevor der zweite Akt beginnt.«

»Okay, wir warten hier auf dich.« Mike dachte nicht mal dran, mich zu begleiten, so sehr war er damit beschäftigt, Miranda mit Blicken zu verschlingen.

Kaum hatte ich mich ein Stück entfernt, holte ich die Kugel aus meiner Tasche. *Irgendein Hindernis auf dem Weg in den zweiten Stock?*

Neben dem Aufzug steht ein Platzanweiser. Er fragt, wohin ich will ... Was soll ich ihm nur sagen?

Aufzug fällt also aus. Ich ging zur Treppe und nahm immer drei Stufen auf einmal auf dem Weg nach oben.

Der zweite Stock war menschenleer. Kein einziger Platz war besetzt, denn wie Mike ja schon festgestellt hatte, hatte ein rätselhafter Opernliebhaber sämtliche Plätze reserviert, der natürlich kein anderer war als ich selbst.

Eine äußerst selbstlose Art, mir neugierige Blicke vom Leib zu halten ...

Bei einem der Sitze in der ersten Reihe blieb ich stehen und lehnte mich über die Balustrade, um einen Blick ins Parkett zu werfen. Marissa Grossman saß direkt unter mir.

Sehr gut. Meine Berechnungen hatten also gestimmt.

In einer Ecke verborgen lag ein längliches Etui, das eine maskierte, schwarz gekleidete Person drei Stunden vor der Premiere genau an dieser Stelle unbemerkt abgelegt hatte.

Ich öffnete das Etui. Darin befand sich eine von Lens zahlreichen Erfindungen: Eine präzise gearbeitete Titanspule, an deren Ende eine dünne Nylonschnur befestigt war, die in einem sichelförmigen Haken endete. Ich nahm die Spule aus dem Etui, montierte sie und verankerte sie im Boden. Dann rollte ich mehrere Meter der Schnur ab und ließ den Haken ins Parkett hinab.

Ich wählte noch einmal Lens Nummer.

»Geschafft.«

»Drei Minuten, 40 Sekunden. Du hast dich selbst übertroffen.«

»Darf ich das als Kompliment verstehen?«

»Aber natürlich, Zero.«

Ohne weiteren Kommentar legte ich auf. Ein letztes Mal sah ich nach meiner Kugel.

Zeit, zurückzugehen. Zum Glück treffe ich auf keinen Platzanweiser.

Ich machte mich genauso schnell aus dem Staub, wie ich gekommen war.

»Ah, Kyle, da bist du ja wieder«, flötete Miranda, als ich neben ihnen auftauchte. Mike hatte sich keinen Zentimeter wegbewegt. Weder er noch seine Mutter hatten ihre Plätze verlassen. Ms. Grossman war ohnehin so sehr damit beschäftigt, an ihrer Frisur herumzunesteln, um das Kaiserin-Diadem immer wieder in die optimale Position zu rücken, dass sie sich für überhaupt nichts anderes zu interessieren schien.

»Das ging aber schnell«, meinte Mike. Mir fiel eine gewisse Enttäuschung in seiner Stimme auf. Vielleicht wäre es ihm ja lieber gewesen, wenn ich mir mehr Zeit gelassen hätte, damit er ausgiebig mit Miranda flirten konnte. *Tja, tut mir leid für dich, Loser.* Ich stellte mich genau zwischen die beiden, um den Abstand zwischen ihnen zu vergrößern.

»War ja nur ein kurzer Höflichkeitsabstecher.«

»Mhm.«

Aus den Augenwinkeln sah ich zu Miranda und wies sie unauffällig auf den transparenten Faden über uns hin.

»Ich wusste gar nicht, wie gut man von hier aus auf die Bühne sieht«, sagte sie unvermittelt. Niemand bemerkte die fast nicht wahrnehmbare Bewegung, mit der sie nach dem Faden griff und den Haken in ihre Hand gleiten ließ.

»Das sind ja hier auch die besten Plätze der ganzen Oper. Der Blick auf die Bühne ist hervorragend«, antwortete Ms. Grossman ohne jede Bescheidenheit. »Mein Mann reserviert sie jedes Jahr wieder, damit wir hierherkommen können, wann immer wir wollen. Nicht wahr, Schatz?«

»Ja, Mama«, antwortete Mike, ohne sie weiter zu beachten.

Miranda dagegen himmelte sie an, als wäre sie ihr größtes Vorbild.

»Wenn ich groß bin, will ich genauso sein wie Sie, Ms. Grossman.«

»Ach, Liebes! Du bist ja wirklich entzückend!«

»Doch, doch, ich meine es ernst. Sie haben ja nicht nur die besten Plätze, auch Ihr Schmuck und Ihre Kleider sind einfach immer sensationell. Das Diadem, zum Beispiel, das Sie heute tragen. Ich habe hier nichts auch nur annähernd so Schönes gesehen.«

»Ja, nicht wahr? Dieses Schmuckstück ist einzigartig.«

»Es ist hinreißend! Darf ich es mir vielleicht einmal aus der Nähe ansehen?«

»Aber natürlich.«

Da war sie ja, die Antwort, die wir wollten. Mit der Nylonschnur in der Hand trat Miranda ein Stück näher an Ms. Grossman heran.

»Es ist so wunderschön«, murmelte sie. Sie tat, als würde sie zärtlich über die eindrucksvollen Steine der Tiara streichen. Tatsächlich aber verhakte sie den gebogenen Greifer in dem metallischen Gefüge. Als sie ihr Werk beendet hatte, ging sie wieder auf Distanz und nahm ihr hemmungsloses Geschmeichel wieder auf. Mikes Mutter, die überhaupt kein Problem damit hatte, sich in ihrem eigenen Selbst zu suhlen, gurrte bei jedem weiteren Kompliment.

»Ich gehe dann besser mal zu Tante Jane zurück, bevor es weitergeht«, sagte ich zu Mike.

»Oh ja, das sollte ich auch tun. Mein Vater wartet sicher schon auf mich«, beeilte sich Miranda zu sagen. Sie verabschiedete sich von Marissa und folgte mir. Kaum hatten wir uns ein Stück von den Grossmans entfernt, prustete sie los. »So ein Kinderspiel! Die Frau ist so was von selbstverliebt, ich hätte das Diadem genauso gut gleich einstecken können, während ich ihr Honig ums Maul geschmiert habe.«

»Und Mike hing so an deinen Lippen, der hat ganz bestimmt nicht geschnallt, dass ich in den zweiten Stock hoch bin. Es hätte echt nicht besser laufen können.« Wobei, wenn ich daran dachte, wie Mike meine Freundin angeglotzt hatte, merkte ich, wie die Wut in mir hochstieg. *Für wen hielt der sich eigentlich?* Ich schnaubte verärgert. Er musste sie doch nicht gleich röntgen, als ob ... als ... Ich sah Miranda von der Seite an. Wie gut ihr das rote Kleid stand. Ich musste zugeben, dass sie wirklich wunderschön war an jenem Abend ... Eine plötzliche Hitze stieg von meinem Magen auf, durchlief meinen Körper und blieb mir im Hals stecken.

»Ist was, Kyle?«

Ich blinzelte ein paar Mal.

»Nein ... äh ... nein. Alles okay.«

Ich lachte künstlich und entfernte mich von ihr, als ob wir uns nicht kennen würden. Dann setzte ich mich wieder auf meinen Parkettplatz.

»Wie ist es gelaufen?«, fragte Tante Jane.

»Problemlos.«

»Kyle ...«

»Ja?«

»Du hast ja ganz rote Wangen.«

»Was? Quatsch! Das bildest du dir ein. Ah, schau, der zweite Akt fängt an.«

KAPITEL 102

Während ich mit gespieltem Interesse den Anfang des zweiten Aktes verfolgte, malte ich mir aus, was gerade abseits der Bühne vor sich ging. Len würde inzwischen über seine Fernbedienung die Spule aktiviert haben, die ich im oberen Stockwerk angebracht hatte. Wenn sich der Mechanismus in Gang setzte, würde sich der Nylonfaden, dessen Ende Miranda an der kaiserlichen Tiara befestigt hatte, allmählich spannen und so das Diadem ganz langsam von Marissa Grossmans Kopf abheben, während diese gebannt der Aufführung folgte.

Mehr brauchte es nicht, um das Schmuckstück von seinem aktuellen Ruheplatz zu entfernen und es in den oberen Stock zu befördern. Und das Dämmerlicht im Saal war der perfekte Deckmantel für die ganze Operation.

Kaum eine halbe Stunde später erhielt ich eine Nachricht von Len.

»Jetzt bist du dran.«

Ich stand auf, versuchte, die anderen, die im Gegensatz zu mir die Aufführung weiterhin genießen wollten, nicht allzu sehr zu stören, und verließ den Saal. Ich wartete, bis mir die

Platzanweiser, die sich in den Gängen tummelten, den Rücken zukehrten, und stieg erneut die Treppe ins obere Stockwerk hinauf.

Das Kaiserin-Diadem baumelte verlassen von der Nylonschnur herab. Ich nahm es ab und fuhr die juwelenbesetzten Umrisse entlang. Miranda hatte recht. Es war wirklich unverschämt einfach gewesen, an das gute Stück zu kommen. Ich bewunderte noch kurz die Edelsteine und verbarg das Diadem dann in meiner Anzugjacke. Dann ging ich in die Hocke, demontierte die Spule und steckte sie zurück ins Etui.

Sechs Minuten später saß ich wieder auf meinem Platz. Als wäre ich nie weg gewesen. Unauffällig ließ ich das Diadem und das Etui mit der Titanspule in Tante Janes Handtasche gleiten. Die gewaltigen Ausmaße der Hermès-Taschen waren doch ganz brauchbar.

Dann ging alles sehr schnell. Der zweite Akt war noch nicht einmal zur Hälfte vorbei, als Mikes Mutter plötzlich mitten in die Aufführung hinein wie eine Irre anfing zu plärren. Die Schauspieler blieben wie angewurzelt stehen und im Zuschauerraum machte sich Gemurmel breit.

»Gestohlen ... mein Diadem!«

Das Chaos ließ nicht lange auf sich warten. Die Lichter gingen an und die Platzanweiser eilten zu den Grossmans. Dann gingen die ersten Anrufe bei der Polizei ein und durch den Saal hallten durch ein Megaphon verstärkte Ansagen.

»Verehrte Damen und Herren, aus Sicherheitsgründen wird die Aufführung abgebrochen. Sie erhalten selbstverständlich den Betrag für Ihre Eintrittskarten zurück, damit Sie die Aufführung an einem anderen Tag ...«

Tante Jane und ich gingen zu Mike und seiner Mutter, um zu sehen, was passiert war. Marissa hing halb bewusstlos in ihrem Sitz. Ihr Sohn fächelte ihr mit einem Programmheft

Luft zu. Wie ein Bienenschwarm schwirrten der Operndirektor und eine ganze Schar von Helfern um sie herum.

»Was ist denn passiert?«, fragte ich mit meinem überzeugendsten Sorgengesicht.

»Das Kaiserin-Diadem ist gestohlen worden«, antwortete Mike.

»Was? Mitten in der Aufführung?«

»Ja. Wir wissen auch nicht, wie.«

»Die Polizei ist auf dem Weg, Ms. Grossman. Sie werden sich um ...«, fing der Operndirektor an. Mike schlug mit der Faust auf seinen Sitz.

»Ach, schweigen Sie! Das wäre doch alles nicht passiert, wenn die Sicherheit in dieser Spelunke nicht so lausig wäre.«

Er machte den armen Mann richtig zur Schnecke, seine Stimme schraubte sich immer höher und er warf nur so mit Beleidigungen und Schimpfwörtern um sich. Ich nutzte die Gelegenheit und machte mich zusammen mit Jane aus dem Staub. Davor allerdings ließ ich noch eine Silbermünze unter Marissas Sitzplatz fallen. Eine der Münzen, mit denen ich all meine Diebstähle signierte. Diese hier hatte meinen Lieblingssatz im Rand eingraviert: »Die Geister der Vergangenheit kehren immer zurück.« Damit sie auch wussten, wer sich das Diadem unter den Nagel gerissen hatte.

Kaum war ich in den Gängen angelangt, schnappte ich mir Tante Janes Tasche und mischte mich unter die Leute, bis ich bei den Künstlergarderoben angelangt war. Ich kauerte mich in eine Ecke zwischen Perücken und altertümliche Gewänder und öffnete die Tasche. Darin lagen nicht nur das Etui mit der Titanspule und das Kaiserin-Diadem; hinter einem falschen Boden, den ich mit Miranda präpariert hatte, waren außerdem Zeros silberne Maske und sein Anzug verstaut.

»Höchste Zeit für den Starauftritt des Abends.«

KAPITEL 103

Es hätte gar nichts schieflaufen müssen an jenem Abend. Es hatte sogar alles besser geklappt als je zuvor. Damit niemand Verdacht schöpfte, hing Tante Janes Tasche längst wieder an ihrer Schulter. Und als ich mit dem Kaiserin-Diadem in der Hand auf der Dachterrasse der Oper auftauchte, richteten sich sofort die Blitzlichter der Journalisten auf mich.

Ich war so überzeugt davon, in Sicherheit zu sein, dass ich meine Kugel erst gar nicht befragte. Was jetzt noch zu erledigen war, war schließlich der einfachste Teil des ganzen Plans. Das Schlimmste war längst vorbei. Ich brauchte ihre Hilfe nicht mehr. Aber als ich mich dann umdrehte und auf die sich in der Dunkelheit abzeichnende Silhouette stieß, wusste ich, dass ich gerade den größten Fehler meines Lebens begangen hatte.

»Endlich begegnen wir uns persönlich.«

Cooper und ich trafen nicht zum ersten Mal aufeinander. Seit er von der Regierung mit der Jagd auf Zero beauftragt worden war, waren wir uns mehr als einmal über den Weg gelaufen – allerdings immer auf unterschiedlichen Seiten und mit deutlich mehr Abstand zwischen uns.

»Wie schön, Sie endlich kennenzulernen, Detective«, gab ich zurück. Statt meinen Gruß zu erwidern, zog er seine Pistole und zielte auf mich.

»Ich fürchte allerdings, das wird unser erstes und letztes Treffen sein. Hat mich ziemlich was gekostet, dich zu finden. Aber jetzt habe ich's ja geschafft.«

»Ich verstehe mich eben einfach nicht so gut mit der Polizei.«

»Du bestiehlst seit einem halben Jahr unschuldige Leute und hast immer noch die Unverschämtheit, Witze zu machen?« Er winkte mich zu sich. »Du darfst jetzt herkommen, damit ich dir die Handschellen anlegen kann. Und komm bloß nicht auf dumme Gedanken.«

»Auf was für dumme Gedanken sollte ich denn kommen?«, erwiderte ich mit ironischer Gleichgültigkeit. Dabei war mir mehr als bewusst, in was für einer heiklen Situation ich mich befand. Er war bewaffnet, ich nicht. Hätte ich wetten sollen, wer von uns beiden wohl den Kürzeren zog, hätte ich ohne zu zögern mich gewählt. Ich versuchte, ruhig zu bleiben. Noch blieb mir Zeit, zu improvisieren.

»Du nimmst jetzt sofort die Hände hoch!«, schrie Cooper, als ich nicht reagierte. Ich gehorchte. »Und jetzt Abmarsch, wenn du nicht willst, dass ich dich abknalle.«

Bevor ich den ersten Schritt machte, blickte ich aus dem Augenwinkel zu meiner rechten Jackentasche. Hätte ich sie doch nur gefragt, dann hätte mich die Kugel gewarnt und ich würde mich jetzt nicht in einer so misslichen Lage befinden ... Verärgert schnalzte ich mit der Zunge.

»Los jetzt«, knurrte der Detective. Ich ging auf ihn zu, bis uns nur noch wenige Meter trennten. »Gut so. Dann hat die Sache jetzt endlich ein Ende.«

»Oder auch nicht.« Ich trat nach der Pistole. Die Waffe flog in hohem Bogen davon und verlor sich in der Dunkelheit. Blitzschnell glitt ich nach rechts, packte Cooper am Hals und nahm ihm jede Bewegungsfreiheit. Das Ganze ging so schnell, dass er keine Chance zum Gegenangriff hatte. »Hatten Sie nicht irgendwas gesagt von wegen, Sie hätten mich gefasst?«

»Du bist schnell.«

»Sonst wär ich wohl auch nicht der Hundert-Millionen-Dollar-Dieb.«

»Stimmt. Aber trotzdem hast du eine Schwachstelle, und die wiegt schwerer als deine Schnelligkeit.«

»Ach ja? Und die wäre?«

»Dein extremes Selbstvertrauen.« Er verpasste mir einen gewaltigen Schlag in den Magen. Er hatte mich kalt erwischt. Ich war so überrascht, dass ich reflexhaft seinen Hals losließ und mich zusammenkrümmte. »Hast du wirklich gedacht, dass es so einfach sein würde?« Ich hob den Blick; ich war jetzt noch wütender als zuvor. Der Detective gab sich zwar extrem selbstsicher, aber trotzdem war da eine gewisse Unruhe in seinem Gesicht. Seine Nervosität war fast greifbar.

Er fürchtete mich.

Und das war meine Chance. Ich stürzte mich auf ihn, packte seinen Arm, drehte mich um die eigene Achse und warf ihn über meinen Rücken. Mit einem wuchtigen Schlag krachte er auf die Seite. Eine unsanfte Landung, yes, Sir.

»Sie hätten sich mir eben nicht in den Weg stellen sollen.«

»Es ist aber nun mal meine Pflicht, dich aufzuhalten. Dich und all die anderen Verbrecher, die genauso sind wie du.«

»Ich bin aber nicht wie die anderen.«

»Ja, das habe ich heute auch gemerkt.«

»Sie geben die Verfolgung besser auf, Detective. Am Ende ziehen Sie ja doch den Kürzeren.«

»Ich wüsste eine einfache Lösung. Du hörst auf zu stehlen

und ergibst dich; dann muss ich dich auch nicht weiter belästigen.«

»Ich fürchte, das wird leider nicht möglich sein. Ich ...«

In diesem Moment, in kaum mehr als zwei Tausendstelsekunden, sah ich die Kugel. Auf dem Boden. Vor Coopers Füßen. Ich vergaß, was ich sagen wollte, und es lief mir kalt den Rücken hinunter.

KAPITEL 104

Ich steckte die Hand in die Tasche. Sie war leer und ich konnte einen großen Riss ertasten. Sie musste gerissen sein, während wir kämpften, und dann war die Kugel herausgefallen. Verdammt. Wie konnte mir das nur entgangen sein?

»Was ist los? Kannst du nicht mehr?«, fragte der Detective. Er stand auf und sein Fuß kam meiner Kugel gefährlich nahe.

»Nein!«, rief ich.

Perplex blieb er wie angewurzelt stehen. Dann folgte er meinem Blick und blieb an dem runden Gegenstand hängen, der glänzend und unbefleckt vor ihm lag.

»Was ist denn das?« Er bückte sich und nahm sie auf. Mein ganzer Körper war in Alarmbereitschaft.

»Fassen Sie sie nicht an!«, brüllte ich aus dem tiefsten Inneren meines Seins. Ich war unglaublich wütend ... und besorgt. Wenn der Kugel etwas zustieß ... »Lassen Sie sie los!«

Ich sprang Cooper an. Mein Körper prallte heftiger auf seinen, als ich mir ausgemalt hatte, und durch den Zusammenstoß wurde die Kugel in die Luft befördert. Wie in einer Art Trancezustand folgte ich ihr mit dem Blick. Ich sah, wie sie erst aufstieg und dann fiel, ohne dass ich sie hätte auffangen können.

Das Glas schlug auf der harten Oberfläche der Dachterrasse auf und ich stieß einen Schmerzensschrei aus. Aus meinem Mund kam ein Schwall Blut. Der metallische Geschmack überzog meinen Gaumen und all meine Muskeln krampften sich zusammen. In einem armseligen Versuch, den Schaden zu begrenzen, schlang ich die Arme um meinen Brustkorb. Trotzdem war es unerträglich. So fest ich konnte, kniff ich die Augen zusammen. Ich konnte kaum atmen.

Cooper blieb ein paar Schritte auf Abstand. Er wusste nicht, was er tun sollte. Er hatte keine Ahnung, welche Macht die Kugel besaß und welche Verbindung zu mir bestand. Er kannte die Wahrheit nicht. Dachte, dass ich ihm etwas vorspielte. Aber leider war gar nichts daran gespielt. Der Schmerz, den ich empfand, war äußerst real.

»Warum muss sich die Polizei auch immer in alles einmischen?«, presste ich hervor. In meinem Kopf drehte es sich, ich verlor die Kontrolle. Cooper stützte mich, damit ich nicht fiel.

»Achtung, hier spricht Detective Cooper«, sagte er in sein Funkgerät. »Ich brauche einen Rettungswagen. Ich wiederhole. Ich brauche einen Rettungswagen. Ich habe hier einen bewusstlosen Zivilisten auf der Dachterrasse der LA Opera.«

»Wer soll hier bewusstlos sein?« Ich suchte nach meiner Kugel. Da lag sie, ein paar Meter von mir entfernt ... Ich machte einen Schritt auf sie zu.

»Denk nicht mal dran, dich zu bewegen.« Ohne großen Kraftaufwand hielt mich Cooper zurück. »Ich hab's dir doch gesagt: Das hier ist unser erstes und letztes Treffen.«

»Wie kommen Sie eigentlich darauf?«

»Du hast vermutlich keine Ahnung, wie du aussiehst. So jedenfalls wirst du wohl kaum fliehen können.«

Er hatte recht. Ich war verletzt. War gefasst worden. Meine Kugel lag außerhalb meiner Reichweite. Und die Polizei von Los Angeles war auf dem Weg zu mir. Das war mein Ende. Und das Ende von Zero.

Cooper kam auf mich zu und fixierte mich. Er sah aus, als würde er über etwas ganz Bestimmtes nachdenken ... dann griffen seine Hände unvermittelt nach den Verschlüssen, mit denen die silberne Maske an meinem Kopf befestigt war. Mir schwante, was er vorhatte. Wie ein Raubtier fuhr ich herum, um das Einzige, das meine Identität schützte, vor ihm zu bewahren.

»Rühren Sie mich nicht an!«

»Hast du Angst, dass ich die Wahrheit entdecke?«

Die Titanverschlüsse gaben nach, die Maske löste sich von meinem Gesicht und legte es offen. Coopers Augen wurden größer und größer, ihm war deutlich anzusehen, wie verblüfft er war.

»Das kann nicht sein ... ich kenne dich ...«

Angst und Wut überkamen mich. Ich verspürte keinen Schmerz mehr, die Wut machte mich blind. Nur so konnte ich noch Kräfte mobilisieren, die ich eigentlich gar nicht mehr hatte.

Aus dem Bein meiner Anzughose zog ich die Pistole mit den Beruhigungspfeilen, die ich dort verstaut hatte. Blindlings hielt ich sie am Lauf fest, und noch bevor der Detective meinen Namen sagen konnte, hatte ich ihm einen Pfeil in den Hals geschossen, der ihn ohnmächtig zusammensacken ließ. Ich bückte mich, nahm meine Maske auf und befestigte sie wieder vor meinem Gesicht.

Und doch wusste ich, dass es zu spät war. Sechs Polizisten stürmten auf die Dachterrasse und richteten ihre Waffen auf mich. Einen von ihnen kannte ich. Lieutenant Brown – der

Mann, dem Miranda immer den Hinweis auf einen bevorstehenden Diebstahl zukommen ließ. Welch Ironie ...

»Die Hände dorthin, wo wir sie sehen können!«

Ich achtete nicht auf ihre Befehle. Die Kugel ... Wo war meine Kugel? Ich brauchte nicht lange, bis ich sie erspäht hatte. Da lag sie, auf dem Boden, ganz in der Nähe der Polizisten. Keine Chance, sie zu holen, ohne erschossen zu werden. So viel war klar. Aber wenn ich mich umdrehen und fliehen würde, dann ... Was sollte ich nur tun? So oder so stand mein Leben auf dem Spiel.

Ich hatte keine andere Wahl, als auf den weniger riskanten Ausweg zu setzen.

Ich holte eine der Rauchbomben hervor, die ich nur im äußersten Notfall einsetzte. Eine gräuliche Wolke breitete sich auf der Dachterrasse aus und hüllte uns in dichten Nebel. Ich nutzte den flüchtigen Schleier, um mich davonzumachen. Aber mit jedem Schritt, den ich mich von der Kugel entfernte, spürte ich, dass ein Teil von mir zurückblieb.

Ich hatte meinen kostbarsten Schatz verloren.

KAPITEL 105

Ich nahm die Maske ab und warf sie gegen die Wand. Sie prallte ab und kam vor Janes Füßen zum Liegen. Jane hatte in der Mitte des Hauptsalons der Villa Bradford Position bezogen und beobachtete mich mit starrem Gesichtsausdruck. Len hockte in sich zusammengesunken und halb versteckt in einer Ecke des Raums.

»Was ist passiert?«, fragte Miranda. Ihre Augen blieben an meinem blutbefleckten Kinn hängen. »Du bist ... verletzt.«

»Das war dieser verdammte Cooper«, knurrte ich. Ich fasste zusammen, was geschehen war, und die drei waren so vor den Kopf gestoßen, dass sie mir zuhörten, ohne auch nur ein einziges Mal den Mund aufzumachen.

»Bist du sicher, dass er dich erkannt hat?«

»Ja!« Ich trat mit dem Fuß gegen einen unschuldigen Tisch zu meiner Rechten, und die Papiere darauf fielen zu Boden, wo sie aufgefächert liegen blieben. Die wenigen Blätter, die noch auf dem Tisch lagen, schlossen sich kurz darauf an. Ich verpasste auch ihnen einen Tritt. Ich konnte meine Zerstörungswut einfach nicht zurückhalten.

»Das ist allerdings eine ernstzunehmende Unannehmlichkeit«, murmelte Tante Jane.

»Ich würde mal sagen, es ist etwas mehr als eine Unannehmlichkeit.« Ich presste mir die Hand auf die Brust. Immer noch tat mir der ganze Körper so weh, als hätte ich die Abreibung meines Lebens bekommen. Ich hatte es gerade so geschafft, mich nach Hause zu schleppen.

»Wir müssen die Aufmerksamkeit der Polizei auf etwas anderes lenken.«

»Und woran denkst du dabei? Darf ich dich daran erinnern, dass dieser Detective mein Gesicht gesehen hat?«

»Aber trotzdem hat er keinen schlüssigen Beweis gegen dich in der Hand. Es braucht schon etwas mehr als seine eigene Aussage, um dich vor Gericht zu bringen. Ich habe die besten Anwälte des Landes. So einfach, wie du denkst, wird er es nicht haben.«

»Und was ist mit meiner Kugel? Ich bin ihnen doch völlig ausgeliefert. Was, wenn jemand auf die Idee kommt, sie kaputtzuschlagen, nur weil er meint, sie sei nutzlos?« Und das allein war es ja nicht. Seitdem wir uns getrennt hatten, herrschte eine immense Leere in mir. Eine Leere, die mir vorkam wie ein unendlicher Abgrund. Ich brauchte sie. Unbedingt. Ich konnte mir überhaupt nicht vorstellen, was Jane empfinden musste, nach so vielen Jahren ohne ihre Kugel.

Über eine Stunde lang diskutierten wir und versuchten, zu einer Lösung zu kommen. Um kurz nach zehn abends rief Sebastian Lawrence an. Tante Jane hörte ihm schweigend zu. Als sie endlich auflegte, war ihr Gesicht noch fahler als zuvor.

»Was ist?«, fragte ich. Als sie weiter schwieg, ging ich zu ihr und wiederholte meine Frage. »Was ist passiert?«

»Das war Sebastian.«

»Und was wollte er?«

»Cooper hat eine richterliche Anordnung erwirkt, um Kameras in Drayton zu installieren. Er will dich kontinuierlich überwachen, bis du dir irgendeinen Fehltritt erlaubst und er dich festnehmen kann. Er selbst wird sich in Drayton niederlassen, sobald das Schuljahr beginnt. Du wirst keinen Schritt tun können, ohne dass er davon weiß.« Sie machte eine Pause. »Und ohne deine Kugel wirst du nichts dagegen unternehmen können.«

Ich bedeckte das Gesicht mit meinen Händen. Meine schlimmsten Befürchtungen wurden war. Die Polizei würde mich bis zur Erschöpfung überwachen, überallhin würden sie mir folgen. Ich konnte noch so vorsichtig sein, früher oder später würde ich irgendeinen falschen Schritt machen, und dann hätten sie den Beweis, der ihnen fehlte, um mich für die nächsten fünfzig Jahre einzubuchten, mindestens. Alles, wofür ich gekämpft hatte, löste sich in Rauch auf. Mit Cooper auf den Fersen würde ich das Vermögen der Blakes niemals zurückholen können.

»Was sollen wir jetzt tun, Kyle?«, fragte Tante Jane. Sie klang verunsichert.

»Ich kann versuchen, die Überwachungskameras zu sabotieren«, schlug Len vor. »Das dürfte nicht besonders kompliziert sein.«

»Aber das löst unser Problem nicht«, sagte ich. »Damit halten wir uns zwar die Kameras vom Leib, aber nicht Cooper. Er ist es, der mir Sorgen macht.«

»Und wenn du abhaust?«, warf Miranda ein.

»Ja«, sagte Jane. »Wir können dich noch heute Nacht außer Landes schaffen.«

Len verwarf den Vorschlag.

»Dann kann er genauso gut vor allen zugeben, dass er Zero ist. Damit würden wir Cooper doch nur in die Hände spielen.«

Wie ein eingesperrtes Tier lief ich im Zimmer auf und ab. *Komm schon, Kyle. Es muss eine Lösung geben.* Vor dem Schachbrett neben dem Fenster blieb ich stehen. Ich nahm den schwarzen König in die Hand und drehte ihn zwischen meinen Fingern. *Ich werde nicht zulassen, dass sie mich besiegen. Noch nicht.*

Um seinen Verdacht auszuräumen, musste ich Cooper beweisen, das Kyle und Zero zwei unterschiedliche Personen waren. Dann würde es auch nicht mehr so kompliziert sein, meine Kugel zurückzubekommen. Allerdings könnte ich wohl kaum irgendwelche unpassenden Gefühlsausbrüche kontrollieren, solange ich wusste, dass sie mir auf den Fersen waren – und wenn ich ein noch so guter Schauspieler war.

Ich malte mir unzählige Möglichkeiten aus. Keine erwies sich als besonders vielversprechend. Früher oder später würden sie mich finden. Außer, wenn ...

»Len, in der Lu Corporation ... Können wir in unseren Fabriken eigentlich jede Art Elektronikteil herstellen?«

»So gut wie jedes, ja.«

»Auch Mikrochips?«

»Ja. Das ist nichts besonders Schwieriges. Warum ...?«

Mit einem dumpfen Schlag stellte ich den schwarzen König in der Mitte des Schachbretts ab.

»Auch solche, die die Erinnerungen von jemandem verfälschen?«

KAPITEL 106

Len verstand sofort, was ich meinte, ohne dass ich noch etwas sagen musste. Sein Gesicht strahlte erst Erstaunen aus, dann Ungläubigkeit. Dann Wut. Er schüttelte so heftig den Kopf, dass sein Haar wie ein kohlrabenschwarzer Wirbelwind um ihn herumfegte.

»Nein! Kommt nicht infrage, Kyle! Glaub bloß nicht, dass ich dir überhaupt weiter zuhöre.«

»Das ist die einzige Möglichkeit, Len.«

»Nein, nein und nochmals nein! Das ist doch komplett verrückt.« Es war lange her, dass ich ihn so laut hatte werden hören. Normalerweise war ich derjenige, der die Nerven verlor und herumschrie, während er völlig gleichmütig blieb. Aber aus irgendeinem Grund hatte sich der Spieß jetzt umgedreht. »Ich habe dir bei allem geholfen, worum du mich gebeten hast, seit wir aus dem Waisenhaus raus sind. Ich habe alles gebaut, was du wolltest, und wenn es noch so durchgeknallt war. Aber dabei werde ich ganz bestimmt nicht mitmachen, Kyle. Hast du kapiert?«

»Was hat er denn eigentlich vor?«, fragte Tante Jane.

»Er will einen Chip herstellen, mit dem er sein Gedächtnis verändern kann.«

Ich hätte es nicht besser erklären können. Nur fiel die Reaktion von Jane und Miranda leider nicht besser aus als die von Len.

»Nein!«

»Was?«, rief Miranda aus. »Spinnst du komplett? Das ist doch totaler Wahnsinn.«

»Außerdem gibt es keine Garantie, dass die Sache gut ausgeht«, fügte Len an.

»Aber es ist unsere einzige Möglichkeit«, sagte ich. »Wenn wir einen Chip herstellen, der ein paar falsche Erinnerungen in mein Hirn pflanzt, dann werde ich mich in Drayton glaubwürdig verhalten und wir können Cooper hinters Licht führen.«

»Aber überleg doch mal, wie hoch das Risiko ist. Wenn irgendetwas schiefläuft, hast du vielleicht einen irreparablen Schaden. Außerdem wird die Wirkung nicht lange anhalten. Was, wenn du es bis dahin nicht geschafft hast, ihn zu täuschen?«

»*Ihr* werdet es schaffen.«

»Das kommt nicht infrage.« Jetzt überschlug sich auch Mirandas Stimme. »Wir müssen einen anderen Weg finden.«

»Es gibt keinen anderen Weg. Denkt ihr, darüber habe ich nicht nachgedacht?«

Die Erfolgsaussicht lag bei eins zu einer Million – aber was hatte ich schon für Alternativen? Wenn Cooper die Wahrheit herausfinden würde, dann wären Len, Miranda und Tante Jane die Nächsten, die im Gefängnis landeten, und sie mit mir ins Verderben zu reißen, war wirklich das Letzte, was ich wollte. Außerdem würde ich ein solches Wagnis niemals eingehen, wenn ich nicht volles Vertrauen in die Lu Corporation und ihre Apparate hätte.

Aber Len gab nicht nach.

»Ist dir eigentlich klar, worum du mich da bittest?«, fuhr er mich an. »Das ist nicht einfach nur eine Spinnerei, die vielleicht nicht funktioniert. Du kannst dabei draufgehen. Verdammt noch mal, Kyle! Du bist mein bester Freund, okay? Wenn irgendwas schiefgeht, wenn wir uns irgendwo verrechnen ... dann stirbst du. Und das weißt du auch.«

»Ich sterbe doch so oder so. Cooper hat meine Kugel. Wenn jemand sie zerstört, bin ich erledigt.«

»Nur weil er sie hat, muss er sie doch noch lange nicht kaputtmachen.«

»Aber wir können eben genauso wenig sicher sein, dass er sie über Jahre aufbewahrt.«

»Ich mache es nicht«, wiederholte Len starrköpfig.

»Wenn jemand einen Chip mit solchen Eigenschaften bauen kann, dann du.«

»Ich habe gesagt, ich mache es nicht!«

»Ich brauche dich aber. Du musst es einfach tun!«

Tante Jane hatte sich herausgehalten. Und Miranda wusste nicht, was sie sagen sollte, um uns zu besänftigen.

»Hör zu, Len.« Ich versuchte, gefasster zu sein.

»Ich muss die Kugel zurückholen und uns Cooper vom Leib halten. Sonst ist Zero Geschichte. Sonst sind wir Geschichte.«

Er schloss die Augen.

»Ich ... ich kann das nicht tun, Kyle. Wenn dir etwas passiert ...«

»Wir müssen es versuchen.« Ich legte ihm die Hände auf die Schultern. »Ich verlasse mich auf dich.«

KAPITEL 107

Nach langen Diskussionen, in denen wir uns bis zur Erschöpfung angeschrien hatten, erklärte sich Len schließlich dazu bereit, den Chip herzustellen. Viel Zeit blieb uns nicht mehr, um alles fertig zu bekommen, bevor wir nach Drayton zurückkehren und uns Cooper stellen mussten, deshalb schliefen wir alle nicht besonders viel in jenen Wochen.

Wir stornierten unseren Urlaub in den Hamptons und blieben in Los Angeles. Offiziell fühlte Tante Jane sich nicht fit genug, um zu reisen; das war die Version, die ich auch Mike und Neal erzählte. Inoffiziell mussten wir in der Stadt bleiben, um unseren Gegenangriff vorzubereiten.

Len schloss sich mit den besten Ingenieuren der Lu Corporation in den Labors ein, wo sie an dem Mikrochip arbeiteten, den sie in mein Gehirn einsetzen wollten. Er aß fast keinen Bissen mehr, bis die letzten Skizzen fertig waren und er die endgültigen Pläne in der Hand hielt, und nahm in der Zeit vermutlich mindestens fünf Kilo ab. Seinem Plan zufolge würden meine eigenen Erinnerungen, sobald der Chip Teil meines Gehirns war, durch Erinnerungen ersetzt werden, die er künstlich hergestellt hatte – und damit wäre ich der perfekte Simulant.

Ich würde den Mord an meinen Eltern vergessen, die Zeit im Waisenhaus, die Existenz der Kugel und die Identität Zeros. Von Kyle Bradford gäbe es nicht mehr als eine künstliche Version. Auch an meine Freunde würde ich mich nicht mehr erinnern ... Ich würde nicht mehr wissen, dass wir zusammen aufgewachsen waren. Auch nicht, was wir alles miteinander erlebt hatten.

Während Len im Labor zugange war, kümmerten Miranda und ich uns um alles, was um den ganzen Schwindel herum noch so vorzubereiten war. Einfach nur die Polizei hinters Licht zu führen, brachte nichts. Um zum wichtigsten Hüter meines Alibis zu werden, musste ich mich schon selbst hinters Licht führen.

Wenn wir die Welt glauben machten, dass Zero mich nur benutzt hatte, um seine eigene Haut zu retten, dann würde Kyle Bradford zum Opfer werden, zum armen, unschuldigen Schüler, der gar keine andere Wahl hatte, als sich mit allen anzulegen, nur um seine Unschuld zu beweisen. Niemand würde auf die Idee kommen, dass ich zugleich Verfolger und Verfolgter war. Und so würden wir den Fehler, der mir in der Oper unterlaufen war, verschleiern, indem wir Cooper zu verstehen gaben, dass die ganze Sache Teil eines viel größer angelegten Betrugs war. Wir würden ihn so weit bringen, dass er bezweifelte, was er mit eigenen Augen gesehen hatte.

Das wäre allerdings auch der komplizierteste Teil der ganzen Sache.

Als Erstes mussten wir Velinpapier besorgen. Auf unser Versteck in Drayton, wo wir noch welches gelagert hatten, konnten wir nicht zurückgreifen. Die Polizei installierte bereits die Überwachungskameras und die neuen Sicherheitsvorkehrungen, und man würde uns sofort entdecken, sobald wir auch nur einen Fuß in den Keller der Kapelle setzten. Also mussten wir unsere Strategie ändern.

Am ersten Tag des neuen Schuljahres riefen wir Sally an und bestellten mehrere Bögen Velinpapier. Ein paar Stunden später, noch bevor ich im Internat ankam, holte Miranda das Paket bei ihr ab. Sie schrieb die erste Nachricht und gab sie Len. Er war es auch, der sie auf meinem Bett platzierte, während ich noch mit Mike und Neal im Foyer war. Für alle weiteren Nachrichten, die ich noch erhalten sollte, nutzten sie ebenfalls das Velinpapier.

Als Nächstes änderten wir Mirandas Handynummer, damit sie in Zeros Namen SMS an mich verschicken konnte, ohne dass ihre Nummer erschien. Das war zwar nicht besonders aufwändig, aber trotzdem brauchten wir mehr als eine Stunde, um uns für die richtige Wortwahl zu entscheiden. Schließlich sollte ich nicht frühzeitig auf irgendetwas stoßen, für das die Zeit noch nicht reif war.

Zum Schluss planten wir die Diebstähle im Internat, damit auch dabei nichts schiefging. Wir wählten die Plätze aus, an denen es am unwahrscheinlichsten war, von Cooper entdeckt zu werden, und suchten die sichersten Fluchtwege heraus, für den Fall, dass doch etwas in die Hose ging. *Was* genau wir stehlen würden, ließ sich zwar nicht auch noch planen, aber das tat nichts zur Sache.

Darum würde sich Miranda kümmern.

Während Lawrence über Lautsprecher seinen traditionellen Willkommensgruß durchgab und uns über die neue Sperrstunde informierte, nutzte Miranda den Umstand, dass Mike, Neal und Lauren beim Abendessen im Speisesaal saßen, um sich in ihre Zimmer zu schleichen und ziemlich gründlich ihre Sachen durchzugehen. Sie fotografierte die Wertgegenstände, auf die sie in ihren Koffern stieß, und traf sich noch am selben Abend mit Len. Anhand unserer Datenbank suchten sie nach Übereinstimmungen. Eine Halskette, die einer Tante meiner Mutter gehörte. Eine Uhr meines Großvaters väterlicherseits. Und ein goldener Füllfederhalter, den die Aktionäre der Blake Company meinem Vater zum dreißigsten Geburtstag geschenkt hatten.

Und die Beutezüge in Los Angeles? Ah – das war meine Sache. Ich kümmerte mich darum, mit welchen zehn Stücken wir am besten den Höhepunkt unseres Plans besiegeln könnten. Und noch bevor mir der Chip eingesetzt wurde und ich ins Internat zurückkehrte, wo ich erneut auf Cooper treffen würde, ersetzte ich sie durch Fälschungen. Für alle zehn Diebstähle hatte ich gerade einmal ein paar Wochen Zeit.

Tante Jane ließ inzwischen den Anzug und die Maske anfertigen, die Miranda während der Zeit tragen würde, in der sie sich als Zero ausgab, wobei sie nach Möglichkeit keinen Verdacht erregen sollte. Sie war die Einzige, die meine Rolle mit gewisser Glaubwürdigkeit erfüllen konnte. Sie konnte sogar noch schneller laufen als ich und kämpfen konnte sie auch. Notfalls wäre sie in der Lage, mir die Stirn zu bieten. Als ich sie in Zeros Anzug sah, ihr Haar unter der Kapuze verborgen und die silberne Maske vor dem Gesicht, da wusste ich, dass niemand jemals den Unterschied bemerken würde. Nicht einmal ich selbst.

Lawrence hatte natürlich ebenfalls eine wichtige Rolle bei unseren Plänen. Nach außen hin sollte er sich gefällig gegenüber Cooper geben und ihm zur Seite stehen, wo immer es nötig war. Aber sobald ihm der Detective den Rücken zukehrte, würde er sämtliche Aufzeichnungen von mir löschen, die mich irgendwie kompromittieren könnten.

»Und ich bleibe dabei, dass mir das Ganze nicht gefällt«,

brummte Len, als wir auf dem Weg in den Operationssaal im Keller der Lu Corporation waren. Es waren noch zwei Tage bis zum Beginn des neuen Schuljahres. Jetzt musste ich nur noch sediert werden und den Chip eingepflanzt bekommen ... Mir war eiskalt. Ich weiß nicht, ob es nur daran lag, dass ich nichts als einen grünen Kittel trug.

»Es kann gut gehen«, gab ich zurück.

»Kann?«, wiederholte Miranda.

»Aber auch, wenn es gut geht, wie du sagst – der Chip ist trotzdem nicht unfehlbar«, sagte Len. »Es kann sein, dass manche Erinnerungen ab und an wieder auftauchen. Oder dass du extreme Kopfschmerzen bekommst, wenn du versuchst, dich an etwas zu erinnern.«

»Jetzt macht euch mal keine Sorgen. Kümmert ihr euch lieber darum, gut auf mich aufzupassen. Und zwar immer, ohne Ausnahme. Der wirkliche Gegner unseres Plans bin nämlich ich, nicht Cooper.«

Und so kam es, dass ich Zero nie wirklich entgegengetreten war. In Wirklichkeit hatte sich Kyle Bradford einen Wettstreit gegen Kyle Bradford geliefert – in einem gewaltigen Spiel, das wir uns ausgedacht hatten, um mich zu retten und gleichzeitig meine Kugel zurückzubekommen. Nichts war dem Zufall überlassen. Alles war Teil eines sorgfältig erarbeiteten Plans, in dem die Menschen agierten, die ich am meisten liebte.

Jetzt kannte ich die Wahrheit. Ich wusste, wer er war. Ich wusste, welches Gesicht sich wirklich hinter der silbernen Maske des unfehlbarsten Diebs der Geschichte verbarg.

Denn ich, Kyle Bradford, bin Zero.

KAPITEL 108

Len, Lawrence, Miranda und Tante Jane waren bei mir. Ich lag noch immer auf dem Boden in unserem Versteck in Drayton, nur dass ich es jetzt mit anderen Augen sah. In den Rechnern waren detaillierte Informationen über das Vermögen meiner Familie gespeichert, inklusive des jeweiligen exakten Standorts der einzelnen Stücke. Die Wendeltreppe führte in einen zweiten Raum, in dem meine Beute der letzten sechs Monate aufbewahrt wurde. Und um den Glastisch herum standen fünf Stühle, weil es genau fünf Menschen gab, die Zeros Identität kannten.

»Sieht ganz so aus, als hätten wir es geschafft, nicht?«, sagte ich. Miranda stieß ein Glucksen aus und Lawrence entfuhr ein Seufzer. Tante Jane half mir beim Aufstehen.

»Das war das letzte Mal, dass ich auf dich gehört habe«, sagte Len ernst. Sogar seine Augenlider zitterten. Er stützte sich an der Wand ab, um nicht das Gleichgewicht zu verlieren.

»Jetzt sei doch nicht so melodramatisch. Das Schlimmste, was passiert ist, war eine Überdosis Schlafmittel, die ich dir verpasst habe.«

»Du vergisst wohl, dass du hier fast nicht mehr lebend rausgekommen bist. Die Kopfschmerzen von vorhin wurden verursacht, weil der Chip sich zersetzt hat. Du wärst fast gestorben, Kyle.«

»Jetzt lass ihn doch, Len. Die Hauptsache ist doch, dass er wieder da ist«, sagte Miranda. Wir sahen uns an. Und fingen gleichzeitig an zu lächeln. Ohne ihr aufgesetztes, affiges Getue war sie sogar noch hübscher. Sie ging auf mich zu und umarmte mich. Ein Kribbeln durchlief meinen ganzen Körper. »Wir haben uns Sorgen um dich gemacht. Wir wussten einfach nicht, ob der Plan wirklich funktionieren würde.«

»Meine Pläne funktionieren eigentlich meistens, auch wenn sie völlig verrückt sind.«

»Das hier war jedenfalls der verrückteste von allen, so viel ist klar.«

»Jedenfalls«, schaltete Len sich wieder ein, »müssen wir unbedingt eine Nachuntersuchung machen, um festzustellen, ob es Schäden an der Großhirnrinde ...«

»Len!«

»Nein, nein, das ist eine ernste Sache. Der Chip ...« Ich ließ Len reden und ihn weiter darauf hinweisen, wie knapp unser Plan beinahe gescheitert wäre, und drehte mich zu der Person zu meiner Rechten um. »Und Sie, Lawrence?«

»Ich bin sehr froh, Sie in Bestform vor mir zu sehen, Mr. Blake.«

»Tut mir leid, dass ich Ihnen so viele Schwierigkeiten gemacht habe in den vergangenen Tagen.«

»Machen Sie sich deshalb keine Gedanken. Sie wissen ja: Es ist meine Pflicht, Ihnen zu Diensten zu stehen.« Er blickte zu Jane. Sie hatte sich in eine Ecke zurückgezogen, fernab vom Trubel, den wir anderen veranstalteten. »Sie hat sich große Sorgen um Sie gemacht. Jeden Tag hat sie mich angerufen, und als sie Sie dann heute Nachmittag so ausgemergelt gesehen hat ... Vielleicht sollten Sie einmal mit ihr reden.«

Lawrence stützte mich noch kurz, dann wandte ich mich an Jane. Ich nahm ihre Hände in meine und drückte sie sanft.

»Ich bin wieder da.«

»Ich wusste, dass du es schaffen würdest.«

»Ohne eure Hilfe hätte es niemals geklappt.« Ihre Hände drückten mich fester.

»Du kannst dir nicht vorstellen, welche Angst ich um dich hatte. Wenn dir etwas zugestoßen wäre ...« Ihre Stimme brach. Sie drehte sich weg, damit ich nicht sah, wie ihr Kinn zitterte, und öffnete einen der metallenen Einbauschränke an der hinteren Wand. Dann trat sie ein Stück zur Seite, damit ich sehen konnte, was darin aufbewahrt wurde: mein Anzug und meine silberne Maske. Die Aufmachung des echten Zero. Tante Jane nahm die Maske heraus und hielt sie mir hin. »Die gehört dir.«

Ich kehrte ihr den Rücken zu und setzte mir die Maske vors Gesicht, ohne die Genugtuung verhehlen zu können, die ich dabei empfand. Ja ... Zero erstand erneut aus der Finsternis.

»Sie passt dir einfach besser als mir«, gab Miranda zu. »Ich habe überhaupt keine Luft darunter bekommen.«

»Hey, Moment mal: Diese Maske wurde aus den besten Materialien der Lu Corporation angefertigt«, protestierte Len. »Es kann gar nicht sein, dass du nicht atmen konntest, Miranda.«

»Also, ich fand sie einfach unbequem.« Sie fasste mich am Ellbogen. »Und, wie fühlst du dich, Superheld?«

»So gut wie noch nie in meinem Leben«, sagte ich. Ich würde zwar noch mal unters Messer müssen, damit die Reste des Chips entfernt werden konnten, aber das machte mir keine großen Sorgen. Ich hatte meine Erinnerungen zurück und meine Freunde. Das war das Wichtigste.

»Das kann ich nicht gerade behaupten.« Miranda verzog

das Gesicht zu einer Grimasse. »Du hast mir vorhin ganz schön eine verpasst!«

»Tut mir leid«, murmelte ich. Nach unserem Kampf auf der Dachterrasse war sie bestimmt von blauen Flecken nur so übersät. »Obwohl ich ja immer dachte, dass so zarte Damen wie du kein Schmerzempfinden haben.«

»Aber ich bin nun mal zufällig weder eine Dame noch zart.«

»Stimmt. Fast hätte ich vergessen, dass Lady Drayton keine Ahnung von Mode hat und ihr Frisuren völlig schnuppe sind.«

»Dafür bist *du* ein miserabler Schauspieler. Du warst kurz davor, Cooper alles zu sagen, was du wusstest! Wie kamst du eigentlich auf die Schnapsidee?«

Sie hatte recht. Beinahe hätte ich alles im letzten Moment kaputtgemacht. Zum Glück hatte Tante Jane mich zurückgehalten, bevor ich alles verpatzte.

»Mal ganz zu schweigen von dem sehr originellen Versteck, in dem du Neals Füller, Laurens Halskette und Mikes Uhr untergebracht hast.« Miranda verdrehte die Augen. »Der Spülkasten eines Klos? Also bitte, Kyle! Ein unpassenderer Ort lässt sich in Drayton wohl kaum finden.«

»Was hätte ich denn deiner Meinung nach sonst tun sollen? Irgendwie musste ich das doch alles hinbekommen. Wenigstens habe ich die Sachen nicht in meinem Zimmer versteckt. Stell dir nur mal vor, was passiert wäre, wenn Cooper sie bei der Durchsuchung gefunden hätte.«

»Die Durchsuchung«, wiederholte Len und schüttelte sich. »Das war allerdings nicht so vorgesehen. Ich wusste überhaupt nicht, was ich tun sollte, um den Rechner zu verstecken. Zum Glück hat ihn dieser aufdringliche Typ einfach übersehen. Wenn er ihn entdeckt hätte ... dann hätten wir echt Probleme bekommen.«

»Stimmt. In dem Moment hatten wir alle das Schlimmste

befürchtet«, sagte Lawrence. »Wir waren kurz davor, ihm die Wahrheit zu sagen, als uns klar wurde, wie gefährlich die Situation war.«

»Oh Mann. Und ich dachte noch, meine Sachen zu durchwühlen, wäre Ihre Idee gewesen, Lawrence ...«, scherzte ich.

»Mr. Blake! Ich hatte nichts damit zu tun! Das war Coopers Vorschlag. Ich habe ja noch versucht, ihn davon abzubringen, damit er bloß nicht in Ihr Zimmer eindringt, aber er hat darauf bestanden. Und den Zutritt zu Ihrem Zimmer konnte ich ihm ja schlecht verweigern, das wäre zu auffällig gewesen. Also musste ich ihn machen lassen. Wobei ...« Ein Funkeln blitzte in seinen Augen. »Wenn er Ihnen auch nur ein Haar gekrümmt hätte, dann hätte ich ihn mir schon vorgenommen. Das wissen Sie.«

»Wir haben versucht, dir die gestohlenen Sachen immer so zukommen zu lassen, dass nur du sie finden konntest. Deshalb habe ich Laurens Halskette auch in diesem Buch deponiert. Ich wusste ja, dass der Cop dir immer an den Fersen klebte, und hatte deshalb Angst, dass er die Kette sonst sehen würde. Nur ist bei der Geschichte ja dann leider doch so ziemlich alles schiefgegangen«, sagte Miranda. Sie kreuzte die Arme vor der Brust. »Wie gut, dass du allein zurechtgekommen bist und verhindern konntest, dass er sie entdeckt.«

»Und was war in Westlake? Ich meine die Schlägerei mit Robert.«

»Ah, das.« Len zuckte mit den Schultern. »Da hat der Chip versagt. Für ein paar Minuten konnte er deine Erinnerungen nicht mehr zurückhalten, und deshalb hast du plötzlich wieder ganz genau gewusst, wie man sich verteidigt. Deshalb konntest du die Rocklands auch so locker fertigmachen.«

»Okay ... Es war ja auch klar, dass die Sache nicht zu hundert Prozent perfekt klappen würde«, erwiderte ich. Dann fiel mir plötzlich wieder ein, was bei Patrick zu Hause geschehen war. »Eine Sekunde. Wenn Miranda mit mir zusammen bei Patricks Geburtstag war – wer hat denn dann Mikes Uhr gestohlen?«

»Ich«, murrte Len. »Wir wollten dich nicht alleine zu den Nevilles lassen, nach den ganzen Problemen, die du uns gemacht hast. Und nachdem ich dich ja schlecht begleiten konnte, musste Miranda das eben tun. Im letzten Moment haben wir unsere ganzen Vorbereitungen wieder über den Haufen geworfen.«

»Wusstet ihr denn, warum ich Charles Neville unbedingt treffen wollte?«

»Nein«, sagte Miranda. »Und wir haben auch nicht mitbekommen, was im Studio passiert ist. Ich habe nur später Patrick weinen sehen, in einer Ecke des Gangs. Hattest du was damit zu tun?«

»Ja ... und da gibt es auch noch etwas, das ich euch noch nicht erzählt habe.« Ich nahm die Maske ab. »Patrick kennt die Wahrheit.«

»Was?«

»Er weiß, dass ich Zero bin. Als er gesehen hat, wie ich mich mit Robert Griffith und seinen Bodyguards geschlagen habe, ist es ihm klar geworden.«

»Bist du sicher?«, fragte Jane. »Vielleicht hat er dich ja nur auf die Probe gestellt.«

»Nein. Sein Zimmer ist ein richtiger Heiligenaltar voller Informationen über Zero. Er weiß alles über meine Diebstähle. Er hat sogar Kopien von den Aufzeichnungen der Überwachungskameras von allen Orten, an denen ich zugeschlagen habe.«

»Dann müssen wir ihm wohl einen Besuch abstatten«, murmelte Len. Er tippte ein paar Codes in die Rechner. Auf einem der Bildschirme erschien Charles Nevilles Haus aus Sicht des Satelliten der Lu Corporation. »Sag einfach Bescheid, dann setze ich das Überwachungssystem außer Kraft, damit du reinkommst.«

»Ah – endlich gibt es wieder Action, statt nur immer das Amnesie-Genie Kyle Bradford überwachen zu müssen«, sagte Miranda.

»Wartet mal. Eines müssen wir aber noch erledigen, bevor wir Patrick besuchen.«

Ich ging zu der geschlossenen Tür am Ende des Raumes. Dahinter lag der am besten geschützte Ort des ganzen Verstecks. Ich hatte unzählige Sicherheitsvorkehrungen einbauen lassen, damit niemand hier reinkäme. Nie. Ich legte meinen Zeigefinger auf den Fingerabdruckscanner neben der gepanzerten Tür. Mein Puls beschleunigte sich. Ich wusste, was mich auf der anderen Seite erwartete. Sehr genau wusste ich das.

Der Scanner erkannte meinen Fingerabdruck.

Die Sicherheitsschlösser öffneten sich.

Ich drückte gegen die Tür.

»Soll ich das Licht anschalten, Sir?«, fragte Lawrence.

»Nein.«

Das war nicht nötig. Ich tat einen Schritt nach vorne und ging in den Raum auf der anderen Seite. Er war rund mit leicht konkaven Wänden. Nichts war darin. Bis auf einen Sockel in der Mitte. Meine Füße bewegten sich darauf zu, ohne dass mein Gehirn ihnen den Befehl dazu geben musste.

Auf dem kleinen Podest, gebettet in ein Kissen aus karmesinrotem Samt, lag meine Kugel.

Ich strich über ihre schwarze Oberfläche. Endlich ... Nach so langer Zeit waren wir endlich wieder vereint. Wieder einmal. Ich spürte, wie sie sich unter meinen Fingern bewegte, im Takt meines Pulsschlags. Ganz harmonisch, als wären wir zusammen ein einziges Wesen. Die Dunkelheit des Raumes zog sich um mich zusammen und erneut empfing mich die

Finsternis. Ich schloss die Augen und auf meinem Gesicht zeichnete sich ein Lächeln ab.

Cooper hatte zumindest in einem Punkt ins Schwarze getroffen. In dieser Geschichte war ich nicht der Held.

Ich war der Böse.

EPILOG

Vom Fenster seines kleinen Apartments in der Umgebung von Los Angeles aus sah Dimitri Cooper versonnen die Straße hinunter. Sein Gehalt als Detective erlaubte ihm keinen Umzug in ein besseres Viertel oder den Kauf einer größeren Wohnung. Das brauchte er auch nicht. Er hatte keine Familie; seine einzige Leidenschaft galt seiner Arbeit. Das Apartment erfüllte seine Bedürfnisse vollkommen.

Er lehnte sich an die Wand und rieb sich den Nasenrücken. Die ganze Nacht schon war er wach. Er konnte nicht schlafen. Aus dem gleichen Grund wie immer.

Zero.

Zwei Monate seines Lebens hatte er in Drayton vergeudet, nur um sich am Ende erneut von seinem Erzfeind verspotten zu lassen. Zumindest konnte er jetzt sicher sein, dass Kyle Bradford nichts mit dem Dieb zu tun hatte. Der Junge war unschuldig. Sogar die Aufzeichnungen der Kameras hatte er analysiert, um ganz sicherzugehen. Er musste es einfach einsehen: Er hatte den Falschen verfolgt. Alle seine Bemühungen waren umsonst gewesen.

Es war ihm nicht einmal gelungen, herauszufinden, was es mit dieser rätselhaften schwarzen Kugel auf sich hatte. Oder welchen Wert sie hatte, dass Zero sie so unbedingt wiederhaben wollte. Ein gewöhnlicher Gegenstand war das nicht, davon war er überzeugt. Das galt auch für Zero selbst. Beide waren von derselben Wesensart. Dunkel. Übernatürlich. Seltsam ... Als würden sie sich ein und dieselbe Seele teilen. Aber welche Verbindung wirklich zwischen den beiden bestand, wusste er nicht. Und vielleicht würde er es auch nie herausfinden.

Erschöpft ließ er sich aufs Sofa fallen. Er wollte lieber nicht daran denken, was er in den Bericht schreiben musste, den seine Vorgesetzten am nächsten Tag von ihm einfordern würden. Zero ist mir wieder entkommen. Ende. Trotz seiner langjährigen Erfahrung und den vielen beruflichen Erfolgen glaubte er nicht mehr daran, ihn jemals zu erwischen. Vielleicht war ja jetzt auch der Moment gekommen, in Rente zu gehen ...

Ein Klopfen an der Tür riss ihn aus seinen Gedanken. Er sah auf die Uhr an der Wohnzimmerwand. Es war nach Mitternacht. Wer belästigte ihn denn um diese Uhrzeit? In der Hoffnung, es wäre einer der Polizisten, die die Stadt nach Zero durchkämmten, stand er auf. Vielleicht gab es ja etwas Neues.

Er durchquerte die Wohnung und öffnete die Eingangstür des Apartments. Der Fußabstreifer war das Einzige, das er sah. Der Treppenabsatz war leer. Er lehnte sich aus der Tür. Nichts. Da war niemand. Ein Irrtum vermutlich. Er schloss die Tür und ging zurück in die Wohnung.

Aber als er ins Wohnzimmer kam, sah er sofort, dass etwas anders war als gerade eben noch.

Eines der Fenster, genau hinter seinem Schreibtisch, stand sperrangelweit offen.

Die Vorhänge flatterten im Rhythmus des Windes und

bewegten sich wie Gespenster, und die Papiere auf seinem Schreibtisch trugen einen Kampf aus, ob sie davonfliegen sollten oder liegen bleiben, wo sie waren.

Auf der Fensterbank saß jemand.

Den Kopf hatte er am Fensterrahmen angelehnt. Seine rechte Hand lag auf seinem Knie und in der linken hielt er einen runden Gegenstand. Die schwarze Kugel. Eine unverwechselbare silberne Maske verbarg sein Gesicht.

»Guten Abend«, begrüßte ihn Zero.

»Du ...«, stotterte Cooper. »Willst du dich wieder über mich lustig machen, bist du deshalb hergekommen?«

»Nein. Bin nur auf der Durchreise, Detective.«

»Klar. Nur ein kurzer Höflichkeitsbesuch, nehme ich an.«

»So ist es.« Sie schwiegen. Taxierten sich mit Blicken, so wie damals in der LA Opera.

»Kann ich dich was fragen?«, sagte Cooper schließlich.

»Probieren Sie's aus.«

»Warum habe ich eigentlich immer das Gefühl, dass irgendwas an dir ... anders ist?«

Zero zögerte ein paar Sekunden.

»Das liegt daran, dass ich tatsächlich anders *bin*. Ich werde meine Geheimnisse allerdings bestimmt keinem Polizisten auf die Nase binden. Schon gar nicht dem, der so versessen darauf ist, mich einzusperren.«

»Geheimnisse, aha. Dann ist der Ort, an dem du das Diebesgut der letzten Monate versteckt hast, wohl auch ein Geheimnis.«

»Guter Versuch.« Zero lachte. »Wissen Sie, Cooper, ich bin ziemlich wählerisch, was meine Diebstähle betrifft. Soll heißen, dass ich nicht einfach jeden x-beliebigen Gegenstand stehle und auch nicht von jeder x-beliebigen Person. Die Dinge, die ich mitgenommen habe, hätten sowieso schon längst mir gehören sollen. Deshalb werde ich sie auch niemandem zurückgeben.«

»Eines Tages wirst du für das, was du tust, bezahlen.«

»Vielleicht ... Aber lassen Sie mich Ihnen vorher noch einen Rat geben. Geben Sie Ihren Job auf und suchen Sie sich was ... Ruhigeres.«

»Wenn ich das tue, dann wirst du immer weiterstehlen, und niemand wird dich aufhalten.«

»Da täuschen Sie sich. Ich stehle nichts. Ich hole mir nur zurück, was mir ohnehin gehört. Sie wissen ja, was man so sagt. Die Geister der Vergangenheit kehren immer zurück.«

Und mit diesen Worten machte Zero einen Satz und stürzte sich ins Nichts. Der Detective rannte zum Fenster.

Aber vom Hundert-Millionen-Dieb war nirgends mehr eine Spur zu sehen.

Wie ein Schatten war er in der Nacht verschwunden.

© privat

Morgan Dark

Morgan Dark ist eine der originellsten Schriftstellerinnen in der Jugendliteratur. Stets umhüllt vom Mantel des Schweigens, kennt noch niemand ihre wahre Identität. Sie begann *Secret Zero* zu schreiben, nachdem ein maskierter Mann sie in ihrer New Yorker Wohnung beraubt hat. Unter den gestohlenen Gegenständen war ihr Lieblingsring. Quasi im Austausch für diesen Verlust erhielt sie einen Verlagsvertrag. Nachdem *Secret Zero* eines der erfolgreichsten spanischen Jugendbücher im Jahr 2015 wurde, fand sich der Ring der Autorin plötzlich wieder in ihrer Wohnung ... in einem schwarzen Umschlag ohne Absender. Inzwischen erschien auch der Roman *Secret Zero – Der Doppelgänger.*